名师
大讲堂

词学入门
十讲

王兆鹏 著

北京大学出版社
PEKING UNIVERSITY PRESS

图书在版编目（CIP）数据

词学入门十讲/王兆鹏著. —北京：北京大学出版社，2021.10
（名师大讲堂系列）
ISBN 978－7－301－32525－4

Ⅰ.①词…　Ⅱ.①王…　Ⅲ.①词（文学）—诗词研究—中国
Ⅳ.①I207.23

中国版本图书馆 CIP 数据核字（2021）第 186974 号

书　　　名	词学入门十讲	
	CIXUE RUMEN SHIJIANG	
著作责任者	王兆鹏　著	
责 任 编 辑	徐　迈	
标 准 书 号	ISBN 978－7－301－32525－4	
出 版 发 行	北京大学出版社	
地　　　址	北京市海淀区成府路 205 号　100871	
网　　　址	http://www.pup.cn　　新浪微博：@北京大学出版社	
电 子 信 箱	pkuwsz@126.com	
电　　　话	邮购部 010－62752015　发行部 010－62750672	
	编辑部 010－62752022	
印 刷 者	三河市博文印刷有限公司	
经 销 者	新华书店	
	965 毫米 × 1300 毫米　16 开本　20.75 印张　290 千字	
	2021 年 10 月第 1 版　2021 年 10 月第 1 次印刷	
定　　　价	78.00 元	

目录

目 录

目
录

目　录

目录

第一讲
治学态度和读书方法

我这门课，着重讲词学研究的操作方法。虽然对象是词学，但也适用于古代文学研究的其他领域，可以举一反三，触类旁通。今天，我们先"务虚"，讲讲治学的态度、目标、素质、能力和读书方法。

一　治学的态度

先讲治学的态度。我的老师唐圭璋先生强调，治学要有"三心"。所谓"三心"，就是信心、恒心、虚心。

相对来说，信心比较容易确立。不管你们的学历背景如何，各人的智商如何，都是在千军万马中打拼出来才上了大学，如今又再进高校攻读硕士学位、博士学位。这些都足以证明你们的智商不低，都有学术的潜质。因此你们要自信在学习阶段一定能够圆满完成学业，而且经过不断地努力，今后也能够在学术上或其他方面有所成就。

最难的，是恒心，也就是坚定的意志和顽强的毅力。做一件事情，坚持一天、两天、三天是容易的，长期坚持下来就不容易。比如早上要背诵诗词——学习古典文学的，都应该背诵一些诗词——坚持一个礼拜，每天花半小时或者一个小时来背诵，比较容易做到，但是，长年坚持天天背诵，就不容易。你想想，如果一天背诵 5 首诗，一年不说 365 天都利用上，就是坚持 300 天，能背诵多少首？一本《唐诗三百首》《宋词三百首》，半年下来就搞定了。在研究生阶段，一天学习 12 个小时，容易做到；三年之间，天天学习 12 个小时，就不太容易做到。当然，这不是要你们一年 365 天都不休息，春节也不放假，而是说，读书期间，要有持之以恒的毅力。我自己呢，在读本科和读博士期间是比较用功的，时间抓得很紧，大概每天都要学习 12 个小时。我经常跟同学们算时间账，我不说每天能否坚持用 10 个小时或者 12 个小时来学习，只说一天我们浪费 2 个小时是非常容易的。上午上完一、二节课，三、四节课就回宿舍磨蹭磨蹭，回去做做内务、吹吹牛、聊聊天，一天 2 小时至少一个半小时就轻而易举地给浪费了。如果下午没课，本来午休之后两点钟可以起来学习，你却睡到三点钟才起床开始学习；下午本来可以五点半离开图书馆，结果你四点半就离开图书馆，吃晚饭前的一个小时，你又去神侃了。当然你如果去体育锻炼那也是应该的。晚上，你可以学习到 12 点或者 11 点，结果到了 10 点你就去打扑克牌或者聊天。一天不说多，浪费 2 个小时，常常是不知不觉的。一天浪费 2 个小时无所谓，一个星期加起来就浪费了 14 个小时，一个月你浪费多长时间？一年下来就比人家少读多少书啊！如果你抓紧时间，人家每天学习 8—9 小时，你学习 12—13 个小时，一天多人家 3—4 个小时，10 天就多 30—40 个小时，一年下来该多多少？你一年差不多相当于别人的一年半！别人硕士毕业，你几乎读到博士二年级了。为什么大家同时进校，水平都差不多，到毕业时就分出高下来了呢？其中一个重要原因，就是会不会利用时间，时间抓得紧不紧。我读博士期间，每天学习的时间都在 10 个小时以上。博士毕业以后的几年，也仍然如此。那时我住在岳父家，房子比较小，没有独立的书房，我就每天到学校的单身宿舍里学习，上午 3 个小时，下午 3 个小时，晚上 4 个小时，一天至少 10 个小时。一天无所谓，每年天天如此，就很可以读些书，写些文章。因此，我觉得"三心"当中的恒心是最重要的，也是最难的。常常有人说，某某某成就很大，学问很高，是因为聪明绝顶，才气十足。做学问，当然要点聪明，要点才气，但才气和聪明不是最重要的，最重要的是投入时间。所以夏承焘先生说，做学问要"笨"，不要太聪明，太聪明的人一学就会，有时就不投入，不专心。笨，当然不是说呆傻，智商低，而是说用笨功夫。一个人只要天天坚持做一件事情，并且爱动脑筋思考，不可能没有收获。所以，我觉得，恒心，毅力，是人生成功的重要素质。有没有恒心，有没有毅力，能不能下定决心坚持做好自己想做的事情，是人生成败的关键因素之一。

　　虚心，对你们来说，现在还不是很重要。到了你们学有所成，有了一定成就的时候，虚心就显示出它的重要性了。因为你们现在刚刚读研，还没有多少资本让你去骄傲。刚读几本书，你也可能觉得自己读的书已经很多了，自我感觉良好，这没关系。到了一定程度，你就会发现自己读的书太少了。我本科毕业的时候，觉得自己是天下读书最多的人，现在呢，我觉得自己是天下读书最少的人，因为我发现世界上还有那么多书，不说世界上有那么多书，就是我们古典文学专业的，仅仅是宋代文学的书，我该读的、我想读的，还有许许多多，都没读过。有句老话，叫"有容乃大"。一个人只有虚心，才能有博大宽广的胸怀，才能够包容一切，才能够尊重人家的长处，发现自己的短处。一个人做学问，能不能做到一流的境界、一流的水平，与一个人的胸襟是很有关系的。一流的学者需要一流的胸襟。其实做任何大事业的人，无论是作家、艺术家，还是企业家、政治家，都要有一流的胸襟。一流胸襟的一个重要方面就是虚心，虚怀若谷。有少数学者，有了一点成就，就看不起别人，自以为老子天下第一，只有我做的学问才是真学问，别人的学问都不算学问，别人的什么观点什么方法，都是"野狐禅"，只有他的学问才是正宗。他不知道天下有多大，也不知道学问有多少种。这样的人，永远成不了大家，成不了大气候。因为他觉得他是天下第一了，就不可能去吸收借鉴别人的长处，也意识不到自己的短处。知不足，然后才会努力奋发，才会调整自己的努力方向。连自己的不足都不知道，这样的人怎么可能有大的进步？

　　我以为，信心、恒心、虚心，是有层次、有阶段性的。首先是树立信心,没有信心,不敢做学问;其次要有恒心,没有恒心,做不成学问;到了一定阶段,就务必要虚心,不虚心,就做不了大学问。

二 治学的目标

再讲治学的目标。我这里说的"治学",主要是针对古代文学研究而言的。

所谓治学的目标,是说我们做学问,要做到什么样子,做出什么样的学问。简单地说,是"三新",即一要有新资料,二要有新方法,三要有新观点。

从事古代文学研究,不管你是做哪个领域,是考据还是理论诠释,都需要有新资料。至于怎样获得新资料,咱们以后再讲。一篇论文、一本书,如果同时具备新资料、新方法、新观点,就是上中之上;如果只有两个方面,那也算是比较好的;如果只有一个方面,也算合格。假如三个方面都没有,毫无新意,那这种文章、著作就是"垃圾",没有必要去读。新资料,不仅可以用来支撑自己的观点,也能够为别人所用。做学问,就要不断去寻求、发现新的资料。同时要用新的理论方法来解决问题,得出新的结论。新结论可以给人启发,新的理论方法也可以让人借鉴。当然,最重要的是要有新观点,解决新的问题或者前人没有解决好的老问题。现在科学研究和学术研究的评价体系都强调,要有前沿性、创新性。古代文学研究中,做怎样的题目才是前沿性、创新性的?前沿性,就是发现和解决了新问题;创新性,就是解决了原来没有解决的老问题。通俗地说,做别人想不到的题目,就是前沿性的;做别人做不了的题目,就是创新性的。

做学问,一定要有创新意识,不断探索运用新的方法,发现和解决新的问题,不要去重复别人说过的话,重复别人做过的课题。如果一定要做别人做过的课题,除非你有足够的自信,相信自己能够超过别人,能有一定的突破。我的博士论文《宋南渡词人群体研究》,从题目上讲不算是最新的,因为此前台湾黄文吉先生的博士论文,做的就是《宋南渡词人研究》。我的论文题目就多"群体"两个字。我开始考虑这个选题的时候,有点犹豫。人家已经写了一本博士论文,我继续做有没有必要?后来经过反复考量,还是决定做,用一种全新的视角和方法来做。黄先生的论文是个体研究,分别探讨南渡时期个体词人的特色,而我的是综合性的群体研究,主要探讨南渡时期词坛的发展走向,我自信能有所超越和突破。这个超越和突破,并不意味着我比他高明,只是说明我跟他不同。因为我发现和解决了一些新问题,提出了一些新观点。

三 治学的素质

所谓治学的素质,这里是说研究古代文学,要有什么样的基本功。概括说来,是"三熟":熟悉作品、熟悉史料、熟悉理论。

作品,是我们最基本的研究对象。不论是做考据还是做理论阐释,都要熟悉作品。西方有所谓"细读文本"的方法,是很适用、很必要的。"细读"作品文本,是做古代文学研究必备的基本素质。你不熟悉作品,分析作家的艺术个性就无从谈起。对作品没有自己独特的感受,不能自我判断作品的优劣好坏,就无法评判作家的贡献和地位。大家读本科的时候,习惯或满足于读文学史,脑海里填满的是中国文学史的各种现象、流派,中国古代有哪些作家,这些作家艺术上有什么特点、内容上有什么特点、在文学史上有什么地位,等等。这些知识,当然也要了解,特别是为了应考,不了解这些也不行。但考研之后,读研的要求就不同了。检验一个研究生是否合格,不仅仅是看他的考试成绩是否合格,更重要的是看他有没有创造能力,能不能写出有创新性的论文。要写论文,就要发现问题、解决问题。而要发现问题,就必须熟读作品、多读作品。读硕士期间,至少要熟读一家的别集。读选本还不行,要读熟、读透作家的全部作品。通过阅读作品,让这个作家在你心目中"活"起来,能想象他的音容笑貌,能感受他的喜怒哀乐,能走进他的心灵世界,能把握他的个性精神。通过对一个作家的解剖式了解,逐步掌握分析作家作品的方法和途径。读博士期间,至少要熟读两三家的别集。

熟悉史料,也是研究古代文学的基本功。我们研究古代文学,需要穿越历史的屏障,进入古代作家的生活环境和创作语境。咱们读当代的小说、戏曲,读完以后立马就明白它讲的什么背景,作品中的人物为什么会这么想、这么说、这么做,我们能够感同身受。而我们读古代的文学作品呢,可能知道作者写的是什么,但不太容易明白他为什么要这么写,他是在一种什么样的生存状态和心理状态下写出来的。请注意,这里有两个关键词:生存状态和心理状态。作家的生存状态和心理状态,影响着作家创作的内容和风格。我们研究古代作家作品,必须了解和熟悉作家的生存状态和心理状态。而要了解作家的生存状态和心理状态,就必须熟悉相关史料文献。有同学认为,我读了《中国通史》,读了隋唐五代史,读了宋代史,感觉对唐宋时期的历史很熟悉了。其实,这还远远不够。今人写的历史著作,是"第二历史",是历史学家建构出的历史,而不是本原的历史,不是活生生的历史,更不是我们所要了解的个体化的、独特性的作家生存状态史。我们要有自己心目中的历史,要自己穿越历史时空,去体会作家生存的历史环境,感受那个时期的时代精神。这就需要阅读原始史料,读史学原典。通过史料,来还原历史。

历史原典,包括正史、野史。比如,你要了解宋代南渡时期词人的生存状态、文化环境,至少应该读一读《宋史》《宋史纪事本末》《建炎以来系年要录》和《三朝北盟会编》等正史著作,还应该读一读《东京梦华录》《梦粱录》《挥麈录》《鹤林玉露》等野史笔记。这类书目,可以具体参考我写的《词学史料学》,中华书局 2004 年初版,后来又重印。正史著作,主要是记载社会政治史,而野史笔记则主要记录历史人物的生活史、行为史。读正史中的传记,我们可以了解古人的生平经历;读野史笔记,我们能够了解古人的日常生活、行为方式。一件逸闻趣事,可以洞察、透视古人的精神风貌、人格个性。关于史料,我后面还会专题讲的。

理论,也不能忽视。作品是我们研究古代文学的出发点,史料和理论则是研究古代文学的两个支撑点。没有史料,研究古代文学就失去了根基;没有理论,就没有了思想活力和思维方向。仅仅是熟悉了作品,掌握了史料,假如没有一定的理论做指导,就难以找到分析问题的视角、方法和途径,有时甚至找不到一个合适的学理性的概念、范畴来表述自己的认识和想法,论述问题也很难有深度和高度。读了作品,会有一些感性的体悟,如果没有理论,就难以从感性提升到理性,难以将自己的感受、思考提炼成具有普遍性、规律性的学术观点。理论,可以启发思维,打开思路,转换视角,提供方法。所以做古代文学研究,一定要注意理论。有的学者反对研究生读理论,认为做古代文学研究,只要把作品读懂、把史料收集到位、把史实弄清楚就行了。其实做古代文学研究,不仅仅是要弄清文学史的真相,做事实判断,还要做价值判断。而要做价值判断,就要有理论做指导。

理论,又指哪些理论呢?首先当然是指文学理论、美学理论。古今中外的文学理论、美学理论,都要熟悉和了解。此外,哲学、文化学、心理学、社会学、行为学、传播学等理论,也都要留意学习、参考。至于具体读哪些书,我今天就不开列书目了,你们到图书馆里去查询,看每一种理论有哪些书可读。先浏览,觉得哪本书好,就借回来认真地研读,读熟,读透。当然,最好是读经典性的著作。你们会问,这么多书,怎么可能读完呢?当然读不完,可以根据兴趣和研究的需要,分步分类来读。今年读点文学理论,明年再读点心理学理论,今后再读别的什么理论。也可以根据需要来读。比如,我的博士论文是做南渡词人群体研究,做群体研究,先要弄清楚什么是群体。群体跟社会学有关,那我就读社会学、社会心理学方面的理论著作。我又要对词人群体的心态进行分析,分析词人的心态,就得读心理学的有关著作。关于读书方法,我后面还要讲的。

四　治学的能力

我们从事古代文学研究,需要哪些基本能力呢?简单地说,就是考据和诠释。考据是实证性的研究,是对事实真伪的判断;诠释是理论性的分析,也可以说是价值判断。考据回答的是是与不是的问题;诠释回答的是好与不好的问题,是怎么样的问题,或者回答的是为什么的问题。由于个人的才性不同,研究者有的偏重于考据,有的偏重于诠释,能把这二者结合起来最好,但至少要有一个方面的优长。读硕士研究生阶段,如果能够娴熟地掌握其中的一种能力,就相当不错了。要么你能考据,我要你去考证任何一个古代作家,你知道从哪些方面入手,怎样去寻找和整理材料,怎样不断发现线索,解决疑难问题。这一点,我后面要专门讲的。你们随便在史书上或者文学史上挑出一个人问我,很容易把我难住,我不一定知道,但是隔一两天我会告诉你,因为我知道寻找资料的途径和解决问题的方法。也许这个人我一辈子都不可能弄清楚,但能不能解决,我都会有一个说法。我这门课的重点,就是教你们怎么样做考据。我讲了几讲以后,就要你们自己动手,先当"厅(听)长",后当"处长",自己动手处理材料,学会做考据。

考据和诠释这两种方法,不是与生俱来的,是可以学习掌握的。记忆力好的,可以做考据,当然这不是说记忆力不好的就不能做考据,只是相对而言。如果你记忆力强,抽象思维能力也很强,脑袋瓜子特别灵活,"鬼点子"多多,就可以做诠释。先学会一种,然后把这两种方法都掌握。

五　读书的方法

治学,先要读书。读书有没有速效的方法?从根本上说,读书像写诗,有法而无法。书读多了,自然就有收获,就有发现。但是,人们花同样的时间读书,读同样多的书,有的收获很大,有的收获比较小。就像烹调,同样的原料、配料,不同的厨师,做出来的味道大不一样。这样看来,读书还是有些方法和窍门的。下面就讲读书的方法。

我的读书方法,总结出来有五种。

(一)比较法

第一种是比较法,就是比较读书。我们在找到做学问的感觉之前,常会有一种困惑:读完了几本书,还是摸不着头绪,发现不了问题,找不到题目,不知道从哪里下手去收集材料,更谈不上去解决什么问题。遇到这种情况,可以考虑试一试"比较读书法"。

比较的目的有两种,一是同中求异,二是异中求同。所谓同中求异,是就同一个专题或同一家作家作品,同时找几本研究著作来阅读,看这些不同的著作有什么不同的看法,找出观点上的相异之处。找到了不同的看法,就初步发现了问题。对同一个作家、同一篇作品,观点如果是截然对立的,那么肯定有一个是正确的,接近事实的;有一个或者是错误的,或者离事实比较远。这就需要你去思考和探索。两种相左的结论,如果是史实方面的问题,比如一本书说这个作家出生在某某年,另外一本书又说出生在另外一年,生卒年都有两种说法,肯定有一种是错的。到底哪个是正确的呢?这就需要找材料来判断或者解决这个问题。两种说法肯定都会有一定的依据,究竟哪种依据是正确的呢?这又需要你去做考证、去判断。比如说,读文学史,可以找三种不同的《中国文学史》来对读,你如果对李白有兴趣,就看这三种文学史是怎么论述李白的,第一看它说什么,第二看它怎么说。读完了,肯定会发现一些问题。假如读选本,比如说读宋诗选,你把钱锺书先生的《宋诗选注》找来,再找一二种别的宋诗选本拿来比较,看彼此在选目上有什么异同,哪些人选得多,哪些人选得少,选哪些不选哪些,这都是有讲究的,体现出编选者不同的价值观念。只要你善于去读,把两本书摆在一起,肯定能发现一些问题。这些问题,储存在你的大脑里、笔记本上,积累多了，就可能成为论文的题目。有些问题，可能你一下子就可以解决，比如基本史实的问题，你可以多找几本工具书或者是研究成果来印证，看哪个是错的，哪个是对的；有些还需要你去做进一步的研究。我们读书，就是要从寻找问题开始。咱们读书是为了写书，为什么要写书？写书是为了解决问题。那解决什么问题呢？首先要发现问题。如何发现问题呢？那就只有读书。你用比较法读书，可能会发现问题。当然，比较读书，不是发现问题的唯一途径，却是一个有效的途径。

我当年做张元幹研究的时候，就是因为读两种词选发现了问题。一本是胡云翼先生的《宋词选》，一本是中国社会科学院文学研究所的《唐宋词选》。这两种词选，对张元幹的生卒年说法不一样，相差很大。我就找张元幹的集子来看，他的集子里头明确说到了哪一年多少岁，生年问题，原本是可以确定的，不应该出错。为什么会有一家出错了呢？大概是照搬前人的说法，前人弄错了，后来者就跟着错。这是可以理解的。比如说写文学史，上下几百年、几千年，著述者不可能把每一个作家都去考索一遍。如果把每一个作家都去考证一番，那从幼儿的时候做起，做到老也写不完一本文学史。这时候就必须参考别人的成果。别人错了，著述者也就跟着错。因而，做学问，需要大家的通力合作。这是说同中求异，从同一研究对象的不同著作中去发现问题。

所谓异中求同，就是读理论书籍的时候，找出它们共同的指向，寻求一种共通的研究思路和研究方法。学习古代文学的，理论基础一开始并不很厚实，读理论著作时不容易把握它的精神实质、理论体系。为了深入切实掌握一种理论方法，可以"对读"不同的理论著作，比较其异同。我曾比较读过西方现代文学理论名著——韦勒克、沃伦合著的《文学理论》和我国古典文学理论名著——刘勰的《文心雕龙》，并从文学史观、文学研究方法等方面比较二书的异同，收获多多。要比较二者的异同，就要思考，思考后对原书的要义就容易记住和把握。同样的两本书，浮光掠影地各读一遍，远不如这样比较阅读的收获大。要做学问,必须熟读、精读、掌握几本"看家"的书①,吃透、弄懂书中的思想、理论和方法,将书中的理论、精神、方法深入融化到自己的思想中去,这样会终身受用无穷。至于哪些书该精读,哪些书可以"看家",那就因人而异了。人的素质不同、兴趣不同,自然会有不同的选择、不同的追求。做学问的方式不同,对于书的要求也自然不同。

(二) 纵横法

第二种是纵横法。"纵",就是纵向地读书;"横",就是横向地读书。这是从作家作品的研究来说的。研究一个作家,要熟悉一群作家。请记住,你要研究一个作家,不能仅仅是了解这一个作家,还要熟悉跟他同时代的一群作家。怎么熟悉他们? 就是读这一群作家的作品,这是横向的、共时性的。你只有把这个作家放在一个群体里面进行比较,才能看出他的个性、他的特点。我们在日常生活中对某个同学进行评价的时候,潜意识里都会有一个参照系,说张三聪明的时候,肯定是拿他跟他的同学或者熟悉的另外一些人进行比较。我们在分析任何一个作家特点的时候,其实都有参照系,只是这参照系有的是直接的、显在的,有的是间接的、潜在的。参照系越多,观察、比较的角度就越多,特点也就看得越清楚。

我们研究一个作家,还要有历史意识,要从历时性的角度看他的作品比前人或同代人有什么变化。研究一个作家,不仅要追问他有什么特点、有什么个性,还要进一步追问他有什么贡献,有哪些开创性,他在文学史上提供了什么新的东西,对后来的作家有什么影响。这就需要了解前一代和后一代的作家,需要读前一代和后一代作家的作品。阅读跟研究是相通的,无论是做考据还是做理论分析,都是这个样子。比如说你要做王维研究,王维的诗写得很美,大家都喜欢。但你要说清楚

---

① 著名文化史家冯天瑜先生也说过治学要读几本"看家书"。见冯天瑜《选好做学问的"看家书"》,《北京日报》2018 年 5 月 28 日 16 版。

王维诗歌的特点,就不能不去读读孟浩然的诗。只有把孟浩然的诗读熟了,你才能比较出王维诗的特点。王维不仅仅写山水诗,他还写边塞诗。那王维的边塞诗又有什么特点呢?那你又必须读边塞诗派高适、岑参的诗歌。把高、岑的诗歌读完后或者是把整个盛唐的诗歌读完以后,才知道我们现在所划分的山水诗派、边塞诗派只是一个相对的区分,并不是说写山水诗的人就不写边塞诗,王维的边塞诗一点也不比边塞诗人写的边塞诗逊色。还要读王维之前陶渊明的田园诗、谢灵运的山水诗。如果能再读一读此后南宋范成大的田园诗,就更好。比较之后,才能进一步看出王维的田园山水诗到底有哪些独创性、开拓性和局限性。又比如研究陆游,陆游是中国诗歌史上写诗最多的诗人,当然除了乾隆皇帝。陆游的诗歌在南宋时期有什么特点?那你必须与"中兴四大家"进行比较。你不读别人的诗歌,就没办法进行比较。那陆游的诗歌有什么贡献呢?最好要了解整个宋诗的发展历程,多读一些北宋和南渡时期的诗歌,这样才能看出陆游诗歌的贡献在哪里,他的成就、得失在哪里。

做学问,说巧也巧,说不巧也不巧;说难也难,说不难也不难。研究任何一个作家,只要你把纵横比较的方法牢记在心,把他放在纵横交错的一个坐标系上来观察思考,就能看出他的特点和个性。既要横向地把他跟共时的作家群进行比较,也要纵向地把他跟历时性的不同时代、不同时期的作家群进行比较,看他继承了什么,发展了什么,对后来又有什么影响。一个作家,不仅仅会对后来的作家有影响,对同时代的作家也会产生影响。有时你研究一个作家打不开思路的时候,可以用比较法。这是"宝典",很有用的窍门。我刚开始写论文的时候,也常常有困惑,好不容易想到个观点,说了两三句,就没词了,不知道怎么深入下去。后来慢慢地学会了比较法,就容易打开思路了。当然,比较不能乱比较,要有可比性。有没有可比性,一定程度上在于你是否能够发现二者的可比性。表面上没有可比性深层里可能有可比性,只要找到了二者的联系点,就有可比性了。还要注意,比较,只是手段,不是目的,不能单纯地为比较而比较。比较,要有明确的目的,要说明问题,不要生拉硬扯。

(三)网罗法

第三是网罗法,又可称"一网打尽"法,就是读一本书的时候,尽可能把我们所需要的资料一次性地网罗、收集到位。一本书,往往包含有多种信息、资料。苏东坡有所谓"八面受敌"的读书法,那是一本书读"八"遍,每次注意或记诵它不同的方面。我这里说的网罗法,则是一本书只读一遍,把目前和今后所需要的材料通过一定的方式全部摘录出来。比如诗话著作,欧阳修的《六一诗话》、胡仔的《苕溪渔隐丛话》、阮阅的《诗话总龟》之类,里面既有作家的生平资料,也包括作品的评论资料、创作背景资料、传播与接受资料等等。如果今天研究苏东坡,读这些诗话时,只关注其中有关苏东坡的资料;明天要研究黄庭坚,再读一遍,查找其中有关黄庭坚的资料;后天研究李清照,又要读一遍。你研究十个人,这本书要读十遍;研究一百个人,这本书要读一百遍。那我们这辈子能读几本书? 所以我们读书的时候,可以事先预设一些课题,确定一些你感兴趣或关注的问题,这样,一本书读一遍,就可以同时关注不同方面的资料。比如,我目前在研究苏轼,读《苕溪渔隐丛话》的时候,当然主要收集有关苏轼的资料,但是黄庭坚、王安石也在我的研究领域之内,有关他们的资料我也一并关注,并尽可能收集起来。假如书中王安石的材料比苏东坡的多,那我到底是先收集有关苏东坡的还是王安石的资料呢? 这时候,要分个先后主次,先收集苏东坡的,同时记下书中有关王安石的什么材料很多,做一个大略的提要,下次研究王安石的时候,再来查阅这本书。《苕溪渔隐丛话》中的资料,大体上是按人来编排的,有关苏东坡、王安石和唐代大诗人杜甫的资料,都是成卷地汇编在一起的。其中当然也涉及一些不太知名的作家的零星资料。比如说北宋的王观,词写得很好,我想做他的研究,其中有他的材料,我就收集下来。等到需要时,就可以很方便地用到。这就是网罗法,省得一本书来回读很多遍。

读一本书时看到有用的资料,又怎样网罗呢?这有两种办法:一是做笔记抄录,二是做索引。做笔记,又有摘录式与札记式两种方法。摘录式,是把你觉得有用的材料摘录下来。现在电子文本比较多,纸本资料也比较容易找,全文摘录,没有太大的必要。如果觉得哪一段资料比较重要,可以选择性地抄录。文字比较多的资料,不妨只抄录关键的语句,以后要用的时候再来抄录全文;如果是急着用的就全部抄下来。札记式,是摘录原始资料的同时,加上自己的按语或者心得。我当年读硕士和博士的时候,有几个很厚的笔记本,分专题摘录相关资料,如美学的、文化学的、心理学的、传播学的等等。每页左边是择录的别人的观点或相关资料,右边是自己的批语,批注择录的资料有什么用、怎么用,或者写下从中获得的启示。时间长了,可能不知道摘录的这段材料有什么用,读了批注,就不会忘记。材料和心得积累多了,就会形成对某些问题比较完整的看法,进而写出相关专题研究的论文。写论文时,如果需要文化学的资料,就把有关文化学的资料翻出来利用;需要心理学的资料,就把摘录的心理学资料拿出来用。抄录资料,可以用笔记本,也可以做卡片。做卡片的好处,是比较随意,随得随录,但缺点是比较零散,不集中。我读本科的时候是做卡片,后来读研究生时,就只做札记了。如果做卡片,最好是每隔一年半载,就把卡片翻阅一遍,将卡片资料分类分专题整理,以备需要时用。如果只管做卡片,虽然积累了很多,而不定时分类,时间长了,就很容易忘记,白费功夫。

做索引,既可做人名索引,也可以做主题索引或者关键字词的索引。比如说,你最近对文学传播有兴趣,就把所读的书中跟传播有关的资料做上主题词或关键词的索引。做作家研究,就做作家的人名索引,也可以进一步细分,比如有关作家的总评价,或某篇诗文的评论,或某一件事迹。要注意,由于古今观念和表述方式的差异,古代的资料,虽然跟我们要研究的主题相关,但并不适用我们今天的概念、名词。比如,古代有很多传播的事实,也有传播的观念,但古人很少用"传播"这个概念。只要涉及传播，就标上"传播"的主题词。当然，最好是标注清楚，传播什么，传播谁的作品，是传播方式、传播功能还是传播环境，等等。

虽然我们现在有很多电子文献，检索比较方便，但索引还是要做。为什么呢？因为一般电子文献，只能检索到严格匹配的词。比如，用《四库全书》电子版检索苏轼的资料，输入"苏轼"两个字，只能检索到含有"苏轼"两个字的资料，而不能检索到不含"苏轼"但有"东坡""子瞻"二词的资料。因为检索系统不能自动识别"苏轼""东坡"与"子瞻"是同一个人。因而检索苏轼的资料，就应分别输入"苏轼""东坡"与"子瞻"等进行多次检索。作家的生平资料，我们还可以进行多次检索。有关主题词，就不好检索了。比如刚才说到的"传播"，古人很少用"传播"这个概念。即使讲的是传播的事情，大多数情况下古人也不会用"传播"这两个字，要在《四库全书》电子版中直接检索"传播"资料，所获不会很多。这就需要我们平时读书时做主题索引，慢慢积累。我的第一篇文学传播论文《宋文学书面传播方式初探》，是 1990 年写的，1993 年在《文学评论》上发表。最初想到这个题目，是我 1985 年读硕士研究生的时候，当时苦于没有资料，无法动手。后来读博士的时候，遇到相关资料，就做主题索引，几年下来，积累了一些资料。1991年四川大学举行第一届国际宋代文化研讨会，为了参加这个会议，我将有关传播的资料索引进行分类汇集，形成观点之后，就写出了这篇论文。

做学问，要注意自己做索引，也要注意利用别人做的索引。我见到索引的书就买。索引会给我们提供很多的方便。虽然我们现在有大量的电子文献，但毕竟我们的古籍浩如烟海，绝大多数古籍并没有电子本。所以，要注意利用纸质文本的索引。

(四) 交叉法

第四是交叉法。网罗法，是说怎样去读一本书，交叉法呢，是说读什么书。做古代文学研究，不能把自己的阅读视野限制在古代文学之内，还要尽可能交叉读一些专业之外的书，以开阔视野，完善自己的知识结构，使自己的知识结构形成立体的交叉型，而不是单一的直线型。

古代文学专业的研究生，是分方向的，有学习先秦两汉文学的，有学习唐宋文学的、元明清文学的。研究方向有区分，但阅读范围不能仅仅限于这一朝一代，更不能够仅仅只读文学书籍。如果阅读视野过于狭窄，想在古代文学研究上有所突破，是很困难的。因此，阅读范围尽可能要广泛，以寻求新的视角、新的方法。有关美学的、心理学的、社会学的、传播学的理论著作，都要去读。那么多书，两三年时间内当然不可能都读到，这要根据自己的兴趣、才性，合理利用和分配时间，有计划地、分步骤地去读。比如说，这个学期读点美学理论，那就先要列个读书计划，考虑好读哪几本书。

怎么读，才有效果呢？我的体会是，每一种理论，或者是每个类别的书，要读几本，也就是注意读书的系统性，使自己的知识形成块状化、系列化，而不是散点化。比如说读心理学，读一种心理学的著作，可能还是茫茫然，对心理学的概念、原理不甚明了。读了两三种或四五种心理学著作后，对心理学的发展趋势、心理学的一些基本概念、理论和方法，就有了一个比较完整的了解。如果读书没有计划性、系统性，只是随心所欲，今天读心理学，心理学没弄清楚，明天又去读哲学，哲学没弄清楚，又去读传播学，都是蜻蜓点水式的，没有哪种理论、哪种学问会掌握好的。与其这样读，不如一段时间专门读一种理论，心理学的书读几本，哲学的书读几本。自己的知识结构系统化以后，不同的知识体系，才可能融会贯通。刚开始读理论书籍，可能没有什么感觉，这很正常。读多了，读到一定程度，就有感觉，就有自己的想法了。我读科学哲学的时候，觉得"范式"的概念很新鲜，但不知道有什么用、怎样用，对古典文学研究有什么启发。后来读了一些结构主义诗学、叙事学和接受美学理论以后，就逐渐有了感悟，提出了"范式批评"的概念与方法，并运用到词史的研究实践中，提出了"东坡范式""花间范式"等观点。

不同的理论，会给我们提供不同的思路和研究方法。理论书籍读多了，思维就会活跃，切入的视角、考虑观察问题的角度就会有多种。这样，读古典文学作品的时候，就会发现别人想不到的问题，解决别人解决不了的问题，也可以变旧为新，将旧资料变成新资源。比如，我们读了传播学的理论著作后，有了文学传播的观念。要研究古代文学的传播，就不仅要寻找理论资源，还要寻找史料资源。前面说过，古代虽然没有传播学的理论、概念，但有丰富的传播史实、史料。古代的传播史料在哪里？目录学、金石学著作里就蕴藏着丰富的传播史料。我们转换视角以后，传统的版本目录学和金石学著作中的版本资料、石刻史料，就会变成鲜活的文学传播史料。

我有时想，一个研究生读硕士两年，假如能读一百本书，读一百什么样的书效果会更好些？这一百本书，是全读古代文学的书好呢，还是读十个门类的书更好？就像吃饭一样，假如一个人一日三餐吃三碗饭，是全部吃三碗米饭呢，还是分别吃一碗大米饭、一碗面条、一碗小米粥更有营养呢？很显然，粗粮与细粮搭配，比光吃大米的营养要丰富均衡。我们读十个门类的一百本书，应该比读一个门类的一百本书更有效果，知识结构更完善。所以我建议大家注重交叉读书。

到底读哪些书？有的同学希望我给他开个阅读书目。说实话，这方面，我有困惑。是开书目好还是不开好？大家读研期间，是照单读书好，还是同学们自我选定的好？我也说不准。给你们开个书目，我做起来很简单，你们照书目去读也很省便。但问题是，我开给你们的书目，都是我读过的书，这些书的理论方法我尝试过了，资料我用过了。你再读，就很难出新。不是说我读过的书你们不能读，但是，如果你总是读我读过的书，你永远都只能跟在我后面，永远超越不了我。因为我的知识结构、我的思维方式就是在这些书的基础上建立起来的。当然，这个"我"是大我，包括我们这一代人。你总是读老师读过的书，怎么能超越老师？我的学问、我的成就，这一辈子也超越不了我的老师唐圭璋先生，但在某些方面，我力求有所突破、有所超越。为什么呢？因为我读了我老师没读过的书,像定量分析方面的理论著作、传播学的理论著作,我的老师没读过,我读了,就会有新的想法,解决了一点老师没想过的、没解决的问题。所以,我希望你们多读一点老师没读过的书。当然,基本的典籍,特别是最基本的文学典籍和史料著作,不管哪一代学人,都是要阅读的。我这里说的,主要是指理论著作。

最新的理论书籍,怎么去找呢?当然是到图书馆去找,也可以到大型的书店去找。我有时候到图书馆,不是为了借哪一本书,而是到开架的书库里去泛览翻阅,看每个门类有哪些书,特别留意新书。把想看的书或者应该看的书目包括索书号,都抄下来,然后再制订具体的读书计划,先读哪几本,后读哪几本,哪些书留到用时再读。

(五) 联想法

第五是联想法。联想与交叉读书又是相关的。我们学理论,一个很重要的目的,就是拿来为我所用。我们读理论著作,不只是要去了解现在有哪些理论观点和门派,有什么样的理论发展趋势,更要从中寻找新的思维方式,寻找新的研究视角和方法。所以读书的时候需要联想。联想什么呢?我的做法是,每读一本书、一种理论,都要与我要研究的文学挂钩,与我要研究的诗词关联。比如读社会学理论,我就想这个社会学和文学有什么关系,其中的理论能解释文学的什么问题,或者对解释哪一种文学问题、文学现象有启发。读心理学,也是如此。心理学的哪个概念、哪种思想,可以用来解释作家的创作心理,可以描述分析诗人词人的心态情感或人格个性。

读理论书,有两种情形。一种是有预设的目标,需要寻找什么理论,心中有数,目的性很明确;还有一种是没有目的的,随便翻翻,随意阅读,遇到什么新鲜的、有启发性的理论,就记下来,尽量与咱们的研究对象挂上钩。但这需要一个过程。刚开始读理论时,可能没有什么感觉,读多了,就会有想法,有感悟。刚才说做学问要"笨",但读理论,还是要有点聪明劲儿。有些人读理论,读完就完了,没什么感觉,但有的人读完了就立马可以活学活用。这就看你能不能够把看似无关的现象联系起来，找到对应的关系。这就在于"悟"，看你的感悟能力强不强。

概括起来说，这几种方法就叫纵横比较、交叉联想，比较当中有纵横，交叉当中需要联想。这种读书方法，只是我用过的"偏方"。有时候小偏方能治大病，但不能包治百病。偏方，也不是对每个人都有用。我讲的方法，仅供大家参考。关键是要用，要实践。不用不实践，再好的方法也没有意义。你觉得哪一点对你有启发，不妨尝试一下。我这些方法，有的是自己感悟、总结琢磨出来的，有的是从老师那里学来的。我学到、听到一种方法，都会去尝试，去运用，看哪些适合自己，哪些不适合自己。运用、实践别人讲的方法，还要注意活用，不能死用。宋代陈师道说过一句话："法在人，故必学。巧在己，故必悟。"（《后山谈丛》）自己原本不知道有什么方法，前人概括总结了许多方法，所以我们要去学；但要巧妙地利用已有的方法来解决自己想要解决的问题，还得靠"悟"。所以，学习当中，要学还要悟。"学术"，要有"学"有"术"。"学"是"固态"的知识、理论，"术"是动态的灵活的方法和技巧。"学问"，要"学"要"问"。"学"是个体地阅读，"问"是群体的交流切磋，向高明者请教。既"学"又"问"，才有学问，学问才有长进。既注意"学"，又注意"术"，才能更好地进行学术研究。

第二讲
词学研究的层面

今天讲词学研究的层面。词学研究，跟整个古代文学研究一样，可以分为两大层面：一是实证性研究，二是诠释性研究。这里只讲要研究什么，至于怎么研究，后面我们再谈。

一　实证性研究

先讲实证性研究。所谓实证性研究，就是考据，有人称为基础研究。根据我个人的理解，实证性研究，又可细分为六个方面。

(一) 目录研究

第一是目录研究。我们研究词学，首先要了解有哪些词集，有哪些词学研究著作。比如我们要研究唐宋时代的词学，先要了解唐宋时代有哪些词人，每个词人有什么词集，历代有哪些唐宋词研究的相关著作。而要了解词集，就得借助词集目录。关于唐宋词集目录，目前已经整理得比较完备了。明清时代，究竟有哪些词集，每种词集有什么特点，我们都还不太清楚。因此，明清的词集目录研究，还有很多工作可做，可供研究的空间还很大。

研究其他时段的文学，或者研究其他文学样式，也是这样的。比如，研究唐诗，先要了解唐代诗集的目录；研究明清的诗文，先要了解明清时代的诗文集目录。目录学是研究古典文学最基本的入门途径。词学大师龙沐勋先生曾经说："目录之学，所以示学者以从入之途。"目录学，是指示学者入门最基本的途径。研究古典文学是这样，研究史学也同样如此。据说，著名的历史学家、原北京师范大学校长陈垣先生，读书治学，就是从读《四库全书总目》开始的。你们要是把《四库全书总目》读熟了，那不仅仅是词学，也不仅仅是古典文学，连整个中国古代学术的范围、结构、途径、路数，都会有一个全面的了解。当然，现在要你们读完《四库全书总目》，也许有一定的困难，但是可以借助《四库全书简明目录》，了解一下《四库全书》究竟有哪些书，这些书又是怎样分类的。或者把《四库全书总目》的每个类别的叙论读一遍。《四库全书》分为经、史、子、集四部。每部之下又分若干门类。比如，集部，又分为楚辞、别集、总集、诗文评和词曲类等等。每个门类，《四库全书总目》都有一个叙论，概括介绍各个部类的源流、特点。读了这些叙论，对整个中国古籍的概貌就有了清晰的了解。《四库全书总目》有好几种版本，常用的是中华书局的影印本，但这个本子只有点断，没有正式的标点，读起来可能有点困难。但现在已有几种点校本，古代文学的研究生，不说把整个《四库全书总目》读一遍，就是把集部的总叙和各个门类的叙论认真读一遍，再把集部的书目粗略翻一遍，也是大有好处的。

（二）版本研究

第二是版本研究。目录，只是告诉我们有哪些书。至于每种书有哪些版本，每一种版本的传刻过程、递藏源流、优劣异同如何，就属于版本研究的范畴了。

就唐宋词而言，著名词人词集的版本基本上弄得差不多了，但还有些小词人、词集弄得不是特别清楚，所以还有一些工作可以做。我希望能写一本唐宋词版本综合研究的书，在前人时贤研究成果的基础上，彻底弄清楚流传下来的所有唐宋词别集的版本源流、优劣、异同，做一些集成性的工作。但现在想做的、可以做的事情太多，这项工作只是开了个头，做了一小部分。如果今后有一个团队来做这样的工作，大家通力合作，可能会更有成效。至于元明清词集的版本，绝大部分都还没有梳理。元明清的词集版本，比元明清词的目录研究空间还要大得多。就诗文研究而言，宋代诗文集的版本现在已有专门的著作，四川大学祝尚书先生就写有《宋人别集叙录》《宋人总集叙录》两部很厚重的著作，收集的资料很丰富，对版本源流的考辨也很翔实。但就每种版本而言，也还有深入研究的空间。唐代及唐前的别集版本研究，有胡旭的《先唐别集叙录》、赵荣蔚的《唐五代别集叙录》、曹丽芳的《唐末别集版本源流考述》可以参考。至于元明清诗文集的版本，现在虽然已有一些研究成果，如王媛的《元人总集叙录》、徐永明和赵素文的《明人别集经眼叙录》、崔建英的《明别集版本志》、徐雁平的《清代家集叙录》、日本松村昂的《清诗总集叙录》等，但还有无数的题目可以做，开拓的空间还很大。

(三) 校勘

第三是校勘。我们在了解了词集各种版本的异同、优劣之后，要选择一个比较好的版本进行校勘，通过校勘，来确定一个比较完善的本子。关于校勘，唐宋名家的词集差不多都做完了，只有少量的词集没有点校本。元明清词集的校勘，还有很多可以做。清词名家别集，目前只有十来种有点校或校注本，需要校勘整理的词别集还有很多。你们如果有兴趣，以后不妨在这方面做些努力。作为研究生，在读期间，也可以考虑去点校一部词集或者一部诗文集，这对培养和提高文献的阅读、校勘能力，会大有好处。

如果只是一般地了解词人词作，我们可以用《全宋词》这样的断代总集来阅读了解。但是，如果我们要深入研究一个或者几个词人，仅仅利用像《全宋词》或者《全唐五代词》这样的断代总集是不够的。为什么呢？因为总集受体例的限制，它仅仅是提供了一种文本，我们无法取舍、判断这个词人最好最优秀的版本是哪一种,而且很多词集的序跋资料,总集都没有收进去。序跋是研究词人词作的重要资料,这个后面还会谈到。

我们研究个体作家所依据的文本,首选是别集的点校本。我们研读个体词人的词作,就应该选一本经过校订了的、最好是有注释的本子来读。上次课说到读书要精读一家的别集,最好是找一个经过今人整理了的点校本。有的集子,点校本比较多,那就要找个比较好的点校本来读。哪种本子是好的呢? 这可以请教相关的老师,有时候也可以根据出版社来判断。一般而言,著名的出版社,比如中华书局、人民文学出版社、上海古籍出版社等出版的古籍整理本,质量都比较高。当然,今人整理的本子,有的也可能不是很完善。比如说南宋有个诗人叫刘过,他的诗文集名《龙洲集》,20 世纪 70 年代上海古籍出版社曾出版过点校本;他的词集《龙洲词》,也由江西人民出版社出版了校笺本。诗、词、文都有了校注本,研究资料应该说是比较完备了。但是这两个整理本,并没有把历史上传存的与刘过诗词集有关的版本和重要的参考资料收集到位。比如,武汉大学图书馆藏有近人罗振常校刊的《蟫隐庐丛书》本,罗振常同时还刊有一种单刻本,书名是《校订足本刘龙洲词》,分为上下两卷;下卷全部是参考资料,收录了明代沈愚编的《怀贤录》。《怀贤录》里收录了多篇元明两代文人怀念、题咏刘过的诗词文,这对于了解后人对刘过的评价和刘过在后世的影响都是很有参考价值的。而刚才说的这两种刘过诗词的整理本都没有收录《怀贤录》。这就提示我们,即使有了今人的校点本,也并不等于说这个作家所有的版本和相关参考资料都收集完备了,没有进一步拓展研究的空间了。所以,我们还要尽可能地熟悉版本目录,广泛搜罗相关的版本资料,以充分利用这些资料。

(四) 笺注

第四是笺注。校勘,是笺注的基础。校勘是为我们整理、提供一个完善可靠的本子,并对作品进行标点、断句。笺注,则是对作品进行笺释注解。这既是一种普及性的工作,也是一种学术性的研究工作。一般的读者,需要借助笺注才能够读懂古典文学作品,即使是专业的古代文学的研究者,对作品中涉及的典故和人事,也未必都能看得懂。所以无论是对普通读者而言,还是对专业工作者来说,对古代作品进行笺注,解释典故、诠释字义、疏通字句,都是非常必要的。我们古典文学的研究生,将来有这个责任和义务来做笺注工作,以更好地传承传统文化。我们大陆地区的硕士论文很少是做笺注的,而在台湾地区,有不少硕士论文是做一家词集或诗集的笺注。能把一本词集或者一本诗集准确地笺注完,能把一本诗词集中的每一个典故、每个词语都注释到位,需要相当高的学术水平和学术积累。做笺注,也是很好的学术训练。读硕士期间,如果能够做做诗集或者词别集的笺注,哪怕是笺注一部分,也是很好的锻炼。平时读作品,可以囫囵吞枣,一旦做注释,每个典故、每个词语,都得落实,都得溯本求源。这就需要查询大量的文献。文献查阅多了,其中的内容也就熟悉了。慢慢地,文献基础也就厚实了,对文献的阅读和理解能力也就提高了。

在唐宋文学里头,唐诗的笺注工作做得比较好。不说像李白、杜甫这样的大诗人,古往今来,各种笺注本汗牛充栋;就连一些存诗几十首的小诗人,也大多有了新注本。而宋词呢,著名词人的词集,基本上都有了笺注本,但还有数十家词集没有注本可读,需要笺注。元明清词别集的笺注近年来也有些进展,像陈维崧、朱彝尊、纳兰性德等著名词人的词集都陆续有了校注本。不过,元明清词集的整理与校注还有大量的工作需要去做。

(五)辑佚

第五是辑佚。辑是辑录;佚是散佚,原指没有流传下来的、散失的作品。这些散佚的作品,称之为佚作,或佚文、佚诗、佚词。那散佚的作品又怎么去辑录呢?这里的佚作,主要是指散见在各种文献当中,而本人的别集和汇总性的断代总集没有收录的作品。

相对而言,宋词的辑佚工作留下的空间已经不多,而明清词则大有可为。判断明清的词作是否属佚词,主要是看《全明词》《全清词》和相关词别集是否收录。如果这两部总集都收录了,就不算是佚词了。

《全明词》编纂的时间比较长,由于种种原因,存在的问题比较多,漏收之作不少。2004年暑假,我花了一个多月的时间,就给它补了一千多首,大概还可以补五六千首。严格说来,我补的这一千多首,大多数不能算是"佚词","佚词"是散见于各种文献的零星之作,而我补的这些作品,基本上是成卷成卷的作品。所以,只能算是漏收之作。最近我又托日本友人复印回来一些罕见的明人别集,其中所收的数百首明词,《全明词》也没有收录。浙江大学的周明初教授,也搜罗了不少明词,并出版了《全明词补编》。现在他在主持《全明词》的重编工作,令人期待。今后大家读书,可以留意,凡是见到文献中有明代人的词作,就做记录,然后集中核对,看《全明词》是否收录,如果没有收,就可以为之增补。这种大型的总集,需要众人的劳动和智慧,需要学界的通力合作。任何一个人来做,都难免有遗漏。因为文献浩如烟海,一个人阅读的范围毕竟有限,任何人都不能说自己能读尽天下书。我给《全明词》补了一千多首词,并不意味着我比《全明词》的编者高明,草创为难,拾遗补阙总是容易一些。就像写书一样,写一本书很困难,但要给一本书挑毛病,补充点什么东西,却容易得多。

《全清词》根据朝代分卷,计划分五大卷。已经出版了《顺康卷》《雍乾卷》和《嘉道卷》,收录的是顺治到道光六朝的词人词作。后面还会有《咸同卷》和《光宣卷》。从已出版的部分来看,《全清词》收录的作品也不完备,漏收的作品不少。我核对了《顺康卷》前五册,就发现有不少遗漏,补了1625首,并写了一篇补遗文章,题为《〈全清词·顺康卷〉前5册漏收词补目》,发表在《中山大学学报(社会科学版)》2006年第1期上。后来,张宏生教授又大力增补,于2009年出版了《全清词·顺康卷补编》四册。明清词的辑佚,好比"潜力股",只要有投入,一定会有收获。

需要提醒的是,《全清词》前三卷只收录了顺治、康熙、雍正、乾隆、嘉庆、道光六代词人的词作,道光之后的词人词作未予收录。所以,如果要给《全清词》前三卷辑佚补遗,就只能是针对道光以前六代的词人词作而言。如果发现的是道光之后的词人词作,就不能算是佚词了,因为那本不在它收录的范围之内。

(六) 考辨

第六是考辨,又叫考订,就是考真求实,辨伪祛疑。这又有两个层面的工作:

一是作品考,包含作品的真伪考和作品的系年考两个方面。前面说的目录、版本、校勘、笺注,是针对一本书、一个集子做的工作;作品考,是相对于一篇篇的作品而言的。辑佚,不单纯是个发现"有无"的问题,也有一个"真伪"的问题需要考辨。比如说,你在某个文献里偶然发现了一首署名或标注是苏轼写的一首诗,然后去查苏轼的诗集,没见这首诗;翻《全宋诗》,也没收这首诗,你就以为是苏轼写的了。到底是不是苏轼写的,还不一定呢,需要考订之后才能判定。这方面我有过教训,不能见到了一篇零星的、作者本集没有收录的作品,就随意认定是佚作,还要经过认真细致的考订和辨识。

唐诗宋词里,经常有一篇作品互见于两个作者或三四个作者名下的现象。也就是说,同一篇作品,在不同的文献里被归属于不同的作者名下。其中必有一真,必有一伪,因此,需要对作品的归属权进行考订,以考定真正的作者。

《全唐诗》里,互见之作比较多。同样一首诗,这里说是李白写的,那里说是杜甫写的,甚至说是杜牧写的,或是李商隐写的。河南大学的佟培基先生,写了一本专著,叫《全唐诗重出误收考》,专门研究《全唐诗》的互见之作。唐诗,不仅是同时代的人互见相混,还与后人的诗歌相混。也就是说,有的书里所录的所谓唐诗,其实不是唐人写的,而是宋元人写的诗。南京大学莫砺锋教授就考证出《唐诗三百首》里收录的张旭《桃花溪》诗，原来是北宋蔡襄写的。①　我也曾经写过一篇文章，叫《唐彦谦四十首赝诗证伪》。我读博士期间，偶然发现晚唐诗人唐彦谦有几十首诗与宋末元初诗人戴表元的诗歌互见。有人认为，戴表元在后，唐彦谦在前，这些互见诗应该是唐彦谦写的。我经过多方面的考证，认为这些诗应该是戴表元写的，是明代的人误收进唐彦谦的诗集里。明代人刻书很多，但鱼龙混杂，有的书商为了赚钱，经常改头换面，说发现了新的版本。明代唐彦谦诗集的刻印者故意把戴表元这位不太出名的诗人的诗歌收录到唐彦谦的诗集里，冒充唐人的诗。我这篇文章发表在《中华文史论丛》第52辑（1993年）上，结论已经被唐诗学界所接受认同。

宋词，互见之作也很多。我的老师唐圭璋先生在编《全宋词》时发现了这个现象，于是专门做了考订，写有一篇长篇论文，叫《宋词互见考》，收录在他的论文集《词学论丛》中。这些成果，也体现在《全宋词》里。宋词互见的问题，还有两个方面的工作可做：其一，有的宋词互见之作，还没有发现。老师当年是手工操作，靠的是人工记忆，难免会有遗漏。现在我们可以通过计算机来处理。前几年我请一个朋友编写了一个程序，用来统计《全宋词》里的唱和次韵之作，结果无意中发现了一些互见之作，唐先生没注意到。其二，宋词大量的互见之作，究竟谁是真正的作者，唐先生考订了一部分，还有相当一部分没有考订，有待我们进一步去挖掘资料，予以考证辨别。如果你们能在唐先生的基础上考订一首二首，那也是一个不小的学术贡献。

作品考证的内容，除了要考证作者的真伪之外，还要考订作品的创作年代、创作地点。一篇作品，写于哪一年，是在什么时候、什么地点、什么语境中写的，需要考证清楚。相对而言，唐诗在这方面的研究比较深入，宋诗可研究的问题还很多很多。词的纪年考，有特殊的难度。特别是唐五代词和北宋词，有些作品，根本无法判断、考订它的创作年代，

---

① 　莫砺锋：《〈唐诗三百首〉中有宋诗吗?》，《文学遗产》2001年第5期。

因为其中的情感都是虚拟的,表达的是一种普泛化的情感,不是词人真实生活、真实情感的记录,又没有题序提供创作背景的线索,很难确切编年系地。比如说温庭筠的词,几乎没有一首词是可以系年、可以考订创作地点的。苏东坡及以后的词人词作,因为部分作品有了题序,交代了创作背景或赠别对象,还有一定的线索可以考证它的创作年代。

二是作家考。主要考订作家的生平经历、创作经历,包括交游唱和,他跟哪些人,在什么时候、什么地点交游唱和,彼此之间在政治上、学术上、创作上、生活上有些什么样的关系和影响,等等,都需要做详细的考订,以便弄清作家的生存状态和情感状态。

考订过程中,资料丰富的可以做年谱,或者说作家每年的事迹都可以考清楚的就做年谱;资料不全的,只能考清作家部分生平事迹的,就做行年考。行年考,也是按年代顺序一年一年地排列考述作家的生平事迹,有些年份不清的,就忽略不考,能考清楚几年就考几年。有些作家的生平,我们基本不太清楚,只知道他一两件事情,那也可以考证,能考清多少就考多少。知道一点,总比一点不知道要好。宋代词人、诗人的生平考证,还大有可为。宋代还有很多词人、诗人的生平事迹都没有弄清楚,需要我们一一去考证。至于元明清的作家,需要考证的就更多了。20世纪后半叶,元明清文学研究,主要关注点是在小说、戏曲方面,世纪之交以来,才开始注意元明清的诗文研究,虽然出版了一系列研究成果,但元明清诗人、词人、散文家的生平事迹考订,依然还有很多空白点。可以预期,在不久的将来,元明清作家的生平研究,将会成为一个新的学术增长点。

二 诠释性研究

再讲诠释性研究。诠释性研究,又称理论研究。从不同的角度,我们可以将词学的理论研究划分为不同的层面。我将它分为八个层面:

(一) 鉴赏

第一是鉴赏，又称为赏析，主要是欣赏、分析一篇作品的构成方式、艺术特色和优劣得失。研究文学，首先要具备对作品的审美判断力。拿到一篇作品，能够判断它好还是不好，而且，好和不好，都能说出一个所以然。一般的读者，读一篇作品，有感性的体悟，能够兴发感动就够了。可咱们是研究古代文学的，就不能停留在感性阶段，还要进行理性的分析，分析这篇作品哪些方面能让人感动，为什么能让人感动。

鉴赏力，是研究古代文学最基本的功夫。没有鉴赏力，理论研究就没有基础，就只能在作品外面兜圈子，不能进入到作品世界中去，体会作者的情感世界和艺术用心。如果你自己不能鉴别、判断作品的好坏优劣，那永远是一个文学的外行；哪怕你写了十本八本著作，也算不上是古典文学研究的行家里手。就今后的就业而言，也需要这方面的基本功。毕业之后如果去教学，无论是教中学，还是教大学，都离不开讲文学作品。讲一首作品，总要讲出一点自己的体会，不能老是照本宣科。老是照着别人的讲法去讲，自己都觉得没趣。

鉴赏能力，不是与生俱来的，是可以培养、提高的。我的体会是，要提高鉴赏能力，必须多读、多背。作品背诵得多了，就形成了一个个不同的参照系，见到一篇新作品，就能够相互比较；有了比较，就能分辨出彼此的高下异同来。

要提高词的鉴赏力，除了多读、多背作品以外，也还可以读一些词的鉴赏方面的著作。这方面经典性的著作，有我老师唐圭璋先生的《唐宋词简释》、俞平伯先生的《读词偶得》、沈祖棻先生的《宋词赏析》等等。这几本书部头都不大，但学术含量高。我建议词学方向的研究生，尽可能买到唐先生的这本书，每天不要读多，不要像读小说那样一口气读完，那这本书一天就可以读完了。每天只花个把小时，读一首原作，先自己慢慢地体悟感受，然后再看唐先生是怎样进行艺术结构分析的，慢慢琢磨体会唐先生的分析。读了几首，再前后对比着看唐先生的分析,体会不同词作在抒情艺术上的异同和变化。只要认真"细读"完唐先生的这本书,对唐宋词的艺术鉴赏力一定会有一个质的提高和飞跃。沈祖棻先生的《宋词赏析》,是我当年读大学时入门的读物。我是在读了这本书之后,才知道宋词为什么这么美。沈先生是我们武汉大学中文系的前辈,也是著名的女词人,有"当代李清照"之誉。她擅长写词,也擅长讲词,以自己丰富的创作实践、创作经验去体会、解读古人的用心,所以往往有独到的发现。沈先生的这本书,大家也不妨找来读一读、学一学。

(二) 个体研究

第二是个体研究。这里说的个体词人研究,跟前面说的生平考证有点接近,但关注点有所不同。词人生平考订,主要是还原性研究,挖掘相关史料,弄清词人的生平事实;而个体研究,主要是建构性研究,借助相关史料和理论方法,去建构、分析词人的人格个性和创作个性。在了解词人的人格个性和精神世界的基础上,进而把握他的创作个性或艺术个性,并评判他的成就、地位和影响。

就博士、硕士论文选题而言,现在要选择个体作家为研究对象,有一定的难度。因为像李白、杜甫、苏轼、辛弃疾、陆游这样的大作家,研究成果非常之多,很难出新,你能想到的问题,前人早就想到了;而那些前人研究不多的小作家,有时候又觉得分量不够。作家个体研究,目前处在一个很尴尬的局面。究竟从哪些方面去突破,写出让人耳目一新的作家个体研究的论著来,还有待于大家的努力。

(三) 群体研究

第三是群体研究。由于个体研究面临着一种困境,难以突破,所以从 20 世纪 90 年代以来,博士、硕士论文选题开始注重群体研究。这种作家群体,可以是历时性的群体,也可以是共时性的群体。所谓历时性的群体,是按照时间来划分的,比如我的博士论文《宋南渡词人群体研究》，就截取了一个时间的横断面，即对南北宋之交这一群词人进行研究。南渡之前，有庆历词人群、元祐词人群，南渡之后，有中兴词人群、江湖词人群和遗民词人群等等。所谓共时性，主要是从空间的角度来划分，这有地域性的群体，比如我们可以做江西作家群、四川作家群、湖南作家群或者是岭南作家群研究；还有家族性的群体，比如说"三苏""四洪"等。研究这些群体，主要是把握群体的共性，文学上的、政治上的、学术上的共同特点以及他们的互动行为、文学交往、创作风尚与创作范式等等。

(四) 流派研究

第四是流派研究。流派和群体有些接近，但相对来说，文学流派比文学群体要正式一些、固定一些。流派往往是一个公认的流派，或者成员间已经达成共识的一个流派，你不能去生造出一个流派，当然可以发掘出曾经存在而后来被淡忘、被湮没的流派。群体，是可以自由划分的。也许可以这样说，文学流派是既定的、已然的群体，而作家群体则是可以重新去认定的、根据需要去区分的群体。研究文学流派，主要是要弄清楚它的领袖、成员、流派形成的原因和过程，以及它的理论主张、创作特点、成就、地位和影响，等等。

(五) 词史研究

第五是词史研究。这是一种历时性的研究，主要是要弄清楚在一个断代、一个特定的历史时期有哪些个体词人、哪些词人群体或流派，考察他们各自的特点、成就和地位，考察群体、流派形成与更迭交替的过程，等等。从某种意义上说，词史研究，又是前面几个方面的综合性研究。研究词史，其实也包含着对词作的鉴赏，包含着对词人个体、群体和流派的研究。

词史研究，首先要考虑分期，纵向的可以分为几段，横向的可以分为几派。我们应该怎样去把握文学史的走向，建立一种什么样的文学史观念或者是词史的观念？这需要理论做指导。这里推荐几本书给大家读一读：一是苏联赫拉普钦科的《作家的创作个性和文学的发展》，他用接受美学的观念对文学史的一些规律、现象做了思考；二是美国韦勒克、沃伦合著的《文学理论》；三是刘勰的《文心雕龙》，如《通变》和《时序》诸篇。大家可以把这三本书找来，比较阅读，看能不能够从中找出研究文学史的方法，找到一种有突破性的、有开创性的视角。

有必要提示一下，词史研究，包含着"词历史的研究"和"词的历史研究"这两层意思。词历史的研究和词的历史研究，这两个概念是不一样的。词历史的研究，主要关注的是词本身的发展过程，可以是断代的研究，比如唐宋词史、金元词史、明词史、清词史研究等等，也可以是通史性质的，如中国词史研究。而词的历史研究，主要关注的是词的发展背景，探讨词在产生、形成和发展演变过程之中种种历史因素所起的作用，属于一种外围的研究。这方面，切入的视角和研究方法很多，比如说文化学、社会学的研究等等。21 世纪之初比较流行的就是从文化学、社会学的角度去研究诗史、词史。

关于文学的社会学研究，理论上可以参考法国埃斯卡皮的《文学社会学》，这本书至少有两种中译本，比较容易找。我读过之后，非常受启发。大家有兴趣，也可以去看看，从中可以获得很多理论方法上的启示。从选题的角度看，有几大关系可以考虑，比如说文学与政治的关系、文学与经济的关系、文学与民俗的关系、文学与宗教的关系、文学与教育的关系等等。这些方面都有待深入的研究。

文学与政治的关系，过去说得太多，以至于我们现在一说到文学与政治的关系，就觉得是陈词滥调。但实际上，过去我们虽然重视文学与政治的关系，但说的都是比较空泛的大的政治背景，很多政策制度、政治机构、政治运作机制方面的具体问题，并没有去做认真细致的研究。比如，宋代的馆阁制度、翰林制度、科举制度等对文人知识结构的要求，对文人主体人格精神的影响，对文学直接与间接的影响、正面与负面的作用等等，我们都还不太清楚，需要深入研究。唐宋词在内容上看起来是远离政治的，但词人的生活、词人的命运却与政治有着十分密切的关系。政局的变化，往往引发词人命运的变化，自然也会引起词作内容和风格的变化。更何况，词作本身，也有一个与政治疏离向与政治联姻的转变过程。这个过程还有待深入的探讨。

文学与经济的关系，也值得重新审视。过去我们研究一个时期的文学，也都会注意到经济背景。比如讲唐诗繁荣的原因，第一点就是说唐代经济的发展促进了唐诗的繁荣，几句抽象的概括就算了事。其实，文学与经济的关系，并不只是这么简单的因果关系。这里头有很多问题值得我们去思考、去追问、去探讨。比如宋词与经济的关系，大家都已注意到与当时城市经济发展的关系、与商业文明的关系。华东政法大学王晓骊教授著有《唐宋词与商业文化关系研究》一书探讨这个问题。但还有些问题需要进一步探索，比如，宋词在宋代主要是靠歌伎的演唱来传播，歌伎演唱的环境，大多是在公私宴会上。宋代公私宴会十分频繁，私人宴会的经费，当然是由主人掏腰包。那么，宋代公宴的钱从哪来？由谁来买单？是朝廷拨款，还是官员自筹经费，抑或是别有来源？这涉及宋代的财政政策和官僚体制的运作情形。这个问题，以前从来没有人注意过。我门下叶烨博士曾探讨这个问题，出版了《北宋文人的经济生活》。又如文学商品化的问题。过去把文学视为"经国之大业，不朽之盛事"，重视文学抒发性灵的作用，所谓"诗言志，歌永言"。但无可否认，文学又具有商品价值，文学的商品化是从什么时候开始的？它的演进历程是怎样的？文学商品化给文学带来了哪些影响？这都需要我们去探究。又比如，经济条件与作家生存状态的关系问题，也值得我们去追问探寻：古代诗人、词人的经济来源有哪些？经济来源的不同和经济收入的高低，会影响到文人的生存状态和生活质量的差异，同样会影响到诗人的精神状态，进而影响他的文学创作。过去，对这些问题都不太重视。在宋代，有的词人有经济来源，有的没有独立的、稳定的经济来源，必须依附别人来养活自己。南宋的江湖词人，大多就没有独立的、稳定的经济来源，主要靠卖诗卖文为生，或者依附权贵来维持生存。有独立经济地位的和没有独立经济地位的,在人格、心态上肯定有所不同,但究竟有什么不同? 没有人去研究。一个有钱人,跟一个没钱的人,心态是完全不一样的。李白是有钱人,常常是豪气万丈,即便是说愁,也是"白发三千丈,缘愁似个长"。杜甫是没钱的人,穷困潦倒、寒酸拮据的时候多,所以性格内向,说起愁来,则是"白头搔更短,浑欲不胜簪"。同样是写头发因愁而变白,李白是极言其长,向外扩张;杜甫是极言其短,内敛回缩。再比如同样是写郁闷,李白是说:"金樽清酒斗十千,玉盘珍羞直万钱。停杯投箸不能食,拔剑四顾心茫然。"杜甫则是说:"朝扣富儿门,暮随肥马尘。残杯与冷炙,到处潜悲辛。"两相对照,两个人的生存状态和性格心态简直就是天壤之别。虽然李、杜的个性差异,绝不仅仅是因为经济上贫富差异造成的,还有别的许多因素,但经济状况肯定是其中的一个重要因素。

在前人的印象当中,至少清代人说过,宋代文人的日子是比较好过的,都比较富裕。但是,我们读宋人的诗词,却发现叹贫哭穷的作品不少,翻一翻陆游的诗集,就可见到放翁有几十首诗是写贫、咏贫的。那么,宋代文人究竟是富裕还是贫困,是怎样的富裕,又是怎样的贫困,需要具体落实和探讨,不能只是一种印象式的评述,而要用具体的实例、材料来说明宋代文人的经济状态及其生存状态。我最近看过一则资料,说宋代的文人其实是很穷的,做了官,收入是提高了,但开支也更大了,其中一大开支,不仅是养他自己一家子,还要救济整个家族。一个人做官后,往往是整个大家族都找上来门来蹭饭吃,等着救济接应。比如某人姓王,一旦做了官,那王姓宗族的人就都来找他,希望得到他的资助。在古人心目中,做了官,养家糊口和接济宗族,是天职,是个人应尽的责任。所以,宋代官员的俸禄,不仅要养活一家人,还要养活若干家人。因此,宋代官员的日子,有的并不像后人想象得那么好。读宋词,经常看到的是花天酒地;读宋诗,却经常看到饥寒交迫。也许宋人诗中的生活是常态,而词中的生活,只是休闲时的一时潇洒?但究竟哪种生活更接近宋人的真实状况,需要去探究。

我们有了这种"经济"意识，以后做年谱、做作家生平考证的时候，就要注意弄清作家经济收入的变化。过去考证古代作家的生平，往往只考证他今年做什么官，明年又做什么官，是升迁了，还是下降了。今后还需要进一步弄清楚，每种官职是什么品级，每任一种官职能够获得多少俸禄。官职的变化，造成了他经济收入怎样的波动。如果是贬官，不仅给被贬者精神上带来打击，而且也使他的经济收入下降，给物质生活带来困难。这是不难想象的事实。唐代韩愈、柳宗元遭贬谪后，生活几乎陷入困境。尚永亮教授的《贬谪文化与贬谪文学：以中唐元和五大诗人之贬及其创作为中心》对此有具体的研究。北宋苏轼贬谪到黄州以后，经济收入大大减少，有时都难乎为继，为了维持生计，他不得不去开垦种植。以前，人们更多关注的是东坡在黄州时期的精神状态，很少关注他的经济生活和生存状态。结合苏轼自己的诗文作品和相关史料，特别是东坡与友人往来的书简信札，是可以描述出东坡在黄州期间具体的生活情形的。了解了东坡的经济生活和生存状态，才可能真正深入了解东坡当时的心境和创作心态。

文学与民俗的关系，也非常密切。民俗，包括节日。我以前看到台湾的一些硕士论文，专门研究宋词与节日，一篇论文就做一个节日，比如说宋词与元宵节、宋词与端午节、宋词与中秋节、宋词与重阳节等等，这未尝不是一条思路，只是有的题目显得小了点。当然，民俗，并不只是节日，风俗民情习尚，内容十分丰富，与文学的关系也非常复杂，值得我们去思考和研究。浙江大学黄杰教授出版了一本《宋词与民俗》的专著，可以参考。

文学与宗教的关系，已经有了很多研究成果，但也还有可以开拓的空间。比如说，《全金元词》里很多宣扬和表现道教的内容，我们现在读都读不懂。只有深入了解了当时道教的教义、教规和相关内容之后，才可以弄明白金元道教词中的一些特殊意象和语汇。这方面，可以做专题性的研究。

文学与教育的关系，各个时段的研究不平衡。唐代文学与科举的关系研究,起步较早。程千帆先生的《唐代进士行卷与文学》、傅璇琮先生的《唐代科举与文学》,是这方面的代表作。宋代文学与科举的关系,近几年也有了一些研究成果,四川大学的祝尚书先生出版了《宋代科举与文学》,华中师范大学林岩教授也出版有《北宋科举考试与文学》一书。中国人民大学国学院诸葛忆兵教授编撰了五大册的《宋代科举资料长编》,为宋代科举与文学的研究,提供了丰富的史料。但是,文学与教育的关系,并不限于与科举的关系,还涉及家庭教育、启蒙教育等问题。我门下的博士刘学,在博士论文中就探讨过宋词与宋代家庭教育、文学教育等问题,后来出版了《词人家庭与宋词传承:以父子词人为中心》。

还有文学与交通、文学与法律、文学与军事、文学与生态、文学与环保、文学与都市、文学与乡村、文学与城市规划、文学与人口、文学与气候、文学与植物、文学与动物等方面,也有很多有趣的题目可以做。同济大学一位博士就写过一篇关于苏东坡与城市规划的文章,看起来很新奇,实际上苏东坡做过知州,做过"市长",他在杭州做"市长"时就有城市规划的理念。其实,我们现代的很多东西,比如城市规划、生态观念、环保意识等,我们古代早就已经存在了,古代文学里也有表现,需要我们去发掘和阐释。

(六) 词论研究

第六是词论研究。词论研究,就是有关词的理论研究。也分两个层面:一个是词学理论的研究,一个是词学的理论研究。词学理论的研究,是针对已有的词学理论,比如词话、词籍序跋、词集评点等理论性的文字进行研究,理清已有词学理论的内涵和变化,阐释其价值和意义等;词学的理论研究,是从词的创作实践中,去总结提炼出新的概念和范畴。词学理论的研究,是研究已有的理论概念、理论范畴;而词学的理论研究,是概括、提出新的理论范畴。我提出的"东坡范式""花间范式",就属于词学的理论研究。

相对而言,词学的理论研究比词学理论的研究,要薄弱一些。特别是关于词的艺术研究,除了意境、境界、情景交融、婉约、豪放等几个有限的关键词以外,就再没有多少为大家所认同接受的、能解决词作艺术问题的核心概念了。怎样从唐宋以来的词作实践中绌绎、提炼出具有普适性的理论,是今后词学的理论研究的一个方向。

(七) 传播接受研究

第七是传播与接受的研究。研究词的传播,要研究哪些问题呢?我觉得,主要研究谁传播,传播什么,如何传播,向谁传播,在哪传播,传播效果如何,等等。用英文来表述就是回答 who,what,how,whom,where,how about 等问题。用另外一种方式来表述,就是研究传播主体、传播内容、传播方式、传播对象、传播环境与传播效果。这里头有几对关键词需要注意:历时与共时,过程与变化,原因与结果,共性与特点。所谓历时,就是要注意传播的历时性变化;共时,就是注意不同空间、地域传播的差异。还要注意考察传播的过程与变化,总结不同时期传播的特点,追寻探讨其变化的原因。

词的接受主要研究什么? 接受,有三个层面,或者说有三种类型:一是消费型的大众接受,二是批评型的专家接受,三是创作型的作家接受。目前接受史的研究,主要是针对后两个方面的接受,即批评型的专家与创作型的作家,这类似于过去的批评史和影响史的研究。一般大众对文学的接受有什么特点,对文学创作的发展有什么影响,目前关注得不多。词的接受,不仅是一种过去完成时,而且是一种现在进行时。研究词的接受,就不能只注意过去的历史的接受,还要注意当代人对词的接受,研究现代语境中人们接受词的方式、途径、作用、意义等等。

(八) 词学学术史研究

第八是词学学术史的研究,也就是回顾、总结过去词学研究成果的得失,为今后的词学研究提供借鉴和启示。回顾总结20世纪词学研究成果、探讨其发展历程的，已有不少论著。随着词学研究的进一步发展，回顾总结其得失，也会随之跟进。所以，这方面的课题还有很多可以做。

第三讲
词集目录研究的方法

今天我们讲词集目录研究的程序和方法。如果换个说法，叫文集目录研究的方法、诗集目录研究的方法，也可以。方法都是相通的。

从这一讲开始，主要讲操作方法。先讲几个关键词，以后我们在操作过程中经常要用到的。

一 关 键 词

(一) 别集、总集

研究目录，用得比较多的两个关键词，是别集和总集。简单地说，别集，是指收录个人作品的集子；而总集呢，是指收录两人以上作品的集子。这是别集与总集的区别。总集一般又有两类：一类是我们通常所说的选本，如《宋词三百首》之类，主要选录部分作者的部分作品；另一类是断代总集，像《全唐五代词》《全宋词》之类，收录一个时代所有作者的某一文体的全部作品。

跟别集、总集相近的两个概念是选集、全集。选集通常也叫选本。按照古代的图书分类，选集一般放在总集一类。但选集，可以是一个人的作品选，也可以是多人的作品选。如果是个人作品选集，就应该在别集范围之内；如果是几个人的作品选，那就属于总集。全集，是相对个人选集而言的，把个人所有的作品收录在一起，就是全集。大致说来，全集是我们现代人用的一个概念,而总集,是古代人用的一个概念。选集与全集,现代人用得多些,古人常用的是别集与总集。所以,我们后面讲的时候,使用最多的是别集和总集,而选集和全集两个概念基本不用。为防混淆,所以在这里先做点区分。

(二)丛书、单行本

另外两个关键词是丛书和单行本。把几种书汇编在一起,就叫丛书。古人编印图书,有时不是刻印一种书,而是把很多种书、很多人的书汇刻到一起。丛书,如果是刻本,就叫丛刻本,或丛刊本;如果是手抄的,就叫丛抄本。20世纪以来常用的几大丛书,有《四部丛刊》《四部备要》《丛书集成初编》和《文渊阁四库全书》等。近些年,在《文渊阁四库全书》之外,又出现了所谓的"新四库",即《续修四库全书》《四库全书存目丛书》《四库未收书辑刊》和《四库禁毁书丛刊》。"新四库"将很多难得找到的图书汇编影印到一起,使用起来非常方便。除了"新四库"之外,新出的大型古籍丛书,还有《故宫珍本丛刊》《北京图书馆古籍珍本丛刊》等等。这两大丛刊所收的书,都是很难见到的藏在故宫和中国国家图书馆善本部里的孤本、善本,现在影印出版了,化一为万,功德无量。大家要留心这类书籍,有空的时候去翻一翻,看其中收录了哪些书籍,以免今后要用时舍近求远,本来眼前就有这本书,却要跑到北京去找。

所谓单行本,是跟丛书本对应的一个概念,比较好理解。丛书本是将多种书汇录在一起,单行本就是一种书单独印行。

(三)书目

还有一个关键词是书目。从实用的角度,可以把书目分成两类,一类是现存书目,一类是传藏书目。

所谓现存书目,就是著录现在存世的各种图书的目录。这些目录中的图书,都还保存着,流传在世上,可以找得到。用英语时态来表示,是现在时态或现在进行时态。

所谓传藏书目,是指记录曾经流传、庋藏过的图书目录,这些书目中的图书只表示过去存在过,现在不一定传世了,或者说不一定能够找到原书的下落了。它们是过去时态的书目。

现存书目有三种:一是丛书书目,如《中国丛书综录》等;二是单行本书目,如《中国古籍善本书目》等;三是馆藏书目,如《武汉大学图书馆馆藏线装书目录》等。

请注意,我这里所说的书目,都是指古籍的版本书目,不包括我们现代人研究古典文学的著作目录。

弄明白了别集与总集、丛书与单行本、书目这几个概念以后,就可以讲怎样研究目录了。要问怎样研究,先要明白研究什么。下面就讲目录研究的问题、方法和途径。

二　问　题

研究词集目录,要研究一些什么问题呢?我们首先要追问的是,每个时代总共有哪些词集?这是第一个问题。唐五代有哪些词集?两宋时期有哪些词集?金元有哪些词集?明清又有哪些词集?

第二个问题是,每位词人有什么词集?苏轼的词集叫什么?辛弃疾的词集又叫什么?你要是研究诗歌的话,李商隐的诗集叫什么?杜牧的诗集又叫什么?

第三个问题是,每种词集又有哪些版本?在古代,一种书并不是只有一种本子,往往有多种版本,可能有宋刻本,有元刻本,有明刊本,有现当代的刻印本,还可能有笺注本,有评点本,有抄校本。不同的版本,可能会有一些差异,内容有不同,分卷有差异,收录作品的数量有差别,这都是需要我们去研究的。

比如苏轼的词集,有的本子叫《东坡乐府》,有的本子名《东坡词》。辛弃疾的词呢,有的本子叫《稼轩长短句》,有十二卷;有的叫《稼轩词》,只有四卷。一般来说,卷数越多,它收的词可能越多,但也有偶然性。比如,十二卷本《稼轩长短句》收词却没有四卷本《稼轩词》多。要熟悉、了解各种版本,必须看原书,不能仅凭卷数的多寡来判断一本书的好坏优劣。

三 步 骤

明白了要研究什么问题,接下来就要弄明白,从什么地方入手,采取什么样的方法,通过什么样的途径和步骤,来解决上面这几个问题。我们分几个步骤来讲。

(一)查专题书目

随着研究问题的深入,有些断代的、分体的著作目录已有人进行了整理。要了解唐宋词有哪些版本,可以查这样几种著作:唐圭璋先生的《宋词四考》,饶宗颐先生的《词籍考》,王洪主编的《唐宋词百科大辞典》典籍部分,王兆鹏和刘尊明主编的《宋词大辞典》词集部分,蒋哲伦、杨万里编著的《唐宋词书录》。这两种辞典介绍唐宋词别集、总集的目录版本比较全面。另外,还可以查阅我写的《词学史料学》。金元明词,现在还没有一部完整的目录工具书给我们利用,有志者可以去做一做。清词的书目,可以利用吴熊和、严迪昌、林玫仪三位先生合作编纂的《清词别集知见目录汇编——见存书目》。相对来说,唐宋词的别集目录,已经做得比较完善了,要做,可以做金元明的词集目录,薛瑞兆的《金代艺文叙录》,用力甚深,可以参考。清词书目,也还有进一步完善的必要与可能。

其他汇录一个朝代的断代书目,也包含有词集。比如四川大学古籍整理研究所编的《现存宋人别集版本目录》,就收录有宋人词集目录。刘琳和沈治宏先生编著的《现存宋人著述总录》,也收录有词集的目录。研究宋代文学的,不论是研究宋代散文,还是研究宋代诗歌,或宋代小说,这两种书目都应该参考。这两本书都有书名和著者索引,使用起来比较方便。关于清人别集总目,可以查阅李灵年、杨忠先生主编的《清人别集总目》，这本书著录了 2 万名清代作家的 4 万部诗文集，刚才说的《清词别集知见目录汇编——见存书目》主要是词集目录，这本书虽然是诗文别集目录，但也收录有部分词集目录。特别值得注意的是，明清人有的词集不是单独刊行的，而是附录在诗文集的后头，所以我们根据《清人别集总目》，也能找到大量清人词集的线索。《清人别集总目》，有别集书名索引，有作者名号索引，可以做多角度的检索。这本书甚至还可以当作清代作家辞典来用。即使你不做目录版本研究，但有时需要查一个清代作家的生卒年或籍贯之类，也可以查这本书。因为这本书不仅收录书目，还介绍了作者的生平，用途比较广泛。

我们研究一个时代或一个作家作品的版本目录，要注意充分利用这些专题研究的成果。人家已经给你做了，省得你再去大海捞针，费时费力。当然，如果你觉得它收集不全面，可以在它的基础上再去收集整理，做进一步的研究。但你不能绕开它，不问不顾。前人的研究成果，是我们做学术研究的基础，也是一种资源。你不能离开这个基础，要善于利用已有的资源，在前人的基础上，将学术向前推进。

查了专题目录以后，我们就可以大致了解研究对象的目录和版本的情况了。问题是，有的目录不全，我们要研究的作家，相关工具书中恰好没有，这就需要我们自己动手去收集整理。比如，现在我们要研究元代或明代某位作家的词集或诗集，想了解每种词集或诗集各有什么版本，却没有现成的目录书可用，那怎么查阅呢？这就需要进入第二个步骤了。

(二) 查现存书目

在这一步里，不妨先查丛书书目，然后查单行本书目，最后再查馆藏书目。当然，查阅这三种书目，不一定要严格按照这种次序，随意先查哪种、后查哪种都行。

刚才说过，很多古籍书都是收录在丛书里头，如果你不会充分利用这些丛书，有很多书你基本找不到。我就有这方面的教训。1983 年，我在湖北大学当助教的时候,就开始做张元幹年谱,需要查阅跟张元幹同时的作家别集,可在湖北大学图书馆基本找不到,因为当时我对目录学一窍不通,根本不会找书。第二年夏天,我到北京住了50天,专门去北京图书馆查书,这才把与张元幹有交游的、同时的作家别集都找到了,收集了不少有用的资料。等到我熟悉了目录学、会利用书目以后,才发现,我在北京图书馆查到的书,其实大部分在湖北大学图书馆也可以查到。为什么当时在湖北大学图书馆查不到呢?因为当时目录不全,很多丛书,只有一个目录卡片,没有详细的子目录。比如《四部丛刊》收录了477种书,目录柜子里就只有一个卡片,叫《四部丛刊》,我当时不懂,《四部丛刊》是什么书啊?所以眼前的书查不到,只好舍近求远到北京图书馆去找。北京图书馆的目录做得很细致,丛书里收的每一种书,都有书名索引和作者索引的卡片可查,所以,当时在北京图书馆里能找到我所需要的古籍。如果会利用丛书书目索引查书,有好多书就不需要到图书馆的馆藏目录柜子里查询。

1. 丛书书目

怎样查丛书书目呢?先查《中国丛书综录》。这套书收录各种丛书2797种,是20世纪五六十年代编出来的。一共有三大册,我们先要了解每一册的功能。

第一册是"总目",它著录的是各丛书的编辑者、刊刻的年代和详细的子目。请注意这里两个概念,一个是总目,一个是子目。总目就是所收丛书的总目录,子目就是每种丛书里所收书的详细目录。第一册告诉我们的是:这两千多种丛书具体是哪些?书名是什么,是谁编的,是什么时候编的?每种丛书里又具体收录有哪些著作?比如说,总目里收有《四库全书》,先说明《四库全书》是何人何时编的,然后一一按原书列出《四库全书》所收录的全部书名。所以通过第一册,我们可以知道中国古代有多少种丛书,每种丛书又收录了哪些著作。第一册里还附录有一个表格,非常有用,叫《全国主要图书馆收藏情况表》。有的丛书比较常见,一般高校图书馆里都有,比如《四部丛刊》《丛书集成初编》之类,一般大一点的图书馆都可以找到。有些比较罕见的丛书,只有个别或少量的图书馆收藏,有时我们即使知道了有这一部丛书,但也不知道到哪儿去找,查阅这个收藏情况表,就知道每种丛书哪些图书馆有收藏,是中国国家图书馆有,还是湖北省图书馆有,或是上海图书馆有,可以按图索骥。比如,某种丛书,武汉大学图书馆没有,而湖北省图书馆有,那你就到省馆去查;假如只有中国国家图书馆或上海图书馆有,那你就想方设法到中国国家图书馆或上海图书馆去查。或者你自己去,或者委托你的同学朋友代查。简单地说,这第一册是告诉我们有哪些丛书,这些丛书都收藏在哪些图书馆里。

第二册叫"子目",它把2797种丛书里头所收录的38891种著作重新进行分类,按照经、史、子、集四部编排。每一部又分为若干类,每一类又分为若干属。比如说我们常用的集部,主要是文学类的书集,分楚辞、别集、总集、诗文评和词曲五大类。每一类里又分若干属,比如词曲类,又分为词别集、词总集,总集下边又分为若干种,如历代词总集、郡邑词总集、氏族词总集等。什么叫郡邑词总集呢?就是专门收录一个地方的词人词作的集子,比如有的词集只收湖州籍的词人词作,有的只收云南一省的词人词作。每种书都著录有书名、作者、卷数和版本。查第二册,我们可以知道每一种书有哪些版本,在哪些丛书里能找到这些版本。

第三册是"索引",是子目的书名索引和著者索引。第三册主要是配合第二册来使用的。第二册收录有38891种书,如果不熟悉这本书的分类方法,要找其中某一种书,很不容易,这就要通过第三册的索引来查,既可以通过著者索引来检索,也可以通过书名索引来查,下面我们还要讲的。

跟《中国丛书综录》配套的,还有一本叫《中国丛书广录》。因为《中国丛书综录》由上海图书馆在1959年启动编纂,1959—1962年陆续出版,这在现在简直不可想象。编成的速度虽然很快,但质量还是非常高的。不过,受多种条件的限制,当时还是有很多丛书没有收全,所以,湖北省图书馆的阳海清先生,花了30年的时间,把《中国丛书综录》没有收录的丛书和后来新出的丛书汇编成《中国丛书广录》。《中国丛书广录》的编排方式、检索方法跟《中国丛书综录》是一样的。

另有施廷镛先生编撰的《中国丛书综录续编》,北京图书馆出版社2003年版。《中国丛书综录续编》是补录《中国丛书综录》和《中国丛书广录》没有收的书,或者是有差异的、彼此著录不相同的丛书。2017年,齐鲁书社又出版了罗志欢的《中国丛书综录选注》,结合最新成果对《中国丛书综录》做了完善与补充。这四种书可以配合使用,而且用法完全相同。

下面我们介绍《中国丛书综录》的使用方法,也就是怎么利用《中国丛书综录》来查书目。

查书目有三种情况:

第一种情况是知道作者的名字,但不知道书名,不知道他有哪些词集,有哪些著作。比如说我现在要研究清代的朱彝尊,他是位著名的学者、诗人、词人。我不知道他有哪些著作。在这种情况下,我们就可以查第三册的著者索引。《中国丛书综录》的书名和著者名,都是根据繁体字的四角号码编排的。我们先查"朱"字,"朱"的四角号码是"2590",于是我们根据每页边上的编码翻到2590的位置。姓"朱"的很多,同姓之下按姓名第二字的四角号码顺序排列,这第二字只取前两角,"彝"字前两角的号码是"27",按照这个顺序,在第450页的中间一栏找到"朱彝尊"的名字,名字底下40多种书,都是朱彝尊的著作目录。书名后的数字,是这本书所在第二册"子目"的页码。比如,朱彝尊的《潜采堂宋金元人集目》,是朱彝尊本人的藏书目,这本书书名的右边标的是"634页左"。根据这个提示,我们再找到第二册,在第二册的第634页左栏,就可以知道《潜采堂宋金元人集目》有什么版本,或者说,在哪一种丛书里能找到《潜采堂宋金元人集目》这本书。如果要读这本书,那我们根据第634页的提示,再到图书馆里去找《观古堂书目丛刊》《郋园先生全书》等丛书,在这些丛书里找出《潜采堂宋金元人集目》原书出来阅读。这是根据作者来查书名版本目录。

第二种情况是,知道书名,但不知有哪些版本。这就用《中国丛书综录》第三册的书名索引来检索。比如我知道朱彝尊的诗集叫《曝书亭集》,但我不知道这本诗集有哪些版本,或者说在哪本丛书里能找到这本诗集。怎么查呢? 还是查《中国丛书综录》第三册的索引,根据"曝书亭集"的书名来查。我们先在第三册书名索引里"曝"字下找到《曝书亭集》的目录,书名的右边标着"1394 左",然后到第二册的第1394 页左边一栏,找到《曝书亭集》。书名底下著录有这样几种丛书版本:

　　曝书亭集八十卷附录一卷
　　(清)朱彝尊撰
　　　四库全书·集部别集类
　　　四部丛刊(初次印本、二次印本、缩印二次印本)·集部
　　　四部备要(排印本、缩印本)·集部清别集

这提示我们《四库全书》《四部丛刊》和《四部备要》这三大丛书都收录有《曝书亭集》。如果要研究这本书,那我们最好是把这三种丛书里的《曝书亭集》全部找来看一看,看哪个本子最完善、收录的作品和资料最全。

如果只是一般地查找或核对某条资料,选择一种本子来读就可以了。就一般情况来说,如果一本书既有《四部丛刊》本,又有《四库全书》本时,首选《四部丛刊》本。因为《四部丛刊》所收书的版本都是善本、孤本或全本。比如说,南宋刘克庄的诗文集,《四库全书》里收的,只有五十卷,而《四部丛刊》里收的却有一百八十卷,是最全的本子。《四库全书》里,还有很多错误。一种是因为手抄,校勘不精,难免有错误,这是无心之失。还有一种是故意留下来的错误。《四库全书》的全名是《钦定四库全书》,传说有的抄书人故意留下一些容易看得出的错

字,等着乾隆皇帝审阅时改正"钦定",以显示皇帝批阅的认真和圣明。皇帝日理万机,哪有那么多功夫来一一阅读,"钦定"这海量的《四库全书》啊,于是那有意留下的错字就永远保存在那里了。还有的因为避当时的政治忌讳而擅自改动原文,特别是宋代文献中对金朝、金人蔑称的字眼,如"胡虏""犬戎"之类,《四库全书》收录时全都改成了中性词。比如说南宋胡铨的《戊午上高宗封事》,文中充满着对金人的仇恨和蔑视,用了好多蔑称来指代金人,《四库全书》收录时就全部删改了,这就大大失去了原文的感情色彩和本来面貌。因而,从版本的角度来说,《四库全书》并不是好版本,但因为很多著作没有别的本子,只有四库本,那就只好看四库本了。如果有别的刻本,就尽可能找别的刻本来读。当然了,如果是专题研究一个作家,那他集子的所有版本包括《四库全书》本都得看,因为同样一本书,版本不一样,内容可能不一样,收集到的材料也不一样。研究一个作家,最好把所有的版本都收集到位。

顺便说一下,很多古典文献的索引和相关工具书,都是按四角号码编排的。如果不会四角号码怎么办呢?那就先按笔画查字法把这个字的四角号码查出来,然后你再查;或者是根据汉语拼音把这个字查出来。我建议,今后想从事古代文学研究的研究生,一定要把四角号码查字法学会。这个其实也不太难,《现代汉语词典》就有,一看就懂,不需要老师专门讲,多用几次就会了,经常用,就不会忘记了。如果你不会四角号码,有时查工具书,要多花好多的时间。比如说,"王"字的四角号码,你不知道,可以通过笔画或拼音把"王"字的四角号码1010检出来。但姓王的作者有几百人,而同姓作者是按姓名第二字的前二角的号码顺序来编排的,有时查了作者姓氏的四角号码,名字的四角号码就懒得查。比如说要查王昌龄,排在姓王的哪个位置呢?如果你熟悉号码,王昌龄的"昌"字前二角号码是60,那我们就在王姓底下依顺序找到60所在位置,就能很快查到王昌龄。如果不熟悉"昌"的四角号码,事先又懒得查,只好把姓王的从头翻到尾,把成百上千的姓王的全部翻遍后才可能找到王昌龄,这就会浪费很多时间。所以,要掌握这种查询检索的方法,就像现在电脑打字,需要掌握一种输入法一样。

给大家布置一个作业:课后每人先通过著者索引,在《中国丛书综录》里检索任意两位作者的著作目录。比如宋代作家,可以任选一个你知道的作家,比如选张元幹,或选陈与义。明清文学研究方向的,可以选厉鹗,也可以选王世贞,随便你们自己定。然后通过书名索引去检索任意两种著作的版本。其实这二者是重合的,最好是先按作者查,查厉鹗和王世贞;按书名查,就查另外两个人的著作。特别是从来没有用过《中国丛书综录》这本书的,一定要亲自动手去查一下。自己动手实践了,才记得住,否则我的课就白讲了。我想强调一下,我讲的一些方法,都需要去实践,动手去做。武打小说里经常有所谓神功秘诀,得到了秘诀,也还要去苦练。否则秘诀永远只停留在纸上,不能变成实实在在的功夫。我讲的这些程序方法,一点也不神秘,只需要动手操作,就会运用了。

还有第三种情况,是在查资料的时候,既不知道书名,也不知道作者,只知道要查哪一个类型的书。比如,后边我们要谈到的历代公私藏书目,宋代有哪些书目著作,或者说宋代有哪些著作专门著录它那个时代的藏书,明代有哪些书目著作,清代又有哪些书目著作?又比如说查唐五代的历史著作,史书有正史,有野史,正史有《旧唐书》《新唐书》《旧五代史》《新五代史》,那么野史又有哪些呢?我现在不知道有关唐代史书的书名是什么,作者更不晓得,那怎么查呢?这就得根据《中国丛书综录》第二册的分类目录来查。因为第二册是把各种书按四部分类法分为经史子集来排列的。刚才说到的公私藏书目,排在哪一部类呢?学过文献学的都知道,有关目录学这一类的书,属于史部,要到史部去查。史部里专门有个目录类,目录类里又分很多种。在第二册史部目录类,可以找到历代有哪些公私藏书目。宋代有哪些书目,明代有哪些书目,清代又有哪些书目,一查即知。

为了熟悉古籍图书的分类,我建议你们把《中国丛书综录》的分类和《四库全书总目》的分类做一个对比。这是第二个作业。最好是用表格的形式来对比，看二者的分类有何异同。每一种类各有哪些书，每一种类举一二种书名就可以了。目的是让你们具体了解四部分类法和中国主要的古籍图书。熟悉了这些具体的分类，今后要找哪一类型的书，就知道到哪一个部类去查找了。最好是自己动手做，不要一个人做好了大家去拷贝、克隆、复印。我让你动手做的目的，是让你记住。做了以后，才知道原来史部是分这些种类，集部是分这些类别。古人的分类和我们现在不太一样，比如文学，诗在集部，散文在集部，词在集部，小说在哪呢？小说在子部，有的小说又在史部里头。所以你必须明了古人的分类方法，才能比较便捷迅速地找到自己要找的书目。

也许有的同学会说，王老师这个方法太笨，现在有电子版《四库全书》，用电子检索就行了，何必这么麻烦学这学那的。其实，即使是用电子版，也还有个选择的问题，如果你懂得目录分类的话，今后对你用电子检索文献也是非常有用的，我们在后面还要谈到。所以必须把《中国丛书综录》的分类方法弄清楚。

如果有些书在《中国丛书综录》里查不到，就要考虑查《中国丛书广录》和《中国丛书综录续编》。有时为了全面搜罗书目，即使《中国丛书综录》里有这本书，也要查《中国丛书广录》《中国丛书综录续编》和《中国丛书综录选注》，以求全面。

2. 单行本书目

研究一个时代的书目或某一文体的书目，仅仅查丛书书目是不够的，因为丛书书目只收录丛书中收录的著作目录，还有大量的单行本的书目没有收录，这就需要进一步查单行本书目了。有关单行本的书目，又有哪些呢？我把它们分为三类：善本书目、普本书目、馆藏书目。古籍一般分善本和普本。有些大型图书馆，收藏的古籍善本很多，于是将所藏古籍分为善本和普本两类来著录，所以就有了善本书目和普本书目之分。比如，中国国家图书馆就有《北京图书馆善本书目》《北京图书馆普通古籍总目》两种。有些图书馆呢，可能善本书不是很多，就没有细分善本和普本，像湖北大学图书馆编的《中文古籍书目》，就包含了善本和普本。所以，我这里说的善本书目、普本书目和馆藏书目，只是从实用的角度来分的，不是科学的划分，三者互有兼容，馆藏书目中包含着善本和普本，而善本和普本书目又主要是馆藏的书目，同时，善本和普本书目中又包含有单行本和丛书本书目。

2.1 善本书目

查善本书目，最主要的是要查《中国古籍善本书目》。这本书是20世纪80年代编撰的，收录了中国大陆所有公共图书馆所藏的善本书目，是目前收录中国大陆现存善本最全最多的书目，但也还有遗漏，南京图书馆藏的善本书，有的就没有收录在这套善本书目里。这本书也分经、史、子、集四部著录，另外增加了一个"丛部"，专门著录善本丛书。这套书先后由上海古籍出版社出版，不是一次出齐的，每一部有好几册，像"集部"，有三册。这套书的"索引"，直到2009年才出版。在这之前，使用这套书很不方便。

这套书怎么检索呢？在"索引"还没有出版的年代，我们只能依据四部分类和作者的时代先后到书中去找，因为书中每一部每一类中著录的书目都是按照时代先后来编排的，比如"集部"别集类的书目，就是《楚辞》和汉魏六朝隋唐五代的别集居前，宋金元明清别集依次居后，而每个时代又是按作家生卒年的先后来排列的。要查找某人的别集，就要先利用别的工具书确定作者的时代，然后在相应的断代里去查。如果不知道作者或别集是那个时代的话，那就惨了，三本"集部"就要从头查到尾，为了找一本书的目录，要花半天的时间，甚至半天还查不完，找不到。现在有了"索引"，就方便多了。举例来说，我们要查宋代徐鹿卿的集子，就可以先到"索引"中去查，"索引"是用四角号码编目的，如果不会使用四角号码，也可以先到书中的拼音或笔画检字表中去查。"徐"字的四角号码是"2829"，先找到"徐"字目，然后根据"鹿"字四角号码的前两位是"00"来进一步定位，就可以找到"徐鹿卿（宋）"，他的名下有六项索引结果：集04494、集04495、集04496、集

16552、集16554、集20075，这里的"集"字代表集部，后面的数字是别集在书目中的编号，根据前三个编号，可以在"集部"宋别集类的第381页找到徐鹿卿文集的三种版本：

宋宗伯徐清正公存稿六卷　宋徐鹿卿撰　附录一卷

　明万历四十二年徐鉴刊二徐公存稿本，清丁丙跋　　　四四

　九四

宋宗伯徐清正公存稿六卷　宋徐鹿卿撰　附录一卷

　清小山堂抄本　　四四九五

宋宗伯徐清正公存稿六卷　宋徐鹿卿撰　附录一卷

　清抄本　　四四九六

这三个本子，一个是明刻本，两个是清抄本。这三种版本藏在哪家图书馆，我们到哪家图书馆能找到呢？书名后面的"四四九四""四四九五"和"四四九六"三个书名编号会告诉你。根据这个书名编号，再到"集部"第三册附录的《藏书单位检索表》里去找与这三本书对应的藏书单位代号，根据藏书单位代号再查图书馆的名称。

比如，在"集部"第三册《藏书单位检索表》里，根据编号顺序，查到"四四九四"的藏书单位代号是"1601"；"四四九五"的藏书单位代号是"0301"，"四四九六"的藏书单位代号是"0201"（见该书第2360页）。

1601、0301和0201分别是三个图书馆的代号。这三个代号究竟是代指哪三家图书馆呢？我们还是在"集部"第三册的《藏书单位代号表》里可以查明：1601是南京图书馆的代号，0301是天津图书馆的代号，0201是上海图书馆的代号。查明了代号所指的图书馆，我们就可以知道，书名编号为"四四九四"的明万历刊本《宋宗伯徐清正公存稿》，收藏在南京图书馆；书名编号为"四四九五"的清小山堂抄《宋宗伯徐清正公存稿》，收藏在天津图书馆；书名编号为"四四九六"的清抄本《宋宗伯徐清正公存稿》，收藏在上海图书馆。查清了三个版本各自所在的图书馆，我们就可以分别到南京图书馆、天津图书馆和上海图

书馆去查阅这些版本了。

还要说明一点,《中国古籍善本书目》,现在常用的是上海古籍出版社出版的排印本。原来还有个油印的稿本,2003 年由齐鲁书社影印出版,书名题作《稿本中国古籍善本书目书名索引》;另外,线装书局2005 年出版的排印本《中国古籍善本总目》,是翁连溪先生根据稿本校编修订的,改正了稿本的一些错误。这两个版本都有书名索引,使用起来更方便。

稿本跟上海古籍出版社的排印本有一些差别:稿本著录有各个版本的行格款式,而排印本把行格款式一项给删掉了。比如刚才例举的《宋宗伯徐清正公存稿》三个版本,它们的行格款式是什么样的呢? 排印本没有说明,稿本却有著录:

> 宋宗伯徐清正公存稿六卷　宋徐鹿卿撰　附录一卷
>> 明万历四十二年徐鉴刊二徐公存稿本,清丁丙跋　九行二十字　白口左右双边
> 宋宗伯徐清正公存稿六卷　宋徐鹿卿撰　附录一卷
>> 清小山堂抄本　九行二十一字　无格
> 宋宗伯徐清正公存稿六卷　宋徐鹿卿撰　附录一卷
>> 清抄本　九行二十字　无格

这"九行二十字",就是行格款式,意思是说,每半页有九行,每一行都是二十个字。

行格款式,对辨别和研究版本,是很有用的。古人刻书和抄书,行格都是固定的,一本书里,每页多少行、每行多少字,都是统一的。假如两个本子行款不一样,这个本子是半页十行、行二十字,而那个本子呢,是半页九行、行十八字,那我们就可以判断这两个本子的来源不同。如果两个版本的行款完全一样,就有可能是同一个来源。如果一个是刊本,一个是抄本,两个本子的行格款式都一样,那我们就有理由认为,这两个本子的来源可能相同或接近。比如,上面三个版本,清抄本与万历

刻本的行格都是九行二十字，清抄本有可能是依据万历刻本传抄的。当然，是不是这样，还要根据其他内容来判断。小山堂抄本的行款，跟另外两个本子略有差异，表明传抄的来源可能不同。关于行款，后面还要讲的。所以，要注意查阅《稿本中国古籍善本书目书名索引》或《中国古籍善本总目》。

除了《中国古籍善本书目》收录现存大陆的古籍善本信息之外，还有台湾地区的善本书目，如台湾的图书馆善本书目、台北故宫博物院善本书目和台湾公藏善本书目索引，这三种书目在网上也能查到。另外，《美国国会图书馆藏中国善本书录》《美国哈佛大学哈佛燕京图书馆中文善本书志》《普林斯敦大学葛思德东方图书馆中文善本书志》《京都大学人文科学研究所汉籍分类目录》《东京大学东洋文化研究所汉籍分类目录》《内阁文库汉籍分类目录》《尊经阁文库汉籍分类目录》《静嘉堂文库汉籍分类目录》等海外中文古籍善本书目，也要注意查询。现在，很多海外图书馆对馆藏的中国古代文献做了数字化处理，向全世界的读者免费开放，如日本的内阁文库，就可以免费下载中国古籍的图片或 PDF 格式的电子版；美国哈佛大学燕京图书馆，馆藏的 4200 部中文善本古籍都可以在线浏览或下载。当然，也有一些海外的善本书，我们可能无缘看到，但做版本目录研究时，要尽可能知道一本书、一个版本的下落，弄清楚海外藏有什么版本，或者某个版本藏在海外什么地方。我们国内没有流传的，海外可能有收藏，所以海外的善本书目也要留意，不能光是了解国内的书目。复旦大学黄仁生教授到日本访学，见到了很多国内没有传存的善本，于是 2004 年在岳麓书社出版了《日本现藏稀见元明文集考证与提要》。我根据他在书中提供的线索，委托日本的朋友复印了十几家明人文集回来，给《全明词》补了好几百首词。2007 年北京大学严绍璗教授在中华书局出版了三巨册的《日藏汉籍善本书录》，搜罗了日本境内主要藏书机构所藏的中文古籍善本书目，每本书都有提要。利用这部书，可以大致了解原书的基本概貌，非常有用。当然，这部书也有遗漏。比如，日本内阁文库收藏的清人侯文灿编选的《亦园词选》，《日藏汉籍善本书录》就没有收录。这本《亦园词选》编成于康熙二十八年（1689），收录了清初词人的词作 963 首。国内几乎没有见到相关书目的著录，只有香港饶宗颐先生在《全清词·序》里顺便提起过。我到日本访书时，查阅过这本书。也不知为什么，这本书国内没有藏本，至少是国内相关善本书目中我没有见过著录。如今对外学术交流日益频繁方便，即使我们自己无法到海外去看书，也可以委托各方面的友人来查阅和了解这些书的细节，所以要注意搜罗利用海外的善本书目。

2.2 馆藏书目

有些图书馆藏的古籍书目都汇编成了书，比如中国国家图书馆有《北京图书馆善本书目》《北京图书馆普通古籍总目》。如今中国国家图书馆所有的馆藏书目已经全部上网，无论是善本还是普通古籍，在中国国家图书馆网站上就可以检索得到，检索起来非常方便。其他省市图书馆和高校图书馆，一般也编有古籍书目，有的是将善本和普本分编，有的是合编在一起，如《浙江图书馆古籍善本书目》《天津图书馆古籍善本书目》《四川省图书馆馆藏古籍目录》《清华大学图书馆藏善本书目》《北京师范大学图书馆中文古籍书目》《杭州大学图书馆线装书总目》《中国历史博物馆馆藏普通古籍目录》《中国社会科学院文学研究所藏古籍善本书目》《台湾公藏普通本线装书目书名索引》《香港所藏古籍书目》等。2013 年中华书局、上海古籍出版社出版了《中国古籍总目》，汇录了全国各地馆藏古籍书目。要查阅一本书，寻找一本书，要注意充分利用这些书目来寻访。我常常请托各地的朋友找书，他们有的纳闷：你怎么知道我这里的图书馆有这书呀？其实，并没有什么窍门，熟悉了各种书目，就能做到"秀才不出屋，能知天下书"。

（三）查传藏书目

现存有哪些书，每种书现存有哪些版本，我们可以根据上面说的丛书书目和各种单行本书目去查。我们研究目录、研究版本，仅仅知道现存书目还不够,还要了解、追踪现存的这些书是怎么传存下来的,经过了哪些人的递藏?除了现存的书外,历史上还曾经传存过哪些书和版本?这就要查历代公私藏书目录了。什么叫"历代公私藏书目录"?就是历代公家藏的书目和私家藏的书目。古代有很多私家藏书,私家藏书常常会定期进行整理,编出目录,有的还要写提要、写题跋。现在私人藏书已经不那么突出了,人们关注的主要是公共性的政府图书馆和学校、单位图书馆的藏书。历代公私藏书目可以让我们了解一本书在历史上的流传情况,无论是研究版本目录,还是研究文学传播,都是非常有用的资料。

古代的公藏书目,主要是在正史的《艺文志》或《经籍志》里,如《旧唐书·经籍志》《新唐书·艺文志》《宋史·艺文志》《明史·艺文志》等等。当然,也有独立于正史之外的官藏书目,比如,北宋王尧臣等人编撰的《崇文总目》、明代焦竑编撰的《国史经籍志》等,都是目录学方面的名著。私家藏书目录就比较多,特别是明清两代最多。宋代私家藏书目录,著名的有晁公武的《郡斋读书志》和陈振孙的《直斋书录解题》。这两本书不光是著录书名,还有解题,有作者介绍,有评论。研究宋代和宋代以前作家的生平和著述,这两本书都得注意。这两本书,上海古籍出版社都出版有校点本,很容易找到。元代马端临的《文献通考·经籍考》,也比较重要。《文献通考》的内容非常丰富,其中有一部分叫"经籍考",上海华东师范大学出版社曾经把"经籍考"单独整理出版了。《文献通考·经籍考》主要是根据晁公武和陈振孙的两本书编成的,所以,在"经籍考"里经常可以见到"陈氏曰""晁氏曰"的字样。陈氏,就是陈振孙;晁氏,就是晁公武。既然《文献通考·经籍考》是《郡斋读书志》和《直斋书录解题》两本书的汇编,那是不是《文献通考·经籍考》就可以不看了呢?也不尽然。因为《文献通考·经籍考》还收录有晁、陈二书之外的其他资料,可以补其未备。再者,晁公武的《郡斋读书志》和陈振孙的《直斋书录解题》因为版本比较多,文字时有差异,我们可以利用《文献通考·经籍考》来做校勘,定是非。

明清人的书目有好多种，比如黄丕烈的《荛圃藏书题识》、瞿镛的《铁琴铜剑楼藏书目录》、陆心源的《皕宋楼藏书志》、丁丙的《善本书室藏书志》、缪荃孙的《艺风藏书记》等等。历代公私藏书目的种类和书名，可以参看我的《词学史料学》。我在《词学史料学》里头附录了一个历代公私藏书目的目录。现在有中华书局出版的《宋元明清书目题跋丛刊》十九大册，几乎包括了所有重要的书目题跋著作。这套书没有的，可以查北京书目文献出版社出版的《明代书目题跋丛刊》。要提醒的是，这两套丛刊只是收录了部分书目题跋著作，并没有把明清所有的书目题跋收录进来，所以不要以为查阅了这两套丛刊，就等于查阅了全部的明清人书目题跋。还有大量的书目题跋需要我们通过另外的途径去查询。还有一套大型丛书值得注意，书名是《中国著名藏书家书目汇刊》，共七十巨册，由林夕先生主编，商务印书馆 2005 年出版。这套书收集了宋代至 20 世纪前期有代表性的藏书目 158 种，差不多有一半是第一次公之于众。2019 年中国国家图书馆出版社又出版了一套《哈佛燕京图书馆藏稀见书目书志丛刊》二十三册，收录了 33 种公私古籍目录，都是罕见的稿抄本。现在读书、查书，不说比老一辈，就是比我读硕士、博士的时候都方便了很多。那时我要查一种明代人或清代人的书目题跋，要跑好多图书馆才能找得到。现在一套书在手，可以少跑好多路，节省好多时间。

书目里的资料，怎么去查阅呢？一般来说，只能是一本一本地老老实实地去翻阅书目著作，以搜罗所需要的目录资料。如果只是为了查询某一个专题的目录资料，有时一本书也可以跳着查，用不着把全书看完。书目题跋著作，一般都是按经史子集分类编排的，如果我们要查的是集部的目录，那就直接查阅书中集部的有关部分，不必从经、史、子部一路看下去。

一个藏书家，藏书总是有限度的，不可能收藏天下所有的书、所有的版本。因此，一本书目题跋，并不一定包含有我们所要查的书目。有时我们查阅书目题跋，查了几种甚至十几种，都找不到一条我们需要的资料。遇到这种情况，难免有点郁闷。为了节省时间，尽快地准确地在书目题跋中找到我们所需要的版本目录资料，可以利用一本工具书来检索，这本书叫《古籍版本题记索引》，编者是罗伟国、胡平，上海书店1991年出版。

《古籍版本题记索引》把102种古籍书目、题跋记、读书志之类的目录学著作中的书目资料编成详细的索引，我们可以通过书名和作者索引，快捷地检索到这102种书目题跋著作中哪些有我们需要的书目资料，换句话说，可以检索到一本书在古代曾经有哪些版本记载。有了这本索引，我们就用不着一本一本地、一页一页地去翻检上百种书目题跋著作了，只要查这本索引，我们就可以知道，哪些书目题跋有我们需要的资料，哪些书没有。这样可以节省好多时间。

做学问有个诀窍，就是善于使用各种索引。会使用索引，一上午到图书馆可以查到十条八条材料，不会利用索引，有时可能一天都查不到一条有用的资料。我们在前面说过，读书、做学问要用笨功夫，要老老实实地读书。但用笨功夫，是指一种态度，一种精神，而不是说不讲策略，不注意窍门。做学问，要用功，更要善于用功，巧用功，活用功，而不是"死用功"。怎么巧用、活用，那就在于各人摸索、总结了。比如，用索引，用多了，也会用出窍门的。窍门来自实践，来自实践中的感悟。所以，要学会多用索引，巧用索引。

比如，我现在想要了解李清照词集在历代流传过哪些版本，历代有哪些书目题跋著作有著录，如果不用索引，即使仅仅把上面说的两套明清书目题跋丛刊全部翻一遍，没有两三天你也翻不完。现在，我们用《古籍版本题记索引》，几分钟就可搞定。我们根据《漱玉词》的书名，在《古籍版本题记索引》第346页可检索到下列几项：

> 漱玉词一卷　宋李清照撰
> 宋刊本　［41］·二十一·7
> 劳巽卿校本　［11］·一百十九·9
> 旧抄本　［91］·四十·10

漱玉词十二卷　宋李清照撰

宋刊本　[14]·四下·490

由这个索引,我们可以知道,《漱玉词》曾经有两种版本,一个是一卷本,一个是十二卷本,而且这两个版本都有宋刊本,也就是说,在宋代流传过两种《漱玉词》的刻本。另外,一卷本中,还有两个抄校本。

那么,这两个宋刻本的情况到底如何呢?是哪本书著录的呢?这就需要我们进一步去查原书,才能弄清楚。要提醒一下,曾经有的同学把这个索引里记载的版本资料当作原始资料来用,是不对的。这只是索引,只是提供线索,原始材料还要根据索引提供的线索到原书里去找。每一条索引方括号中的数字是书目著作的代码,方括号后的两个数字分别代指该书的卷数和页码。在《古籍版本题记索引》书前所列的《采用书目及其代号》中,可以查到:"[41]"是指宋代陈振孙的《直斋书录解题》,"[11]"是指清代陆心源的《皕宋楼藏书志》,"[91]"是指清代丁丙的《善本书室藏书志》,"[14]"是指宋代晁公武的《郡斋读书志》。如果把《直斋书录解题》这本书找出来,在其中的第二十一卷第7页中可以找到有关宋本《漱玉词》的记载;同样,在《皕宋楼藏书志》第一百十九卷第9页中能找到《漱玉词》劳巽卿校本的具体情形。还要注意,各书版本不同,页码可能不同。这里所标的原书页码,要注意《古籍版本题记索引》书前所列代号表中注明依据的是什么版本,否则因版本不同,在相应的页码中就可能找不到你需要的资料。不过,版本的卷数一般变化不大。如果我们用的《直斋书录解题》与《古籍版本题记索引》所依据的《直斋书录解题》的版本不一样,也可以在卷二十一中找到《漱玉词》的材料,只是页码可能不同而已。

大家记住啊,《古籍版本题记索引》是一本很有用的书。今后要做古籍版本目录研究的话,这本书会给你提供很大的方便,为你节省好多的时间。做一本好索引,往往是功德无量的事。希望这种好事,大家也学着去做做,利己又利人。

(四) 查其他文献资料

研究词集目录,除了目录题跋著作之外,还有其他文献资料也要注意查询和利用。古代的书籍,很多都没有流传下来。就词集而言,历史上曾经流传过哪些词集,这些词集什么时候有流传、什么时候失传的,我们在研究词的传播时都要注意。下面的一些文献资料,常常记载有失传了的词集。

1. 词话

历代词话中记录有词集的存佚和相关版本情况。比如南宋王灼《碧鸡漫志》卷二就记载有北宋末幽默词人曹组的词集,说是曹组的儿子曹勋曾"以家集刻板","近有旨下扬州,毁其板"。可见南宋初年曹组的集子曾由曹勋刊行,不久,书板就被禁毁,因此后世不传,历代公私书目中也没有著录。《碧鸡漫志》卷二还记载有一种词集,叫《乐府广变风》,是王灼的朋友黄大舆的词集。黄大舆编选了词学史上第一部专门的咏物词选《梅苑》。《梅苑》流传至今,而他本人的词集《乐府广变风》却失传了,其他书目也没有著录。又如明代大学者杨慎有本词话著作叫《词品》,《词品》卷四记载南宋词人危稹有《巽斋词》一卷,后来清代沈雄的《古今词话·词评》上卷也有记载。由这两条记载,我们可以知道,杨慎生活的明代中叶,曾经流传过《巽斋词》,到沈雄生活的康熙年间,也还有流传,至少是沈雄见过或者知道有这本词集。后来就不见别的书目著录了。也就是说,至迟在康熙以后,这本《巽斋词》就失传了。

2. 词选

古代的一些词选,在介绍词人的时候,也经常会提及他有什么词集。例如,南宋有本著名的词选叫《唐宋诸贤绝妙词选》,编选者叫黄昇——注意啊,不是周密的《绝妙好词》。《唐宋诸贤绝妙词选》记载了不少宋人的词集名,比如徐伸的词集《青山乐府》,《直斋书录解题》等宋代书目著作就没有著录,只有在黄昇的这本词选里看得到。通过这个记载,我们就知道徐伸原来有词集,只是后来失传了。还有北宋的仲殊和尚,是苏轼的好朋友,是湖北安陆人。安陆还有一个名人啊,就是李白,李白的第一位夫人是安陆人,所以李白是安陆人的姑爷。仲殊原来是个好色之徒,老是在外拈花惹草,他老婆气愤不过,就下毒,差点把他毒死。他看老婆这么狠毒,就出家"逃婚"了。因为吃肉就毒发,于是出家为僧,食蜜能解毒,于是酷嗜蜜,所以苏轼戏称他为"蜜殊"。他也是本性难改,做了和尚后照样写艳词。他的词集没有传下来,但黄昇的《唐宋诸贤绝妙词选》却说仲殊"有词七卷,沈注为序",这表明黄昇是见过他的词集的。也就是说,南宋曾经流传过七卷本的仲殊词集,只是后来失传了。

3. 文集序跋

古人的文集序跋里头,也有一些已经亡佚了的词集记载。比如南宋初年的苏籀,是苏辙的孙子,苏轼的侄孙,他的《双溪集》里有《书三学士长短句新集后》。"三学士"是指黄庭坚、秦观、晁补之,这表明南宋初年曾"新"刊黄、秦、晁三人的词集,对了解秦七黄九词在南宋初的传播,很有价值。序中称颂秦词是"逸格超绝,妙中之妙。议者谓前无伦而后无继",可见南宋初人们对秦观词的评价是非常高的。历来研究秦观词的,很少有人注意到这条材料。又如,《直斋书录解题》著录有"《群公诗余》前后编二十二卷",但没有注明是哪个人编的。而南宋杨冠卿的《客亭类稿》有《群公乐府序》,说:

> 乐府之作,盛于唐,自温庭筠而下,或者置而不论。天朝文物,上轶汉周,而其大者固已勒之金石,与五三六经并传于无终穷。若夫骚人墨客,以篇什之余寓声于长短句,因以被管弦而谐宫徵,形容乎太平盛观,则又莫知其几。名章俊语,前无古人。"盛丽如游金、张之堂,妖冶如揽嫱、施之祛,幽洁如屈、宋,悲壮如苏、李",盖

不但一方回而已也。温陵曾端伯虽加裒集,遗逸尚多。况自绍兴迄于今,阅岁浸久,贤豪述作,川增云兴。绝妙好辞,表表在人耳目者,不下数十百家。湮没于时,岂不甚可惜！余漂流困踬,久客诸侯间,气象萎薾,时有所攖拂,则取酒独酌,浩歌数阕,怡然自适,似不觉天壤之大,穷通之为殊涂也。羁旅新丰,既获其助,遂掇拾端伯《雅词》未登载者,厘为三秩,名曰《群公词选》。锓木寓室,以广其传。得则书之,颇无铨次。惟以寇忠愍公、范文正公冠篇首,庶几浮靡之议,无所容声。而是集之作,亦得所主盟焉。其或传诵失真、姓字讹舛,识者必能详辩。若锱铢而较,余则有所不暇云。丁未中秋杨冠卿梦锡序。

由这篇序言,可以知道《群公诗余》原来是杨冠卿编选的。冠卿是湖北江陵人。序末所说的"丁未",是孝宗淳熙十四年,公元 1187 年,《群公诗余》就编成于这一年。原来分三编,将寇准和范仲淹的词放在书前压卷,主要收录曾慥《乐府雅词》之外的北宋至南宋初中叶的词人词作。书的规模看来不小,只可惜失传了。

4. 方志

有些方志里头也记载有宋人的词集。比如南宋《景定建康志》卷三十三记载,当时建康存有书版"唐《花间集》一百七十七版""《和晏叔原小山乐府》二百四十六版"。版是版片,一版印出来就是一页。也就是说,《花间集》有 177 页,而当时和晏幾道的词有 246 页。《花间集》都是小令,晏幾道的词也是小令,追和他的词,自然也是小令。根据这个估计,177 页的《花间集》是 500 首词,那么,246 页的和晏幾道词,应该有 700 首左右①。和词那么多,说明晏幾道的词在当时是非常

---

① 日本萩原正树教授在南宋词里找出了 23 首次韵晏幾道的词作,其中赵长卿 17 首、陈允平 4 首、卢祖皋和辛弃疾各 1 首。见其《〈和晏叔原小山乐府〉探论》,载《南开诗学》第一辑,社会科学文献出版社 2018 年版,第 83 页。

受欢迎的,大家群起追和仿效。这个材料是我第一次发现的,我在几个地方都用到过。晏殊很得意他的两句词:"无可奈何花落去,似曾相识燕归来。"既写到他的词里,又写到他的诗里。我也很得意我发现的这则材料,既写到文章里,又写到书里,今天又在这里"显摆"。这条材料,我们可以从传播的角度来使用它,也可以从接受的角度来诠释它。不了解古代的版本目录,就很难研究古代文学的传播,或者说你很难找到直接的文学传播史料。同样地,做古代文学的定量分析,不熟悉版本目录学,连基本的数据都没法子找到,还谈什么分析!有人说,做古代文学的定量分析有什么学问? 有什么学术含量? 不就是加减乘除吗? 其实,有些东西,别人做出来了,觉得非常简单,却不知道别人做的过程很艰难。就像如今的电脑操作程序,用起来多简单,三五岁的小孩拿着鼠标就可以上网遨游了,却不知道那程序研制人员花了多少心血,凝聚了多少智慧,包含着多少科技含量!

5. 诗话、野史笔记

诗话和野史笔记里也有很丰富的书目版本资料,自然也有词集的目录版本方面的记载。这里就不多举例了。

我有一本论文集,叫《唐宋词史的还原与建构》,湖北人民出版社2005 年版,里边收录了我的一篇长篇论文《两宋所传宋词别集版本考——宋词的书面传播方式研究》。这篇文章主要是考证宋代流传了多少种宋词别集。其中很多材料,就是取自于书目题跋著作以外的文献资料,当然也包括诗话和野史笔记中的资料。有些词集,至今仍有版本流传,但有不少词集没有版本流传下来,只有在宋代流传过。这是一种还原性的实证研究,主要是考察两宋时期究竟流传过多少种词集,哪位词人词集的版本最多。我试图证明,是不是越有名的作家流传的版本越多,想通过版本流传的多少来看一个作家的影响力。如今看一本书受不受欢迎,是不是畅销,一个重要的参考指标就是看它的印数。古代的书,我们已经没法了解它的印数了。一本词集,是刻印了 3000 本,还是 2000 本，或是 200 本，我们已经无从考证，但我们可以从它被刻印的次数，也就是版本的种数，来了解一个词集受重视和受欢迎的程度。一个词集在某个时代有多少种刻本，还是有资料可以考察的。我觉得，知名度越高的作家，传刻的版本应该越多。考证的结果，证明了我的这个感觉是对的。苏轼、辛弃疾、周邦彦、柳永、欧阳修等著名词人词集流传的版本，确实比一般词人词集流行的版本要多。传播的版本多，说明他的作品社会需求量大，受大众欢迎。我的这篇文章，是借助目录版本资料来研究词作传播的一次尝试，也是想探索一种新的研究途径和方法。

第四讲
词集版本研究的方法

这一讲,讲怎样研究词集版本。

要研究词集版本,先要了解与版本有关的一些关键词。

一 关 键 词

稿本、抄本、刻本,是版本的三种类型。

(一)稿本

稿本和抄本都是手写的本子。稿本是相对定本而言的,抄本是相对刻本而言的。稿本,又有不同的情况,如果是作者本人亲笔写的稿本,就叫手稿本,又叫亲稿本;是他人誊抄、誊录的,就只称稿本。有一本专门查古籍稿本的工具书,叫《中南、西南地区省、市图书馆馆藏古籍稿本提要》,阳海清主编,华中理工大学出版社 1998 年版,主要收录四川、重庆、湖北、云南、贵州、广东、广西等十家省市图书馆收藏的古籍稿本。必要时可找来查阅。

(二)抄本

抄本,就是手工抄写的本子。抄本,又有景抄本和传抄本的区别。景抄本的"景",读"影"。古代没有复印的技术,就描摹,按照原本的字体、格式,一模一样地照抄一本,就叫景抄本。所谓传抄本,就是一般地抄录，只求内容的真实一致，不太讲究字体、格式的一模一样。抄本中最常见的是传抄本，所以传抄本就直接称"抄本"。就像稿本之外另分出一个手稿本一样，抄本之外再分出一个景抄本，以示区别。

(三) 刻本

刻本，就是刻版印刷的本子。又称刊本、印本。刻本的情况比较复杂，有好多种说法。

按刊刻时代分，有宋刻本、元刻本、明刻本、清刻本等。

按刊刻主体分，有官刻本、家刻本、坊刻本等。

按刊刻的先后分，有初刻本、原刻本、重刻本、景刻本、修补本等。

按版式和字体分，有巾箱本、插图本、大字本、小字本等。

按印刷颜色分，有蓝印本、朱印本、墨印本、朱墨本、套印本等。

按印刷工艺分，有活字本、影印本等。

按流通类型分，有善本、珍本、孤本、残本、通行本等。

呵呵，名堂多得很！这些名称，大多数一看就明白，不需要太多的解释。不太明白的，我三言两语也说不清楚，可以参看张三夕主编的《中国古典文献学》，华中师范大学出版社 2003 年初版，2018 年修订至第三版，当然是看再版的好。还可参考杜泽逊先生的《文献学概要》，第五章"文献的版本"，中华书局 2001 年初版，2008 年出版增订本。另外，江苏古籍出版社 2002—2003 年出版了一套"中国版本文化丛书"，有专书介绍宋刻本、家刻本、坊刻本的情况。广陵书社 2006 年出版有王荣图、王筱雯、王清原主编的《明代闵凌刻套印本图录》，也可以参看。看了这本书，就可以知道明代套印本的书是什么样子。

关于刻本，做点补充说明。

官刻本，就是官方刻印的本子。宋代除国子监外，各级地方政府经常刻印书籍。地方行政长官刻书，有时是为传播乡邦文献，有时也是为了开辟合法的财源，获取利润。印卖图书所得的利润，往往进入"小金库"，当时叫"公使库"。这些钱，行政长官可以自由支配，可以用来请客送礼。宋代公宴特别多，经常举行"政府招待会"，招待上司或同僚。宴会上少不了要让歌伎唱词，唱得好的，主人高兴了，还要给赏钱。这些钱，大多是公使库的钱。还有啊，宋代有些浪迹江湖的文士经常给地方长官送上诗词，地方长官往往要给钱物回馈。南宋著名词人刘过曾经寄给辛弃疾一首《沁园春》（斗酒彘肩）词，辛弃疾当时在绍兴任浙东安抚使，非常欣赏，一下子就给了刘过"数百千"钱。这钱，肯定不是辛大帅自己掏腰包，而是用公使库的钱。当然是不是刻书赚来的，那就不好说了。

所谓家刻本，就是家庭刻本。宋代以来，有的读书人或者官宦之家，为了弘扬先人祖辈的文学事业，让祖辈先人的文集流传下去，往往自己掏钱刻印文集。家刻本一般质量都比较高，因为它不追求利润，刻工比较精细，特别是校勘比较精审，所以历来都比较受重视。

所谓坊刻本，就是书坊的刻本。书坊就是当时的出版社，专门刻印营销书籍。宋代四川、福建麻沙、浙江杭州书坊的刻本，都非常有名。特别是杭州的陈氏书棚，刻印的唐宋诗人的诗文集特别多，而且刻印的质量非常高。陈氏书棚的老板叫陈起，也是位诗人，有很高的鉴赏力，很多江湖诗人把诗集给他出版，他要严格审查删削，不满意的就退回去。当时江湖诗人都非常服他。南宋的江湖诗派之所以能够形成，就与他有关系。他把当时的江湖诗人的诗集编刻在一起，号称《江湖小集》，后世就把《江湖小集》中的诗人称为江湖诗人或江湖诗派。这是印刷传播对创作影响的一个典型案例。

所谓景刻本，跟景抄本一样，也跟现在的复印本差不多，是完全照原书的样子刻印。比如，我们后面要讲到的词集丛刊《景刊宋金元明本词》，就是完全根据宋刻本、金元刻本、明刻本或者抄本原书的式样刻印的一部词集丛刊。修补本，是根据原书的书版做局部的修补后再印的本子。

二　重要的词集丛刊本

要研究词集版本，还需要了解一些重要的词集版本，特别是丛刊本。因为唐宋词人的词集，大多数是靠丛刊本保存下来的。熟悉了有关词集丛刊，也就可以大致了解唐宋词集的主要版本了。那么，宋代以来，流传有哪些大型的词集丛刊本呢？

词集丛刊，始于南宋。现在介绍几种重要的词集丛刊：

(一)《百家词》

南宋宁宗嘉定年间长沙刘氏书坊辑录刻印。原书早就不存在了，因为陈振孙的《直斋书录解题》卷二十一有著录，所以我们知道有这部书。根据陈振孙的著录，《百家词》共收词集92种，词人97家。因为有几家是合集，所以作者的数量多于词集的数量。也正因为有了陈振孙的这个著录，我们可以大致了解宋代曾流传过多少种词集。宋代传存下来的私家藏书目，除我们前面说过的晁公武的《郡斋读书志》、陈振孙的《直斋书录解题》外，还有尤袤的《遂初堂书目》。这三种书目，都著录有词集，但只有《直斋书录解题》是用独立的一卷专门著录词集，而且标明是"歌词类"。《郡斋读书志》和《遂初堂书目》是南宋前期写的，而《直斋书录解题》成书要晚一些，写成于南宋后期。《直斋书录解题》将词集单独分作一类，表明这个时候词体独立的文体地位得到了广泛的认同。这也是值得注意的一点。虽然是单纯的文献著录，但其中也渗透着一种文体观念。读文献资料，要善于将"死"文献读成"活"文献，善于挖掘和透视文献史料背后隐藏着的思想、观念。一种历史的观念意识，并不全是体现在理论形态的表述之中，也隐含在各种非理论化的资料之中。我们研究古代文学，常常苦于找不到直接的理论资料。其实，只要善于发现，很多非理论化的文献资料里头也能挖掘出理论性的思想观念出来。

(二)《典雅词》

据赵万里先生的考证，《典雅词》是南宋临安陈氏书棚的刻本。赵万里先生是著名的版本目录学家，做过北京图书馆(今中国国家图书馆)善本部的主任,北京还有一位著名的藏书家也是作家的郑振铎先生,他俩有"郑龙赵虎"之称。赵先生做过王国维的助教,出版过一本很有名的辑佚方面的著作,叫《校辑宋金元人词》,胡适给予过高度的评价。赵先生的考证,非常严谨,他的意见,自然可信。《典雅词》的原刊本没有传下来,只有部分词集有抄本传世,现在传世的有21家词集。这些抄本,主要收藏在中国国家图书馆,部分收藏在台北的图书馆。

(三)《琴趣外篇》

南宋闽中书肆刻本。目前流传下来的有欧阳修的《醉翁琴趣外篇》、黄庭坚的《山谷琴趣外篇》、晁补之的《晁氏琴趣外篇》和晁端礼的《闲斋琴趣外篇》。《景刊宋金元明本词》都已收录。其中特别值得注意的是欧阳修的《醉翁琴趣外篇》。欧阳修词集的宋刊本,传下来的有两种。另一种是南宋庆元年间刻的《欧阳文忠公集》里的《近体乐府》,收词 192 首。《醉翁琴趣外篇》收词有 203 首。两种词集收词的绝对数量似乎差别不大,但仔细比较,就会发现两种词集收录的词作有很多不同。《醉翁琴趣外篇》中只有 125 首是跟《近体乐府》一样的,其余 78 首,是《近体乐府》里所没有的,而且大多是通俗的艳词。这让我们看到了欧阳修词风的另一个方面。欧阳修是文坛领袖,在政坛上正气凛然,但读了这些通俗艳词,却发现欧阳修在休闲娱乐场合,俨然是一个"playboy(花花公子)",风流潇洒得很。这些艳词,编《近体乐府》的人,认为不会是欧阳修这么儒雅的人写的,就把它们删去了。要是没有《醉翁琴趣外篇》,咱们就永远不会知道欧阳修人格性情的另一面!其实,人,原本有多种面目,不同的场合有不同的表现。在正式的社交场合,自然要举止得体,符合礼仪;在休闲娱乐场合,不妨自由自在,随心所欲。作为政治人物、社会角色出现在官场的时候,是一副面孔;作为朋友的角色出现在私人化的生活空间的时候,当然又是另外一副面孔。荣格的心理学,对于不同环境下不同的人格面具,有很精彩的分析。欧阳修的这些艳词,是他在私人化的娱乐性的酒席宴会等休闲场所写出来的,肯定跟他在政论文章中表现出来的人格特征不一样。过去有人说欧阳修是"人格分裂",实在是大大的误解。

(四)《六十家词》

宋末元初的刊本,早已失传,只是宋末张炎的《词源》里有记载,就不用多说了。

元代没有什么词集丛刊,到了明代就多了起来,其中吴讷辑的《唐宋名贤百家词》和毛晋辑刻的《宋六十名家词》,最为有名。这两部词集,名称上都跟宋代的两部书有点关系。《唐宋名贤百家词》,又简称《百家词》,跟南宋长沙书坊刻的词集丛刊名称完全一样,只是内容大不相同。《宋六十名家词》跟宋末的《六十家词》也比较接近。《唐宋名贤百家词》和《宋六十名家词》这两部书,一出现在明初,一出现在明末。

(五)《唐宋名贤百家词》

吴讷(1368—1454),是明代初年的人,毛晋(1599—1659)是明末人,两人相隔差不多有二百年。巧的是,吴讷和毛晋都是江苏常熟人,前后同乡。不过吴讷是官员,毛晋是富翁,身份不同,但两人都爱书。吴讷还是位法学家,辑有《祥刑要览》一书。

《唐宋名贤百家词》,编成于明正统六年,即公元 1441 年,是现存最早的一部大型词集丛书,比毛晋的《宋六十名家词》要早二百来年,共收录唐宋金元明人词集 100 种(此书明示不录明人词,实误收明词别集 1 种),其中宋词别集 83 种,金元词别集 11 种。① 这本书的价值之

---

① 参王兆鹏《词学史料学》,中华书局 2004 年版,第 112—114 页。另参秦惠民《〈唐宋名贤百家词集〉版本考辨》,《词学》第三辑,华东师范大学出版社 1983 年版,第146—160 页。

一,是保存了不少宋元词集的孤本,如曾慥辑录的《东坡词》《东坡词拾遗》和《稼轩词》丁集、元人袁易的《静春词》等,全凭此书得以传世。曾慥编有一本著名的词选《乐府雅词》,其中没有收录东坡词,于是有人怀疑可能是东坡词不符合曾慥"雅词"的标准,所以不予收录。从这部书里知道了曾慥另编有《东坡词》,就可以明白:曾慥是为避免重复而在《乐府雅词》中不选东坡词。曾慥的《东坡词拾遗跋语》也很值得注意:

> 《东坡先生长短句》既镂板,复得张宾老所编并载于蜀本者,悉收之。江山丽秀之句,樽俎戏剧之词,搜罗几尽矣。传之无穷,想象豪放风流之不可及也。绍兴辛未孟冬,至游居士曾慥题。

这篇短短的跋文,给我们提供了这么几点信息:一是《东坡词》和《东坡词拾遗》都是曾慥所编。二是《东坡词拾遗》编成于绍兴二十一年辛未(1151),在这之前,《东坡词》就已"镂板"印行。三是当时还有张宾老编的蜀刻本传世。张宾老,名康国,字宾老,徽宗时做过翰林学士,不久就升为尚书左丞。先是得到蔡京的提拔,所以官运亨通,后来跟蔡京作对,暴死在朝堂之上。他死的那年是大观三年,公元1109年。也就是说,张康国(1056—1109)是北宋末年的人,他编的东坡词集,也一定是成书于北宋末。至于后来在四川刻印,是在北宋末还是南宋初,就不好确定了。像这样的序跋,研究版本时需要特别注意,既有助于我们了解一本词集是什么时候编成的、由谁编成的、怎样编成的,也有助于我们了解一本词集的传播情况。

这部词集丛刊,今天能见到的,只有抄本,没有刻本。最早的抄本是天津图书馆藏的明抄本,不容易见到,1989年天津古籍出版社影印出版以后,就比较容易得到。浙江绍兴市鲁迅图书馆藏有另一部明抄本,只残存17种,但其中收录的宋潘阆《逍遥词》和王安石《半山词》,却可以补天津图书馆所藏抄本有目无书之阙。这是绍兴本值得注意的一点。中国国家图书馆藏有一部抄本,是1928年梁廷灿根据天津图书馆藏本过录的本子。1940年,商务印书馆出版有林大椿点校的排印本,题作《百家词》,1992 年天津市古籍书店有影印本,装订成上下两册,成为今日比较通行的本子。只是这个本子改动比较大,有失原貌。如果要用来校勘,最好还是根据天津图书馆的藏本,林校本不宜作为依据。

(六)《宋六十名家词》

毛晋是印刷传播宋词元曲的大功臣。他一生致力于刻印书籍,经史子集,无不刻印,集部的诗词、小说戏曲刻印得更多。如果不是他耗尽平生财富来收集刻印词曲,很多宋词和元杂剧的作品就会失传。从文学传播的角度看,毛晋是一位很值得重视和研究的人物。他的藏书楼名汲古阁,所以他刻的书,一般习惯称为"毛氏汲古阁刊本"。

毛晋刻的《宋六十名家词》,刻成于明末崇祯三年(1630)前后,虽然收录的词集不如吴讷的《百家词》那么多,但是影响却大得多。因为《百家词》在明清两代是靠抄本一线单传,只有极少数藏书家见过,一般的读者根本无缘见识庐山真面目。直到 20 世纪梁廷灿的传抄本问世后,才逐渐为学人所知,其后林大椿校本印行,才日益引起人们的注意。而毛晋的《宋六十名家词》,是刻本,后来又一再翻印,所以传播很广,清代人读宋词、学宋词、评宋词,往往以它为依据。清代康熙年间的著名词人朱彝尊,在《词综·发凡》里就说:"常熟吴氏讷汇有《宋元百家词》,抄传绝少,未见全书。近日毛氏晋刻有汲古阁六十家宋词,颇有裨于学者。"到了乾隆年间,《四库全书总目·宋名家词提要》也说毛晋"此刻搜罗颇广,倚声家咸资采掇"。所谓"颇有裨于学者","倚声家咸资采掇",都是说学词的、写词的都以此为读本来研习宋词。此外,毛晋每刻一种词集,都撰有一个题跋,文字虽然不长,但既有文献价值,也有理论批评价值,可作为一个选题,进行专题研究。有前辈说,毛晋既是传播宋词的大功臣,又是宋词的"乱臣贼子"。后一句的意思是说,毛氏刻词,喜欢随意变更卷数,增删词作,改动原文。他依据的都是很好的词集善本,有的却被他改得面目全非。如果不作校勘,倒也无所谓,如果用来校勘,就要注意吸取相关的校勘成果,比如近人朱居易的

《宋六十名家词勘误》。《宋六十名家词》版本很多,毛氏汲古阁原刊本,也不难得。1989年上海古籍出版社有影印本,附录有朱居易《宋六十名家词勘误》和词名索引,查阅很方便。

(七)《宋元名家词》

明人汇辑的词集丛编还有两部值得注意。一部叫《宋元名家词》,因为版心下方有"紫芝漫钞"四个字,所以习称紫芝漫抄本。不知道是明代什么人辑抄的,只有抄本行世,所以传布不广。不是对词集文献有特别兴趣的人,一般都不知道有这部书。书中收录宋元明人词集70种,好多是毛晋《宋六十名家词》没有收的词集,又有许多名家的校跋,校勘价值很高。这本书现今收藏在北京大学图书馆。我的老师唐圭璋先生生前很希望能将这部书影印出版,但一直没有如愿。另一部叫《宋元三十三家词》,要做宋词的校勘工作,这两部丛抄本是不能不用的。

(八)《宋元三十三家词》

《宋元三十三家词》,因为版心下方有"石村书屋"四个字,所以习称"石村书屋抄本"。今藏中国国家图书馆。这部书收宋元明人词集33种,其中宋词25种。

(九)《十名家词集》

清代整理辑刻的词集丛书就更多了,其中四大丛刻最为著名,分别是侯文灿的《十名家词集》、王鹏运的《四印斋所刻词》、吴昌绶和陶湘的《景刊宋金元明本词》以及朱孝臧的《彊村丛书》。

在清代词学史上,侯文灿(1647—1711)是一个不太显眼的人物。其实侯文灿还是值得注意的。一来他跟万树共同编订《词律》。《词律》虽然只署万树之名,而侯文灿其实也有功劳。二来他编选有一部大型的清人词选,名叫《亦园词选》,收词960多首。只可惜这部选本如今藏在日本内阁文库，一般不容易见到。我到日本开会访书时，特地去看了原书。书前有侯文灿的《自叙》，因为原书不容易看到，我把《自叙》的原文录在这里，供大家参考。从中可以了解到侯文灿与万树的友谊和两人共同编订《词律》的经过：

> 予自甲寅侍先大夫，与荆溪万子红友日坐亦园，始共事《词律》，适红友为吴司马留材夫子招往粤中，其事中辍。后余滥竽盐官，簿书厌苦，辄思与骚人逸士留连风月，按拍征歌，不可得。而红友忽于千里外邮寄一编云：昔余两人所订《词律》，今已付梓矣。予每展一卷，未尝不徘徊讽咏，三复而不能已。至丙寅，予解组赋归与，于亦园中复构小室，艺华莳草之外，每遇风晨月夕，把茗焚香，间取昭代诸名家词丹黄甲乙，不觉选词之技复痒。

> 昔晏同叔云，生平不欲作妇人语。予谓委婉之弊入于妇人，与豪迈之弊流为村汉等耳。但期银筝柔响，用传小伎之喉，铁板雄歌，幸免于伶人之诮而已。

> 嗟乎！余岂知词者！余昔与红友同学久，因得于审音顾曲稍涉藩篱。今予选词将竣，嗜痂之癖犹然故我，而红友竟仲宣登楼赍志以没，不获如当年与余草堂灯火，斗酒诗篇，歌呼相应，此又余之不幸也已。幸而荆溪僧叙彝素工词，与余卒而成之。是又得一红友为足善也。遂为之序。时皇清康熙二十有八年岁在己巳春二月亦园侯文灿题于野草堂。

原文我就不串讲了，还是比较好懂的。只是其中几处纪年需要说一下。甲寅，是康熙十三年，公元 1674 年；丙寅，是康熙二十五年，公元 1686 年。书前还有一个红色牌记，相当于约稿的广告，内容是：

> 词选既竣，诗选即出。皆系藏本，未经征集，遗漏实多。诸方名作，恳祈邮寄无锡东里侯氏亦园，以俟续选。于野堂主人附白。

从这可以了解古书牌记的内容和作用。

侯文灿校编的《十名家词集》，康熙二十八年（1689）印行，跟《亦园词选》是同年刻印的。其中收录了毛晋《宋六十名家词》没有收的张先、贺铸、葛郯、吴儆和赵以夫五家词集，可以补毛刻本之不足。侯文灿将书名题作《十名家词集》，似乎另有深意。当时以朱彝尊为代表的浙西词派，推崇的是南宋姜夔、张炎等人的词风，取径不宽广。侯文灿将张先、贺铸等人标举为"名家"，也有另立旗帜的意思。顾贞观（字梁汾）在序言中就点明了这层意思：

> 今人论词，大概如昔人之论诗。主格者其历下之摹古乎？主趣者其公安之写意乎？迩者竟起而宗晚宋四家，何异牧斋之主香山、眉山、渭南、遗山。要其得失，久而自定。余则以南唐二主当苏、李，以晏氏父子当三曹，而虚少陵一席。窃比锺记室、独孤常州之云。总让亦园之不执己，不徇人，不强分时代，令一切矜新立异者之废然返也。

顾贞观也是著名词人，他所说的"今人"，指朱彝尊等人。"宗晚宋四家"，是说朱彝尊推崇宋末四家词人。但这四家词人究竟是哪四家？朱彝尊没有明确说明过。我查他的《曝书亭集》，书中卷四十有两篇词集序涉及这个问题，一篇是《鱼计庄词序》，一篇是《水村琴趣序》。其中《鱼计庄词序》有这么一段话：

> 曩予与同里李十九武曾论词于京师之南泉僧舍，谓小令宜师北宋，慢词宜师南宋。武曾深然予言。……在昔鄱阳姜石帚、张东泽、弁阳周草窗、西秦张玉田，咸非浙产，然言浙词者必称焉。是则浙词之盛，亦由侨居者为之助，犹夫豫章诗派，不必皆江西人，亦取其同调焉尔矣。

这里所说的姜石帚，是指姜夔。本来姜石帚是另外一个人，并不是姜夔的字或号，但清代的人弄错了，都把姜石帚当作姜夔。直到20世纪夏承焘先生才把他弄清楚。张东泽，指张辑，有词集名《东泽绮语》。周草窗，指周密。张玉田，指张炎。顾贞观说浙西词人所宗的"晚宋四家"，也许就是这四家。因为朱彝尊明确地说"言浙词者必称"这四家，

"称"就是称颂、推崇的意思。这样说对不对，我还不敢肯定。大家有兴趣，可以研究一下。20世纪词学界所说的宋末词坛四大家，一般是指周密、王沂孙、张炎和蒋捷，与朱彝尊所说的"四家"有些不同。顾贞观对朱彝尊的词学观点有些不以为然。朱彝尊自己在《水村琴趣序》里说：

> 予尝持论，谓小令当法汴京以前，慢词则取诸南渡。锡山顾典籍不以为然也。

所谓"小令当法汴京以前，慢词则取诸南渡"，与"小令宜师北宋，慢词宜师南宋"是一样的意思，都是说写小令，应该学北宋的小令；写慢词，应该学习南宋的慢词。其实在朱彝尊心目中，这南宋慢词，并不包括辛弃疾一派在内，专指姜夔、张炎等词人的慢词。"锡山顾典籍"，即指顾贞观，顾贞观对朱彝尊专门推崇南宋词，特别是"晚宋四家"词，不是很认同，他推举五代的南唐二主词、北宋二晏词。顾贞观跟侯文灿是同乡，都是江苏无锡人。两人的词学观相近，都认为学词不应"强分时代"，性之所近即师之，对于浙西词派的固执己见，将自己的观点强加于人的做法有些不满。所以，侯文灿将五代的李煜、冯延巳等词人列为"名家"，也有转益多师的意思，他刻《十名家词集》，有扭转浙西风气、另立"名家"、提供新的词作范本之意。由此看来，刊刻词集的目的，有时不仅在于传播词作，还在于表达刊行者的词学思想。从顾贞观和侯文灿跟浙西派"对着干"这件事也可以看出，康熙时期，浙西词派并不是一统天下，当时的词坛就有不同的声音。这方面的问题，值得深究。

我想，康熙词坛有以朱彝尊为代表的浙西词派、以陈维崧为代表的阳羡词派，还有没有一个以顾贞观为代表的梁溪词派呢？当时无锡人侯晰编选有一部词选叫《梁溪词选》，收录的都是无锡词人的词作，其中也有顾贞观的词。侯晰，字粲辰，是侯文灿的叔父。侯文灿和他的两个兄弟文灯、文燿都能写词，文灯、文燿有词集传世。侯氏一门跟顾贞观是什么关系？他们各自的词学主张是什么？无锡词人的词风有什么特点？跟浙西词人有什么异同？我猜想的这个梁溪词派是不是能够成立，都有待研究。《梁溪词选》现存有四种版本，上海图书馆收藏有三种，浙江图书馆藏有一种。林玫仪教授曾写过一篇《试论〈梁溪词选〉的版本》的论文，可以找来参看。

(十)《四印斋所刻词》

王鹏运辑刻的《四印斋所刻词》，实际上包含《四印斋所刻词》和《四印斋汇刻宋元三十一家词》两种，收录五代宋金元人词集 50 多种。《四印斋所刻词》刻成于光绪十四年，即 1888 年；《四印斋汇刻宋元三十一家词》，刻成于光绪十九年，即 1893 年。王鹏运(1848—1904)，号半塘，广西桂林人，是晚清四大词人之一。他刻词有两大特点，一是求真，二是求全。尽量采用善本为底本，力求保持原书的真实面貌。比如其中的《东坡乐府》，底本用的是元代的刻本，虽然底本有错误，也一仍其旧而没有改正，以"略存影写之意"(王鹏运《东坡乐府跋》)。有的词集，收录的作品不是很全，他就另行辑录，尽量补齐原书没收的词什。比如周邦彦的《清真集》，底本用的是元代的本子，元本收词不全，他就另外辑为《集外词》一卷，附录在原书之后。这样既不改变原书的面貌，又补齐了原书没有收的作品。求真、求全，都兼顾到了。明末毛晋刻词，也偶然有增补，但他增补的词，往往随意穿插，弄得别人不知道哪些是他补的，哪些是原书所有的。从刻印的质量来比较，这部书远远高于毛晋汲古阁刊刻的《宋六十名家词》。晚清著名词人况周颐有八个字评价这部书："旁搜博采，精采绝伦！"(《蕙风词话续编》卷二)现在有 1989 年上海古籍出版社出版的影印本，在图书馆里很容易找到的。

(十一)《景刊宋金元明本词》

《景刊宋金元明本词》，是《仁和吴氏双照楼景刊宋元本词》和《武进陶氏涉园续刊景宋金元明本词》及《景刊宋金元明本词补编》的总称，先后由吴昌绶和陶湘两人递相刻印。吴昌绶(1867—1924)自 1911

年至 1917 年间,用力搜罗宋金元明人刻印的善本、孤本诗文全集,将其中合刻的词集抽出来景刻。后来因为资金不足,他把书版和没有来得及刻印的稿本卖给陶湘(1870—1939),由陶湘最终完成。吴昌绶是仁和(现在的杭州)人,他的藏书楼叫双照楼,所以他刻印的那部分,叫"仁和吴氏双照楼景刊宋金元明词",或者简称"仁和吴氏双照楼刊本"。陶湘,号涉园,江苏武进人,他续刻的部分,就称"武进陶氏涉园续刊景宋金元明本词",或者称"武进陶氏涉园刊本"。

《景刊宋金元明本词》收录宋金元明词集 43 种,用的底本全部是宋金元明四代的原刻或精抄本,保存了世间罕见善本的真实原貌。宋元刻本,我们很难见到的,读这部书中的景刊宋元本词,就如同见到宋元刻本原书一样,读来赏心悦目。不说作品,光看那字体、那书法,就让人爱不释手。另外,陶湘撰写的《叙录》,介绍所收各种词集的版本源流及其优劣,也非常精审。要做宋金元词的版本研究,陶湘的《叙录》是不能不读的。这部书除吴氏和陶氏的原刊本外,后来有几种影印本,其中 1981 年中国书店的影印本,附录有陶湘辑刻的《景汲古阁钞宋金词七种》,共收词集 50 种;1989 年上海古籍出版社的影印本,增加了一个索引,要查找某首词作比较方便。

(十二)《彊村丛书》

《彊村丛书》的编刻者朱孝臧(1857—1931),原名叫祖谋,号彊村。请注意,"彊"字不要误写成"疆"字。著名的《宋词三百首》就是他编选的。他也是"晚清四大家"之一。除王鹏运和朱孝臧外,另两位大词人是况周颐和郑文焯。朱彊村曾经做过广东学政,晚年辞官后,住在上海。他为刻印这部书,耗尽了平生积蓄。跟他有过交往的夏承焘先生,在《天风阁学词日记》里说:

> 《彊村丛书》初止印二百余部,最近再印五十部,需费止百余金,彊老亦踌躇再三,足见晚年窘境。榆生谓彊老为《彊村丛书》所费几及万金,其全生精神财力,已尽于此。

别人刻书是为了发家致富,彊村跟毛晋两人刻书,却耗尽了家财。

《彊村丛书》是词学史上规模较大的一部词集丛刊,收录的唐宋金元词集有 173 种,既有词别集,也有词总集;同时又是校勘精审的一部词集丛刊。他开创了词集校勘的范式,确立了词集校勘的体例和方法。关于这部书的特点和价值,浙江大学吴熊和先生有很深入的研究,可以参看他的《唐宋词通论》附录《〈彊村丛书〉与词籍校勘》。《彊村丛书》1917 年初次刻印,1922 年第三次校补印行。此后又有重印本。1989年上海古籍出版社影印的夏敬观批点本,特别值得注意。夏敬观的评点,时有真知灼见。龙榆生先生《唐宋名家词选》里收录的夏敬观"手批某某词",就是从这部批点本里过录出来的。

上面讲了 12 种词集丛刊,其中宋代的 2 种是有目无书,其余 10种,共收录了唐宋金元 280 家词人的别集,可以说,唐宋金元词人有别集传世的,基本都包含在这里面了。也就是说,如果熟悉了这些词集丛刊,就基本上熟悉了唐宋金元人的词别集了。当然,还有一些单刻本词集,这里不可能讲到。另外,清代还有 20 多种词集丛抄,也收录有宋金元明人的词集,详细情况,可以参看我的《词学史料学》。

强调一句,刚才说的"熟悉"这些丛书,是要找原书来认真地阅读,读过之后才谈得上熟悉。光是听我上面这个简略的介绍,是无法"熟悉"的,最多只是记住一些书名而已。

三 问 题

下面再谈版本研究的问题。词集版本研究,要研究一些什么问题呢? 可以用八个字来概括:源流、特点、异同、优劣。

(一) 源流

一要追寻源流。源流,包含两个方面,一是编刻源流,二是递藏源流。在某种意义上说,编刻源流是研究一本词集的编辑印刷过程,递藏源流主要是研究一本词集的流通传播过程。

编刻源流,主要是考察和回答这样一些问题:一本词集是谁编的?是哪年哪月在哪个地方编成刻印的?编辑刻印的目的意图、过程原委是什么?初次刻印以后,又经过哪些传刻、传抄?每一次传刻、传抄有些什么变化?这些传刻、传抄者是谁?后面传刻的版本,是依据什么版本刻印的?是依据一种本子刻印的呢,还是依据几种版本经过重新校订而成?也可以这样追问:在现存版本中,哪一种版本是最早的?这些版本之间,彼此有什么关系?这个本子是从哪个本子来的,那个本子又是依据什么版本刻印或抄出来的?源流,既包含纵向的传承关系,也包含横向的互动联系。

递藏源流,主要是考察一种版本,特别是时代比较久远的版本是怎么传下来的,经过哪些人的收藏,有些什么样的书目题跋著录说明其递藏的经过。

(二) 特点

弄清楚了源流,还要说明版本的特点。版本特点,主要是考察每一种词集版本的版刻式样和内容特点。版刻式样,主要是说明版本的行格款式、书名题款等形式层面的问题;内容特点,主要是说明这个版本的分卷情况、体裁分类、作品数量、编排特点等等。后面还要详细说明的。

(三) 异同、优劣

在弄清楚每个版本的特点之后,要进一步比较、说明不同版本之间的异同、优劣。当然,异同优劣的比较也可以包含在对版本特点的叙述和分析之中。但最终要尽可能地说明并做出判断:在传存的版本当中,哪个版本收录作品的数量最多最全,文字上的错误脱落最少,书前书后的序跋和附录的资料最完整丰富,以便读者选择比较好的版本来阅读和研究。

四　操作步骤

(一)调查书目

按上一讲所讲的步骤和方法,调查要研究的这个词集现存有哪些版本,曾经流传过的又有哪些版本。也就是说,这个词集传存的版本目录和散佚的版本资料都要收集。

(二)查阅版本

在调查清楚了现存各种版本目录后,就要尽可能找到这些版本来阅读。要特别提醒的是,为研究版本来阅读一种词集,不能跟平时读书一样,只看书的内容,这时候不但要注意内容方面的问题,还要注意形式层面的问题。究竟要注意哪些方面的问题呢?

1. 形式层面

形式层面是"五看":看题款,看牌记,看版式,看字体,看印章。

1.1 看题款

仔细看书名和著作者署名。封面的书名和署名、扉页的书名和署名、卷端的题名与署名,三处都要仔细看。有时彼此略有差异,有的是全称,有的是简称。所谓"卷端",就是每卷的开端第一、二、三行。比如《景刊宋金元明本词》本《酒边集》卷端,第一行题书名,第二行署作者的别号、姓名和字:

酒边集

　　芗林向子谨　伯恭

有的在作者之后,还要署上编校者的籍贯和姓名。比如侯文灿《亦园词选》每卷卷端第一、二、三行分别标署的是:

亦园词选

> 梁溪　侯文灿蔚馪选
>
> 晋陵　瞿大发东雷校

又比如,《花间集》的宋绍兴十八年(1148)建康郡斋刻本跟明代正德十六年(1521)陆元大仿宋刻本卷端题署就略有不同。宋刻本题的是:

> 花间集卷第一　　　五十首

明正德刻本题的是:

> 花间集卷第一
>
> 银青光禄大夫行卫尉少卿赵崇祚集

1.2 看牌记

现在的书籍里都有版权页。古籍里的牌记类似现在的版权页,主要记载刻印者的身份和刻印的年份。比如,《亦园词选》扉页的牌记是:

> 康熙己巳新镌
>
> 梁溪侯蔚馪手编
>
> 亦园词选
>
> 于野堂藏板

有一本书专门收集宋元版本中的牌记,书名叫《宋元书刻牌记图录》,北京图书馆出版社 1999 年版,可以参看。一般的牌记比较简单,就只简短的一两句话,说明书是谁编刻的,什么时候刻印的。比如明洪武本《草堂诗余》总目后有牌记:

> 洪武壬申孟夏
>
> 遵正书堂新刊

有的牌记相当于广告,既说明书中作品的来源,还要进一步征集作品。比如元代庐陵凤林书院辑刻的《精选名儒草堂诗余》,书前有牌记说:

> 唐宋名贤词行于世,尚矣! 方今车书混一,名笔不少,而未见
> 之刊本。是编辑欲求备不可。姑摭拾所得,才三百余首,不复次

第,刊为前集。江湖天宽,俊杰何限,傥有佳作,毋惜缄示,陆续梓行,将见愈出而愈奇也。

牌记之外,还要看一看刻工,就是刻版工人的姓名。刻工姓名,有的标在全书的末尾,有的标在每一卷的卷末,还有的标在版心里。关于版心,留在下面再说。

1.3 看版式

版式,主要看栏线、行格、版心三个方面:

栏线。看页面有没有方框。围成框的线叫栏线,分上栏、下栏、左栏、右栏。如果栏线是单线,就称"单栏";如果是双线,就称"双栏",如果左右两边都是双栏,那就称"左右双栏"。双栏线,一般是一粗一细。

行格。看页面有没有格子。再看每半页(相当于现在书的一面)是多少行,每行多少字。一本书每页的行格字数一般都是固定的。版本目录学著作著录一种版本,通常会标注:"半叶(页)N 行,行 N 字。"或者简称为:"N 行 N 字。"不同的版本,行格款式往往不一样。比如,宋绍兴十八年刻本《花间集》的行款是:半页八行,行十七字;而明正德刊本《花间集》,是半页十行,行十八字。

版心。看版心里写的是什么。古籍的一页,是两面对折,中间对折的部位,就叫版心。版心的上下,常常有像鱼尾一样的标志。版心上头的鱼尾,叫"上鱼尾";下头的鱼尾叫"下鱼尾"。版心里,有的会写上书名和卷数,有的写刻工的姓名。比如,《景刊宋金元明本词》的《景小草斋钞本稼轩长短句》的版心就写明了书名、卷数和版本来源:

稼轩集　卷一　一　小草斋钞本

《景宋本芦川词》卷上版心标注的是:

词上　功甫　一

卷下标注的是:

词下　功甫　一

"词上"和"词下",指词集的卷第;"功甫",是刻工的名字,曾经有人怀疑这是作者张元幹的字,其实不是的。"一",指页码。《景宋本于湖居士乐府》每页版心写的各有不同,比如,有的写:

于湖集三十一　十　大有

有的写:

于湖三十一　十一　荣

"于湖集三十一"或"于湖三十一",是指《于湖集》全书的卷数;"十"和"十一",是指本卷的页码;"大有"和"荣",分别是本页刻工的名字。

1.4 看字体、颜色

看字体是行书、草书,还是楷书、隶书;颜色是单色,还是几种颜色套印的。

把题款、牌记、版式、字体四个方面的特征记录下来了,就基本上记住了一个版本的形式特征了。

1.5 看印章

有些版本经过不同收藏家的收藏,上面往往盖有收藏家的印章。这也要留意,对考察版本的递藏过程是有价值的。

2. 内容层面

查看了版本形式层面之后,就要仔细看内容方面的东西了。内容方面我们要做的是,一读序跋题记,二看分卷编次,三核篇目内容,四校文字异同。

2.1 读序跋题记

看书前书后的序跋题记。序跋,是作者或编者自己写的序跋,或者是请人写的序跋。序,一般在书前卷首;跋,一般在书末。题记,是指藏书家写的题记,记载书的来源经过或字句异文等等。所在位置不固定,有的在书前,有的在书后,有的在卷末,也可能在某一页的天头。

序跋题记往往记载有本书的编刻、收藏经过等内容,是研究版本源流非常直接而重要的材料。最好能够全文抄录或复印下来,以便琢磨研究。

台湾的图书馆曾编有善本序跋集录,将馆藏善本书中的题跋汇编在一起;还编有图书馆的善本书志初稿,介绍善本书的主要内容和行款、印章等等。我们虽然不容易看到那些善本原书,但根据这些序跋题记和行款介绍,也可以大致了解那些善本书的概貌。

2.2 看分卷编次

看书的分卷和编排次序。分卷,不仅是看全书分多少卷,还要注意每卷收录的是什么内容。如果是诗文集,要留意每卷收录的是什么体裁,是诗歌还是散文,诗歌类是古体诗还是律诗,散文类是题跋、书信、墓志铭还是其他文体等。

编次,即编排次序。要看书中内容是按怎样的次序编排的,有的是按文体分类编排的,有的是按作品编年排列的。词集,有的是按词调来排的,同一词调编在一起,先小令后慢词长调;有的是按编年来排列的;有的则是杂乱无章,看不出什么编排的次序、原则。之所以要看分卷编次,是因为不同版本,分卷和编次可能不一样。留意这些,便于比较不同版本的异同。

2.3 核篇目内容

查核各卷收录的篇目数量。先看收录了多少篇(题),如果两个版本收录作品的篇目数量不一样,那还要仔细抄录每卷或者全书收录的是哪些篇目,以便于比较。比如前面说过,欧阳修的词集,宋代有两个版本,一个是《近体乐府》,一个是《醉翁琴趣外篇》。两个版本所录的作品总量差别并不大,相差不过11首。但仔细比较各自收录的篇目后,就发现彼此收录的作品,竟有100多首的差异。因此,作品的篇目内容,也是要注意的。

2.4 校文字异同

比较文字的异同,就是看同样的一首词,文字上有什么差异。作品的异文,是古典诗词里常见的现象。比如苏东坡的名作《念奴娇·赤壁怀古》"乱石穿空,惊涛拍岸",有的本子作"乱石崩云,惊涛裂岸";"樯橹灰飞烟灭",有的作"强虏灰飞烟灭"。李清照词《醉花阴》的"人比黄花瘦",一作"人似黄花瘦"。唐诗当中,这样的例子也很多,比如杜牧诗的"白云生处有人家",有的版本作"白云深处有人家";王之涣的"黄河远上白云间",有的版本作"黄沙直上白云间",不是写黄河,而是写沙尘暴;岑参《走马川行奉送封大夫出师西征》的"平沙莽莽黄入天",也是写沙尘暴。沙尘暴,是古已有之,不是近些年才有的。孟浩然《过故人庄》的"开筵面场圃",有的作"开轩面场圃"。诗词中这类异文,需要将两个或两个以上的版本进行比勘才看得出。如果一本书的部头比较大,作品比较多,就先抽查一部分作品以发现问题,必要时再全部进行比勘。

(三)整理资料

前两步调查书目和查阅版本所获得的材料,肯定是杂乱无章的。在进入写作论文之前,需要我们整理好材料,以便弄出眉目,得出初步的结论。怎样理清这些材料的头绪呢? 主要有两种方法:一是纵向序列法,二是横向分类法。

1. 纵向序列法

所谓纵向序列法,是把所查获的各种目录版本资料,先按时间的先后把它们归类排列。如果一个词集版本,有宋刻本、元刻本、明刻本、清刻本的资料,我们就把有关宋刻本的资料排列在最前面,然后依次排列元、明、清刻本的有关资料,这样便于弄清楚各个版本之间的先后关系和传承源流。

有的同学会问,有些材料没有时间记载,只是说有什么版本,那我们怎么区分它们的先后呢? 如果材料本身没有时间的说明,那我们就根据记载这则材料的著作的时代来定。比如说,宋代晁公武的《郡斋读书志》里记载 A 词集有一个二卷本,明代焦竑的《国史经籍志》里记载 A 词集有一个二卷本,清代丁丙的《善本书室藏书志》里记载 A 词集有一个四卷本,都没有说明这个版本的版刻时间。那我们就根据书的作者时代先后,先把晁公武的记载列于前,焦竑和丁丙的记载依次列于后,然后根据其他资料提供的信息再认定这三个版本之间的关系。同样是明人或清人的书目著作,那我们又怎么知道谁的时代早些,谁的时代晚些呢?这可以根据书目著作的成书年代或者作者的生活年代来判断。如果是近年出版的著作,一般都有出版说明,介绍这些书目题跋著作的成书年代或者作者的生活年代。如果在书中或书前找不到类似的信息,那就要查有关的工具书,比如《历代藏书家辞典》《文献学大辞典》之类,来确定书目题跋著作的成书年代和作者的生活时代。

版本序跋资料,如果有时间记载,那更好,按照时代先后排列就可以。如果没有时间记载,那就先根据版本的先后,排列这些序跋,然后根据序中提供的资料信息再作考察。这些我们在后面会举例说明的。

2. 横向分类法

如果所获资料的时间关系不清楚,即使我们弄清楚了记载这些词集版本的书目题跋著作的年代,也根本分不清楚它们记载的这些版本哪个早一些,哪个晚一些,那就考虑用横向分类法,也就是按类别来分。版本再多,彼此总有一些共同点,要么是卷数相同,要么是书名相同,那我们就把卷数相同的,排列在一起,或者把书名相同的排列在一起。材料排列出来后,总能找到彼此之间一定的关系。

(四)写作初稿

资料整理好以后,对一个词集的版本源流、特点,对不同版本的异同优劣就会有大致的了解,然后就可以动手写这个词集版本研究的初稿了。在写作过程中,还会发现一些问题不清楚,也会发现一些新的线索。根据新的线索,再进一步查找相关的资料,以解决我们想要解决的问题。有些问题,能够解决;有些问题,因为资料的匮乏,可能无法解决。解决不了的，只好搁置。有一分材料说一分话，能断则断，不能断就不要臆断。

初稿怎么写？材料怎么组织？这可就没有什么程序和方法好说了。唯一可以说的，是模仿。在动手写作之前，可以找几篇版本研究的范文来学习，琢磨别人的文章是怎样安排结构、怎样组织材料、怎样表述观点的。读别人的文章和著作，有时是看别人写了什么，有时要看别人怎样写。练习书法，有一个临摹的过程，看别人怎样运笔，怎样结构，怎样安排布局。初学写文章，也需要临摹、仿效，临摹别人的研究方法、写作技巧。这种方法、思路、技巧上的临摹学习，不算抄袭。因为你只是借人家的方法来解决新的问题，而不是照抄别人的观点和材料。

五　个案举例

下面举一个例子，看怎样写版本研究的论文。就以我研究过的张元幹词集《芦川词》为例。

如果研究的对象不是特别著名，在文章的开头部分，需要简单介绍一下这位作者的生活年代、身份。年代，一般括注生卒年就可以了，如果生卒年不清楚，就大致说一下生活的时代，比如说是北宋词人还是南宋词人，是明初词人还是晚明词人等。接下来，再简要地介绍一下他有些什么著述，有些什么作品，在文学史上有什么地位、特点、贡献等。关于特点和贡献，引用前人的几句评价就可以了。张元幹是著名词人，身份用不着介绍。而且他的词集版本考，原是我作的《张元幹年谱》（《两宋词人丛考》，凤凰出版社 2007 年版）中的一部分，所以文章开头部分更不用戴什么帽子了。

前面说过，版本研究，先要弄清楚一本词集是谁编的，是哪年哪月在哪个地方编成刻印的，编辑刻印的目的、过程、原委是什么。在我收集的《芦川词》的版本材料当中，宋代的版本有四种，当然有的传下来了，有的没有流传下来。那么最早的版本是什么样子，是谁编集的，又是谁刻印的呢？我在文章的第一段，就回答了这个问题：

> 《芦川词》，最早为家刻二卷本，芦川之子张靖裒集，编成于宋孝宗淳熙六年(1179)前后，题作《芦川居士词》。

这是结论性的意见。先让人家了解你的主要观点，然后再做论证。就像现在很多破案子的公安题材的电视剧，先告诉你案子的结果，然后再演绎破案的过程。写考证文章也可以这样，先亮出结论，然后再摆出论据来论证。这个结论是怎么得出来的呢？主要是从蔡戡的《芦川居士词序》里来的。蔡戡的这篇序言，张元幹《芦川归来集》的卷首和蔡戡本人的《定斋集》卷十三里都收录了，只不过《芦川归来集》卷首是称"原序"，而《定斋集》题作《芦川居士词序》。序的原文是：

> 少监张公，早岁问道于了斋先生，学诗于东湖居士。凡所游从，皆名公胜流。年未强仕，挂神武冠，徜徉泉石，浮湛诗酒。又喜作长短句，其忧国爱君之心，愤世嫉邪之气，间寓于歌咏。绍兴议和，今端明胡公铨上书，请剑欲斩议者，得罪权臣，窜谪岭海，平生亲党避嫌畏祸，唯恐去之不速。公作长短句送之，微而显，哀而不伤，深得三百篇讽刺之义。非若后世靡丽之词，狎邪之语，适足劝淫，不可以训。公博览群书，尤好韩集杜诗，手之不释。故文词雅健，气格豪迈，有唐人风。公之子靖，裒公长短句篇，属为序。余晚出，恨不见前辈。然诵公诗文久矣，窃载名于右。因请以送别之词冠诸篇首，庶几后之人尝鼎一脔，知公此词不为无补于世，又岂与柳、晏辈争衡哉？公讳元幹，字仲宗，自号芦川居士云。(《芦川归来集》，上海古籍出版社1978年版)

这篇序言很清楚地说明，《芦川词》是张元幹的儿子张靖裒集的。张靖编成后，请蔡戡写序，蔡戡建议把张元幹送胡铨的《贺新郎》词编在书前，作为第一首来压卷。

序言的内容很丰富，开头介绍了张元幹的为人，并评论了他词作的特点，这对研究张元幹的词风和当时的词体观念，很有理论价值。但是对研究版本而言，可以不管它、不说它，否则，文章就枝蔓了，扯远了。我们这里关注的不是《芦川词》的内容和艺术风格，而是作为一本书，它是谁编成的，是怎样编成的，什么时候编成的。是谁编的，是怎样成书的，序言中有了交代，但可惜，没有说明编成的具体时间。一般的序言，最后落款时是要署上自己的身份和写序时间的，但不知为什么，蔡戡这里没有写明时间。张元幹文集的卷首和蔡戡文集里都没有时间的记载。要注意，有时这本书没有时间，另外一本书里可能有时间记载，要多查几种版本。蔡戡序言中没有交代写作的时间，那我们怎样考察它作序的时间呢？作序的时间弄清楚了，《芦川词》成书的时间也就明白了。

先考虑"内证"，也就是从序言的内容中找线索。人名、地名、官制、事件等等，都可能提供一些线索。序言中说"绍兴议和，今端明胡公铨上书"，指绍兴八年（1138）宋金和议，胡铨曾上书坚决反对，请求斩主持和议的宰相秦桧等人的脑袋。这件历史事实，大家应该熟悉，不用多说。值得注意的关键词是"今端明胡公铨"。这是一个很关键的线索。一个"今"字，说明什么呢？说明胡铨还健在，如果胡铨死了，那就是"故端明胡公"。由"今端明胡公"五字，可以推断这篇序言写于胡铨去世之前。这就给了我们一个序言写作时间的下限，也就是最晚不晚于胡铨去世的1180年。序言中称呼胡铨是"端明胡公"，"端明"是什么意思呢？要是熟悉宋代官制的话，就知道它是"端明殿学士"的简称。宋代的官衔有两种，一种是阶官，一种是职官。阶官代表级别，职官代表具体的职务、职责。其实我们现在也是一样，比如武汉大学的校长，校长是职务，他的级别是副部级；文学院的院长，院长是职务，级别是处级。端明殿学士，是阶官，代表品级的，是正三品，相当于现在的部级干部。既然称"今端明胡公铨"，那一定是胡铨升任了端明殿学士以后。有了端明殿学士的头衔，才能被称为"端明"。这在时间上又给了我们一个上限。如果能查考到胡铨什么时候晋升为端明殿学士，那蔡戡写序时间的上限就可以确定了。

那又怎么查考胡铨是在什么时候晋升端明殿学士的呢？这在以后的词人考中还会详细讲到，这里只简略说一下。有几种寻找资料的途径，一是查史书，比如《宋史》《宋会要辑稿》等等，因为胡铨任端明殿学士是南宋孝宗朝的事情，所以不必查找《续资治通鉴长编》，因为《长编》记载的是北宋的事情，没有涉及南宋孝宗朝的事情。二是查胡铨个人的传记资料，比如行状、神道碑、墓志铭和年谱之类。这类传记资料，查昌彼得、王德毅等编的《宋人传记资料索引》就可以查得到。很幸运的是，在周必大《文忠集》卷三十《资政殿学士赠通奉大夫胡忠简公神道碑》（简称《胡公神道碑》）里，可以明确地查到，胡铨是淳熙五年（1178）夏天晋升为端明殿学士的，淳熙七年四月就升为资政殿学士致仕——退休了，当年五月去世。由此可以知道，胡铨为端明殿学士，是在淳熙五年夏天到淳熙七年四月这个时间段。也就是说，蔡戡的序言就写在这个时段。如果是在淳熙七年四月胡铨晋升资政殿学士之后写的，按照当时的习惯，那就应该称胡铨为"资政胡公"了。因为人们总是习惯称呼高一级的官衔，而不会称低一级的官衔，现在也还是这样。一个人由处长升任厅长后，大家只会称他为某厅长，而不会继续喊他为某处长；一个学院的院长升任校长之后，师生也一定是称他为某校长，而不会称他为某院长，特别是在公开正式的场合和在书面表达之中更是如此。依据序言中"今端明胡公"五个字，可以得出结论，蔡戡的序应该作于淳熙五年夏胡铨晋升端明殿学士之后、七年四月加资政殿学士之前。这个时间区限是可以定下来了，但无法确定究竟是淳熙五年夏、秋、冬，还是淳熙六年什么时候写的。在没有别的材料证明的情况下，我们只能做出这个时间段的推断，这是考证的基本原则。如果能够考定一个时间点，就考定一个时间点；考不定时间点的，就考一个时间段。在表述上，为简明起见，可以说是"淳熙六年前后"。蔡戡作序时间，可以考定在淳熙六年前后，进而推断《芦川居士词》也编成在这个时候，即淳熙六年前后。

经过上面的考证，我写成了下面这样一段考证的文字：

蔡戡《芦川居士词序》云："公之子靖，裒公长短句篇，属为序。余晚出，恨不见前辈，然诵公诗文久矣，窃载名于右。因请以送别之词冠诸篇首，庶几后之人尝鼎一脔，知公此词不为无补于世。又岂与柳、晏辈争衡哉？公讳元幹，字仲宗，自号芦川居士云。"序中又有"绍兴议和，今端明胡公铨上书"云云。考周必大《文忠集》卷三〇《胡公神道碑》，胡铨淳熙五年夏进端明殿学士，七年四月即加资政殿学士致仕，同年五月庚辰卒。蔡戡序既称"今端明胡公"，则序当作于淳熙五年胡铨进端明殿学士之后，七年四月加资政殿学士之前（若序作于胡铨卒后，当称"故资政胡公"）。蔡序既作于淳熙六年前后，则《芦川居士词》之编成亦在是时，盖蔡序是词集编成时应张靖之请而作，蔡氏并建议以《贺新郎》送胡铨词压卷。

这段文字，在写作上有四点提示：一是没有必要全部引录蔡戡的原序，我只是摘录了其中有关的部分字句，而且原文的次序也有调整，这样论证起来更便当一些。有的研究生刚写论文时，觉得收集材料不容易，就把收集到的材料全部原文用上去，这不仅不会增加分量，反而显得堆砌、拖沓。写文章，要学会剪裁。该用的就用，不该用的不用。一个裁缝，如果不剪裁，老是舍不得剪掉布料，那就很难做成一件合体的衣服。写论文也需要剪裁、取舍材料。二是材料原文有不同的使用方法，既可以直接引录原文，也可以不直接引录原文，只是酌述其大意。蔡戡序，我引录了原文；胡铨的神道碑，我就没有引录原文，只是用自己的语言酌述其大意。这样文章显得简洁一些，也有点变化。材料堆多了，读起来就不顺畅。三是论证的思路和查考的过程不必写出来，直接写结论就行了。前面说"今端明胡公"是一个重要的时间线索，查了不少书后才查到《胡公神道碑》。我是如何查到这篇《胡公神道碑》的，没有必要写出来，直接交代《胡公神道碑》的有关内容就行了。四是要注意标点符号的用法，特别是引文完了之后，句号打在什么地方，经常有同学用错。凡是直接引文，即前面用了冒号的，引文结束后，句号标在引号之内，如"公子之靖"到"自号芦川居士云"一段。如果只是间接引用或者只是截取原文一句或几个字的，那么句号就要在引号之外的句末一字，如：

序中又有"绍兴议和，今端明胡公铨上书"云云。

这些细节问题，看起来很简单，一不小心，就容易弄错。读到硕士、博士了，老师还得帮忙改文章的标点符号。其实，这些问题，只要留意正式刊物上发表的文章或者正式出版的著作，就能够掌握。

根据蔡戡这篇序言，我只解决了一个问题，就是《芦川词》是谁在什么时候编成的。什么时候刻印的呢？序言里没有说明。古人的书集，有的是编好后立即就付梓刻印，有的则是编成后放了好多年才刻印。那么，《芦川词》最早是在什么时候刻印的呢？这就需要再查其他资料了。幸而《芦川归来集》卷首有张元幹侄孙张广的序。根据张广的序，并参考其他资料，可以知道《芦川词》是在编成十五年后由他的侄孙刻印的。我是这样考述的：

词集编成后十五年，至绍熙五年甲寅（1194）始刻于家。芦川侄孙张广曾叙编刻之经过云："叔祖芦川老人张公仲宗，讳元幹，以文章学问驰誉宣政间。官将作大匠，志尚林壑。方少壮时，挂冠谢事。靖康之元，上却敌书，见了翁谈世事于庐山之上。了翁曰：'犹有李伯纪在，子择而交之。'公敬受教，从之游。激昂奋发，作为歌词，有'人间鼻息鸣鼉鼓，遗恨琵琶旧语'之句。此志耿耿，殊非苟窃禄养、阿附时好者之比。逮绍兴末，忤时相意，语及讥刺者悉搜去。掇拾其余，得二百余首。先叔提举锓木于家。广追念先志之不可不述，因得私识其略。尚有文集数百篇，姑俟作者并为之序云。绍熙甲寅，侄孙朝议大夫端溪张广谨序。"据此，知《芦川居士词》乃张靖之家刻本，收词二百余首。而原作本不啻此数，绍兴二十一年张元幹因送胡铨词得罪秦桧，入狱时被搜去，重新掇拾编集后仅存二百余首。可见《芦川词》散佚必多。又据"尚有文集数百篇,姑俟作者并为之序",知词集与文集分行刊刻。绍熙五年文集业已编成,然尚未付梓。

蔡、张二序皆未言词集卷数,而曾噩序《芦川归来集》则谓"乐府二卷,见于别集",《宋史》卷一六一《艺文志》亦著录"张元幹《芦川词》二卷"。张靖家刻本《芦川居士词》当为二卷。

这一段的写法,有三点提示。一是引用原材料之前,要用自己的话亮出观点,然后引出原材料,来证明自己的这个观点。我上面这段话的第一句,就是自己的观点,接着引用张广的序,来证明我的这一观点。引用原材料后,还要用自己的话,对原材料的内容做一些概括或者引申说明。刚写考证文章的时候,往往不注意这一点,引用了材料就完事,好像是材料自己可以说话,作者不必多费口舌似的。有的文章一开头就引用原材料,没有过渡性的文字说明,让人摸不着头脑,不知道你引用这段文章材料是什么用意,想要说明什么问题。写诗文,要注意行文结构的起承转合,写考证文章,同样要注意起承转合,注意段落层次之间的衔接与过渡。二是张广序的内容比较丰富,涉及张元幹的生平事迹。我们在分析时,就不必扯得太远,生平事迹,可以略而不谈,只阐述与版本有关的问题。三是原序中的年号干支纪年——"绍熙甲寅",应该怎样用现在通行的方式来说明?有人是用一句话来解释:"'绍熙甲寅',是指南宋光宗绍熙五年,即公元1194年。"这样说,当然也可以,但稍微啰唆了一点,直接用"绍熙五年甲寅(1194)"来陈述,就比较简洁明了,既说明了绍兴甲寅就是绍熙五年,也说明了公元是哪一年。请注意,习惯上帝王年号后括注公元某某年,一般不要"公元"两个字,括号中的"1194",读者自然明白这是指公元1194年,不会误读误解为别的什么数字。有的同学会问,怎么知道"绍熙甲寅"是光宗绍熙五年、公元1194年呢?这查工具书就知道了。可以查《中国历史纪年表》,也可以查《历代帝王纪年表》。"国学网"的主页上就有《历代帝王纪年表》,查阅很方便。

以上几段,基本上说清楚了《芦川词》初刻本的情况。是谁编的、什么时候编成的、什么时候什么人刻印的、分多少卷、收录有多少首词等问题，都落实了。

南宋时期，《芦川词》还有没有其他刻本呢？翻阅南宋周必大的文集，其中有一则题跋，提到了张元幹词集的一种版本。于是我将它跟张元幹词的家刻本做了比较，说明这是另一种版本：

> 宁宗庆元间，坊间尚流传有另一刻本《芦川集》。庆元二年丙辰（1196）周必大《跋张仲宗送胡邦衡词》云："长乐张元幹，字仲宗，在政和、宣和间已有能乐府声。今传于世，号《芦川集》，凡百六十篇，而以《贺新郎》二篇为首。其前遗李伯纪丞相，其后即此词，送客贬新州而以《贺新郎》为题，其意若曰失位不足吊，得名为可贺也。庆元丙辰五月十三日题。"此本与家刻本有三点差异：收词不同，此本收词一百六十首，家刻本收词二百余首；书名不同，此本名《芦川集》，家刻本名《芦川词》；编次不同，此本以《贺新郎》寄李纲词居首，而家刻本以《贺新郎》送胡铨词为压卷。明钱溥《秘阁书目》著录有"《芦川集》"，然未标版本卷数，书名倒是与周必大所见本相同，或同出一源。

除了周必大说到的这个版本之外，还有没有别的本子？这就要查宋人的公私藏书目了，我在陈振孙的《直斋书录解题》卷二十一《歌词类》又找到一种《芦川词》的版本，于是写道：

> 嘉定间（1208—1224），又有长沙坊刻《百家词》本《芦川词》。陈振孙《直斋书录解题》卷二十一著录有："《芦川词》一卷，三山张元幹仲宗撰。坐送胡邦衡词得罪秦相者也。"马端临《文献通考·经籍考》卷七十三仍之。其后《也是园书目》《艺芸书舍宋元本书目》，皆著录有《芦川词》宋刻一卷本。今传《唐宋名贤百家词》本、明紫芝漫钞《宋元名家词》本《芦川词》等，俱作一卷。当同出一源。

陈振孙只是说"《芦川词》一卷"，并没有说是什么时候什么人刻的，我这里凭什么说是"嘉定间"长沙书坊刻的《百家词》本呢？你们应该记得，前面我讲过了南宋有一部大型词集丛刻《百家词》,《芦川词》就是这《百家词》中的一种。光看陈振孙这一句话，我们当然无法知道这一卷本的《芦川词》就是长沙坊刻的《百家词》本，如果是完整地读完了陈振孙《直斋书录解题》卷二十一的话，就可以知道。当然啦，如果没有背景知识，对相关的研究成果不了解，也不一定看得出来。这提示我们，查资料，要注意前后文的相互关系，不能孤立地看这几句话，要看这几句话是在什么"语境"中说的。否则，材料之间内在的关联性，借文艺学中的一个术语来说——"互文性"，就无法发现。读史书的时候，更要注意。有些史料孤立地看，好像没有时间的说明，其实在这则史料之前有明确的时间记载，不过是从前省略而已。特别是编年史类的著作，同一天发生的几件事，只在记述头一件事时标明时间，后面几件事就不交代时间了。熟悉了古书的体例和古人著述的习惯，才能正确地使用史料。

我知道陈振孙说的《芦川词》一卷本，是嘉定间长沙书坊刻的《百家词》本，但读者并不知道我的依据是什么。如果不说出依据，读者肯定有疑问；如果说出依据，又不是一二句就可以说清楚的，说多了，文章又显得有点枝蔓。于是我在引述陈振孙的原文后面出个脚注来说明这个依据：

> 按，陈振孙于同书同卷《笑笑词》下注曰："自《南唐二主词》而下，皆长沙书坊所刻，号《百家词》。其前数十家，皆名公之作，其末亦多有滥吹者，市人射利，欲富其部帙，不暇择也。"而《芦川词》列于《南唐二主》下之第二十七，是知其为《百家词》本。然收词多少，则不详。又按，上言周必大所见之坊刻《芦川集》本，当非《百家词》本。盖周必大跋后十余年《百家词》始刊行。

细心的同学会发现，这个注释里，陈振孙只说了长沙书坊刻《百家词》，并没有说是"嘉定间"刻的。"嘉定间"这个版刻年代的判断又是从哪来的呢？我这里省略了一点背景知识。吴熊和先生在他的《唐宋词通论》里考证得很清楚,长沙书坊的《百家词》刻成于嘉定年间,这个结论已为词学界所公认,至少是熟悉宋词版本的学者都知道,所以我就没有再做特别的说明了。现在看来,还是有必要在注释中对"嘉定间"这个年代做点说明,以免别人生疑,同时还可以提供一些背景知识。

写论文,要学会利用脚注的功能。脚注或者尾注,不仅仅可以注明材料的来源出处,还有补充说明的作用。特别是写理论文章的时候,常常会用到一些需要特别说明的材料或观点,如果在正文中来说明这些材料或观点,就会冲淡文章的主旨,显得枝蔓。在这种情况下,可以发挥注释的作用,正文中直接用这则材料或观点,而这些材料或观点本身需要说明、论证的问题,都放在注释里,让注释与正文相互补充。这可以使文章既省净干脆,又严谨周密。

还有一点要提示一下,上一讲讲目录研究的时候,已经说过要尽量查历代公私藏书目的材料。我也查了宋代陈振孙的《直斋书录解题》、元代马端临的《文献通考·经籍考》、明代钱溥的《秘阁书目》和清人的《也是园书目》《艺芸书舍宋元本书目》等等。实际查的书目远不止这几种,只不过这几种记载有《芦川词》而已。这些书目著录的版本,往往语焉不详,时常只有书名、作者、卷数的说明,很难弄清楚是什么时代的本子,更不清楚它的内容特点。当然也有的说明了是宋本还是元本,是刻本还是抄本。这些材料,我根据它记载的版本卷数和书名,就把它组织到相关的段落里,作为补充和旁证。

文章中有个比较特殊的表述方式,也说明一下。我在引用陈振孙的说法之后,接着说:"马端临《文献通考·经籍考》卷七十三仍之。"意思是说马端临的记载跟陈振孙的说法是完全一样的。这种说法,比较简明。要是不会用这种表述方式,就可能全文抄录马端临的说法,把马端临的记载也全部摆出来。但那样就显得重复,因为二者的表述文字是完全一样的,没有必要再引录。前面我们说过,马端临《文献通考·经籍考》里很多材料都是从陈振孙的《直斋书录解题》里照搬过来的。用"仍之"两个字,就表明后者跟前者的说法完全一致。"仍之",也可以写成"因之"。在考证的文章、著作里,经常会用到这种表述方式。

后面我又接着说,《也是园书目》《艺芸书舍宋元本书目》都著录有《芦川词》宋刻一卷本,《唐宋名贤百家词》本和紫芝漫抄《宋元名家词》本《芦川词》也都是作一卷。这几个本子都是一卷本,书名相同,卷数相同,所以我推断它们"当同出一源"。请注意,我这里用了一个"当"字,表明这只是一种可能性的推断,而不是肯定性的判断。因为没有见到原书,就不能臆断。当没有确切证据的时候,话就不能说得太肯定,要留有余地。

上面这三种宋代的版本,是否传世呢?需要做个交代。所以我用一句"以上三种宋本俱不传"一句来说明,然后转入对现存宋本的描述:

> 今传宋刻本为二卷,收词一百八十五首。行格款式为半页七行,每行十三字,白口,左右双栏,版心上鱼尾记"功甫"二字,下鱼尾记页数。白皮纸印,纸背为宋时册籍。此本以《贺新郎》寄李纲词压卷,与芦川侄孙张广家刻二卷本收词二百余首的阕数、编次不同。

为了说明今传宋刻本的特征,便于跟别的本子比较,这里比较详细地描述了宋刻本的卷数、作品篇数、行格款式、印刷纸张等等。"左右双栏""版心""鱼尾"等名词,前面我们已经说过了。这里的"白口"是什么意思呢?版心,又叫书口。版心里有的画了墨线,有的没有画。没有墨线,就叫白口;如果有墨线,黑的,就叫黑口。线有粗有细,如果是粗线,就叫粗口;细线呢,就叫细口。"白口"就是版心里没有墨线,是空白的,跟黑口相对应、相区别。这些专有名词,挺复杂的,我的这个解释来自我的理解,准确的定义可以找版本学的专书看一看。有些东西看得懂,但不容易说明白。

按理说,今传的这个宋刻本,应该交代是何年何人在何地刻的,可这些并不清楚,只好略而不说,不知为不知嘛!但这个宋本是怎样流传

下来的,却可以考清楚,也就是说,虽然它的编刻源流不清楚,但递藏源流还是清楚的。于是,下文我就交代这个宋刻本的递藏源流:

> 此宋刻二卷本的递藏源流是:最初为清嘉庆间陈竹厂所藏,黄丕烈欲得而未果,后归瞿氏铁琴铜剑楼所有,瞿氏流出后经丁福保收藏,今藏中国国家图书馆。

怎么知道这个递藏源流的呢? 当然是查书目题跋著作中的资料才弄清楚的。清代著名的藏书家黄丕烈有两则题跋写道:

> 前年玄妙观西有骨董铺某收得宋版《芦川词》及残宋本《礼记》,欲归余而为他姓豪夺以去。既物主因曾许余,故假《芦川词》一阅,谓毕余读未见书之愿。然余见之,而欲得之愿益深,屡托亲友之与他姓熟识者往商之,卒不果。亦遂置之矣。今夏从友人易得旧抄本《芦川词》,行款与宋版同,因重忆宋版,思得一校,余愿粗了。复托蒋丈砚香请假之,竟以书来,喜甚。取对两书,而喜愈甚,盖旧钞本,系影宋,每叶板心有"功甫"二字者,其字形之敧斜、笔画之残缺,纤悉不讹,可谓神似。而中有补钞一十八翻,不特无"功甫"字样,且行款间有移易,无论字形笔画也。因倩善书者影宋补全,撤旧钞非影宋者,附于后,以存其旧。再,旧钞本有何义门先生跋,谓此是钱功甫旧传本,义门但见"功甫"字样,故以钱功甫当之,岂知"功甫"亦宋版原有,岂系传录人所记耶? 惟是宋版款式,向无记人名字于卷第下方者,即有书写刊刻人姓氏,皆刻于版心最下处,此仅见。故义门不计及此,此"功甫"二字或当时刊诸家词以此作记耶?《芦川词》作者,姓张名元幹,字仲宗,功甫或其别一字耶? 俟博考之。此书宋版,余虽未得,得此影钞本,又得宋版影钞旧所缺叶,并一一手补其蠹蚀痕,宋版而外,此为近真之本。昔人买王得羊,庶几似之。他姓虽豪夺于前,而仍慨借于后,余始惎之,终德之,不敢没其惠。藏此书宋版者,为北街九如堂陈竹厂云。嘉庆庚午七月立秋后一日黄氏仲子丕烈识于求古居。

> 宋刻本《芦川词》卷上，首叶有藏书人家旧印，原截去其半，钉入线缝中，兹摹诸影抄首叶上，故印文不全，其联珠小方印未损，或当日一人所钤，惜无从考其人。宋本每叶纸背大半有字迹，盖宋时废纸多直钱也。此词用废纸刷印，审是册籍，偶阅之，知是宋时收粮档案，故有更几石、需几石，下注秀才、进士、官户等字，又有县丞、提举、乡司等字，户籍官衔略可考见。粳糯省文，皆从便易。虽无关典实，聊记于此，以见宋刻宋印古书源流多有如是者。纸角截残，印文模糊，不可辨识矣。古色古香，不徒在本书楮墨间也。复翁记。

看古人的书目题跋，可以了解古人是怎样地爱书，怎样地藏书、校书。黄丕烈的大意是说，古董铺的老板收到一部宋版《芦川词》，本来答应卖给他，却被别人豪夺去了，这个人叫陈竹厂（这个"厂"字不读chǎng，用在人名的时候读 ān，同"庵"）。后来黄丕烈得到一部抄本《芦川词》，再从陈竹厂借来宋刻本《芦川词》对校，发现两个版本的行款、字形完全一样，抄本原来是根据宋刻本影抄的。旧抄本原来有补写的十八页，黄丕烈根据宋刻本影写以复原貌，使旧抄本与宋刻本完全一样。黄丕烈先是对这个豪夺宋本的人，很有些忌恨，后来因为这个人将宋本借给他校勘，于是对此人又有些感激，在题跋的最后特地点明这个人的姓名，就是北街九如堂的老板陈竹厂。

题跋的文字并不难懂，不用多讲。只是"买王得羊"这个成语，需要稍微做点解释。因为我当初读的时候，也不懂得。后来查书，才知道是怎么回事。王，指东晋王献之；羊，是羊欣。羊欣是王献之的同辈人，原来书法也很好，后来学王献之的字。有一次王献之到羊欣家，羊欣睡着了，身上穿的白裙子放在旁边，王献之兴致一来，就在他的裙子上写了几幅字。羊欣醒来一看，高兴得了不得，从此领悟到写字的方法，于是亦步亦趋模仿王献之。当时有个谚语叫"买王得羊，非失所望"，就是说买王献之的字没有买到，买了羊欣的字，也不会让人失望。黄丕烈这里说"买王得羊，庶几似之"，是说宋本没买到，买到一个影宋抄本，也不遗憾。

这两则题跋，原来是题写在影宋抄本的后面，《景刊宋金元明本词》本《芦川词》有这两则题跋。黄丕烈的《荛圃藏书题识》也收录进去了。

怎么知道这个宋刻本后来归入瞿氏铁琴铜剑楼，又经丁福保的收藏最终藏于中国国家图书馆呢？因为瞿镛的《铁琴铜剑楼藏书目录》有著录：

> 《芦川词》二卷（宋刊本），旧不题名，亦无序跋。案《直斋书录》谓三山张元幹仲宗撰，作一卷。此分上下二卷，每半叶七行，行十三字。"殷""贞"字有阙笔，每叶板心有"功甫"二大字，疑是仲宗别字。何义门但见影抄本，认为钱功甫录本。谬矣！朱氏《词综》所选，据毛氏所刻六十家本，故多讹字。……卷末有黄荛圃跋。

瞿镛收藏的宋刊本的行格款式，与前面黄丕烈说的宋刻本完全一致，而且书末还有黄丕烈（荛圃是他的号）的题跋，所以，瞿镛所说的这个宋刻本肯定是黄丕烈所说的那个宋刻本，后面引录的缪荃孙和傅增湘的题记也明确说明了这一点。

宋刻本之外，还有一部影宋抄本，也就是上面黄丕烈提到的那个抄本。有几种书目题跋著作都著录有这部抄本。如丁日昌《丰顺丁氏持静斋书目》说：

> 《芦川词》上下二卷。（明人景宋抄本。每页板心有"功甫"二字。何义门跋以为钱功甫所藏本，不知黄荛圃所见宋板板心已有"功甫"二字，则非钱，明甚。此书荛圃以宋本校过，卷末手跋至七八次。又抄本与前部共一册，均黄丕烈藏。）

张元济《涵芬楼烬余书录》记载：

《芦川词》二卷，影宋钞本，五册，吴文定、钱遵王、何心友、黄荛圃、瞿荫堂、丁禹生旧藏。宋张元幹撰，此半叶七行，行十三字，每叶版心均有"功甫"二字。黄荛圃先得是本，后得宋刻，因将原钞非出宋本、版心无"功甫"二字者，撤去十八叶，重以宋刻影写补全。何义门跋谓得自钱遵王家，故人缪艺风先生证以《敏求记》，定为述古堂旧物，且为吴文定手书，自士礼居入于铁琴铜剑楼。当丁禹生抚吴时，将命驾至常熟观书，瞿氏急以书若干种为赠，是殆其中之一，故又为丰顺丁氏所藏。

缪荃孙也有题跋：

明钞《芦川词》二卷，黄荛圃先生藏。每半叶七行，行十三字，字大如钱，前有何义门跋。荛圃先得钞本，后得宋本，撤去补写之叶，而影宋本以补，加跋至八段，并识两诗，亦可云爱之至矣。宋《艺文志》作二卷，《书录解题》作一卷，宋时本自两行。此与宋本由黄归罟里瞿氏，瞿氏归丰顺丁氏，今归吾友张菊生，假我录副，校讫，读何跋，言心友得此册于钱遵王家，因检《读书敏求记》旧钞足本词曲类末条云："张元幹《芦川词》二卷，匏庵先生手书，词中多呼不字为府字，与府同押，盖闽音也。"（赵本脱此条，阮本题只存长半字，□□□□词二卷，解存□□□□手书，词中多味否字，为府与舞。下缺）然则此书为吴文定公手书，其板心无"功甫"字者，为后人所补，字迹迥不合。荛圃未检《敏求记》，一经拈出，愈为是书增重，宋本仍在瞿氏。此书亦从瞿氏流出，书后有"恬裕叁印"朱文方印，铁琴铜剑楼旧名也。壬子九秋，江阴缪荃孙跋。

综合上面三则题跋，我又写了一段话，来交代这个影宋抄本的流传过程：

黄丕烈又曾藏有一部景宋抄本，原系明吴匏庵（宽）手钞，经钱曾递藏而入黄丕烈之手。黄丕烈之后，又先后流入瞿氏铁琴铜剑楼和丰顺丁日昌持静斋递藏，最后为张元济所得，今亦归藏中国国家图书馆。缪荃孙曾借录副本。双照楼《景刊宋金元明本词》本《芦川词》，即据此景宋本影刊。

上面的题跋原文，也是放在注释里，一方面是作为依据，便于读者核实；另一方面也是给需要参考的人提供原始资料。

上面说的宋刻本和影宋抄本，近代藏书家傅增湘都曾经过目，并有记录。他的《藏园群书经眼录》卷十九记载：

> 《芦川词》二卷，宋张元幹撰。△三七八九。
>
> 宋刊本，半叶七行，行十三字，白口，左右双阑，版心上鱼尾下记"功甫"二字，下鱼尾下记叶数。白皮纸印，纸背为宋时册籍。版匡高五寸六分，阔四寸。有黄丕烈跋二则。
>
> 《芦川词》二卷，宋张元幹撰。△七八六五
>
> 明吴匏庵宽手抄（见《读书敏求记》）。上卷四十五番，下卷四十七番。影写宋刊本，七行十三字。黄荛圃假陈竹厂藏宋本补抄十八番。有何义门焯跋。又黄荛圃丕烈跋八段。

这则材料，我也写到文章里了，以进一步说明这两个宋本的来龙去脉。傅增湘《藏园群书经眼录》里记载的书，现在大多数藏在中国国家图书馆。"△"后面的数字，就是中国国家图书馆的索书号。傅增湘这里著录的宋刊本，是黄丕烈想得到而被陈竹厂豪夺去的那个宋刊本。书的行款、纸张跟黄丕烈记载的一模一样，而且书后面还有上面引录的黄丕烈的两则题跋。

以上考察了《芦川词》宋刻本的存佚情况。元明以来又有哪些版本呢？元代没有抄刻本，明代流传的版本有几种，我是这样叙述的：

> 明代所传《芦川词》版本有：
>
> 吴讷《唐宋名贤百家词》抄本《芦川词》一卷。此为《芦川词》最劣之本，收词仅一百零六首。《石州慢·己酉秋吴兴舟中作》等名作俱未收录，且编次混乱，与宋本殊异。《百家词》原抄本今藏天津图书馆，天津古籍出版社1989年有影印本。民国十七年戊辰

（1928）梁廷灿曾据天津藏本过录一部，梁启超校，今藏中国国家图书馆。商务印书馆1940年排印有林坚之（大椿）点校本，天津市古籍书店1992年曾据以影印。

明紫芝漫抄《宋元名家词》本《芦川词》一卷，今藏北京大学图书馆。

明石村书屋抄《宋元明三十三家词》本《芦川词》一卷，今藏中国国家图书馆。

明毛晋汲古阁刊《宋六十名家词》本《芦川词》一卷，收词一百八十四首，编次"与宋刻二卷本差近，惟羼入《踏莎行》《豆叶黄》二首"（唐圭璋《宋词四考·宋词版本考》）。

丁丙八千卷楼原藏明抄《芦川词》一卷本，今藏南京图书馆。丁丙跋云："《芦川词》一卷（明钞本），三山张元幹仲宗。《宋艺文志》载其词二卷，《直斋书录》作一卷，与此本相符。仲宗词清丽婉转，足以肩随秦少游、周美成。《四库提要》云：'卷内《鹤冲天》调本当作《喜迁莺》，毛晋乃注云"向作《喜迁莺》误，今改作《鹤冲天》"。不知《喜迁莺》之亦称《鹤冲天》，乃后人因韦庄《喜迁莺》词有"争看鹤冲天"句而名。调止四十七字，元幹正用其体。晋乃执后起之新名反以原名为误，尤疏于考证。'此本仍作《喜迁莺》，至'洒窗间，惟稷雪'，此本仍作'霰雪'，固知钞出于汲古阁刊刻之先。"

明嘉靖间曾有刻本传世，杨慎《词品》卷三曾提及："张仲宗《石州慢》'寒水依痕，春意渐回，沙际烟阔'为一句。今刻本于'沙际'之下截为一句。下文'烟阔溪柳'成何语乎？"杨慎所见"今刻本"，应是明嘉靖间刊本。惜其详不可考。

鉴止水斋曾藏有明钞《芦川词》二卷本，今不知下落。先师唐圭璋先生《宋词四考》有著录说明。

吴讷的《唐宋名贤百家词》抄本，前面已经介绍过了。这部书收录的词集，有的很珍贵，有的却不怎么样。其中的《芦川词》，在明代流传的版本里,虽然是最早的,却是最差的一个本子。我说它是"最劣之本",是跟宋本比较,也是跟明代其他本子比较得出的结论,因为这个本子收词最少,编次又乱,比宋本差远了。这就是所谓的异同优劣的比较。如果有可能,应该说明一下这个版本的来源,交代它是从哪个版本抄出来的。由于流传至今的宋刻本只有一种,而吴讷的这个丛抄本又跟今天见到的这个宋刊本完全不一样,所以我们无法弄清楚吴讷是从哪个本子抄出来的。应该是从宋本出来的,但是从宋代哪个本子抄出来的,却无法判断。所以关于吴本的来源,就没有说明。又因为吴讷的《唐宋名贤百家词》本身不止一个版本,彼此又有不同,所以又简略介绍它有几个什么本子。

紫芝漫抄本和石村书屋抄本,我只说明了它的书名、卷数和藏地,没有说明其他的项目。这是因为,我当时没有见过原书,所以它的行格款式等版本特点、内容的优劣异同,就不敢随便乱说。这书名和卷数是从《中国古籍善本书目》和其他馆藏书目里查到的。严格地说,应该去北京大学图书馆和中国国家图书馆查阅这两个本子,看看它们收录了多少首词。同是一卷本,跟吴讷的一卷本是不是一样的?虽然卷数都是一卷,但编次、篇目跟宋刻二卷本是否相同,有没有关系?这些问题应该弄清楚。有的版本,虽然卷数不一样,但内容却是一样的。

还要提示一下,一种古籍的抄本,一般只有一种,不会像刻本那样同时有多种,所以要交代它收藏在什么图书馆,以便读者去查。善本书,也应该交代藏所。你不交代,别人就不知道藏在哪里,到哪里去找。一般常见的丛书,像《四库全书》《丛书集成初编》《四部丛刊》等等,就不用交代它藏在什么地方了。一个版本,交代不交代它现今的藏所,没有什么严格的规定,基本原则是,常见易得的本子不用交代,罕见难得的本子就应该加以说明。

毛晋的汲古阁刻本,虽然只作一卷,但收词的首数和编次与宋刻二卷本差不多,我引用了我老师唐圭璋先生《宋词四考》的一句话来说明这一点。前面我们讲过,毛晋刻书,经常随意合并原书的卷数,或者重新分卷。他刻的《芦川词》，可能来自宋刻二卷本，只是将原来的二卷合刻为一卷，另外又增加了两首原本没有的词。毛刻本究竟是不是从宋刻本来的呢？这还需要仔细比较。现在看来，我当时写的这篇文章，还是嫌粗疏了一点，做得不很完善。其实将宋刻二卷本和毛刻一卷本的篇目和编次一一比较，并不难。特别是现在，将两个本子的篇目输入到 Excel 电子表格里，就一目了然，可以判断这两个本子有没有源流关系。包括上面说的紫芝漫抄本和石村书屋抄本，都应该找来原书，进行详细的比较。这项工作，只好留待今后去做了。有兴趣的同学，不妨试一试，也算是一次版本研究的练习吧。

丁丙八千卷楼原藏的明钞一卷本，我当年读博士的时候，在南京图书馆古籍部是看过的，但没有记录它的行款、篇目等内容，只是抄录了丁丙的跋。你们知道丁丙的跋原来是写在哪儿吗？是写在纸条上，夹在原书里，纸条是丁丙用毛笔手书的。说到这，联想现在的读书风气，真有无穷的感慨。丁丙的这些书，先后该有多少人看过？可这个纸条至今还在原书里，没有人带走。我看过之后，取下来，摩挲一遍，将原跋照抄下来，然后小心翼翼地再夹在书页里，生怕弄坏了。现在大学图书馆里，竟有学生将成本的书偷走，其中还有研究生。偷不走的，就撕掉几页。直让人感觉世风不古！

明代著名学者杨慎在《词品》卷三里记载有一个版本，历代公私藏书目里都没有著录，我也特地做了点说明。前面我们讲过，词话、诗话著作里也有零星的版本资料，这就是一个例子。做版本研究的人，一般不太注意这方面的资料。虽然这个版本早就失传了，但至少让我们知道明代嘉靖年间还有这么个刻本。说不定哪一天，民间冒出一个嘉靖刻本的《芦川词》出来，正好与杨慎的说法相印证。

另外，我的老师唐圭璋先生《宋词四考·宋词版本考》提供了鉴止水斋藏的明钞二卷本的线索，虽然现今不知下落，但写出来，以供寻访。

介绍完明代的本子之后，下面就介绍清代流传的本子和现今通行的本子：

清代《芦川词》抄刻本不多，仅有《四库全书》集部词曲类所收《芦川词》一卷，此本系据毛晋《宋六十名家词》本《芦川词》抄录辑入。

《四库全书》本《芦川归来集》内亦收录词作三卷，系四库馆臣从《永乐大典》辑出，非宋本原貌。

今通行易得之本有：

《景刊宋金元明本词》本《芦川词》二卷，北京中国书店 1981 年版，又上海古籍出版社 1989 年版。

《全宋词》本，据《景刊宋金元明本词》本录入，收词一百八十五首，另附存目词七首。

曹济平校注《芦川词》，上海古籍出版社 1991 年版。此本注释颇详，并附录有生平传记及评论资料，足资参考。

上面这个介绍，我就不再解释了。

最后要说的是，张元幹《芦川词》传世的本子比较多，版本的年代也比较清楚，所以我就按时代的先后次序来考述。如果版本的年代不太清楚，那就考虑分类介绍，或者按书名来分，或者按卷数来分。总之，要灵活把握。

下面我再提供两个例子，一是介绍苏轼词集的，一是介绍吕本中诗集的。这两家词集、诗集，版本都比较多，我根据不同版本的特点，将这些版本分成不同的系统来介绍。第二个例子虽然是介绍诗集版本，但方法上也有参考意义。因为不是版本研究的文章，只是提供一个版本目录，所以每个版本只注意说明它的来源，而没有详细介绍它们的行款和内容，更没有比较优劣异同，聊供参考。

[例文]

苏轼词集版本源流考

苏轼词，北宋时未知有无刻本传世，南宋刻本则较多，或名《东坡先生长短句》，或名《东坡词》，或称《东坡乐府》。南宋所传东坡词，至少有十种版本：

一为曾慥辑刻本《东坡先生长短句》二卷补遗一卷，刻于宋高宗绍兴二十一年辛未(1151)，有曾慥自跋：

> 《东坡先生长短句》既镂板，复得张宾老所编，并载于蜀本者悉收之。江山丽秀之句，尊俎戏剧之词，搜罗几尽矣。传之无穷，想象豪放风流之不可及也。绍兴辛未孟冬，至游居士曾慥题。

此本原刻已失传，据此传抄、传刻之本有：

明吴讷《唐宋名贤百家词》本《东坡词》二卷补遗一卷，卷上收词一百一十四首，卷下收词一百五十七首，拾遗收词四十首，共三百一十一首。

明紫芝漫抄《宋元名家词》本《东坡词》三卷。

明万历间吴兴茅维编刻《东坡先生全集》七十五卷本之《东坡词》二卷，亦据曾慥辑刻本收录，而将曾本之拾遗卷所录四十首分别编刻于前二卷之同调诸词之后，并辑补若干首佚词，共收词三百一十六阕。此书明末文盛堂有翻刻本，然删去原刻卷末所附曾慥跋语，并易书名为《苏文忠公全集》。

明万历间焦竑编、曼山馆刻本《苏长公二妙集》本《东坡诗余》二卷，又出自茅维辑刻本，并增补二十阕。

明末毛晋汲古阁刊《宋六十名家词》本《东坡词》一卷，则据焦竑本重编，并校以元延祐刻本，收词三百二十八首。

《四库全书》本《东坡词》，出自毛氏汲古阁本。

明末黄嘉惠刻《苏黄风流小品》本《东坡词》二卷，据茅维本选录校正，并有圈点，收词一百〇六首。

二为张宾老所编本。

三为蜀刻本。以上两种版本，见上引曾慥跋，然书名卷数及成书刊刻年代俱不详。

四为绍兴初钱塘刻傅幹《注坡词》。《直斋书录解题》有著录，作二卷,今传抄本作十二卷,收词二百七十二首。洪迈《容斋续笔》卷十五《注书难》载:"绍兴初,又有傅洪秀才《注坡词》,镂板钱塘。"①据知此书初刻于绍兴(1131—1162)初年,其刊行年代似早于曾慥所刻《东坡词》。此书原刻本不存,今存传抄本多种:

清徐积馀传抄天一阁旧藏明抄本,今藏陕西师范大学图书馆。

中国国家图书馆藏清抄本。

北京大学图书馆藏晒蓝本。

民国间武进赵尊岳珍重阁手写本。

刘尚荣校正《傅幹注坡词》,巴蜀书社1993年版。此本汇校诸本,颇完善。

五为尤袤《遂初堂书目》载《东坡词》本②。其辑刻年代及卷数俱不详。

六为《直斋书录解题》载嘉定间长沙书坊刻《百家词》本《东坡词》二卷。明陈第《世善堂藏书目录》载有《东坡词》二卷③,是长沙刻本至明代万历间尚存于世。

七为《宋史·艺文志》载苏轼《词》一卷本。刊行年代不详。

八为《江阴李氏得月楼书目》载宋板《东坡乐府》三卷(三本)④。其刊刻年代亦不详。

九为《传是楼宋元本书目》《季沧苇藏书目》载宋刻《东坡乐府》上下二卷一本。此本题名分卷与今存元延祐刻本相同,或即其所本。

十为陈鹄《西塘集耆旧续闻》卷二所载顾禧《补注东坡长短句》本。《西塘集耆旧续闻》卷二载:"赵右史家有顾禧景蕃《补注东坡长短句》真迹……""近观顾景蕃续注,因悟东坡词中,用白团扇、瑶台曲,皆侍

---

① 洪迈:《容斋随笔》,上海古籍出版社1978年版,第394页。

② 尤袤:《遂初堂书目》,《丛书集成初编》本,商务印书馆1935年版,第34页。

③ 陈善:《世善堂藏书目录》,《明代书目题跋丛刊》,书目文献出版社1994年版,第851页。

④ 李鹗翀:《江阴李氏得月楼书目》,《明代书目题跋丛刊》,第1363页。

妄故事。"①顾禧,吴郡(今江苏苏州)人,孝宗淳熙(1174—1189)间曾助施元之同注东坡诗。② 其注东坡词,当亦在乾道、淳熙间。

以上十种宋本东坡词,除第一、第四两种有传抄本传世之外,其余均佚。

又,邵博《邵氏闻见后录》卷十九云:

> 东坡为董毅夫作长短句:"文君婿知否?笑君卑辱。"奇语也。"文君婿",犹"虞姬婿"云。今刻本者不知,有自改"文君细知否",可笑耳。③

此所谓"今刻本",不知何指。《闻见后录》成书于绍兴二十七年(1157),就其时代而言,当在绍兴间,与曾慥刻本时代相近。然源出曾刻本的《唐宋名贤百家词》本《东坡词》,苏轼《满江红》词作"文君婿",而不作"文君细"。邵氏所见"今刻本",是否指曾刻本,难以考定。

吴曾《能改斋漫录》卷十六又谓:

> "别酒送君君一醉。……"右《蝶恋花》词,东坡在黄时送潘邠老赴省试作也。今集不载。④

此所谓"今集",当指绍兴间所传之本。检吴讷《唐宋名贤百家词》本

---

① 陈鹄:《西塘集耆旧续闻》,《丛书集成初编》本,商务印书馆1936年版,第8、9页。按,因前有傅幹注,故称顾注为"续注"。

② 参《直斋书录解题》卷二十《注东坡集》;陆游《渭南文集》卷十五《施司谏注东坡诗序》,《四部丛刊》本。龚明之《中吴纪闻》卷六载顾禧事迹云:"顾禧,字景繁,居光福山中。其祖沂,字归圣,终龚州太守。其父彦成,字子美,尝将漕两浙。景繁虽受世赏,不乐为仕,闭户读书自娱。自号漫庄,又号痴绝。尝注杜工部诗,其它著述甚富。所与交者皆一时名士。鄱阳张紫微彦实扩以诗闻天下,景繁结为一社,与之唱酬。今张集有《送顾景繁暂归浙西诗》云(略)。景繁隐居五十年,享高寿而终。"《文渊阁四库全书》本,台北,台湾商务印书馆1983—1988年版。按,《中吴纪闻》成书于淳熙九年(1182),其时顾禧已卒。顾禧所撰《补注东坡长短句》,至少是在淳熙初年或稍前,绝不会在淳熙九年之后。

③ 邵博:《邵氏闻见后录》,中华书局1983年版,第150页。

④ 吴曾:《能改斋漫录》卷十六,上海古籍出版社1979年版,第483页。

《东坡词拾遗》(源出曾慥刊本)已录此词。《东坡词补遗》是曾慥据蜀刻本和张宾老辑本增补,《补遗》既已录入,可见吴曾所见之"今集",既非曾慥辑刻本,亦非张宾老辑本和蜀刻本,当是另一刻本。

宋代曾言及苏词集者尚有陈善《扪虱新话》:

> 东坡集中有《减字木兰花》词云:"郑庄好客。(下略)"(下集卷三)

> 予在平江,见朱漕说,坡集和贺方回《青玉案》卒章,有"曾湿西湖雨"之句,人以为坡词,此乃华亭姚晋道作也。予尝恨荆公、东坡文字至今无全集。……予观坡集中,如《醉乡》《睡乡记》之类,鄙俚浅近,决非坡作。或云坡只有《江瑶柱传》,他皆非是。今市书肆,往往逐时增添改换,以求速售,而官不禁也。虽欧公集已经东坡纂类,至今犹有续添之文,而况未编者乎?然蜀中亦竟无全本。不知何故。岂门生故吏无刘、李之识,抑其家子孙之过。(下集卷四)①

此处所言东坡集,似是指其诗文词合集。因其中谈到了有关东坡散文的真伪。按,《扪虱新话》,据书末陈善自跋,成书于绍兴二十七年(1157)。书中所言,为绍兴二十七年前之事。

龚明之《中吴纪闻》卷五亦载:

> 闾丘孝终,字公显,东坡谪黄州时,公为太守,与之往来甚密。未几挂其冠而归。与诸名人为九老之会。东坡过苏(州)必见之。今苏集有诗词各二篇,皆为公作也。②

此处"苏集",当泛指其诗集词集。

曾季貍《艇斋诗话》又云:

------

① 陈善:《扪虱新话》,《丛书集成初编》本,商务印书馆 1939 年版,第 70、90—91 页。文中所谓"刘李",是指为柳宗元编定文集的刘禹锡和编韩愈文集的李汉。

② 龚明之:《中吴纪闻》卷五,《文渊阁四库全书》本。

东坡"大江东去"词,其中云:"人道是三国周郎赤壁。"陈无己见之,言不必道三国,东坡改云"当日"。今印本两出,不知东坡已改之矣。

东坡《贺新郎》,在杭州万顷寺作。寺有榴花树,故词中云石榴。又是日有歌者昼寝,故词中云:"渐困倚孤眠清熟。"其真本云:"乳燕栖华屋。"今本作"飞"字,非是。

东坡在徐州作长短句云:"半依古柳卖黄瓜。"今印本作"牛衣古柳卖黄瓜",非是。予尝见坡墨迹作"半依",乃知"牛"字误也。①

此所谓"今印本",当指南渡初所印苏轼词集本。然不知具体所指何本。

又赵彦卫《云麓漫钞》卷四云:

版行东坡长短句,《贺新郎》词云:"乳燕飞华屋。"尝见其真迹,乃"栖华屋"。《水调歌词》,版行者末云:"但愿人长久。"真迹云:"但得人长久。"以此知前辈文章,为后人妄改亦多矣!②

此所谓"版行长短句",指刊行之苏轼词集,与曾季狸所见之本相同,《贺新郎》词都是作"乳燕飞华屋",而不是如真迹作"乳燕栖华屋"。《云麓漫钞》成书于开禧二年(1206),赵氏所见自为此前刊行之本。

金代尚有两种苏词选注本。一为孙镇《注东坡乐府》,二为元好问编《东坡乐府集选》。元好问《东坡乐府集选序》云:

绛人孙安常注坡词,参以汝南文伯起《小雪堂诗话》,删去他人所作《无愁可解》之类五十六首,其所是正,亦无虑数十百处。

---

① 曾季狸:《艇斋诗话》,《历代诗话续编》本,第307、310、318页。

② 赵彦卫:《云麓漫钞》,中华书局1996年版,第57页。

坡词遂为完本。不可谓无功。①

按,《千顷堂书目》卷三十二载:"孙镇《注东坡乐府》。(镇)字安常,隆州人,承安二年(1197)赐第,官陕令。"②据知孙镇所注东坡词名《注东坡乐府》。元好问在此基础上选取七十五首,为《东坡乐府集选》。孙镇约与辛弃疾同时。元好问序末署"丙申九月",时为宋端平三年(1236),即金亡之第二年。二书均佚。张德瀛《词征》卷四《自五代至明之词集》载:"孙镇《注东坡乐府》一卷,宋苏轼撰。旧抄本。"③是至清代尚存。

元代有延祐七年庚申(1320),叶曾云间南阜草堂刻《东坡乐府》二卷,上卷收词115首,下卷收词166首。据此影刊、传钞之本有:

台湾公藏明抄本《东坡乐府》(仅存下卷),即影抄元刻本。

《四印斋所刻词》本《东坡乐府》,亦据元刻本校刊。

上海图书馆藏王鹏运校清抄本《东坡乐府》,亦出自元刻本。

《彊村丛书》本《东坡乐府》三卷,又以四印斋刻本为底本编年校刊,卷一收编年词106首,卷二收编年词98首,卷三为不编年词136首,共340首。郑文焯谓此本"精严详慎,去取不苟"④。

《蜀十五家词》本《东坡乐府》,又据彊村本翻印。

直接据元延祐刻本《东坡乐府》影印、校点的有:

1957年古典文学出版社影印本。

1959年中华书局上海编辑所影印本。

1979年上海古籍出版社排印陈允吉点校本。

---

① 元好问:《遗山先生文集》卷三十六,《四部丛刊》本。

② 黄虞稷:《千顷堂书目》,上海古籍出版社1990年版,第791页。

③ 唐圭璋编:《词话丛编》,中华书局1986,第4135页。

④ 郑文焯:《大鹤山人词籍跋尾·东坡词跋》,《词学季刊》第二卷第三号,开明书店1935年版,第148页。

吕本中诗集版本源流考

吕本中《东莱先生诗集》，宋代有两种刻本。

一为孝宗乾道间沈公雅编年辑刻本。曾几《东莱先生诗集序》云："沈公之子公雅以通家子弟从居仁，称之甚。乾道初元，几就养吴郡，时公雅自尚书郎擢守是邦，暇日裒集居仁诗，略无遗者，次第岁月，为二十册通，镂板置之郡斋。盖居仁之知沈氏父子也深，故公雅编次之也备。""乾道二年四月六日赣川曾几题。"①周必大《益公题跋》卷二《题吕紫微与晁仲石诗》亦云："乾道元年，平江守沈公雅刻《紫微集》二十卷，以岁月为先后。"②按，《紫微集》，即《东莱先生诗集》，因本中号紫微，故周必大通称为《紫微集》。沈公雅，名度，武康人。隆兴二年（1164）十一月至乾道二年（1166）七月知平江府③。曾几序作于乾道二年四月，《东莱先生诗集》即刻于此时。

《季沧苇书目》载有宋板《吕东莱集》二十卷四本，《传是楼宋元本书目》亦载"宋本《东莱诗集》二十卷四本"，《书舶庸谈》卷六载宋刊本《东莱先生诗集》十卷，俱当为沈公雅刻本，或据沈本翻刻之宋本，盖卷数与沈刻本二十卷卷数相合。又《藏园群书经眼录》卷十四载："《东莱诗集》二十卷（宋吕本中撰），宋刊本，版匡高六寸二分，宽四寸九分，半叶十一行，每行二十字，白口，左右双阑。前有乾道二年曾几序。按，此本结体方严，当为杭州刊本。"④鹏按，此本行格款式与《四部丛刊续编》影印日本内阁文库藏宋沈公雅刻本相同，藏园藏本亦当为沈刻本。是沈刻本非独流传于日本，本土至清末亦尚有传本，惜今已不知下落。

二为庆元五年（1199）黄汝嘉刻《江西诗派》本，此本系黄汝嘉据沈

---

① 吕本中：《东莱先生诗集》卷首，《宋集珍本丛刊》，线装书局 2004 年版，第 38 册，第 769 页。

② 周必大：《益公题跋》卷二，《丛书集成初编》本，商务印书馆 1936 年版，第 23 页。

③ 范成大：《吴郡志》卷十一，江苏古籍出版社 1986 年版，第 149 页。

④ 傅增湘：《藏园群书经眼录》卷十四，中华书局 1983 年版，第 1222 页。

刻本增刊,作二十卷、外集三卷,今存六卷,其中二十卷中残存十八至二十卷凡三卷,外集三卷全,原为傅增湘藏书,今入中国国家图书馆。《宋集珍本丛刊》已影印收入,寻检甚便。傅氏《藏园群书题记》卷十四《宋江西诗派本东莱先生诗集三卷外集三卷书后》云:

> 吕居仁诗集,近代藏书家目录皆系旧钞,《四库全书》著录所据者亦马裕泰所进钞本,盖宋刊绝少流传,元明以后亦无覆刻。邵氏《批注简明目》言有明刊,余未之见,其言羌无故实,恐系误记也。近时崇尚江西诗派,于东莱诗尤以不得见宋本为憾。日本内阁文库藏有乾道刊本二十卷,……已由《四部丛刊续编》中印行,海内学者咸拭目惊叹,欣出意表,谓此惊人秘籍,何图于海外获之!不知吕诗宋刊,吾国固未尝断种,且十数年前已为鄙人所收,储之双鉴楼中。其《诗集》虽已畸残,而外集三卷,自直斋著录以后,数百年来,已亡佚不可复觏。……

> 《东莱先生诗集》,宋庆元刊本,存第十八、十九、二十,凡三卷,又外集三卷。半叶十行,每行二十字,白口,左右双阑,版心上方记字数若干,下方记刊工姓名。……《诗集》于上鱼尾下标"东莱集十八"等字,外集标"东莱外一"等字。每卷首行,书名下空四格,题"江西诗派"四字。《诗集》后有乾道二年四月六日赣川曾幾题二叶,题前下注"增刊"二字。外集前有目录四叶,目后题"庆元己未校官黄汝嘉增刊"一行。……

> 按,内阁文库藏本据曾幾题跋,知为乾道二年沈公雅刻于吴门郡斋者,故于"慎"字下注"御名"。余本为庆元己未黄汝嘉刻,后于沈本三十四年,避讳已至"敦"字,而"慎"字亦仅缺末笔矣。举残存三卷与沈本对勘,诗题次第相同,篇中小注亦合,文字绝少差异,知黄氏即依沈本重梓,未尝以意变更也。……考陈氏《直斋书录解题》载《东莱诗集》二十卷、外集二卷,今目录宛然具存,知"二"字实为"三"字之讹。然自陈氏误录于先,马氏《经籍考》遂承讹于后,世人竟莫知其非者。至《宋史·艺文志》,则只存《诗

集》二十卷，而不著外集，盖其时已久湮逸矣。……

又，此集每卷咸题"江西诗派"四字，知即江西诗派之丛刻也。①

按，《直斋书录解题》卷二十所著录《东莱诗集》二十卷、外集二卷，即庆元黄汝嘉刻本，惟外集原为三卷，讹为二卷（详上）。又，钱谦益《绛云楼书目》载有"《东莱先生诗集》《续集》"，曹寅《楝亭书目》卷四载有"《东莱先生诗集》，宋本，宋吕本中著。二十三卷，曾几序，一函八册"，当为宋黄刻本，盖其卷数相合，惟绛云楼藏本之外集写作"续集"。观曹氏书目作二十三卷，一函八册，当是全帙。傅增湘藏本，或即曹氏原藏流出而残存者。前引傅增湘《书后》谓此书为"五六百年不传之书"，间有未确，实则清世原有藏本与著录，惟绝少流传也。傅氏失考《绛云楼书目》与《楝亭书目》，故谓此本为"五六百年不传之书"。今予拈出，亦见傅氏藏本其来有自，非天降之秘也。

今传《东莱先生诗集》二十卷抄本甚夥。计有：

明抄本（藏华东师范大学图书馆，有清王礼培校并跋），每半叶十行，行十九字，黑口。按，傅增湘原藏有明写本。然与此本不同。《藏园群书经眼录》卷十四载："《东莱先生诗集》二十卷（题《紫薇集》，宋吕本中撰）明写本，九行十八字，口上题'《紫薇集》。'后有乾道二年曾几跋，卷末有'庆元己未校官黄汝嘉重修'一行。钤有'清森阁书画印''石研斋秦氏藏'诸印。明何良俊、清秦恩复旧藏。"②明抄本十行十九字，藏园藏本九行十八字，显非一本。

清初吕留良家抄本，傅增湘、张宗祥校并跋，中国国家图书馆藏。

清初抄本，清谢珊峤校并跋，半叶十一行，行二十一字，无格。上海图书馆藏。按，《结一庐书目》载有"衍斋马氏钞本，又一部旧钞本，谢珊峤藏书"。"又一部旧钞本"或即谢氏校跋清初抄本。

---

① 傅增湘：《藏园群书题记》，上海古籍出版社 1989 年版，第 722—723 页。
② 傅增湘：《藏园群书经眼录》卷十四，第 1222—1223 页。

《四库全书》本。按，四库本卷十乃宋刊江西诗派本外集卷一之窜入，编次不足据。《藏园群书经眼录》卷十四云："余藏有宋刊江西诗派本，残存卷十八至二十，外集卷一至三，凡六卷，以四库本校之，则外集之第一卷为四库本之第十卷，是四库本之编次不足据也。查四库本为马氏所进钞本，必是估人用残本改窜，以充全帙者。"①

清南昌知圣道斋抄本，许乃普校，半叶十行，行二十字，无格，上海图书馆藏。按，傅增湘曾藏有知圣道斋原藏旧写本，然与此本不同。《藏园群书经眼录》卷十四载《东莱先生诗集》二十卷，"旧写本，十行十九字。六卷后有'庆元己未校官黄汝嘉重修'。钤有知圣道斋藏印"②。

清抄本，丁丙跋。南京图书馆藏。按，《善本书室藏书志》卷三十载马衍斋原藏旧抄本，即此本。

清抄本，佚名校，半叶十一行，行二十一字，无格，中国国家图书馆藏。

清抄本，半叶十行，行二十字，无格，上海图书馆藏。

清抄本，佚名批校，浙江图书馆藏。

清抄本。半叶十行，行十九字，无格，苏州大学图书馆藏。

旧抄本，书末有题字二行："庚寅仲夏十四日南阳村重钞，季夏十四毕，无隐记。"原为李盛铎藏书，北京大学图书馆藏。该馆又藏有清嘉庆抄本一部。

清抄本，复旦大学图书馆、天津师范大学图书馆、黑龙江大学图书馆各藏一部。

按，以上各种二十卷抄本，源流不清。虽卷数与宋沈刻本同，然非据沈刻本传抄，实多依宋沈刻本、宋黄汝嘉刻江西诗派本拼合而成。

另，《皕宋楼藏书志》卷八十二载有《东莱先生诗集》二十卷精抄本、东洋（日本）影写宋刊本，《铁华馆藏集部善本书目》载有二十卷钞

---

①　傅增湘:《藏园群书经眼录》卷十四，第 1222 页。
②　同上书，第 1223 页。

本八册,《孝慈堂书目》载有二十卷抄本四册,《爱日精庐藏书志》卷三十一载有二十卷精抄本,下落不明。

今传本中又有题《紫微集》者,卷数亦作二十卷,中国国家图书馆藏有二部。《文瑞楼藏书目录》卷六所载抄本亦作《紫微集》二十卷,并谓"前有庆元二年陆游序,后有乾道二年曾几跋及陈恺题识"。按,既有陆游序,知非据宋沈公雅原刻本传抄,盖沈刻本在乾道二年,陆序在此后三十年之庆元二年(1196),且陆序非为《东莱先生诗集》而作,实为本中文集作(详后)。陆序乃后人移入诗集。又按,《紫微集》即《东莱先生诗集》,非本中别有一诗集名《紫微集》者(参前引周必大跋)。

又,《东莱先生诗集》二十卷刻本,明清之世,惟有咸丰九年(1859)吕隽孙刻本。然吕刻本差讹甚多。傅增湘曾用宋黄汝嘉刻本与吕刻本相校,见吕刻本"差讹之处甚夥,小注咸删落无存,三卷之中补正至一百六十余字。其尤足诧怪者,则第十全卷与沈本无一首相符,而检余本(黄刻本——引者)核之,正为外集之首尾。且(吕氏)新刻于此卷缺字空行;弥望盈幅,取校宋刻,幸皆缀完。凡所补正,殆近二百言。羼杂凌乱,至斯而极,殊不可解。余以私意测之,此集年代旷远,展转移写,此卷适亡。幸其时外集尚存,无知市估,遂移取首卷,以弥其阙,不知其作诗岁月与前后卷迥不相接,识者一展卷而疑其罅漏。然非亲睹宋刊,又焉能破其作伪之迹耶!"(《宋江西诗派本东莱先生诗集三卷外集三卷书后》)

第五讲
词集校勘的方法

一　校勘的目的

词集为什么要校勘呢？因为在历代传抄、传刻的过程当中，字句会出现差异，甚至有讹误或脱缺，还可能误收他人的作品。因此需要校勘。校勘的目的是什么呢？是提供一个完善可靠的文本。那什么样的文本，才叫完善可靠呢？就词别集而言，至少要具备三个条件：全、真、善。

全，是说收录的作品齐全完备。词人传世的所有作品，不管是别集原来有的，还是别集没有而收录在其他文献里的，都全部搜罗到位了。

真，是说作品可靠，文字可信。作品可靠，一是说全部是本人创作的，没有收录他人的作品；二是说体裁都是词，没有误收诗或曲。前面说过的，唐宋人的词作，常有互见的现象，本人的词集里经常羼入他人的作品。后人搜集编纂的唐五代人的词集，有的收有原本不是词的诗篇，也就是误诗为词之作，宋人词集里也偶有这种现象。元明清人的词集里，又经常与散曲混编在一起。是词是曲，要分清。文字可信，是说作品中的文字都有可靠的版本做依据，符合作品的原貌。至于是否符合作者原来的创作本意，因为年代久远，我们无从判断，只能看文字是否与最早的可靠的版本相符合。

善,是说作品的文字错误很少,没有脱缺,而且作品编次有序,要么是编年排列,要么是按照内容或形式分类排列,便于把握作者的创作历程和创作特征。同时,收录的参考资料比较完善,比如词集的序跋题记、作者的生平资料、评论资料等等,都一一搜罗到位,附录在书后。

能做到作品齐全可靠,资料丰富完善,就算是完善可靠的校本了。至于校勘要精审,取校的版本周全,那是题中应有之义。

二　校勘的任务

校勘的目的是回答为什么要校勘的问题,校勘的任务是回答校勘什么的问题。明白了校勘的目的,也就好理解校勘的任务了。校勘,并不只是拿几个本子对校一番,发现了异文,就把它记录下来这么简单。校勘也需要考订、辑佚、辨伪,不然,校勘怎么会成为一门专门的学问校勘学呢!

校勘词集,究竟要校勘什么呢?清末王鹏运为校《梦窗词》,跟朱彊村商定了五条校词的原则,收录在《四印斋所刻词》本《梦窗甲乙丙丁稿》卷首的《述例》里:

一曰正误。即改正讹字。

二曰校异。即校列异文。

三曰补脱。即校补缺字。

四曰存疑。正误难定,则存疑。

五曰删复。一词两见,误收他人之作,皆据删之。

这五条,可以说是词集校勘的基本任务。前三项"正误""校异""补脱",都是有关文字的校订。"存疑""删复",是有关作品真伪的考辨和处理。后来朱祖谋校刊《彊村丛书》,对此又有充实和发展。吴熊和先生在《〈彊村丛书〉与词籍校勘》这篇文章里总结出八项:

一是尊源流。以历史的眼光校词,注意词体的源流演变。

二是择善本。选择善本为底本据以校勘。

三是别诗词。严诗词之别,将词集中误收之诗篇剔出。

四是补遗佚。拾遗补阙,增刻新辑本和补编本。

五是存本色。对异文的定夺,顾及词家的风格,以存原貌。

六是订词题。词题有误者正之,阙者补之,后人妄增者删之。

七是校词律。校调名、宫调、自度曲、句法、字声、分片和用韵。

八是证本事。

这八条,涉及校勘的原则和校勘的任务,即怎样校和校什么的问题。第一、第二、第五项是说怎样校,其他几项是说校什么,其中第三、第四项是有关词作的取舍增删,第六、第七项是有关于词作形式和内容的校订。

结合前人时贤的意见,我把词集的校勘任务概括为三大项:补遗、考辨、校订。

(一) 补遗

补遗是解决作品有无、全不全的问题。如果别集底本收录的作品不全,就要从别的文献里尽量搜罗齐全。从宋词的情况来看,大多数词人在别集之外还有词作存在,我们可以把别集之外的词统称为"集外词"。前人编刻词集时,往往把这些从别处搜罗来的"集外词"另编为一卷,称为"拾遗"或"补遗"。别集之外,词选、词话、野史笔记、类书、方志、石刻著作里都可能载录有词作,要注意搜罗。相对而言,由于《全唐五代词》《全宋词》《全金元词》收录比较完善,做唐宋金元人的词别集校勘,参考这几部词总集,就可以了解每位词人的"集外词"有多少,根据这几部总集来增补就是了。当然,这不是说文献里的唐宋金元词已被全部发现,无一漏网,但可补的词作不是很多了。而明清词就不一样了,虽然有《全明词》和《全清词》,但因为这两部书收录不全,要做明清词别集的校勘,还需要广为搜罗才行,不能完全依靠这两部总集。比如说,明代初期的瞿佑,是位小说家,写有《剪灯新话》,还写有诗话著作《归田诗话》。他也有词集传世,叫《乐府遗音》,有《明词汇刊》本和《四库全书存目丛书》本。如果整理他的词集，当然首先是依据《乐府遗音》。《明词汇刊》本《乐府遗音》只收录113首，《四库全书存目丛书》本《乐府遗音》收词114首。而明代有一本词选叫《天机余锦》，里面选录瞿佑词145首，其中只有17首是《乐府遗音》里有的，另外128首，可以算作是"集外词"。这"集外词"的数量比《乐府遗音》收录的"集内词"还要多。你要是校勘整理瞿佑词集，仅仅根据《乐府遗音》，肯定是不够的。瞿佑这128首"集外词"，《全明词》也没有收录。可见，整理词别集，特别是明清词人的词别集，不能忽视词选里收录的"集外词"，还要广泛搜罗其他文献里的"集外词"，使整理校勘的词别集真正成为个人词作的"全集"。

关于辑佚的方法，我后面还要专门讲的。

(二) 考辨

考辨是解决作品真伪、是不是的问题。有的词别集，误收有别人的词作，或者误收有以诗为词之作，特别是在五代北宋的词集里，这种情况更普遍。这就需要考辨，以确定哪些是词，哪些不是词，哪些是词人自己写的，哪些是别人写的。除了别集里可能有互见之作外，其他总集，比如词选，常常收录有署名这个词人的词，其实是伪作，是别人的作品。究竟是谁的作品，也需要考辨清楚。

不光词选常常有误收误题的情况，就是诗歌选本也有。最近偶然翻阅宋人洪迈的《万首唐人绝句》，其中卷二十收有署名王维的《过友人庄》诗，全诗是："故人具鸡黍，邀我至田家。绿树村边合，青山郭外斜。"看了之后，不禁哑然失笑。这不是孟浩然的五言律诗《过故人庄》的前四句吗？博学的洪迈先生，怎么连这么有名的诗也弄错了呢？看来名人犯错误，也是难免的。也难怪，古人写书，常常是凭记忆。记忆，总有记错的时候。我再去查清人赵殿成的《王右丞集笺注》，第十五卷《外编》里也收录有这一首。不过有说明："此本孟浩然八言律诗，今《万首唐人绝句》减去后四句作一绝，作王维，不知何据？顾元纬《外编》亦录此首。"赵殿成很严谨,他明知不是王维的诗,但因为前人有记载说这首诗是王维的,就把它收在《外编》里,并做了说明。要是按照我老师唐圭璋先生编《全宋词》的方法,这首诗最好是列作"存目",可以不录原作全文。《全宋词》把凡是能考定的伪作,都在本人词作的后面列一个"存目"来说明,不录原作全文,这既说明了曾经有人误收过,又比较节省篇幅。

我们校勘词别集,也可以采取这种方法。把能考订的伪词、本人的别集或者其他文献里误收误题的词作,予以删除,列一个存目或列作附录。你要是不收,又不列存目说明呢,不明真相的读者就会有疑问,某某书上收的这个人的一首作品,你怎么不收呀?列个存目,说明这首误收之作本来是谁的作品,是哪本书误收误题了,读者一看就明白。我们编《全唐五代词》的时候,就是用这个办法。明清两代以来的好多词籍,常常有误收误题唐五代词的情况,有的把诗当作词,有的张冠李戴,甚至把后人的作品说成是唐五代人的。我在编《全唐五代词》的时候,对这些情况做了一个全面的清理,做了详细的考证。考证的结果,很多就体现在"存目词"里。

还有一种情况,就是作品的真伪难以考订,究竟是作者本人写的,还是别人写的,无法做出判断。这该怎么处理呢?遇到这种情况,那就只好存疑。如果这首存疑的作品,是别集中原来有的"集内词",那就在校勘记里说明:这首词在什么人的什么书里作谁的作品。如果是别的文献里收录的"集外词",那最好是编作"附录",或者单独编为"存疑"一类。王仲闻先生编著的《李清照集校注》和《南唐二主词校订》都是这样处理的。李清照的词集,宋刻本都没有流传下来,现在能见到的李清照词集,都是后人整理的,其中收录有不少伪作,王仲闻先生的《李清照集校注》,把有疑问的作品单独编在一起,叫"存疑之作"。王仲闻是王国维的公子,有家学渊源,学问非常精深,对宋代的文献特别熟悉。我的老师唐圭璋先生很佩服他。20 世纪 60 年代,经唐先生推荐,他在中华书局负责校订《全宋词》,经过他的增补校订,《全宋词》的质量,比初版提高了一个档次,唐先生非常感激他。我的副导师——我读博士的时候,唐先生年事已高,学校给他配备了两个助手,帮他指导博士生,称为副导师,现在没这个说法了——常国武先生曾经给我讲过他亲身经历的一个小故事:当年王仲闻先生校订《全宋词》的时候,经常跟唐先生通信讨论。有一次唐先生把王仲闻的来信给常老师看,常老师看后,很尴尬,因为信的内容是骂唐先生的,而且措辞很严厉。常老师一时语塞,不知说什么好。唐先生却说:"骂得好啊!这么简单的问题,我当时怎么就弄错了呢!"几十年以后,常老师讲起这个故事,还记得当时唐先生那副真诚的神情。不知大家对这个故事有什么感想?我听了之后,首先是感受到唐先生的虚心,真正是虚怀若谷;其次是感受到老一辈学者对学问的认真和虔诚。王仲闻先生当时的身份,只是邮电局的一个普通工人,而唐先生已经是很有名的大学教授了,两人的年辈又差不多,可王先生对唐先生,居然也敢骂!王先生的骂,是出于对学问的执着;唐先生乐于挨骂,是基于对学问的虔诚!两个人较真的是学问、学术,至于讨论的方式和态度,是可以忽略不计的了。我还觉得,王先生敢骂唐先生,也是他有底气的表现,要是没有底气,书没读到足够的多,学问没做到足够的火候,心中没有足够的把握,他怎么敢骂唐先生!所以呀,王仲闻先生做的《李清照集校注》,资料非常丰富,考订也非常精审,他得出的结论是可信可靠的。他列入的"存疑之作",都是靠不住的作品,是不宜当作李清照的作品来对待的。《南唐二主词校订》,也是把存疑的作品单独编为一卷,作为附录。今后你们要校勘词集,如果遇到存疑之作,也可以这样来处理。至于怎样考辨作品的真伪,以后再讲。

(三)校订

校订是解决文字的异同、对不对、好不好的问题。主要是把同一词集的各种版本拿来比勘对校,看文字上有什么差异,底本有没有错误,有没有脱落。有异文的,就在校记中说明;有错误的,就根据别的版本改正;有脱落的,就根据可靠的版本增补。这方面的操作程序和方法,下面再讲。

三　校勘的方法

校勘的方法,是回答怎样校勘的问题。校勘,有哪些方法呢? 华中师范大学教授、已故的著名文献学家张舜徽先生有一本著作叫《中国古代史籍校读法》,其中引录有著名史学家陈垣先生总结的四种校书的基本方法:

一为对校法。即以同书之祖本或别本对读。遇有不同之处,即注于旁。

二为本校法。即以本书前后互证,而抉摘其异同,则知其中之谬误。

三为他校法。即以他书校本书,凡其书有采自前人者,可以前人之书校之;有为后人所引用者,可以后人之书校之;其史料有为同时之书所并载者,可以同时之书校之。

四为理校法。即定是非。遇无古本可据,或数本互异,而无所适从之时,则须用此法。此法须通识者为之。否则以不误为误,而纠纷愈甚。故最高妙者此法,最危险者亦此法。

这四种方法,当然也适用于词集校勘。不过,词集的校勘,也有特殊之处。特别是怎样确定词作字句的是非正误、如何选择异文,跟史学文献的理校法同理而不同法。

前面引录吴熊和先生总结的朱彊村校词的八条,其中的遵源流、择善本、存本色、证本事四条,就是针对词集校勘提出的具体方法。

我的老师唐圭璋先生,做了几十年的词集校勘和辨伪工作,他编校的《全宋词》《全金元词》等,都是集大成的词集校勘成果,是词学研究绕不开的必读书。唐先生在长期的词集校勘过程中,摸索出了一套比较系统的词集理校的方法,即怎样确定词作字句的是非正误、如何选择异文的具体操作方法。我根据他的工作总结出七条：

一是看叶韵。韵脚字如果失韵，也就是该用韵的地方没有用韵，应该从叶韵之字。不过要注意古人用方言叶韵，否则会把对的改错了，越改越乱。比如敦煌曲子词里有一首《天仙子》："燕语莺啼惊教梦。羞见鸾台双舞凤。天仙别后信难通，无人问，花满洞。休把同心千遍弄。"有人以为"问"字失韵，于是改为"共"，其实方言叶韵，"问"与"凤""洞"通叶。毛泽东《西江月》词："黄洋界上炮声隆，报道敌军宵遁。"也是用方言叶韵。"隆"和"遁"本来不是一个韵部，不能叶韵，但是湖南方言里读起来像是一个韵部，所以就用来叶韵。

二是遵词律。比如苏东坡的名作《念奴娇·赤壁怀古》词的过片三句，一般都是作"遥想公瑾当年，小乔初嫁了，雄姿英发"三句。明代有的本子却改作："遥想公瑾当年，小乔初嫁，正雄姿英发。"根据宋刻本和词律来判断，这种改动是错误的。因为《念奴娇》词调过片三句，句式既可以作六四五，也可以作六五四，不一定非得作六四五不可。南宋石孝友《念奴娇》词的过片就是六五四句式："莫厌笑口频开，少年行乐事，转头胡越。"

三是明典故。比如元代李齐贤过镇江鹤林寺写的《鹧鸪天》词歇拍，明代万历刊本《益斋乱稿》作"雪里何人闻杜鹃"，《彊村丛书》本《益斋长短句》作"雪里何人开杜鹃"。究竟应该是作"闻"还是作"开"呢？按常理说，雪里不可能开杜鹃花，但可能听杜鹃鸟，似乎应该以"闻"为是。但是，弄明此句是用《续仙传》里殷七七"开非时花"的故事，就可以判断应该作"开"，以"开"为是。《太平广记》卷五十二引《续仙传》记载，殷七七道术高明，能"开非时花"，也就是使花反季节开放。镇江鹤林寺的杜鹃高一丈有余，每到春末，花色烂漫，天下奇绝，一城士女和四方之人，纷纷来赏花。有人请殷七七在重阳节时让杜鹃花开放，殷七七略施道术，果然到了重九日，杜鹃花"烂漫如春"，"一城士庶惊异之，游赏复如春夏间。数日，花俄不见，亦无落花在地"。李齐贤过鹤林寺，写词用这个典故，可以说是非常贴切。弄明白了这个典故,就不难判断,"雪里何人开杜鹃"比"雪里何人闻杜鹃"要有兴味得多,雪里开杜鹃花,让人觉得新奇;雪里闻杜鹃鸟鸣,就很普通了!更何况有那么一个神奇故事让人生出许多联想呢!

四是审词题。顾及词题与内容应一致。比如辛稼轩《汉宫春·会稽秋风亭观雨》,题作"观雨",而词中却根本没有写雨,而同调《会稽蓬莱阁怀古》却正是写雨中景象。这两首词内容与题目不合,应该属于"错简",也就是这一行文字跟另外一行文字相互弄错了位置。邓广铭先生的《稼轩词编年笺注》,是稼轩词注本中的经典之作,上海古籍出版社1993年出版的增订本,就把两个词题互换了过来。但《全宋词》仍然是按原来的版本旧貌,而没有改正。

五是酌词意。比如《乐府雅词》载李清照《如梦令》:"常记溪亭日暮。沉醉不知归路。兴尽晚回舟,误入藕花深处。争渡。争渡。惊起一滩鸥鹭。"而《全芳备祖》收录此词,"常"作"尝","晚"作"欲","滩"作"行"。这几个字,各有胜处。"尝记",是偶尔想起;"常记"则是经常想起。"欲",表达的是一种意愿,写正准备摇船"回"家,却"误入"到"藕花深处",意外地发现一片美景。所以用"欲"字,也有兴味。不过,常常之"常",比偶尔之"尝"更能体现这次游赏经历给词人留下的深刻印象和美好回忆。这次游赏,或许已经成为她早年闲雅浪漫和不知愁怨为何物的生活标志,甚至达到了"不思量,自难忘"的程度。而且,这次经历,与她后来不时要与丈夫分离的少妇生活,或者南渡之后漂泊流离的凄凉晚景形成一个巨大的反差,可以作为词人后来词中所写境遇和所抒情感的一个隐含的参照。至于"晚"字,意蕴似乎比"欲"字更丰富。"晚回"即"迟回",有流连忘返之意。先有"兴尽晚回舟"之"晚",后面才有匆忙之间"误入藕花深处"之"误",前后句存在着内在的因果关系。再从声韵上看,虽然"晚""欲"同为仄声字,都不违反词调的平仄要求,但在两个去声字"兴""尽"后再紧接着用一个去声"欲"字,没有用上声"晚"字来得有变化。这种变化更能产生高下抑扬的声韵美,读起来也更顺畅一些。所以,选择"常"和"晚"也许更合适一些。

　　六是据古本。要注意利用宋元的版本，否则，后人妄改的地方，根本看不出来，也无法改正。比如《尊前集》里载录的唐代韦应物《调笑》词二首：

　　　　胡马。胡马。远放燕支山下。跑沙跑雪独嘶。东望西望路迷。迷路。迷路。边草无穷日暮。

　　　　河汉。河汉。晓挂秋城漫漫。愁人起望相思。江南塞北别离。离别。离别。河汉虽同路绝。

其中"迷路""迷路"和"离别""离别"两组叠句，跟王建、戴叔伦的《调笑》词是一样的：

　　　　团扇。团扇。美人病来遮面。玉颜憔悴三年。谁复商量管弦。弦管。弦管。春草昭阳路断。（王建）

　　　　边草。边草。边草尽来兵老。山南山北雪晴。千里万里月明。明月。明月。胡笳一声愁绝。（戴叔伦）

这似乎没有什么问题。但是宋刻本韦应物诗集这二叠句却作"路迷。路迷。迷路"和"别离。别离。离别"三叠句。取校了宋本，才知道韦应物是自创一体，而《尊前集》和明清词籍都按照王建、戴叔伦同调词的格式，改成了二叠句。要是不取校宋刻本，这类问题就发现不了，也就无从改正过来了。

　　七是以词证词。也就是用词互证。比如李煜《浪淘沙》词"独自莫凭栏"的"莫"字，一般都是作"莫"，而清代人编的《词综》和《全唐诗》，却作"暮"。究竟应该是"暮"还是"莫"呢？取校宋明以来流传的《南唐二主词》各种版本，都是作"莫"。再用北宋范仲淹《苏幕遮》词的"明月楼高休独倚"、欧阳修《踏莎行》词的"楼高莫近危栏倚"互证，也应该以作"莫"为是。这种方法，相当于他校法。

四　校勘的步骤

明白了校勘的目的、任务和方法后,再来讲校勘的步骤。

(一) 版本调查

确定要校勘的词集后,首先要进行版本调查,弄清楚各个版本之间的源流关系和彼此的异同优劣。这个环节,实际上包含了前面讲的目录研究和版本研究的内容和方法。查书目、查版本的具体过程方法,按前面讲的进行。

版本研究是校勘工作的基础,校勘必须在深入调查研究了版本之后才能进行。不能随便找两三个本子一对校,就算校勘。如果事先不做好版本的调查研究,校勘就是盲目的,是无法做好的。假如出版社的编辑请你校勘词集,你不假思索地回答说:"好的,我马上找两个本子来校。"别人听你这样说,会认为你是个外行。是内行的话,应该说:"好的,等我做了版本调查、确定了底本后再动手。"

(二) 确定底本

在弄清楚版本源流、异同优劣的基础上,选择一个文字误脱比较少、收录作品比较完备的善本、足本做底本。如果有前人的精校本,就以精校本为底本。所谓底本,就是以它为依据的本子。除非是有错误脱落,一般是不改动底本原文的。校勘中的异文,也常常是相对底本而言的,跟底本不同的文字就是异文,要写入校记当中。当然啦,其他版本彼此之间不同的文字也叫"异文"。但一般来说,"异文",总是有一个参照系,这个参照系,就是底本。校勘的一个主要任务,就是看底本跟其他本子有什么不同,经过比对校勘之后,改正底本的讹误,增补底本的脱落,最后形成一个完善的本子。

校勘的底本,是新校本的母本、原型。因而,底本的文字和原貌一般不宜随便改易。

校勘的基本原则是，一般不改动底本原文，有明显的错误，才予以改正；有脱落，予以增补；有异文，在校记中说明。现在有人校勘，遇有异文，不是依从底本，而是"择善而从"，认为哪个版本的字句好，就用哪个字句。这样做，有些学者是反对的，因为这样改变了底本的原貌，而且择善而从的"善"，往往带有个人的主观性，你认为善，别人未必赞同。在我看来，全依底本和择善而从，各有道理。全依底本，旨在求真，追求符合作者原意或版本原貌；择善而从，旨在求善，追求切合语境文意。因此，我采取折中的态度，字句的选择，尽量依底本，遇到确实非常好的异文，特别是得到公认的好的异文，也不妨改底本原文。

校勘还有一个基本原则是，一般不宜改动底本的编次，底本分几卷，就照分几卷；底本怎么编排就怎么编排，力求保存原貌。补遗的词作，最好是编在词集的末尾，用"补遗"一类的字眼做标记，或者在校记里说明。不要随意补插在书的中间，那样就打乱了原来的编次。

当然，如果是有意识地对作品进行重新编排，特别是经过考订之后，对作品进行编年排列，也就是按照创作年月的先后排列，那就肯定要改动底本原来的编次了。这是允许的，也是值得提倡的。编年需要认真地考辨，能编年排列的词集学术含量更高，对读者的阅读和研究更有用。邓广铭先生的《稼轩词编年笺注》受到辛词研究者的广泛推崇，一个很重要的原因，就在于它是编年的，对研究稼轩的创作历程、心路历程及其风格的变化，具有重要的参考价值。如果稼轩词不编年，关于稼轩创作历程和心路历程等历时性的研究，就很难进行。

我觉得，如果底本原来的编次比较混乱，重新进行有序的编排，比如按词调编排，将同一词调的作品编在一起，或者按题材分类编排，也是可以的。如果重新编排、打乱了原书的编次，可以考虑用一种适当的方式，将底本原来的目录编次列作附录，以便读者了解原貌。也可以列一表格，将底本和相关版本的目录编次一一列出，以便比较。

底本在校勘的过程中，还有一个功能，就是记录校勘的结果。校勘过程中,会发现底本和各个版本以及相关载籍中有许多异文、错字、缺字,这些异文、错字、缺字,都要记录在底本上,以便校勘完成后汇总整理。

我们选择的底本,有的是难得的善本。我们不可能直接在这个善本上写写画画,也就是说,不可能把校勘的结果直接记录在这个准备做底本的善本上。那用什么做底本呢?现在可以复印,用复印件做"工作底本"。有时候,善本不允许复印,那怎么办呢?可以找一个与善本内容相类似的版本来复印,做工作底本,以代替原来选定的善本。可以先将善本与这个"工作底本"对校,把凡是善本与工作底本不同之处,过录在工作底本上,把工作底本变成跟原来确定的底本完全一致。比如说,我要校张元幹的词集,最终选定用中国国家图书馆藏的宋刻本做底本,但我不可能把宋刻本拿来复印做工作底本。我就复印《景刊宋金元明本词》里的影宋刊本《芦川词》来做工作底本。因为这个影宋刊本,跟宋刻本的内容是完全一样的。如果不放心,可以先将这个影宋刊本跟宋刻本对校一次,如有差异,就过录在复印的本子上,把复印本当做宋刻本来用。

所以在实际校勘过程中,往往还要有一个工作底本。

(三)取校各本

选定了底本,准备好了工作底本之后,就要取校现存各种版本,也就是拿其他版本来跟底本一一对读比勘。这要尽可能做到"三个充分":

一是充分取校该词集现存各版本。比如校周邦彦的《清真词》,现存所有版本都要拿来对校。当然,如果是影印本、影抄本、影刻本,只要能确定跟原版本完全一样,那就只取校原本就可以了。如果原版本不易得,用影印本校也可以,而不必一一取校原本。

二是充分参校相关词总集的各种版本。比如要校勘李清照的词集,就要充分注意取校选本。宋人曾慥的《乐府雅词》里选录有20多首李清照词,是李清照最可靠的作品。另外黄昇的《花庵词选》选有8

首,《草堂诗余》也选有 4 首,这几部词选都要取校,而且不能只用一种版本来校,要尽可能把这些词选的所有版本都拿来校。因为,不同的版本,不仅字句可能有不同,甚至连作者署名都有差异,也就是说,有的版本,可能把不是李清照的词署上李清照的名,而把真正属于李清照作的词,又收录在别人名下。

三是充分参校其他典籍,如史部、子部群书及诗文集等。这些典籍,有些可能保留了词作中有价值的异文,有些可能收录的词作文字比较完整,没有残缺。比如李清照《醉花阴》词中的名句:"帘卷西风,人比黄花瘦。"《乐府雅词》《花庵词选》等宋人词选,都是作"人似黄花瘦"。南宋初胡仔的《苕溪渔隐丛话》,也是作"人似黄花瘦"。可南宋陈景沂的《全芳备祖》,本是一部记载花草果木的类书性质的农学著作,其中收录很多宋人的诗词,也收录了李清照这首词,末句却作"人比黄花瘦"。很显然,"人比黄花瘦"比"人似黄花瘦"的意义更深一层。我们现在很难说这两个字哪一个更接近李清照词的原貌,只能说哪一个字更好些、更有意味一些。李清照还有一首《添字丑奴儿》,词的下片,《历代诗余》《词谱》都是作:"伤心枕上三更雨,点滴霖霪。点滴霖霪。愁损离人,不惯起来听。"而《全芳备祖》收录这首词,"离人"却是作"北人"。我的老师唐圭璋先生认为,"北人"比"离人"更好,更符合李清照的身份。"离人"就空泛了,人人都可称"离人",而"北人",却写出了李清照特有的身份。南渡以后,她从北方来到南方,对南方的连绵细雨不习惯,所以半夜醒来后,再也睡不着,干脆从床上"起来听"。要是不取校《全芳备祖》,李清照词的这两处异文,都不可能发现。发现这异文的,不是别人,是我的老师唐先生。《全芳备祖》现存有宋刻本,农业出版社 1982 年有影印本。又如南宋词人卢祖皋,有一首《水龙吟·赋芍药》,其中"向尊前笑折"的"尊"字,《彊村丛书》本《蒲江词》是空缺。古籍里空缺的字常常用空框表示,因此,《彊村丛书》本《蒲江词》里原作"向□前笑折"。其他版本,如《唐宋名贤百家词》本、《宋六十名家词》本的《蒲江词》又没收这首词,无从校补。唐先生编《全宋词》时，从《全芳备祖》里找到这首词。《全芳备祖》收录的这首词完整无缺，于是将这一句补足，否则空缺一个字，读起来就很费解。像这样的例子还很多。

总之，校勘词集，不能仅限于词集，其他载有相关词作的典籍都要取校。有同学会问，我怎么知道哪一种典籍里收录有我要点校的词作呢？这可没有什么捷径、窍门，只有靠积累。书读多了，自然会发现。唐先生之所以会发现那么多有价值的异文，是因为他编纂《全宋词》的时候，广泛查阅了这些典籍，将这些典籍所载的词作跟词别集、词总集收录的词做过比勘，所以能够发现这些异文。

校勘过程中，发现的异文、错字、脱落等等，都要一一记录在工作底本上。要注意的是，因为版本不同，可能异文不一样，因此记录每一处异文，都要同时说明是哪个版本，可以写作"某本作某"。如果不标注版本，只记录异文，到整理的时候，就分不清哪个异文是属哪个版本的了。这些细节一定要注意，不然要重复劳动，白费好多工夫。

（四）整理校记

全部比对完各种版本和相关典籍之后，就要整理校记了。不管是异文，还是改字、补字，都要写校记来说明，把校勘结果记录下来。校记有专门的程式，力求简明，跟平时说话和写文章不太一样。取校的版本，一般都用简称，不用全称。下面用我们编著的《全唐五代词》为例，来说明校记的几种写法。

1. 异文校记

如果只是个别的版本或个别的书有异文，就写作："某本（或某书）作某。"如：

> 香：雪本《花间集》作"春"。（第99页）
>
> 颇黎：《金奁集》作"珊瑚"。（第100页）

"香"和"颇黎",是底本原文。"雪本"是一个版本的简称,这只要看原书的体例或者相关部分的说明,就可以知道它是指哪个版本。"春",就是异文。如果异文是一个字,那么校记写底本原文时就出一个字,如上面的"香"字例;如果异文是两个字,就出两个字,如"颇黎"的例子。页码是据中华书局1999年版的《全唐五代词》。前一条是同书别本有异文,后一条是其他的书有异文。

如果几种版本都有异文,就写作:"某本作某,某本作某。"如:

> 游女带香:王辑本《琼瑶集》作"带春游女";鄂本、毛本《花间集》作"带香游女";陆本、玄本《花间集》作"游女带花"。(第600页)

如果整句不同,不必把底本原句都写出来,只取句首的二三个字,说"某某句"就可以了。如:

> 尘满句:《阳春集》作"罗衣印满啼痕"。(第159页)

如果标点断句别本有不同,可以参考下面一例来写:

> 春暮二句:陆本《花间集》作四字一句。(第608页)

校勘过程中,有时会吸收也应该吸收前人的校勘成果。如果前人的意见有不同,最好是能够加个按断,说明哪个是正确的,或者说哪个更好些,以便读者参考选择。如:

> (暮天愁听思归)乐:鄂本、毛本《花间集》作"落"。毛本《花间集》注云:"一作'乐'。"李一氓《花间集校》云:"乐,读如约。"施蛰存《读温飞卿词札记》云:"非也。此'思归乐'乃是鸟名。"举元稹《思归乐》诗为证,并引陶岳《零陵记》云:"状如鸠而惨色,三月则鸣,其音云'不如归去'。"盖即杜鹃也。施氏所云甚是。(第118页)

最后一句"施氏所云甚是",就是校点者做的判断,表示赞成施蛰存先生的意见。李一氓的校记认为"思归乐"是思归的乐曲,故说"乐"读如"约",而施蛰存则认为是一种鸟名,校点者认为施说是正确的,"乐"还是应该读如"快乐"的"乐"。

2. 改字校记

据别本改动底本原文的,写作:"原作某,据某本(或某书)改。"如:

> 关:原作"同",据茅本、玄本、汤本《花间集》改。(第114页)

> 帷:原作"帘",据《尊前集》改。(第105页)

前一条是依据同书别本改的,后一条是依据其他书改的。

改动底本原文,一定要有版本依据,不能想当然地随意改。有的要说明依据和理由,有的只说明依据而不必说明理由。下面就是一则根据其他的书改动底本原文而说明理由的例子:

> 未:原作"来",据《尊前集》改。《花间集注》云:"'来',对上下文意均相反,疑为'未'字之误,若换一'未'字全篇无滞塞虞。"
> (第606页)

这条理由是校点者引用前人的话,更显得有理有据。因为《花间集》各版本都是作"来",而这个"来"字词意与上下文相反,于是就根据《尊前集》收录的这首词改正。如果没有《尊前集》作为依据,就不能轻易改动底本原文。

3. 补缺校记

补缺字句的,写作:"原脱(缺),据某本补。"如:

> 频跋:原缺此二字,于"千万里"处校云:"毛本有'频跋'二字。"据王辑本《琼瑶集》、毛本《尊前集》补。(第612页)

在校勘记里,脱、缺表示的意思是一样的。所以,既可以写成"原脱",也可以写成"原缺"。"脱",是脱落的意思。不过,这两个字还是有细微的区别,"脱",是原来有而无意之间抄写或刻写掉了的;"缺",是原本就没有的,也可能是字体残缺或字迹模糊看不清造成的缺字。

缺的字,原书上有空格或方框来表示,一看就知道有缺字;而脱字,中间没有空格,原书的字句是连续抄写的。就像我们自己写文章,有时写掉了一个字,自己也没发觉,这个漏写的字就是"脱"字。

(五)汇编成书

校勘完了各种版本,也整理好了校记,就可以汇编成书了。首先要编好目录,将底本的篇目和补遗的篇目按顺序编好。其次要誊清或打印出底本的原文和校记,要注意每条校记的序号跟正文的序号一致,不小心就会弄错了位置。正文的序号码,一般是放在每句的句末,这样读原文,不会影响完整句子的阅读语感。然后要编好附录的资料,包括词人的生平资料、评论资料、版本序跋资料等等。

还要写一篇前言,介绍词人的生平和创作,说明词集的版本和校勘的体例原则。

词人的生平和创作成就怎样评述,没有统一的格式和规定,想写什么就写什么,主要目的是让读者了解这位词人。但词人的生平,总是要介绍一番的。如果生平不太清楚,还需要做一番考证。如果考证的文字很多,甚至可以写成年谱之类的专文,那就可以考虑前言里只做简单介绍,把详细的考证放在附录里,否则前言就太长了,而且考证的语体跟前言这种叙述性的语体不一致,读起来不太协调。词人生平和创作成就的介绍,相当于一篇词人个体研究的论文,应该认真对待,不能马虎。

词集版本,也必须介绍,内容包括两个方面:一是说明有哪些版本,每个版本各有什么特点;二是你的校勘是以什么版本为底本,又取校了哪些版本。其目的是,既让一般读者了解这个词集有哪些版本,也可以让行家看你选定的底本合适不合适,取校的版本周全不周全。衡量一本书的校勘质量,很重要的一个方面,就是看取校的版本周全不周全。如果有些很重要的版本都没取校,那校勘质量就不可能太高。

如果版本比较复杂,可以考虑,在前言中只做简要的介绍,另外再写一篇词集版本源流考，放在附录里。

如果校勘的体例和原则比较复杂，也可以不放在前言里说，而单独列一个"凡例"来说明。凡例，应该是在选定了底本之后就确定，主要规定本书校什么，怎么校。《全唐五代词》和《全宋词》这样的大型总集，都有很详细的凡例，可以参看。有些别集，也有凡例。凡例，一般放在前言之后。比如薛瑞生先生的《东坡词编年笺证》，就有凡例，也是列在前言之后。

必要的话，还可以写一个后记，说明本书校勘的经过、甘苦、心得等等。最后别忘了感谢在校勘过程中帮助过你的师友和编辑。要时常怀抱一颗感恩之心。有感恩之心，心里就会充满着阳光、充满着幸福，处处感受到的是帮助、关爱、支持，而不会像唐代诗人孟郊说的那样："出门即有碍，谁谓天地宽!"没有感恩之心，就会像孟郊那样感到孤独无助，甚至压抑怨恨。当然，孟郊并不是因为没有感恩之心才写出这样的诗句。我这里不过是"借诗言志"——借别人的诗来言自己的"志"而已!

第六讲
词集笺注的方法

下面我们来说笺注。先介绍一下已有笺注本的词集，以便大家了解有哪些词集笺注本可以参考，又有哪些词集还需要我们去笺注。

一　词集笺注本简介

词别集的笺注，从宋代时就开始了。宋代是一个诗文集笺注风行的时代，诗文集的注本特别多，光是杜甫诗，就有好多种，当时有"千家注杜"的说法。跟诗集注本相比，词集的注本是比较少的，而流传下来、我们能见到的，仅仅只有两种而已：

一是傅幹的《注坡词》，也就是注苏东坡的词。此书南宋绍兴初年就有刻本传世，书前有傅共写的序。序中说：苏轼词"闺窗孺弱，亦知爱玩。然其寄意幽渺，指事深远，片词只字，皆有根柢。是以世之玩者，未易识其佳处。譬犹瑰奇珍怪之宝，来于异域，光彩照耀，人人骇瞩，而能辨质其名物者盖寡矣"。因而傅幹为之笺注。这个本子流传了下来，2016 年上海古籍出版社出版的刘尚荣先生校订的《东坡词傅幹注校证》，比较完善。

另一种是南宋陈元龙校注的《详注周美成词片玉集》。这本书最初刻于南宋嘉定四年（1211）。这个宋刻本，现在还有传存，中国国家图书馆就藏有一部。不过这宋刻本我们一般不容易见到，但没关系，可以看《景刊宋金元明本词》里的影印本。《景刊宋金元明本词》里的《详注周美成词片玉集》,就是根据宋刻本影刊的,保留着宋刻本的原貌。如果你想了解宋刊本是什么样子,看看《景刊宋金元明本词》,就会有具体的印象。

元明清三代的词别集注本也比较少见。20 世纪以来,词别集笺注的成果最为丰富,下面就简单介绍一下唐宋词的主要笺注本。

唐五代词坛的"四大天王"——温、韦、冯、李的词集,基本上都有了注本。温庭筠词,虽然没有单独的注本,但中华书局 2007 年出版的刘学锴先生的《温庭筠全集校注》,将温词全部做了注释。韦庄词,有刘金城先生的《韦庄词校注》,中国社会科学出版社 1981 年出版;四川社会科学院出版社 1986 年出版的李谊先生的《韦庄集校注》,也包括了韦庄词。冯延巳的词集叫《阳春集》,1933 年南京书店印行过陈秋帆的《阳春集笺》,1993 年天津古籍出版社出版有黄畲先生的《阳春集校注》。李煜的词,宋代以来一直是与李璟的词合为一集传世的,名叫《南唐二主词》。1936 年,我老师唐先生曾经出版过《南唐二主词汇笺》,现在不大容易找得到了,我也只有一个复印本。1957 年,王仲闻先生在人民文学出版社出版了《南唐二主词校订》,后来中华书局又予再版。2013 年,陈书良、刘娟在王先生校订本基础上做了笺注,题为《南唐二主词笺注》重版。另外,詹安泰先生的《李璟李煜词》,1958 年人民文学出版社出版,注释之外,有串讲,有评析,很有特点。詹先生是中山大学教授,也是研究词学的专家,有《詹安泰词学论稿》等词学著作,其中研究词的修辞手法,很详细,足资参考。

宋代名家的词集,基本上都有了注本。下面按词集作者的时代先后介绍两宋词人词集的主要注本。

柳永的词集,叫《乐章集》,1994 年中华书局出版有西北大学薛瑞生教授的《乐章集校注》,是比较好的注本;中州古籍出版社 1991 年出版的姚学贤、龙建国的《柳永词详注及集评》,也值得参考。2016 年上海古籍出版社出版的陶然、姚逸超校注的《乐章集校笺》,是目前柳永词最好的注本。

张先的词集，有浙江大学吴熊和、沈松勤两教授合作的《张先集编年校注》，浙江古籍出版社 1996 年出版。这个注本，是诗词合注本，而且凡是能编年的诗词都做了编年，这对了解张先的创作道路很有帮助。吴先生是著名的词学家，出版有《唐宋词通论》，是词学研究者不能不读的著作。

晏殊的词集，有刘扬忠先生校注的《晏殊词新释辑评》，中国书店 2003 年出版。刘先生是中国社会科学院的研究员，能诗会词，出版有《辛弃疾词心探微》和《唐宋词流派史》等词学著作。

欧阳修的词集，有三种注本，一是黄畬的《欧阳修词笺注》，文史哲出版社 1977 年版；二是邱少华的《欧阳修词新释辑评》，中国书店 2001 年版；三是胡可先、徐迈的《欧阳修词校注》，上海古籍出版社 2015 年版。

晏几道的词比较好懂，也有几种注本：如王焕猷的《小山词笺》，商务印书馆 1947 年版；李明娜的《小山词校笺注》，文津出版社（台北）1981 年版；吴林抒校笺的《小山词》，江西人民出版社 1988 年版；张草纫的《二晏词笺注》，上海古籍出版社 2008 年版，将晏氏父子的词作合注，是目前比较完善的注本。

苏轼词，20 世纪以来的注本很多。由于苏轼词的创作年代，有许多是可以考证出来的，因此，他的词集，有不少是编年笺注的。时下比较通行易得的编年笺注本有三种：石声淮、唐玲玲先生的《东坡乐府编年笺注》，华中师范大学出版社 1990 年版；薛瑞生先生的《东坡词编年笺证》，三秦出版社 1998 年版；邹同庆、王宗堂合著的《苏轼词编年校注》，中华书局 2002 年版。后面二种，后出转精。要研究东坡词，可以参考这几种注本。

黄庭坚词，有马兴荣、祝振玉二先生校注的《山谷词》，上海古籍出版社 2001 年版。书后附录有年谱、传记序跋和评论资料，比较完备。2011 年又再版为《山谷词校注》。

秦观词的注本也比较多，比如杨世明的《淮海词笺注》，四川人民出版社 1984 年版;徐培均先生校注的《淮海居士长短句》,上海古籍出版社 1985 年版;张璋、黄畬校注评笺的《秦观词集》,中州古籍出版社 1988 年版。其中徐注本注释完善,资料丰富,尤其是 2008 年修订再版的《淮海居士长短句笺注》将部分词作划入"存疑"词,保留了 102 首比较可靠的秦观词作。

贺铸的词集叫《东山词》,又名《贺方回词》。有我师兄钟振振教授校注的《东山词》,上海古籍出版社 1989 年版。钟先生校注贺铸词,花了大功夫。他先是把贺铸所有的词作都背诵下来,然后通读先秦至唐代的重要典籍,把贺铸词用的典故包括语典和事典的来源一个个地找出来,再予以注释。所以他这个注本相当精善。他的这种功夫,在当代学者中,恐怕是无人可及的。

晁补之词集,有刘乃昌、杨庆存先生校注的《晁氏琴趣外篇　晁叔用词》,上海古籍出版社 1991 年版。这个注本附录有年谱和评论资料,比较完善。另有乔力先生的《晁补之词编年笺注》,齐鲁书社 1992 年版。乔注本是编年笺注,又附有年谱,也有特色。

周邦彦的词集名《清真集》,又叫《片玉词》。早些年有香港著名学者罗忼烈先生的《周邦彦清真集笺》,三联书店(香港) 1985 年版,搜罗的资料很丰富,辑录了不少周邦彦的佚诗佚文。2008 年上海古籍出版社再版为《清真集笺注》。近年有孙虹校注,薛瑞生订补的《清真集校注》,中华书局 2002 年版。孙注本后出转精,足资参考。叶梦得的《石林词》,有蒋哲伦先生校注的《石林词笺注》,上海古籍出版社 2014 年版。

朱敦儒的词集,名《樵歌》,贵州人民出版社 1985 年出版有沙灵娜的《樵歌注》。这个注本大略编年,但编年偶有错误,我曾经写过一篇短文做过考辨。上海古籍出版社 1998 年出版有邓子勉校注的《樵歌》,注释和搜罗的资料很完备,是很好的注本。

李清照词集,跟东坡词一样,注本也很多,有十几种。我强烈推荐王仲闻先生的《李清照集校注》,人民文学出版社 1979 年出版,这是一部非常有特色的注本。上海古籍出版社 2002 年出版的徐培均先生的

《李清照集笺注》，也相当扎实，可以参看。此外，黄墨谷的《重辑李清照集》，齐鲁书社 1981 年版，也有特色。

张元幹的词集，有我老师曹济平先生校注的《芦川词》，上海古籍出版社 1991 年版。书后附录有简编的年谱和相关参考资料，很有参考价值。

陆游的词集，有夏承焘、吴熊和先生的《放翁词编年笺注》，上海古籍出版社 1981 年版。另有王双启的《陆游词新释辑评》，中国书店 2001 年版。

朱淑真的词，没有单注本，但有诗词合注本。冀勤先生辑校的《朱淑真集注》，浙江古籍出版社 1985 年版；张璋、黄畲先生校注的《朱淑真集》，上海古籍出版社 1986 年版，都是诗词合注的。

范成大词，有黄畲的《石湖词校注》，齐鲁书社 1989 年版。

张孝祥的词，有宛敏灏先生的《张孝祥词笺校》，黄山书社 1993 年版，这个本子附录有诸家序跋和年谱，足资参考。

辛弃疾词，最好的也是最通行的注本无疑是邓广铭先生的《稼轩词编年笺注》。这个本子，自 1957 年初版以来，经过多次修订。上海古籍出版社 1993 年出版的增订本，最为完善，堪称经典之作。邓先生是北京大学教授，著名的宋史专家。近年又有辛更儒的《辛弃疾集编年笺注》、吴企明的《辛弃疾词校笺》，二者对邓先生的编年和笺注都有所补正。辛更儒先生的注本包含有诗文作品的笺注，在编年方面创获尤多。

陈亮的词，有两个注本：一是夏承焘校笺、牟家宽注的《龙川词校笺》，上海古籍出版社 1982 年修订版。二是姜书阁先生的《陈亮龙川词笺注》，人民文学出版社 1980 年版。陈亮喜欢在词中发表对国是的看法，词中的政治军事主张可以跟他的政论文相互印证。姜注本注意以文证词，以文释词，引录陈亮的政论文来印证、解释其词意，很有特色。要了解陈亮以文为词的特色，不能不参考这本书。

姜夔的词，最通行的本子是夏承焘先生的《姜白石词编年笺校》，

1958年以后多次修订再版，上海古籍出版社出版。此书辑录的资料非常丰富，只是注释比较简略。详注本，可以看夏承焘校，吴无闻注的《姜白石词校注》，广东人民出版社1983年版。另外，黄兆汉编著有《姜白石词详注》，台湾学生书局1998年版；刘乃昌编著有《姜夔词新释辑评》，中国书店2001年版；陈书良有《姜白石词笺注》，中华书局2009年版，也可以参考。

刘过的词集，名《龙洲词》。马兴荣先生有《龙洲词校笺》，江西人民出版社1999年版。

史达祖的词，有雷履平、罗焕章先生校注的《梅溪词》，上海古籍出版社1988年版。另有王步高先生的《梅溪词校注》，天津人民出版社1994年版。

刘克庄的词，有钱仲联先生的《后村词笺注》，上海古籍出版社1980年版。钱先生是苏州大学教授，著名的大学者。他这个注本对部分词作进行了编年，要了解刘克庄的创作经历及其变化，首先要读这个本子。另有欧阳代发、王兆鹏编著的《刘克庄词新释辑评》，中国书店2001年版。

吴文英词，难读难注。我老师唐圭璋先生曾给我讲过前辈杨铁夫先生注释梦窗词的故事。说杨先生注释梦窗词，有好多读不懂，跑去问"晚清四大家"之一的朱彊村老先生，朱先生只回答他两个字："多读。"过了几年，杨先生还是有些地方不懂，再请教朱彊村，彊村老人还是说两个字："再读。"又过了几年，有些地方杨先生仍然弄不懂，再去请教，朱彊村仍然是说："再读。"这个小故事说明梦窗词该有多难懂！朱彊村曾用力校订过《梦窗词》，对梦窗词是相当熟悉的，他这么回答，也许他也有不完全明白之处。

杨铁夫先生注释的本子，叫《梦窗词全集笺释》，1936年抱香室印行，广东人民出版社1992年出版有点校本，书名改作《吴梦窗词笺释》。钟振振教授认为杨先生的注释有许多错误。

吴蓓博士的《梦窗词汇校笺释集评》，是相当完善的注本，浙江古籍出版社 2007 年版。难读难懂的梦窗词，吴博士都一一破解。她的解释，未必尽当，但可成一家之言。要研究梦窗词，不能不读此书。近年又有孙虹、谭学纯的《梦窗词集校笺》，中华书局 2014 年版，注释详尽，搜罗富赡，亦足资参考。

刘辰翁的《须溪词》，有吴企明先生的校注本，上海古籍出版社 1998 年版。

蒋捷的词，有杨景龙《蒋捷词校注》，中华书局 2010 年版，颇完善。

王沂孙的词集，一名《花外集》，一名《碧山词》，主要有三种注本：一是吴则虞先生笺注的《花外集》，上海古籍出版社 1988 年版；二是詹安泰先生的《花外集笺注》，广东人民出版社 1995 年版；三是我师姐王筱芸的《碧山词研究》，也含词集笺注，南京出版社 1991 年版。

宋代还有一些名家的词集，至今没有注本。比如，南渡之际向子谌的《酒边词》，李弥逊的《筠溪词》，李纲、李光、赵鼎和胡铨四人的《南宋四名臣词集》，南宋末年周密的《草窗词》、张炎的《山中白云词》，都应该有注本。至于元明清词集，除了元好问、纳兰性德等寥寥几家之外，基本上没有注释本。需要注释的词集还有很多。如果想在这方面显显身手，有的是空间。

除了别集之外，词总集也应该有注本。唐五代词时期，有两种著名的词选，一种是《花间集》，另一种是《尊前集》。《花间集》的注本比较多，其中杨景龙的《花间集校注》（中华书局 2014 年版）是相当完善的注本。而《尊前集》还没有注释本。宋人编的词选，比较著名的有曾慥的《乐府雅词》、黄昇的《花庵词选》（是《唐宋诸贤绝妙词选》和《中兴以来绝妙词选》的合称）、赵闻礼的《阳春白雪》、周密的《绝妙好词》。这四种宋人词选，也只有周密的《绝妙好词》有注本，清代查为仁和厉鹗合作的《绝妙好词笺》，是比较通行的注本；现在有秦寰明和萧鹏合注的《绝妙好词注析》，三秦出版社 1993 年版；邓乔彬、彭国忠和刘荣平合撰的《绝妙好词译注》，上海古籍出版社 2000 年版。至于明清人编的词选，也有不少好的本子，有待注释。

二　词集笺注的类型

（一）校注本

校注本，既校勘，又注释。校勘是笺注的基础。笺注，需要依据一个可靠完善的版本来注。如果没有可靠完善的校本可资利用，注释之前就得进行校勘。

校注又称校笺。校笺本，也是既校又笺。从已经出版的词集校注本和校笺本来看，好像校笺与校注稍有不同。注比笺要详细，笺比注要简略。笺，有的只是笺注词作的有关本事，而不注释词作字句的含义，比如宛敏灏先生的《张孝祥词笺校》，就只笺本事，考订词作的创作时地、背景，而不注字句。注，是既要注释本事，又要注释字句。但有的校笺与校注，只是名称的不同，实质是一样的。比如，马兴荣先生的《龙洲词校笺》，题为"校笺"，实际上也注字句文义；夏承焘先生的《姜白石词编年笺校》，以笺词作本事为主，同时也注释专有名词如人名、地名等等，但一般的字词不注。看来，校注与校笺，是大同而小异，校注比较详实，校笺比较简略。

（二）评注本

评注本，是既要注释字句，还要评析作品的内容、艺术手法等，把字句注释和词作赏析结合起来。李冰若的《花间集评注》，就有评有注。詹安泰先生评注的《李璟李煜词》，也是既注释字句，又评析词章结构和作法，对每首词的创作主旨、艺术特点都有简略的评论。

（三）编年校注本

编年校注本，既要给词作编年，考订、说明一首词写于何时何地，又要校注。在注本里头，编年校注的学术含量是最高的，也非常实用。我们研究词人的创作历程,首先需要了解他的词的写作年代。编年校注,就会告诉我们每首词写在什么时候、什么地点。上面介绍的苏轼词、陆游词、辛弃疾词、刘克庄词注本,都有编年校注本,都说明了相关词作写在何时何地。

不过,并不是所有词人的词作都可以编年。一般说来,纪实性强的词作,容易编年;应歌之类的虚拟性词作,就很难编年。晚唐五代人的词,基本上无法编年。宋代词人中,苏、辛一派的词作,相对容易编年,因为他们词作的纪实性较强,许多词作都有题序提供创作背景,有线索可以考察它们的创作时间和地点。而柳永、周邦彦等人的词作,应歌之作比较多,虚拟的成分大,词中大多数没有题序,所以无法考索词的写作年代。李煜和李清照的词作,虽然情感的纪实性较强,但因为创作背景不清楚,没有题序提供相关的线索,所以也无法考订写作年代,只能大体判断是早年之作,还是晚年之作。

实际上,即使是编年校注本,也不是把词人所有的词作都予以编年,只是把部分能考订创作年代的词作进行编年。像苏东坡和辛稼轩词,近百年来的研究已经相当深入,也还有部分词作不能编年。有的虽然编了年,但也只是一个大致的推测,还不能落实。因而,词作的编年,可以说是任重道远。

大家在今后的学习研究过程中,如果发现有关词作可以编年的线索,也可以一篇篇地予以考辨。并不是只有做词集的校注,才做编年考订;不做词集的校注,也同样可以做编年考证。后面我要专题讲词作系年考证的。

(四)汇校汇评本

所谓汇校,就是要把一个词集现存的所有版本都拿来校,详列各版本的异文,让读者一册在手,就能了解不同版本的差异。所谓汇评,是指汇录有关这个词人词作的所有评论资料。这些评论资料一般分为两大部分,一是对词人的评论资料,一是对某一首词作的评论资料。对词人的评论资料，一般汇录在一起，附在书的末尾；对词作的评论资料，就辑录在相关词作之后。前面提到的吴蓓博士的《梦窗词汇校笺释集评》，就是汇校汇评本。汇校汇评，也要注释。只是在校和辑评方面，要求更高。

大家会问，汇评的资料从哪来，到哪儿去找？

首先是查阅我老师唐圭璋先生编的《词话丛编》，这部书共收录宋金元明清和近人的词话85种。要了解前人对某位词人词作的评论，首先要想到查阅此书。做词学研究，《词话丛编》是必读书。你可以不把这部书的五大册通读完，但你不能不读其中的一部分，更不能不知道这部书。《词话丛编》1934年初版时，只收了60种词话，中华书局1986年再版时，增补到85种。后来中华书局又出版了李复波编的《词话丛编》人名和书名索引，查阅起来更方便。

当然，《词话丛编》并没有将现存所有的词话都搜罗齐全。近年来，学界对《词话丛编》多有增补，已出版的有三种：一是朱崇才先生的《词话丛编续编》，人民文学出版社2010年版，收录词话32种；二是屈兴国先生的《词话丛编二编》，浙江古籍出版社2013年版，收录48种；三是葛渭君先生的《词话丛编补编》，中华书局2013年版，收录69种。新出的这三种补编，所收词话彼此有少量重复，但不太多。葛先生还有进一步补充《词话丛编》的计划，据说有二十几册待出，可惜老先生已经驾鹤西去，没有来得及完成最后的整理定稿工作，我们期待后继者能够接力完成。《词话丛编》及三种补编之外，还有《历代闺秀词话》（凤凰出版社2019年版）和《民国词话丛编》（社会科学文献出版社2020年版），这两种专题或断代词话汇编，皆由南开大学孙克强教授及其团队编成。孙教授还主编过《唐宋人词话》《金元明人词话》和《清人词话》，南开大学出版社出版。这三部书是按词人编排词话，比如苏轼名下，收录历代词论家对苏轼其人其词的评价，而不是苏轼本人写的词话。如果想了解一位词人同时代的人和后来人对他的评论，可以查阅这三部书。

另外，《词话丛编》收录的词话，只限于词话专书，或者是诗话、笔记中成卷谈词的词话。散见于各书中论词的零星词话，《词话丛编》没有收录，《词话丛编续编》《词话丛编二编》《词话丛编补编》也沿例没有收录。

最早搜集这类零星词话的，是映庵的《汇辑宋人词话》。映庵是词学家夏敬观先生的笔名。他将散见宋人诗话、笔记中谈词、论词的条目辑成一书，广文书局(台北)1970年出版。后来有施蛰存、陈如江先生辑录的《宋元词话》，1999年上海书店出版社出版，篇幅较之《汇辑宋人词话》增加了三四倍，但依然没能将零散的宋元词话一网打尽。直到2008年邓子勉在凤凰出版社出版三大册的《宋金元词话全编》，宋金元零星词话才算搜罗殆尽。后来邓子勉又一鼓作气，编成八大册的《明词话全编》，凤凰出版社2012年出版。南开大学孙克强教授编的《清代词话全编》，也由凤凰出版社2019年推出，皇皇20巨册，资料相当丰富。要提醒的是，因为《全编》涉及的文献极广，难免失误。因此在《宋金元词全编》中查到的资料，引用时一定要核对原书，以免出错。

各种词籍序跋中同样蕴藏着丰富的词人词作评论资料，《宋金元词话全编》和《明词话全编》将词籍序跋视同词话，也进行了辑录，但由于是按作者编排，查找起来不是很方便。举例来说，如果你要在《全编》里查找辛弃疾词集的序跋资料，就要到范开、刘克庄、刘辰翁等人的名下去找，如果你不知道都有哪些人给辛弃疾词写过序跋，就找不全，这种情况下，就不如使用以词人和词集编目的词籍序跋汇编。这样的书有三种：一是施蛰存先生主编的《词籍序跋萃编》，中国社会科学出版社1994年版；二是金启华等先生编的《唐宋词集序跋汇编》，江苏教育出版社1990年版；三是冯乾的《清词序跋汇编》，凤凰出版社2013年版。明代的词籍序跋目前还有待整理，有志者不妨用功于此。我还要提示一点，大家在做学位论文时引用这三部序跋汇编的时候，也要尽可能核对原书，也就是根据汇编提供的资料来源去核对原始文献。汇编的资料，只能算是二手文献，一般不宜直接引用。二手文献，抄录排印时都难免有错误。核对原始文献,以尽量避免引文的错误,避免以讹传讹。做学问,需要严谨和认真,不能马虎。再说,根据汇编提供的线索去查原始文献,又会熟悉和了解许多新的文献,知识积累会越来越丰厚,像滚雪球一样,越滚越多,越滚越丰富。

除了词话和词籍序跋,还要普遍查阅诗话、野史笔记、历代藏书目和地方志等著作,这些著作中也时有词人词作的评论。详细情况,可以参看我的《词学史料学》第七章"词论研究的史料"的介绍。这里就不多讲了。

另外,浙江教育出版社 2004 年出版的《唐宋词汇评》,汇录了历代有关唐宋词人和词作的生平资料和评论资料,精装六大册,将近 600 万字。这套书分两卷,其中《两宋卷》是吴熊和先生主编的,《唐五代卷》是我主编的。虽然这套书只是包含了 875 位词人和 7045 首词作的评论资料,还没有将所有唐宋词人词作的评论资料全部囊括,但提供的资料和史料线索是相当丰富的,查阅也非常方便。这套书出版后得到了社会的肯定,获得过首届"中华优秀出版物奖"。

今后要做词集笺注,最好是汇校汇评又编年笺注。这对研究者来说,就十分完备和理想了。

三　词集笺注的内容

先说一般古籍的笺注。一般古籍的笺注,大致包括五个方面的内容:

一是注音。给难字、生僻字、多音字注音,说明某字在具体语境中的读音。

二是释义。包括解释字词的意义,串讲一句或几句的意思,通释全篇大意,等等。

三是阐述语法。说明某词的用法,特别是词类的活用,如名词用作动词等;或者说明句子的结构。

四是说明表现方法或修辞手段,比如比喻和用典等。

五是解释其他文化知识,比如解释历史事件、典章制度、人物称谓、天文地理、礼俗宗教等等。这五个方面的具体内容,可参看张三夕主编的《中国古典文献学》。

词集笺注,要注些什么内容呢?

词集笺注,当然也包括上面所说的这几个方面的内容,但又有些特殊性。大致说来,主要笺注以下三个方面的内容:

(一)注本事

笺注词作的本事,可以说明词作的创作背景或创作过程,或者交代与词作传播相关的逸闻趣事。

"本事",既有创作的本事,也有传播的本事。最早以"本事"为书名的,是唐代孟棨写的《本事诗》。这本书专门记载唐诗中有关作品的创作和传播的故事。《本事诗》之后,又有《唐诗纪事》《宋诗纪事》《元诗纪事》《明诗纪事》和《清诗纪事》。要了解每个时代诗歌的创作本事和相关逸事,可以读这些书。《唐诗纪事》,是宋代计有功编著的,上海古籍出版社出版有点校本,上下两册。《宋诗纪事》一共是四册,清代厉鹗编著,上海古籍出版社也出版有点校本。《清诗纪事》,规模最大,有二十多册,是钱仲联先生主编的,江苏古籍出版社出版。

至于历代词作的本事,也有几本书可以查考。

一本是清代康熙年间徐釚编撰的《词苑丛谈》(注意啊,徐釚的"釚",读"求",很容易念错和写错),汇录唐宋至清初词人词作轶事、趣闻和有关评论,分体制、音韵、品藻、纪事、辨证、谐谑和外编七类。从他的分类可以看出当时人对词学研究的一种认识。他们的分类和我们现在词学研究的分类,有很大的差别,但是已经具备了比较明确的词学观念。其中纪事四卷,都是词人词作的轶闻本事。这本书经过了当时著名词人、学者朱彝尊和陈维崧等人的参订,搜罗的资料很丰富。只是原书所引史料,没有注明出处。朱彝尊曾提出这个问题,希望徐釚把材料的来源注明。但由于这本书编撰的时间很长,徐釚来不及一一补注,而且那个时候又不像我们现在这样讲究严格的学术规范。到了20世纪,我老师唐先生给它一条一条地注明出处,把所有资料的来源都弄清楚了,为读者检核原书提供了极大的便利。这可是非常见学问功力的啊,要是对文献不熟悉,根本不可能做到。唐先生校注的这个本子,1981年由上海古籍出版社出版。大家要用的话,就用这个本子。人民文学出版社1988年出版过王百里的校笺本,叫《词苑丛谈校笺》,也可以参考。

跟《词苑丛谈》性质类似的一本书,是清嘉庆年间冯金伯的《词苑萃编》。这本书是根据《词苑丛谈》删补而成的,有删节,也有增补,规模篇幅比《词苑丛谈》要大。有《词话丛编》本。这本书引录的资料,跟原书有些出入,所以引用时最好检核原书,以免出错。明清人编的这类词学资料书,都比较随意,摘录时往往有删改,有时可能是凭记忆,错误比较多,常常张冠李戴。所以,引用明清人的词学资料书,都应该检核它们所依据的原书。否则,就会以讹传讹。

另一本是清乾隆年间张宗橚辑录的《词林纪事》。这本书主要搜罗唐宋金元词人轶事和词作本事,按照词人的时代先后顺序编排,查找很方便。上海古籍出版社1998年出版的杨宝霖先生校补的《词林纪事》《词林纪事补正》合编本,是最完善的本子。补正引书多达一千余种,增补词的本事和评论一千六百多条,篇幅和质量都大大超过原编。唐圭璋先生《词林纪事补正序》中评价说:"匪特为张氏之功臣,亦词苑之大观,后学之津梁也。"

再一本就是唐圭璋先生编的《宋词纪事》,也是上海古籍出版社出版的。《词苑丛谈》和《词林纪事》都是收集唐宋元明清词的有关本事和评论,而《宋词纪事》只收录宋词的本事,篇幅不太大,选择很精粹,资料很可靠。即使不做注释,也可以找来读一读,有趣味性、故事性,可读性很强。读这本书,可以了解宋代词坛的风气,可以了解宋代人是在什么环境中写词,又是在什么环境中唱词、传播词的。一本书,可以从不同的角度去理解，去阐释。可以把它做注释用，了解一首词的创作背景、创作时地，也可以从传播的角度去看，书中有很多演唱的故事、传播的故事。

《词话丛编》里还收录有清人叶申芗编的《本事词》，也是辑录唐宋金元词作本事的。篇幅不大，所引资料时有删节，不太可靠。其资料价值远不如上面说的那几本书。

要提醒的是，注释词作本事，光靠这几本书是不够的。相对而言，唐宋词的本事，已经搜罗得比较完备了，而明清词人词作本事，还有很多没有挖掘出来，需要查阅大量的词话诗话和野史笔记。而《全宋笔记》已经全部出版，查询这方面的资料并不困难。

如果一首词没有本事可考，但能考订出它的写作时地，也应该予以注明。

(二) 注典故

典故，可以分为两类：

一类是语典，也就是引用、化用前人的语句。比如辛弃疾《西江月》词的"七八个星天外，两三点雨山前"，看似写实景，好像没有来历，实际上是从五代卢延让的诗歌名句"两三条电欲为雨，七八个星犹在天"变化而来的。我读《唐才子传》和《唐诗纪事》时偶然发现卢延让这两句诗，联想到稼轩这两句词，才知道稼轩这两句词原来也是有来历出处的。后来再查《稼轩词编年笺注》，发现邓广铭先生也注了这个语典，不过，他引用卢延让这两句诗的出处，是更早的五代何光远的《鉴诫录》。

另一类是事典。事典就是故事，含有人物和事件。比如辛弃疾《摸鱼儿》词里"千金纵买相如赋"，就含有事典，化用的是汉武帝的陈皇后用黄金请司马相如写《长门赋》的故事。在萧统《文选》收录的司马相如《长门赋序》里，可以找到这个故事的原始出处。

用典，是古代文学作品中最常见的一种修辞手法。武汉大学文学院罗积勇教授有一本著作专门研究用典,书名是《用典研究》,武汉大学出版社2005年版。这本书对用典的方式、策略、功能、效果等做了很具体的研究,有兴趣的,可以找来读一读。诗词中的用典艺术,还值得深入研究,写一部博士论文都可以。

笺注语典,主要是说明某句词可能是从前人的哪首诗词、哪篇文章里变化过来的,它的语源出自何处。宋代人写词,喜欢化用前人的诗句,化用唐诗的句子最多。台湾成功大学王伟勇教授,有两本书专门研究宋词化用唐诗的情况,一本书叫《宋词与唐诗之对应关系研究》,一本叫《词学专题研究》,都是文史哲出版社(台北)出版的。后一本书中有几篇文章,专门讨论唐诗对笺校宋词的意义和作用,值得参考。

就个体词人而言,北宋的周邦彦特别擅长融化前人诗句入词,贺铸也是这方面的行家里手。贺铸曾经说:"吾笔端驱使李商隐、温庭筠常奔命不暇。"意思是说,他经常化用李商隐、温庭筠的诗句入词,笔头使唤起李商隐、温庭筠来十分利索灵光,让晚唐的两大才子疲于奔命。辛弃疾不仅化用诗句入词,还常常化用经史子集中的文句入词。有的词句看起来像是口语,其实有来历。比如他的《霜天晓角》词最后三句,好像看不出有什么语典,其实是从颜真卿的《寒食帖》中变化出来的。这个语典,最早是南宋后期张侃发现的。他在《张氏拙轩集》卷五里说:

> 辛待制《霜天晓角》词云:"吴头楚尾。一棹人千里。休说旧愁新恨,长亭树,今如此。 宦游吾老矣,玉人留我醉。明日落花寒食,得且住,为佳耳。"用颜鲁公《寒食帖》:"天气殊未佳,汝定成行否。寒食只数日间,得且住,为佳耳。"

弄清楚了这句的语源出处,我们更能体会辛稼轩遣词造语的巧妙,前人语句,信手拈来,真正是浑化无痕,就像是他自己原创的天生好言语。《词话丛编》本的《拙轩词话》也收录了这一则(《拙轩词话》是唐圭璋先生从《张氏拙轩集》里辑录出来的)。后来明代杨慎的《词品》卷一又说：

> "天气殊未佳，汝定成行否。寒食近，且住为佳尔。"此晋无名
> 氏帖中语也。辛稼轩融化作《霜天晓角》词云……晋人语本入妙，
> 而词又融化之如此，可谓珠璧相照矣。

杨慎大概是凭记忆，所以把颜真卿的《寒食帖》误说成是晋无名氏的法帖。后来徐釚的《词苑丛谈》卷三也一字不改地照录，以至于邓广铭先生的《稼轩词编年笺注》注这首词，也说是"晋人帖"，到现在也没改正过来。我前面说明清人的词话著作经常弄错史料，张冠李戴，这就是一个例子。后来的学者没有仔细核对，也就以讹传讹。——这里我要说明：我发现了杨慎的错误，而邓广铭先生没有发现，不是我比老先生读的书多，而是电脑帮的忙。我在《四库全书》电子版和"中华经典古籍库"中《词话丛编》的全文搜索栏输入"且住为佳"四个字，最早的语源出处就一目了然，而老一辈学者就没有这个便利。他们只能凭积累，凭记忆。每个人读书，总是有限度的，不可能读尽天下书，即使有天才能读尽天下书，也不可能毫无误差地记住天下书。

前人说，杜甫的诗歌、韩愈的文章是无一字无来历。南宋曾季貍《艇斋诗话》更说："世间佳语，未有无来历也。"的确如此，古人遣词造句，往往都有来历，后出转精，愈化愈妙。弄清楚了词句的来源，就更能了解古人造语的匠心。比如秦观词的名句："便做春江都是泪，流不尽，许多愁。"我们知道这句是从南唐李后主的《虞美人》"问君能有几多愁，恰似一江春水向东流"化出以后，就更能体会秦观词的推陈出新。我们既可以比较秦观词与李煜词的异同，也可以从接受史的角度考察李煜对秦观的影响和秦观对李煜的接受。秦观学李后主词的例子还很多，比如，秦观《八六子》词说："恨如芳草，萋萋刬尽还生。"这两句也是从李后主《清平乐》"离恨恰如春草，更行更远还生"词变化而来的。这样的例子举不胜举。

大家会问：怎么知道宋人某句词的语源是从前人的哪首诗词、哪篇

文章里化来的呢？前辈学者，靠的是广博的学养，凭语感和记忆就能发现诗句、词句的语源。我的老师常国武先生告诉我，已故的苏州大学教授钱仲联先生就有这个本事。他注释韩愈的诗文、陆游的诗歌，百分之七八十的语源都是凭记忆，一看就知道是出自哪本书、哪篇作品，各种语典、事典，烂熟于心。我们这代人，基本上没有了这种硬功夫，后来的学者，要修炼出这种本事，也十分困难。

不过，我们这代学者和未来的学者，也有前辈学者不可比拟的优势，那就是计算机给我们提供的无穷便利和无限可能。现在具有全文检索功能的电子文本越来越多，古籍数据库越来越大。在计算机的相关数据库中，输入一个关键词，就能检索到海量的数据。随着计算机技术的不断发展，古籍文献数字化的不断进步，今后的电子古籍，会越来越智能化，不仅能查询检索到严格对应适配的关键词，也能模糊检索到意思类似的语句。现在的"搜韵"网，就有这个功能。

目前我们做注释，可以充分利用计算机来检索语典、考察语源。但由于目前的数据库一般只能检索到严格适配的关键词，而前人化用诗句、文句，有时是用其意而不用其语，字面上不容易看出来，因而目前的数据库还不能完全判断、识别和解决我们在注释中遇到的语典、语源问题，还需要我们多读书，多记忆，多积累。计算机可以作为重要的辅助工具，但不能完全依赖它，不要以为在计算机的数据库里找不到语源，某句词就没有来历了。

笺注事典，也就是解释包含故事性的历史掌故。事典里头，一般包含着人物和事件。为了丰富自己的知识，多了解、多熟悉、多掌握古代诗词中常用的典故，不管是哪个方向的研究生，我都建议你们认真地通读完清代仇兆鳌注的《杜诗详注》和前面介绍过的《东坡词编年笺证》《稼轩词编年笺注》。因为老杜诗和苏辛词都爱用典，读完了这几本书，就基本上能弄清楚杜诗、苏辛词中所用典故的来历和意思。如果说读硕士期间读完这三部书有困难，也至少应该读一两部，这样可以大大提高阅读古典诗词的能力。今后做硕士、博士论文的时候，要查阅和参考很多没有标点、没有注释的文献资料。如果基本的文献资料都读不懂，那就无法正确使用和诠释这些材料。

其实，读这些书，也不仅是为了提高阅读能力，还能发现问题，写出论文。比如，读辛稼轩词，看他经常提到的历史人物是哪些；再比较读苏轼的词，看苏轼词中提得最多的历史人物又是哪些；通过比较，就可以找出二人的差异，进而分析其原因，深入下去，就可以写成论文。前人认为"稼轩好说陶渊明"，意思是说，稼轩词中爱提陶渊明。辛稼轩对陶渊明究竟是什么态度？北京大学袁行霈先生写过一篇《辛词与陶诗》(《文学遗产》1992 年第 1 期) 的论文，论述过这个问题。如果进一步比较苏轼、黄庭坚和辛弃疾笔下的陶渊明，应该能够发现，同样是说陶渊明，苏、黄、辛三人的态度肯定有差异。有什么差异？为什么会有这种差异？与他们的性格和生存环境有什么联系？进一步追问下去，就可以写成论文了。辛稼轩作为一个英雄，他心目中的英雄人物、他最佩服向往的英雄人物是哪些人？通过对辛词用典的分析，应该可以回答这个问题。前几年我指导一个本科生做毕业论文，提示他读稼轩词时留意词中涉及的历史人物，他最终完成了《稼轩词中的谢安》的毕业论文，写得很不错。辛稼轩与谢安，过去没有多少人关注过，完全可以做个案研究。辛稼轩对谢安的态度如何？他为什么喜欢谢安？在谢安身上他接受了哪些东西？他推崇的是谢安的功业呢，还是他的为人处世、功成身退？这些都值得去思考探索。总之，只有认真读书，才能发现问题；只要认真读书，总会发现问题。有了问题，进而去思考和探索，就能找到做学问的感觉。

我们还可以通过典故考察一个诗人的知识结构。杜甫是"读书破万卷"，写诗是"无一字无来处"。天才李白呢？他写诗完全凭才气吗？他没有学问吗？我们可以考察一下，究竟是杜甫读的书多还是李白读的书多。分别找两本好的李杜诗注本，详细考察比较李杜各用了哪些典故，这些典故都是从哪些书里来的，进而做些定量分析，就可以得出一个有说服力的结论。

查典故，现在也有工具书可以利用。湖北辞书出版社出版的《全唐诗典故辞典》和《全宋词典故辞典》，对于笺注唐诗宋词最适用。《全唐诗》和《全宋词》里使用和化用的典故，都可以在这两本辞书里查得到。笺注元明清的词，也可以查阅这两本辞书，虽然不一定能够完全解决，但至少可以解决相当部分的问题。因为词人用的典故，大多数的典源是相同或相近的，只是用法不同而已。

要特别提醒的是，不要指望用一本典故辞典或者几本典故辞典就能解决所有的问题。古代人用典，有时用得非常巧妙，很难察觉到。我印象很深的有两个典故，一般著作都没有注明：

一个是孟浩然《过故人庄》的"故人具鸡黍，邀我至田家"。这两句诗像大白话一样，说的是乡村里有位老朋友煨好了鸡汤，邀请"我"到他家去做客。这里有什么典故？一般选本都没有注，实际上这里用的是"范张鸡黍"的典故。东汉时范式与张邵是好朋友，春天在京城分别，约好秋天相见。到了九月十五日，张邵在家里"杀鸡为黍"，准备接待范式。张家人将信将疑，张邵解释说，范式是个守信用、讲诚信的人，一定不会爽约。话音未落，范式就到了家门口。孟浩然暗用这个典故，意思是说邀请他做客的这个"故人"是金石之交，是非常好的朋友，是非常讲诚信守信用的"铁哥们"，不是一般的"故人"。弄清楚了孟浩然这两句诗所用的典故，对诗句意蕴的理解就会更丰富一些。古人常用的范张鸡黍、千里相期的典故，说的就是范式和张邵的故事。这个故事，出自谢承的《后汉书》，范晔《后汉书·范式传》的记载略有不同。

另一个是苏东坡《定风波》的"莫听穿林打叶声，何妨吟啸且徐行"。其中"吟啸"所暗含的典故，一般注家也没有注意到，这里用的是谢安泛海的故事。《世说新语·雅量》里记载，有一次谢安和王羲之等人乘船到海上去玩，突然遇上大风，波涛汹涌，小船一会儿从浪尖跌到浪谷，一会儿从浪底颠簸到浪头，王羲之等人吓得面色大变，趴在船上不敢动，呼喊着赶快把船开回去。谢安却"吟啸不言"，神闲气定，游兴更浓，让船继续前行。东坡用这个典故，意思是说，谢安在海上遇见大风大浪、有性命之忧都不怕,咱们遇上这点雨怕什么?

这些典故,用得浑化无痕,让你不觉得诗人在用典。不知道有典故,也不妨碍对诗意的理解,要是知道了有典故,就能加深对作者用意的理解。所以我们注释典故,不能完全依赖工具书,还是要多积累,多留心,善于联想。

(三) 释字句

第三是解释字句。前人的笺注,主要是注明事典和语典,现在的注释,有普及的功能,要考虑一般读者的阅读需求,所以要详细解释字词,疏通串讲语句。字句解释到什么程度,需不需要串讲,这要看出版社的具体要求,要看潜在的阅读对象。如果是面向一般读者,那解释得越详细越好;给研究者或水平比较高的读者看的呢,那就点到为止,不要说得太细。

一般字词的解释,可以查《辞源》《辞海》和《汉语大字典》《汉语大词典》之类的语言工具书。但有些方言俗语,这些工具书就不够了。语言是有时代性的,每个时代都有一些特殊的语言。遇到这些时代性很强的语言,就可以查上海教育出版社出版的《唐五代语言词典》《宋语言词典》《元语言词典》和上海辞书出版社出版的《宋元语言词典》等。

有些专有名词,比如人名和地名,查语言类的辞书就无法解决,需要查其他工具书。遇到人名,可以查有关正史的人名索引,诸如《史记人名索引》《汉书人名索引》《三国志人名索引》《新旧唐书人名索引》之类。不过,现在有各种各样的大型古籍数据库,这些人名,查有关数据库也可以解决。遇到地名,也可以查这些数据库。

查人名,比较麻烦一点的是人物的别称问题。古人称呼人,不是直呼其姓名,而常常是称他的字号或排行、封号、谥号等等。比较著名的人物,字号别称相对熟悉,一般人物的别号,就不一定知道了。这可以查有关室名别号检索工具书,比如:

陈乃乾编《室名别号索引》(增订本)，中华书局 1982 年版。

陈德芸编《古今人物别名索引》，上海书店 1982 年影印本。

池秀云撰《历代名人室名别号辞典》(增订本)，山西古籍出版社 1998 年版。

杨廷福、杨同甫编《明人室名别称字号索引》，上海古籍出版社 2002 年版。

杨廷福、杨同甫编《清人室名别称字号索引》(增补本)，上海古籍出版社 2001 年版。

杨震方、水赉佑编著《历代人物谥号封爵索引》，上海古籍出版社 1996 年版。

另外，《宋人传记资料索引》和《元人传记资料索引》也附有宋元人的别名字号封谥索引。

地名又比人名要复杂，因为地名中同名异地的情况太多，比如南山、东湖，天下不知有多少；再就是古今行政区划的变化，同一个地方，不同的时代属于不同的行政区，名称也不一样。一般情况下，可以查江西教育出版社出版的《中国历史地名辞典》和《中国古典诗词地名辞典》。《中国历史地名辞典》既交代地名的建置沿革，又注明今地所在，比较适用。而《中国古典诗词地名辞典》，专门介绍古典诗词的地名(含地物和建筑物)的今在地，对注释古典诗词特别有用。但有些地名，仅查这两本工具书还不能解决问题，还需要查考有关地方志。举个例子，苏轼《定风波》词序中说："沙湖道中遇雨。"这个沙湖在哪里？我们知道这首词是苏轼在谪居黄州时写的，沙湖应该在黄州一带。但具体在黄州什么方位呢？这就需要查黄州的方志。黄州的地方志有不少，应该查哪一种呢？最好是查跟苏轼时代比较接近的方志，宋元时期没有黄州志，那我们就查《天一阁藏明代方志选刊》里的《弘治黄州府志》。从《弘治黄州府志》里应该可以查找得到沙湖的具体方位。那我们又怎么知道黄州有哪些方志呢？天下那么多方志又怎么去查呢？这个问题，以后会详细讲的，暂且打住。

四　词集笺注的步骤

(一) 确定注释底本

注释的底本，跟校勘的底本不一样。校勘用的底本，是没有校过的本子，而注释的底本，是校勘过的，最好是汇校过的定本。这可以按前面讲的校勘步骤进行。校勘是注释的基础，校勘完毕，形成一个定本之后再注释。

注释本的词作，次序怎么编排？可以完全依照选定的底本，也可以重新按一定的原则进行编排，比如，依调编次，或者编年排列。不过，作品编年排列，需要考证。词作的编年和作者生平事迹的考证，后面再讲。

(二) 弄清作者生平

在动手注释之前，还要搜罗词人所有的生平资料和评论资料。这些资料不仅在注释完成之后可以作为附录，提供给读者参考，最主要的，是注释者通过这些材料先熟悉词人和词作。不要以为，注释词集，拿几本工具书就可以操作了。如果对词人的生平事迹和创作经历、创作特点不很了解，甚至一点都不了解，是无法注释好作品的。因为不少词作的题序经常会提到创作的时间、活动的地点和唱和的人物，假如不了解词人的生平经历，就无法说明词人此时此地在做什么、他为什么此时会在此地，也无法弄清楚题序中或词作中提到的人物是何许人、跟词人是什么关系。因此，在进行注释之前，要对作者的生平事迹进行深入地考察。如果是编年笺注，更需要事先考订作者的生平事迹，因为不了解作者的生平事迹，就无法考证每一首词作的创作时地。

(三) 熟读全部词作

在动手注释之前，还应该熟读准备注释的全部词作。能背诵当然更好,如果词作很多,篇篇背诵不易,至少也要读过七八遍,做到烂熟于心。以后看到近似的诗句、词句或典故,就能联想到我们要注释的词作中的字句,以便发现并注释语典和事典。

(四)研读典范注本

着手注释之前,还非常有必要多读几家典范性的词别集注本,一来学习别人注释的方法,包括注释的行文格式,二来熟悉相关的语典和事典。词人用典,总是有相似性的。多读别人的注本,就能熟悉和了解一些常用的典故。这样既便于发现自己所要注释的词中的典故,也便于掌握典故的来历出处。我觉得,王仲闻校注的《李清照集校注》、邓广铭笺注的《稼轩词编年笺注》、钟振振校注的《东山词》,都可以作为词集笺注的典范之作来学习和揣摩。

特别提醒的是,引用别人注释的典故,必须复核原书,不能照抄过来了事。因为典故的来源虽然相同,但作者的用法不同,所以注释者在注释时对典源文字的取舍会有不同,照抄过来,不一定符合自己所注词的原意。而且别人引用抄录原文时,难免有差错。所以引用别人的注释时,一定要核对原书。这既可以避免注文的错误,也可以避免抄袭之嫌。我在主编《中国古代文学作品选》教材时,就遇到过类似的问题。由于各种作品选所选的作品大同小异,因此有些编注者就参酌引用别人注本的注释,而不核对原文。乍看起来,也没有什么大错。我不放心,找人一一核对注释中引文的原始文献,结果发现有相当数量的引文与原始文献有出入。

以上几个步骤,实际上是做注释的前期准备工作。做好充分准备之后,就可以动手注释了。

(五)开始注释

有两种具体操作的方式:

一种方式是,逐首注释。就是把一首词需要注释的问题全部注释完成后，再注另一首。

　　另一种方式是，分类注释。先标出全书需要注释的字句，或者把需要注释的字句写在每首词的后面，并标上序号，然后再分类注释。

　　比如，先专门注释词中的典故，把每首词所有的典故注释完以后，再注释一般的字词句，把比较难以理解的字词句全部扫清以后，再注释地名和人名等专有名词。这种做法的好处是，查一种类型的工具书，就可以解决不同词作中同类型的问题。因为注释的时候，会使用很多工具书。比如注典故时，需要把有关典故的工具书全部摆在案头，这时候就只注典故，而不注别的问题。下次注字句，摆上《辞源》《辞海》《汉语大词典》等工具书，就只专门注一般的字句，而不管典故。这样可以节省取书、翻书的时间，而且在同一时间段注同一类问题，也便于记忆和联想。一段时间内，你总是在查找典故的书，查这个典故时，自然会遇到别的典故，这样反复查阅，熟悉和了解的典故就会越来越多，积累到一定时候，一看词作就知道其中用了什么典故，也知道这典故的来历出处和用法含义。

　　如果自己没有那么多工具书，就需要上图书馆去查。上图书馆查资料，更需要将问题集中。比如，上午要注释十个问题，没有必要注一个问题就跑一次图书馆，注十个问题，跑十次图书馆，这样大量的时间就浪费在路上了。可以将十个问题集中起来，跑一次图书馆，把这十个问题一次解决。利用工具书，查资料，要注意节省时间，要善于利用时间。我当年做《两宋词人年谱》的时候，就有这方面的教训。刚开始做一个词人考证，写着写着，就被一个问题难住了，无法写下去，于是赶快骑车上图书馆去查，查完了就狂奔回来写，因为主要材料是在家里。没写几段话，又有问题了，于是又以暴风雨般的速度再冲到图书馆去查。这样，一上午来回跑图书馆好几次。后来觉得这样太耽误时间，就学会了将问题集中起来、积攒起来。上一次图书馆，就解决一堆问题，而不是一个问题。做注释，也可以这样。将需要注释的典故全部集中起来，查一本典故辞典，就解决一堆典故，而不是一个典故。如果同时左右开弓,四面出击,既注典故,又注一般字句,又注专有名词,所有相关的工具书都得摆在书桌案头,用起来不很方便。当然这只是我个人的习惯,可能还有更好的方法,大家可以慢慢去摸索和总结。

(六)整理全稿

现在一般都是用电脑写作,不像以前用纸写,注释用的草稿需要誊清。用电脑写的电子文档,也需要修订和整理。除了修改订正一般的打字错误和表述失当之外,还要注意注释的前后重复问题。一个典故,一个字词,可能前面注了,后面又重复注。遇到这种情况,后面的注释,就可以省略注文,只说明参考前面某页某注就行了。

不论是写一本书,还是写一篇文章,写完之后,一定要反复多看几遍。因为录入打字很容易出错,看一二遍,还看不出来,发现不了。最好是写完以后,放几天,隔几天再看,这样效果会更好一些。连续看,不容易看出问题。

整理书稿,也包括对附录资料的编排。一般而言,先列生平传记资料,次列版本资料,后列评论资料。这个附录的次序,并没有一定之规,只要排列有序不零乱就行。前面说过的,评论词人的资料,编在一起,放在书末。如果是具体词作的评论资料,就编列在每一首词的后面。

词集笺注就讲这些。

第七讲
词作辑佚的方法

一　辑佚的目的

词作的辑佚，是辑录增补词别集和断代总集没有收录的作品。前人时贤在整理、校订词人别集或编纂断代总集时，受诸多因素的影响，有些散见于各种文献的零星词作没有搜罗到位，致使有些词作遗失在词别集和总集之外，因此需要学界共同努力，把湮没在浩如烟海的各种文献中的零星词作发掘出来，辑录起来，给研究者提供更为完备的文本资料。

要做辑佚，先需了解历代有哪些词别集和词总集。

关于词别集，无须多讲，用前面讲的词集目录研究的方法，就可以了解唐宋以来有哪些词别集，某位词人有什么词别集。

而断代词总集呢，有《全唐五代词》《全宋词》《全金元词》《全明词》和《全清词》五种，所以简单做点介绍。

《全唐五代词》有两种不同的本子。一是张璋、黄畬两位先生合编的，1986年上海古籍出版社出版。这个本子的问题比较多，词学界的内行基本上不用它了。二是我跟我的老师曾昭岷、曹济平先生和同门师弟刘尊明教授四个人合编的，1999年中华书局出版。这是比较完善的本子，研究唐五代词，应该以这个本子为依据。

《全宋词》，是我老师唐圭璋先生编纂的。目前市面上也有两种版本：一是1965年中华书局出版的繁体竖排本，后来又多次重印；二是1999年中华书局出版的简体横排本。这两个本子，稍微有点区别：简体横排本，内容上多了孔凡礼先生的《全宋词补辑》，原来《全宋词》和《全宋词补辑》是两本书，现在合成一本书了；署名方式也有点变化，原来是唐先生一个人署名，现在改为"唐圭璋编纂，王仲闻参订，孔凡礼补辑"。因为王仲闻先生在《全宋词》的校订方面，花费了巨大的心血，早年唐先生就提出要两个人合作署名，由于历史的原因，没有如愿。现在这样署名，体现了对王仲闻先生校订增补成果的尊重，是符合事实的，也符合我老师生前的意愿。

这两个本子，各有特点，我本人还是习惯用竖排的繁体字本，因为它有一个配套的《作者索引》，查阅起来比较方便，而且，读古籍，看繁体字更有感觉。学习和研究古代文学，要习惯读繁体字本。

《全金元词》也是唐圭璋先生编纂的，中华书局出版。从校勘的角度来说，这本书还不是十分精善，因为书是在唐先生的晚年出版的，当时唐先生已经没有精力去全面校订了，所以留存有一些校勘上的遗憾。不过，漏收之作并不是太多。

相对而言，唐宋词辑佚的空间不是很大。即使有佚词，也不会很多。因为唐宋词的研究，已经百有余年，文献的基础工作做得比较深入，《全唐五代词》和《全宋词》也就有条件编纂得比较完善。当然这不是说，唐宋词已经没有佚词可辑了，只是说可能不会太多，毕竟载录唐宋词的典籍文献，绝大部分已经被人查阅过了，只有少量的孤本、善本或者僻书著录的唐宋词，还没有被发掘出来。

而明清词的研究，本来就比较薄弱，词籍文献的研究，更不充分。所以《全明词》和《全清词》存在的问题比较多。

《全明词》是2004年中华书局出版的，先是由著名学者饶宗颐先生编纂，后来由张璋先生总纂成书。由于一些复杂的原因，导致这本书的质量不高。我写过一篇《〈全明词〉的缺失订补》的文章，发表在《中国文化研究》2005 年第 1 期上,指出了书中存在的一些问题。林玫仪教授也发表过《〈全明词〉订补举隅》和《〈全明词〉订补之重要性——以三陆父子为例》等文章,讨论《全明词》存在的问题。《全明词》遗漏很多,辑佚补遗的工作量还很大。

《全清词·顺康卷》因为部头太大,编纂的时间长,所以也有一些问题。问题之一是收录不很全面。有的是不知道词人有词别集,只根据有关词选收录,所以有的词人竟漏收了几百首词;有的词选每一卷都选录有同一词人的词作,由于辑录时疏忽,只辑录了一本书前几卷的词作,而遗漏了后几卷的词作。

将这两部书合起来看,问题更多。同一个词人,《全明词》收了,《全清词》也收录。本来呢,明清之际身历异代的词人,属明属清,确实不好处理。理论上说,两本书应该是相互衔接,你收了我就不收,我收的你就不再收。因为是各自为战,互不通气,导致有些词人重复收录,也就是你收我也收,但又有些词人被遗漏,你没收,我也没收。有些词人,虽然两本书都收录了,但收录的词作不一样:我收的是这 10 首,你收的是另外 10 首;或者你收 20 首,我收 10 首,谁都收得不全。

当然,换个角度看,《全明词》和《全清词》留存的问题比较多,倒是给我们后来者提供了"大显身手"的机会。要是前辈把文献工作都做得尽善尽美了,我们这些后生小子也许就无事可做了。前辈留下一些遗憾,也有利于我们去开拓,去完善。

二 辑佚的要求

辑佚应该怎么做呢? 四个字:留心、细心。

(一) 留心

第一要随时留心,有辑佚的意识。读书不留心,没有辑佚的意识,即使佚词送到你面前,你也不知道哪首是佚词,更不用说把它辑录起来了。

就一般情况而言，如果你阅读的是常见书，发现佚词的可能性不大，即使有，也可能早被人发现甚至辑录了。如果阅读的是不怎么常见的书，见到书中记载有词作，你就应该留个心眼儿，考虑它会不会是佚词。不常见的书，怎么找来读？这就要熟悉目录学了。不熟悉目录学，你就很难找到一本别人没读过的书。所以说，目录学，是研究学问的基础。

那么，哪些书是常见书，哪些书是不常见书呢？这没有一个固定的标准。大致说来，经常有人提及的书或常被引用的书，可以算是常见书；很少见到有人提及的书，连书名看上去都很陌生的书，就应该算是不常见书。有一个比较简单的办法，就是先熟悉、了解一下《全唐五代词》《全宋词》《全金元词》和《全明词》的引用书目。这些总集都列有一个引用书目，交代文献来源，表明查阅了哪些书，依据的是什么版本，以便于读者复核。一般来说，这些被引用过了的书再不会有多少佚词了，当然也可能会有遗漏。如果是这些总集没有引用过的古籍，其中又载录有词作，那就要考虑它是不是佚词了。熟读、了解这些总集的书目，也不仅仅是为了辑佚，也可以丰富你的知识，让你熟悉词学研究的相关书目。我当年读硕士研究生的时候，不懂目录学，不知道研究词学有哪些书可以读，需要读哪些书，于是抄录《全宋词》的引用书目，把它当作阅读指南。

要说明的是，《全明词》的引用书目，很有些问题。比如，书目中列的有些书，编纂者根本没有引用过，是装门面的；有些书名是真的，版本却是假的，比如其中说某某书有《四库全书》本，其实，《四库全书》里根本没有那部书，是想当然编造出来的。《全明词》的引用书目，是真真假假，虚虚实实，让人弄不清楚哪些书是真引用过了，哪些书只是个摆设。所以，《全明词》的引用书目，可以不看，免得受误导。

阅读了《全唐五代词》《全宋词》《全金元词》的引用书目，对这些总集辑录的文献来源就有了一个大概的了解。今后在读书过程中，如果读到上述总集没有引用过的书，而书中又有词，那就要留心记下来。

积累到了一定的数量,就去查证,看是不是佚词。当然,遇到一首,查证一首,也是可以的。怎么查证呢?后面再讲。

对于明词辑佚来说,范围相当大。举凡史部、子部的书,特别是地方志、金石志、书画记和野史笔记中载录的词,要多留心。因为这些书,《全明词》很少采录。集部的书,虽然《全明词》已引用了很多,但是明人别集数量巨大,有相当数量的明人别集,《全明词》没有采集。虽然《全明词补编》增补了许多,但也不是说已经把明人别集全部搜罗了一遍,特别是一些不容易见到的孤本、珍本,可能保存有词作,要更加留意。日本就收藏有一些我们中国国内见不到的明人别集孤本和珍本,我曾经托日本朋友复印了一部分,从中辑录了一些《全明词》没有收录的词作。

明人文集中收的词,有的不太容易发现。一是因为有的文集中的词作没有独立编成一卷。这种情况,往往是由于作者写的词不多,词作不够编成一卷,因此就编在诗歌的后头,或者跟诗歌混编在一起。二是因为明人诗文集中收录的词作,有的不是先标明词调再写题目,而是像诗一样,先写题目或小序,然后在题目的下面或者在词作的末尾,加个"调寄《水调歌头》"之类的说明,不容易一眼就看出是词作。所以,辑录明人文集中的词作,不能只看目录,有的目录反映不出来,必须把全书从头到尾查阅一遍才可能发现。

此外,在明代的戏曲作品中,也存有大量词作。明代人写杂剧、传奇等戏曲作品,有所谓"家门词""开场词""定场词"等定例,在人物宾白中也经常出现词作。这些作品虽然被内嵌在戏曲之中,但无疑也是词体。在以往的研究中,词学家很少去关注戏曲,戏曲学家又不太重视词,所以这类词作很长时期内都被忽视了,不但《全明词》没有收,就连研究它们的论文也很少。中华书局(香港)有限公司2019年出版的龚宗杰的专著《明代戏曲中的词作研究》,对这类词作进行了比较全面的整理研究,值得注意。龚宗杰是周明初教授的高足,这些戏曲里的词作,相信今后会收入新编的《全明词》中。

清词的辑佚，也是任重道远。因为《全清词》的《咸同卷》和《光宣卷》还没有编纂完成，所以，辑佚也就只针对已出版的《全清词》而言。当然，读清代文献，见到有关零散的词作，还是应该全部记录下来，作为资料储存起来，必要时再甄别整理。

(二)细心

第二要细心。阅读过程中，遇到了有"嫌疑"的佚词，就应该细心去查证，确定是不是佚词，不能马虎。如果不认真查证，不细心甄别，就会出问题，把不是佚词的词当作了佚词。

这个方面，我有过反面的教训。我读博士的时候，读到清人朱绪曾的《开有益斋读书志》，这是我老师唐先生让我读的一部书。我读了之后，确实感到开卷有益，收获多多。根据书中提供的材料线索，我写了一篇《唐彦谦四十首赝诗证伪》的论文，考证晚唐诗人唐彦谦跟宋末元初戴表元互见诗的真伪问题。同时呢，这本书还记载了一篇《虞山招真治碑》，说是《文选》的作者萧统写的，我以为是萧统的佚文，查了一下清代严可均辑的《全上古三代秦汉三国六朝文》，在萧统名下，确实没有收录这篇文章，便如获至宝，认定是萧统的佚文。于是把文章抄录出来，写了一篇短文《萧统佚文〈虞山招真治碑〉》，寄给了《文学遗产》。也可能因为萧统是名人，他的佚文，应该有价值，《文学遗产》把它刊登出来了。可是这篇小文章发表不久，就有人发表文章批评我，说这根本不是萧统的佚文，而是别人的文章。原来我查《全上古三代秦汉三国六朝文》的时候，只查了萧统名下有没有这篇文章，而没有查别人名下会不会有这篇文章。实际上，《全梁文》在梁简文帝的名下收了这篇文章，内容是一样的，只是题目稍微有一点差异，题作《招真馆碑》。那位作者考证说，这篇文章应该是梁简文帝的，不是萧统的。人家说得有理有据，咱们只能接受批评，接受教训。所以，后来遇到类似的佚文、佚诗或佚词，我就特别小心，详加考订。拿不准的，就不拿出去发表，作为资料保存起来，等今后弄清楚了再说。

三　查证佚词的方法

遇到"嫌疑"之作，我们怎样查证、甄别它是不是佚词呢？

（一）看时代

先看"嫌疑"作品所属的时代。如果文献记载的作者时代不清楚，那就根据记载它的文献来判断。比如说，是宋人文献记载的，那么它应该是宋代或宋代以前的人所作，而不可能是此后的元明时代的人所作；如果是明人文献记载的，那很可能是明代的人所作，当然也可能是明以前的宋元人所作。

根据文献记载的有关信息和文献成书的年代，如果能大致判断这篇"嫌疑"之作是宋代的作品，那我们就查《全宋词》，看《全宋词》收录了没有；如果是金元时代的作品，那就看《全金元词》收了没有；如果是明人的作品，那就看《全明词》收了没有。如果作品的时代很模糊，无法判断是宋元的还是明清的，那就将《全宋词》《全金元词》《全明词》和已出版的《全清词》各卷全部查一遍，看有没有书收录这首作品。如果收录了，当然就不是佚词；如果没有收录，那就可能是佚词。

（二）查作者

弄清了"嫌疑"之作的时代，再根据它的作者来查。"嫌疑"之作的作者，有两种可能：一是记载这首词的文献里有明确的署名，或者交代了作者的相关信息，我们能弄清楚作者是谁；二是没有署名，不知道作者是什么人。有署名，那就查这个作者的别集和他所处时代的断代总集，如《全宋词》《全金元词》之类。查总集时，先在总集的这位作者名下查找，作者名下如果没有，也还不能说明它就是佚词，还要在全书别的作者名下找，因为总集里没有收在这个作者名下，但可能收在别的作者名下。如果总集里确实没有收这首作品，那就可以判断是佚词。如果总集里收录有这首词,只是署名不同,作者归属不同,那就不算是佚词。假如"嫌疑"之作没有署名,不清楚作者是谁,那更要小心查证,因为它可能并不是佚词,而是"名花有主",只是记载这首词的文献没有署名而已。

《全宋词补辑》就因为查证时偶然失误,而误收了一些不应该收录的作品。《全宋词补辑》补的佚词,是孔凡礼先生从明代的一本大类书《诗渊》里辑录出来的,贡献不小。《诗渊》里收录了很多宋词,孔先生一首首地去跟《全宋词》核对,凡是《全宋词》已经收录的,他就不再补收,《全宋词》没有收录的,他就补收作佚词。但因为是手工操作,涉及的作品又多,所以难免出错。特别是《诗渊》收的无名氏词和少量署名跟其他文献有出入的词,查证起来就更困难一些。比如《全宋词补辑》第 54 页辑录的陈耆《水调歌头》(明月双溪上),其实中华书局 1965 年繁体竖排版《全宋词》第 3748 页已经收录作无名氏词了,不是佚词。《全宋词补辑》第 57 页收录的黄人杰《贺新郎》(垛翠云蓬远),《全宋词》第 3795 页也是收录作无名氏词,调名作《乳燕飞》。《全宋词补辑》第 104 页辑补的霍安人《满庭芳》(桐叶霜干),《全宋词》第 3756 页也已经收作无名氏词了。《全宋词补辑》收录的这三首佚词,其实都不是佚词。至于词作者的署名有分歧,究竟是谁的作品,那就需要考辨。

(三) 查词调

如果"嫌疑"之作的作者是无名氏,可以根据词调名来查。比如,我在宋人文献中发现了一首无名氏的《贺新郎》词,那我就在《全宋词》里找《贺新郎》词调,看有没有这首词。《全宋词》是按作者编排的,不是按词调编排的,那怎么才能便捷地查找到这首词呢?可以利用中华书局出版的《全宋词作者词调索引》这本书,先在这本索引里找到《贺新郎》调,然后在调下根据首句来找,看有没有首句相同或相近的作品。如果有,就根据索引提供的页码查《全宋词》里的原作,看两首词是不是一样的。如果两首词内容是一样的,那就说明《全宋词》已收录了这首词,"嫌疑"之作就不属佚词;如果《全宋词》里没有找到相同的作品,那就可能是佚词,但还要进一步判断。即使是有名有姓的作者的词作,也可以按词调来查。

根据词调来查,要注意同调异名的情况。比如《贺新郎》,又名《乳燕飞》。同一首词,在这个文献里,词调是写作《贺新郎》,在另一种文献,可能是写作《乳燕飞》。如果对同调异名的情况不熟悉,那就可以查吴藕汀先生编的《词名索引》,2006年中华书局出版了增补本。

除《全宋词》之外,《全金元词》《全明词》和《全清词》都没有作者词调索引,那就只好老老实实地全面查考全书了。

(四) 查字句

查词调,有同调异名的问题,而且查词调,必须查首句。由于版本不同,首句也时常会有差异,有的是一两个字不同,有的可能是整句都不同。所以,最后一步,就得根据词中的字句来查。

查字句,最好是利用有全文检索功能的电子文本,如果手工查找,那工作量就太大了。好在现在有中华书局开发的一个很好用的文献数据库,叫"中华经典古籍库",几乎所有中华书局出版的古籍点校本,都可以在这个数据库中进行全文检索。《全唐五代词》《全宋词》《全金元词》和《全明词》都已收入这个数据库里,只是《全清词》暂时还没有收入。中华书局在古籍出版方面是很权威的,所以"中华经典古籍库"中的文本,是比较可靠可信的。特别值得一提的,在这个古籍库里查询到的结果,标明了文献的详细出处,并且提供原书图版,可以直接用作注释,而不必再去查核纸本文献的页码,使用非常方便。还有必要说明的是,"中华经典古籍库",不仅包含了中华书局出版的书,也包括了齐鲁书社、巴蜀书社、凤凰出版社等出版的书,品种比较多,体量也比较大,而且还在不断地增加扩容。

运用电子文档,怎样检索、查证《全宋词》等总集是不是收录有这首词呢? 有两方法检索,一是查关键词,一是查韵脚字。

关键词检索要注意:由于版本的差异,文献记载同一首词,可能在文字上会有差别。因此,要选择词作中不同的关键词,进行多角度的检索。比如,要在《全宋词》里检索上面提到的《水调歌头》(明月双溪上),可以用"明月"为关键词来检索,也可以用"双溪上"作为关键词来检索,还可以用其他句子中的某个词来检索。要提醒的是,以"明月"这样的常用词为关键词来检索,检索到的结果会非常多,重复率非常高,进一步辨别需要花很多时间;可以考虑用"月双"作为关键词来检索,因为"月双"不是常用词,出现的频率很低,重复的可能性很小,这样就能快速省时地检索、查证《全宋词》里有没有要查的这首词。

用韵脚字检索时,需要带标点符号。词总集里,凡是押韵的地方都用句号。比如,我要查的一首词,词调是《念奴娇》,其中押了一个"物"字韵,也就是说,有个韵脚字是"物"字,那么,我就用"物"加句号,即"物。"来检索,看《念奴娇》词调中用"物"字叶韵的,有没有我要查的这一首。

通过以上几种方式、步骤的查考,如果在相关总集中没有查找到我们掌握的这些"嫌疑"之作,那就可以确定它们是佚词了。当然,还要考虑别人是否已经辑录过,是否有辑佚的论文或著作发表过。这就需要查阅近年来的研究成果,比如期刊网和相关词学著作等。如果别人已经辑录过了,那就用不着再写成文章发表了。

四 写辑佚文章的注意事项

确定了"嫌疑"之作是佚词,就可以写成文章,提供给学界参考了。辑佚文章,并没有什么固定的写法,但有几点必须注意:

(一)交代文献的来源

要交代辑佚的文献来源,是从什么书、什么版本里辑录出来的。如果是抄本、孤本,还应该注明你辑录的这个文献收藏在什么地方,是哪一家图书馆庋藏的,或是哪位私人收藏的,以便大家复核。

(二)说明佚词的依据

要说明这首作品是佚词的理由依据,说清楚你查证了哪些别集、哪些总集才确定它是佚词的。

(三)查校不同的版本

我们辑录佚词,一般是依据一种文献的某一种版本辑录的。辑出来之后,要尽可能查校这个文献的不同版本,凡是能找到的版本,都应该取校,以便校勘佚词的异文。版本不同,词作的词调、词题、作者署名和正文等,都可能有差异。不要只依据一个版本抄下来就了事,应该尽可能取校各种版本。当然,如果记载佚词的文献只有一个版本,没有别的版本可校,那就另当别论了。

(四)考证佚词的真伪

应该考证佚词的真伪,说明它可不可信。因为,古人经常有伪作假托的情况,也有张冠李戴之类的错误,明明是张三的作品,却被说成是李四的作品。不能文献记载什么、说什么,咱们就相信什么,孟子早就说过的:"尽信书,则不如无书。"文献记载的可不可信,我们只有做了考辨以后才能做出判断。至于怎么考辨,后面再讲。

五　辑佚举例

下面用具体实例,说说我是怎么做明清词的辑佚补遗工作的。

先说我做明词辑佚的起因。我一直是做唐宋词的研究,对于明清词,关注不多,为什么突然做起明词文献研究来了呢? 事情比较偶然。2004 年暑假,北京一位前辈学者来电话问我:《全明词》编纂得怎么样? 有什么看法? 我当时回答不出来,因为《全明词》买回来后,一直没有认真翻阅过。前辈学者问我对一本书的评价,我不能随便说啊,于是,把《全明词》从书架上拿下来,从头到尾翻了一遍。他上午给我打电话,我晚上就给他回了个电话,大致上说了几点意见。他一听,认为我说的都挺在行,就让我写一篇书评。要写书评,那就得更加认真去看啦。结果是越看问题越多,越做问题越多,对明词研究的兴趣也就被激发了出来。

我讲这个起因,是想说明什么呢?是想说明:发现一个选题,做一个题目,有的是有计划性的,做了长时间的准备,有的则是偶然机缘的触发。我们随时都要有探索问题的兴趣,要有解决问题的意识。不管这个问题是不是在你的学术视野之内,是不是在你近期的研究计划之内,只要遇到了问题,就不要轻易放过,要想办法探索它,哪怕短期内解决不了,也有意义。解决不了,但我心中已有了问题,有了问题,就是收获。以后在读书的过程中,要随时留意解决这个问题的材料和方法,积累多了,时机成熟了,最终就能把问题解决掉。《全明词》对于我来说,比较陌生,但既然发现了问题,那就应该予以探索。这样做,既能扩大自己的研究领域,不断丰富和完善自己的知识结构,又可以拓展新的学术增长点,何乐而不为呢?

随着对明词文献研究的深入,我又自然地注意起清词的文献,并开始做清词的文献研究。我在发现《全明词》的问题之后,就想跟《全清词》比较一下,看两本书重复收录的有多少词人,收录的词作是不是一样的。我抽查了明清易代之际的几位词人,发现两本书收录的作品数量有比较大的差异,看来问题还比较多。为了全面了解这两本书的异同,我就想建立一个数据库,用计算机作为辅助工具,效率会高得多;如果是手工操作来全面比较,不知要到猴年马月才能完工。于是,我先在Excel电子表格里设计好要录入的项目,然后让两位研究生分别录入《全明词》和《全清词》所收词人的姓名、字号、生卒、里籍、词作数量、文献来源等项目。这个数据库很快就做完了。我将《全明词》和《全清词》两份电子表合成一个数据库后,立马就发现了两本书的问题,就是前面已经说过的：同一词人，虽然你收我也收，但是各自收录的词作却大不一样，文献来源也不一样。我花了一天的时间，对数据库提供的线索进行整理，发现《全清词·顺康卷》前5册该收而漏收的词作竟多达1500余首！后来有空的时候，我就写了《〈全清词·顺康卷〉前5册漏收词补目》这篇文章，发表在《中山大学学报》2006年第1期上。我写成这篇文章，真正投入的时间，大约只有一个礼拜。如果不是数据库的帮助，别说一个礼拜，就是一年，我也未必能发现那么多问题。所以，现在做学问，要充分发挥计算机的功能效用，不要仅仅把电脑当作一个打字机，或者当作一个检索资料的工具，还要把它当作一个发现问题的智能化工具。当然，计算机的数据只能反映一些客观事实或现象，其中的问题还得自己去概括和总结。

再说我做《全明词》补遗的操作过程，说说我是怎样发现《全明词》存在的问题的。

要评价《全明词》的优劣，先要有一个评价的标准。我认为，评价《全明词》这样的断代总集，有三条标准，也就是前面评价别集时说的三个字：全、真、善。所谓"全"，是说收录的作品应该齐全完备，世间传存的明人词作，应该全部网罗到位，没有太多的遗漏。所谓"真"，是说收录的作品都真正是明人所作，而不应该把明以前的作品或明以后的作品搜罗进来；同时，收录的某位词人的作品，也真正是他所作，不能张冠李戴，把张三的词作归入李四名下；还有，既然是词总集，收录的就应该是词作，而不能把诗歌当作词收录，也不能把散曲当作词收录。也就是说，收录的作品，时代没有差错，作者没有错误，词体没有混淆。所谓"善"，是说校勘很精善，尽可能依据善本录入，保证词作的文献来源可靠可信；校对认真，文字排印和标点断句的错误不多；词作编排、词人小传等方面也做得相当完善，没有什么瑕疵。

我就拿这三条标准来衡量《全明词》，首先看它收录的作品全不全。

怎么判断它全不全呢？我从四个方面的文献着手来抽查。

第一，看明人诗文别集里收录的词作，《全明词》是不是都收录了。几年前我在写作《词学史料学》的时候，对明代的词集、诗文别集和相关总集做过一些调查，积累了一些明人诗文别集中收录词作情况的资料。我先看《全明词》的引用书目，将《全明词》引用的诗文别集跟我掌握的明人诗文别集进行比较、核对。明人诗文别集数量相当庞大，怎么核对才能尽快发现问题呢？我就找不常见的文集来核对。因为常见的明人文集，一般都会收录的，而不常见的明人文集，可能不会注意到，而造成遗漏。如果连不常见的诗文别集中的词都搜罗出来了，那说明《全明词》的收录就相当完备了。哪些是不常见的明人别集呢？不常见的明人诗文别集，我又怎么能很方便地查得到呢？这有窍门啊！《北京图书馆古籍珍本丛刊》，影印的都是中国国家图书馆收藏的善本、孤本和珍本，其中收录的明人诗文别集，我们平时根本看不到，只有到中国国家图书馆善本部里才能查到，现在出版社把它影印出来，化一为万，功德无量，查找起来，十分方便。我们学校图书馆购买了这套书，不用跑到北京，就可以把中国国家图书馆收藏的这些书饱览一遍。我在做《词学史料学》的时候，曾经把《北京图书馆古籍珍本丛刊》收录的明人诗文集一本一本地从头到尾都翻阅了一遍，哪些别集收录有词作，每种别集收录有多少首，我都做了详细的笔记。我估计这些诗文别集里的词，《全明词》可能没有收，因为编纂者编书的时候，这个《丛刊》还没有印出来呢，编纂者似乎很难把中国国家图书馆收藏的明人文集的善本全部查阅一遍。我把我做的笔记跟《全明词》的引用书目和它收录的词人词作目录一比较，果然发现，其中有好几种明人诗文别集中的词作，《全明词》都没有收录，专门的术语叫"失收"。

第二，看明人的词集，《全明词》是不是搜罗齐全了。我收集的明人词集目录版本资料，比明人诗文别集目录版本资料要丰富一些。20世纪80年代，国务院古籍整理出版规划小组准备编全国古籍总书目，对全国图书馆的藏书做了一个调查，其中词籍目录是由辽宁图书馆负责编辑的，我收藏有一个复印本。这个词籍书目虽然不是很全，但毕竟能够了解一些全国各图书馆收藏的词集目录。这个馆藏目录加上我多年来收集的其他目录，就大致可以了解明人有多少种词集传世了。我将我收集的目录跟《全明词》一比较，又发现《全明词》失收了好几种词集，比如陈德文的《陈建安诗余》、雪蓑子的《风入松》81 阕、唐世济的《琼麋集词选》等，《全明词》都没有收录。这些词集，我都设法抄录了全书目录或复制了全书。

第三，看明人词选里选的词，《全明词》是不是全部收录了。比如，前面我曾经提到过的《天机余锦》，里面收了不少明人词作，光是瞿佑一个人，就选录有 145 首，而其中只有 17 首与瞿佑的词集《乐府遗音》互见，也就是说，《天机余锦》收录有 128 首瞿佑词集所没有的佚词。《全明词》收录了没有呢？一查啊，也没有收。我有点纳闷不解，《全明词》最初是饶宗颐先生编纂的，而 1988 年饶宗颐先生在《全清词·顺康卷·序》里头就说到台湾的图书馆收藏有这部《天机余锦》，而那时我根本不知道天下还有这本书存在。我是 1996 年在香港中文大学的图书馆里偶然发现一则线索，才托台北的黄文吉教授到图书馆查到这本书的(后来我和黄文吉、童向飞两位一起做了点校，由辽宁教育出版社 2000 年出版)。当时我还以为我是第一个发现这本书的呢！后来才知道：在词学界，首次发现《天机余锦》的是饶先生！但可惜的是，饶先生可能只看了目录，而没有查阅原书，否则，书中那么多明人佚词他是不会不辑录的。

又比如说署名骑蝶轩编选的《情籁》，从书名上看不出是一本词选。由此我联想到，咱们写论文，写学术著作，题目和书名，一定要能够准确反映文章或者书的内容。用情报学的观点看，就是要有情报值。如果你写了一本词学研究的著作，取名为《情籁》，那谁也不知道是一本什么书。这个书名，没有任何情报值和信息量，读者从书名上无法判断书的内容和研究对象。所以，论著的题目一定要准确醒目，让人一看就知道是研究什么的。我查了《情籁》原书以后，才知道是明代人编的同人词选，一共录了七个人的词，这七个人是余壬公、孙雪屋、殷石莲、伍灌夫、姚小涞、薛晋阮、张苇如。他们的署名都是别号，跟现在网络上写诗词的人用网名似的，不容易弄清楚他们的真实姓名。只有孙雪屋，我查清楚了，名叫孙永祚，《全明词》收了他4首词。这本词选一共选录了119首词，《全明词》都没有收录。这本书有明末刻本，藏在中国国家图书馆。希望你们也注意这七个人，记住他们的别号，以后读书时发现了他们的真实姓名，请告诉我。

第四，看明清人词话里收录的明词，《全明词》是不是收录了。明清人写的词话著作，常常载录有明代人的词作。前些年我读《词话丛编》的时候，就注意过这方面的资料，后来我校点清人王昶编的《明词综》时，专门搜集过《词话丛编》里的明人词作，部分作品附录在我点校的《明词综》里。这个点校本，是辽宁教育出版社1997年出版的。我把从词话里收集的明词目录跟《全明词》一比较，发现《词话丛编》里收录的有些词作，《全明词》也没有收。

明人诗文别集、词别集、词选和明清人的词话，是汇辑明词最主要的来源文献。可《全明词》有那么多书没有收录，可以想象遗漏很多。于是我下决心，做一些拾遗补漏的工作。至于《全明词》所收作品的真伪和校勘问题，留着以后再做。

我花了一下午的时间，用上述四个方面的资料跟《全明词》比对，就发现《全明词》漏收有几百首词。后来进一步搜罗资料，一共收集到了整整1000首。这1000首如果编出来，就是薄薄的一本书。但现在出书，不那么容易啊，不是想出就可以出的。于是我就先写成论文，把我辑佚的词作目录公之于众，提供给读者参考。这篇文章的题目是《〈全明词〉漏收1000首补目》，发表在《上海大学学报》2005年第1期上。

这篇文章写成后不久，复旦大学黄仁生教授送我一本他2004年在岳麓书社出版的著作《日本现藏稀见元明文集考证与提要》。记得当时我从上海乘飞机到四川开会，拿到这本书，就爱不释手。试想啊，我们不出国门，甚至足不出户，就能了解分散在日本各公私图书馆收藏的元明人文集的详细情况,是多么快意的事!我在飞机上快读一遍,从书中了解到日本收藏有不少罕见的明人诗文别集,有些诗文别集就收录有词作。根据黄教授提供的资料线索,我拜托日本词学研究会会长萩原正树教授帮我复印这些文集中的词作。萩原先生不惮烦难,将我开的书目全部复印寄来。由于复印件有的模糊不清,有些字难以辨认,他又认真地帮我校对原书,补上我无法辨认的字。我整理点校后,将校稿寄给他,他又一一核对原书,帮我改正了好几处错误。我把整理出来的将近200首明词,写成《〈全明词〉补遗——日本藏稀见明人别集所载词辑录》之一、之二两篇文章,与萩原先生联合署名,发表在《古籍整理研究学刊》2007年第1、2期上。这也算是中日学者之间学术交流的一次有成效的合作。

最后讲一点,这些资料收集好了以后,怎样写成文章。

资料性质的文章,应该尽量做到分类有序,眉目清楚。这些补遗之作,怎么分类才好呢?我想到了清人朱彝尊编的《词综》。《词综》是个选本,不可能选入太多作品。刊行之后,有人觉得它选得不够全面,于是就做《词综补遗》《词综续补》。记得我考博士的时候,老师还出过这个题目考过我们的,问《词综补遗》《词综续补》的编者是谁?记住啊:《词综补遗》的作者叫陶樑,《词综续补》的作者是王昶。他俩的补遗,一是补人,二是补词。《词综》原来没有入选这位词人,现在把他和他的作品补选上,就叫"补人";《词综》原来选录了这个词人,只是所选作品不多,现在增补他的作品,就叫"补词"。参考这种做法,我把辑录的明词也分成补人和补词两类。补人,是增补《全明词》失收的词人及其作品;补词,是增补《全明词》失收的词作。补人之中,按照材料来源又分为四小类;补词,就按《全明词》所收词人的时代先后为序排列。

我将《〈全明词〉漏收1000首补目》一文节录在下面,供大家参考。

[例文]

《全明词》漏收 1000 首补目

在学界长久的翘首期盼中，《全明词》终于问世(中华书局 2004 年版)，填补了词史文献整理研究的一大空白，令人欣慰。快读之后，却发现失收之作不少。作为网罗放佚的断代总集《全明词》，首要任务是求"全"，应尽可能将现存的明人词作全部搜罗到位。因文献浩瀚，搜罗殆尽实属不易，遗漏词人词作本难尽免，可《全明词》遗漏的词人词作实在太多，据此难窥明词全貌。

兹将我们近日已查实的漏收之词依所载文献分类列举如下，庶几对研治明词者有所裨益，也为今后修订《全明词》提供一些资料。因原词篇幅过大，本文只能提供篇目和相关资料线索，无法照录词作原文。另有数十种文献载有明词，尚待查证。

一、补人

所谓"补人"，是指《全明词》未收其人而实有词作可补者。据我们目前所掌握的资料，可补词人 20 家 463 首。

(一)诗文别集所载之词

明人诗文别集所载诸词，《全明词》已有辑录，然尚有遗漏，如：

陈儒《芹山集》，卷十九录有《奉和总制杨南涧先生行边词十首》，其中出塞词 5 首：《鹧鸪天》《满庭芳》《念奴娇》《少年游》《宴清都》；班师词 5 首：《金菊对芙蓉》《浣溪沙》《南乡子》《苏幕遮》《临江仙》。此书有明隆庆三年(1569)陈一龙刻本。

刘昭年《先世遗芳集》，卷十附词 15 首：《金缕曲·寿曾榜堂》……《百字令·寿廖周廷》。此集中国国家图书馆藏有清抄本。

薛甲《畏斋薛先生艺文类稿》，卷十四附词 2 首：《氏州第一·贺田戎得子》《桂枝香·赠耿兵宪忠斋调官山西》，续集卷三附词 1 首：《谒金门·慎斋筑杨舍城成帐词》。凡 3 首。此集有明隆庆刻本。

李达《李行季遗诗》，书末附《李行季先生诗余》一卷，收词 19 首：《如梦令·秋思》……《凤楼春·吉席》。此集有《贵池先哲遗书》本和《丛书集成续编》影印本。

以上 4 人并词 47 首，《全明词》俱未收。

(二)词别集所载之词

明人现存的词别集，因无系统整理，尚不知确数。《全明词》已辑录了一些词别集所载之词，然未曾采集的词别集亦复不少。据我们目前所知，尚有数种，已查实的有 3 种：

陈德文《陈建安诗余》一卷，有明嘉靖刻蓝印本。卷首有嘉靖二十五年丙午(1546)夏杨肇序。此集录词 46 首，词目为(原词题序或置于调名之前，兹依原文照录)：《鹊桥仙》中秋未至信城十里和旧韵作三首(附录少师桂翁相公原和三首)、少师夏相公和余《鹊桥仙词》见赠席间再用韵奉答三首(附录少师相公原和三首)、刘阮词寄《玉楼春》、自信州出玉山值秋涨和东坡《念奴娇》、舟行赋得《满庭芳》一阕附答少师桂翁相公见赠、雨泊和东坡《卜算子》二首、独坐偶述寄《临江仙》二首、秋霁偶作调《醉蓬莱》、衢州公署奉怀少傅介翁相公和旧赋《木兰花》词一阕……

雪蓑子《风入松》81 阕，今山东图书馆藏有清抄本，原为双行精舍主人(王献唐)校藏。雪蓑子原名苏洲，河南杞县人，明末仙道之流。其词所咏亦多为仙道修炼之事。其《风入松》81 首，每首都有题目，分别为：匡庐、障道、诛妖、瞽声……

唐世济《琼廪集词选》，有崇祯十四年辛巳(1641)程尚序刻本。卷首有崇祯辛巳程尚二序。内收词共 156 首。词目为：《十六字令》堤上曲四首、《南歌子》九首……

上述 3 人并词 283 首，《全明词》俱未收。

(三)词选所载之词

明人词选，本不太多，而其中两种词选，《全明词》完全未采及，故其中所录明人词作俱未收录。

骑蝶轩辑《情籁》四卷,录明人余壬公、孙雪屋、殷石莲、伍灌夫、姚小涞、薛晋阮、张苇如等 7 家词 119 首(另有套曲 21 篇)。卷首有陈继儒等三家序和作者氏籍。有明末刻本。此 7 人之词,《全明词》俱未收。

题明程敏政编的大型词选《天机余锦》,一向不知其存佚。前几年笔者与台湾彰化师范大学黄文吉教授合作,才知此书原藏台湾的图书馆①,并进行了整理校点,2000 年由辽宁教育出版社列入"新世纪万有文库"第四辑出版。黄文吉先生和笔者曾分别撰文予以考订。此书收录有不少宋金元明人的佚词,其中所录明人王骥词 6 首、桂衡词 4 首、刘醇词 1 首,《全明词》俱未收,可补入。王骥词为《苏武慢·和曹柱二先生韵》6 首,桂衡词为《苏武慢·胶湄书事》4 首,刘醇词是《苏武慢·和韵》1 首。②

两种词选,共可补词人 10 家词作 130 首。

(四)词话所载明人词作

清人词话常载录明人词作,《全明词》虽曾采录,然搜罗未尽,如沈家恒、净慈豁堂和尚、沈贞词,其人并词俱失收。

清丁绍仪《听秋声馆词话》卷八《明词综补》辑录有数阕明人词,其中部分词作,《全明词》已辑入,然沈家恒(字汉仪)贺友新婚的《蝶恋花》词却失收(详《词话丛编》第三册第 2674 页)。《听秋声馆词话》中还载有几首明词,《全明词》也失收,将在下文交代。另有部分词作,《全明词》虽已据别本录入,但可做文字上的校订。

张德瀛《词征》卷六载:"净慈豁堂和尚,工诗与书画,性喜游览。尝画一渔艇于竹树下,暖暖漠漠,烟水一湾,题一词其上。'来往烟波,

---

① 饶宗颐先生在 1988 年写的《全清词·顺康卷·序》中说过此书现存台湾,然饶先生似未予充分注意,我们也是事后才注意到饶先生的介绍。故在词学界,此书的首次发现之功应归于饶先生。

② 参黄文吉《〈天机余锦〉见存瞿佑等明人词》,原载《宋代文学研究丛刊》1997 年第 3 期,又载《黄文吉词学论集》,台北,台湾学生书局 2003 年版。

十年自号西湖长。秋风五两。吹出芦花港。　　得意高歌,夜静声初朗。无人赏。自家拍掌。唱得青山响。'见李介立《天香阁随笔》,词极俊爽。王兰泉编《明词综》,惜未收入。"按,此调应为《点绛唇》,仅过片比宋人此调多一字。此词《全明词》亦失收。

谢章铤《赌棋山庄词话》卷五载:"沈启南父恒吉,名恒,字同斋,号绂庵。题画云:'一竿风月,一蓑烟雨。家傍钓台西住。卖鱼生怕近城门,况肯到、红尘深处。　　潮生解缆,潮平鼓枻,潮落放歌归去。时人错认是严光,自是个、无名渔父。'调为《鹊桥仙》。其伯贞吉,名贞,字南斋,又字陶庵,号陶然道人。自题小影云:'此老粗疏一钓徒。服也非儒。状也非儒。年来只为酒糊涂。朝也村酤。暮也村酤。　　胸中文墨半些无。名也何图。利也何图。烟波染就白髭须。出也江湖。处也江湖。'调为《一剪梅》。启南风雅,渊源有自矣。此词《明词综》失载。"按,所载沈恒《鹊桥仙》词,《全明词》别据《湖州词征》已收录(第3044页),题为《题赠诚庵老友山水轴》。而沈贞《一剪梅》,《全明词》未收。

二、补词

所谓"补词",是其人已见《全明词》,而其词作有漏收。

1. 凌云翰,已见第一册第 151 页,原据其《柘轩词》收入,《天机余锦》收有其佚词《凤凰台上忆吹箫·咏凤仙花》1 首,可补入。

2. 瞿佑,已见第一册第 166 页,原据其《乐府遗音》和《历代诗余》收录。《天机余锦》选录有瞿佑词 145 首,其中只有 17 首见于《乐府遗音》,另有 128 首为《乐府遗音》所未收。即是说,瞿佑词可补 128 首。这 128 首,详见上注引黄文吉《〈天机余锦〉见存瞿佑等明人词》一文。

3. 王达,已见第一册第 215 页,原据其《耐轩词》收入,《天机余锦》收有其佚词 4 首,可补入。详上引黄文吉文。

4. 晏璧,已见第一册第 255 页,原据《历代诗余》收词 1 首。《天机余锦》收有晏璧词 11 首,可全部补入。详上引黄文吉文。

5. 曹元方,已见第一册第 298 页,原据《淳村词》收录 355 首,而《西陵词选》所录《洛阳春》(人隔一江芳草)1 首未收。

6. 顾璘,已见第二册第 587 页,原据惜阴堂本《凭几词》《山中词》《浮湘词》收录。然顾氏尚有《东桥词》一卷,附存于中国国家图书馆藏明抄本《东桥集》卷十四。《东桥词》收词 13 首,其中《一丛花·湘南见池上梅花作二首》《采桑子·甲戌正月十三夜风雨作》《摸鱼儿·春寒作》《诉衷情·桂林徐伯川屡约不至有词见寄作此答之》和《念奴娇·湘山怀古》等 6 首,《全明词》第 593 页已收,实可补 7 首:《沁园春·次韵寿印冈》、前调《自述》、前调、《蝶恋花·题米元章拜石图》《念奴娇·次西溪村居》《贺新郎·送朱升之守延平》《风流子·乙亥元夜作》。

7. 吴子孝,已见第二册第 840 页,原分别据《类编国朝诗余》和《历代诗余》收录 119 首。其实吴子孝有词集《玉霄仙明珠集》二卷传世,有明嘉靖刻本和《四库全书存目丛书》影印原北京图书馆藏明嘉靖刻本。此书收词 201 首,除去其中已为《全明词》所收词作之外,可增补 83 首,另可校补词题词序之处甚多。这 83 首词目为:《八六子》(对东风)、《采桑子》(水际人家)……

8. 王好问,已见第三册第 1049 页,原据《明词综》录入,《天机余锦》卷三收有其佚词《凤凰台上忆吹箫》1 首,可补入。

9. 董其昌,已见第三册第 1308 页,《听秋声馆词话》卷八录有其题画《满庭芳》1 首,《全明词》失收。

10. 卓发之,已见第三册第 1324 页,原据《明词综》和《古今词汇》录词 3 首,而《瑶华集》所载《满江红》(臣罪当诛)1 首失收。

11. 俞彦,已见第三册第 1327 页,原分别据《明词综》和《古今词汇》收词 11 首。而俞彦有《近体乐府》一卷,附刻于明崇祯刊本《俞少卿集》中。《近体乐府》收词 189 首,《全明词》所收 11 首全在其中。《明词综》和《古今词汇》或许就是据其《近体乐府》入选。除去《全明词》已收之什,《近体乐府》可补俞彦词 178 首。这 178 首词目为:《竹枝》十首、《荷叶杯》七首……

12. 俞琬纶,已见第三册第 1376 页。《古今词统》卷十三和《听秋声馆词话》卷八录有其咏妆镜的《桂枝香》1 首,《全明词》失收,可补入。

13. 梁云构,已见第三册第 1473 页,原分别据《兰皋明词汇选》和《历代诗余》录其词 2 首,而《倚声初集》所录 3 首失收:《西江月》(但得瓮倾绿蚁)、《行香子》(小径通幽)、《满江红》(桥影飞虹)。

14. 范文光,已见第三册第 1482 页,原据《明词综》录其词 1 首,而《词觏》录有其词 12 首,可补 11 首:《捣练子》(曲儿高)、《桂殿秋》(不在艳)、《桂殿秋》(一溪水)、《潇湘神》(旅魂惊)、《少年游》(弱柳腰肢雏燕性)、《阮郎归》(天然素质袅风鬟)、《阮郎归》(堤边杨柳渐凋丝)、《西江月》(几叠歌声醉绿)、《望江东》(作眉如作兰与字)、前调(花月名家杨柳树)、《浪淘沙》(寂寞对东风)。

15. 徐尔铉,已见第三册第 1507 页,原据《兰皋明词汇选》录其词 9 首,然同书卷二所录《阮郎归》(纱窗忽打梧桐叶)和《倚声初集》所录《踏莎行》(雨倩花香)共 2 首失收。

16. 钱夫人,已见第三册第 1506 页,原据《女子绝妙好词》收其词 3 首。而上引其夫唐世济《琼黁集词选》附录有其词 6 首,去其互见之作,可补 3 首:《菩萨蛮》(雪晴初映朦胧月)、《满庭芳》(嫩草铺茵)、同调(鸳瓦铺寒)。

17. 陈子龙,已见第四册第 1904 页,原据其《陈忠裕公全集》录入。陈子龙另有词集《幽兰草》和《湘真阁存稿》,原系秘籍,藏在深闺人不识。近年才闪亮面世,由陈立校点,2000 年辽宁教育出版社"新世纪万有文库"第四辑出版。其中《幽兰草》可补《陈忠裕公全集》和《全明词》未收的佚词 8 首:《南乡子·春风》《锦帐春·画眉》《木兰花·杨花》《山花子·雨愁》《醉花阴·不寐》《一剪梅·咏燕》《玉楼春·冬别》《小重山·水阁春月》(参《幽兰草》点校本《本书说明》)。《湘真阁存稿》收在《倡和诗余》内,今陈立点校本与幽兰草》合装为一册。经比勘,《湘真阁存稿》卷首所收《望江梅》2 阕和《宴桃源》4 阕共 6 首,属《陈忠裕公全集》和《全明词》未收之词。《幽兰草》和《湘真阁存稿》可补词共 14 首。

18. 郭辅畿,已见第四册第 1920 页,原据《兰皋明词汇选》收词 1 首,而《倚声初集》所收《踏莎行》(红树浓烟)1 首失收。

19. 路迈,已见第四册第 2130 页,原据《明词综》卷六收词 1 首,而《荆溪词初集》所收《竹枝》(新妆初试扬帘衣)1 首失收。

20. 钱光绣,已见第五册第 2348 页,原分别据《明词综》《四明近体乐府》《古今词汇》录其词 7 首,而《倚声初集》所载《减字木兰花》(诗魂字影)、《临江仙》(酒谷颓然便醉)、《沁园春》(傅粉才人)和《硖川词钞》所载《踏莎行》(结发方殷)4 首失收。

21. 胡介,已见第五册第 2395 页,原据《明词汇刊》本《旅堂诗余》录 47 首,而《倚声初集》所录《贺新郎》(落日催行李)、《瑶华集》所录《少年游》(宣和遗事旧堪悲)、《遁渚唱和集拾遗》所录《望江南》(残焰里)、《西江月》(杨柳风中人去)等 6 首失收。

22. 许友,已见第五册第 2807 页,原据《明词综》收 1 首,而《倚声初集》所收《霜天晓角》(拔身不起)1 首失收。

23. 宫伟镠,已见第六册第 2914 页,原据《明词综》收其《念奴娇》(萧娘楼畔)词 1 首,而其《春雨草堂集》卷十六《诗余》收有 62 首词,《念奴娇》(萧娘楼畔)亦在其中,据之可补 61 首:《忆王孙·初渡江》《点绛唇·卜筑溪间》……《春雨草堂集》,今有康熙刻本和抄本。

24. 王端淑,已见第六册第 3256 页,原据《众香词》和《全清词钞》收 9 首,而《小檀栾室闺秀词钞》所收《解语花》(帝心隆眷)1 首失收。

25. 王宗蔚,已见第六册第 3411 页,原据《瑶华集》和《全清词钞》收词 3 首,然《今词苑》所收《洛阳春》(已是星斜人散)、《秦楼月》(人姗姗),《倚声初集》所收《捣练子》(星耿耿)、《长相思》(梨花幽)、《点绛唇》(玉树风高)、《菩萨蛮》(小楼春梦啼莺晓)、《画堂春》(轻云绿树锁长秋)、《双调望江南》(枫叶落)、《虞美人》(东风蓂芷平川绣)、《小重山》(风动琅玕罗袖轻)、《蝶恋花》(桐院深阴花影暮)、《临江仙》(画阁轻烟催彩燕)等共 12 首失收。

上述 25 人共补词 537 首。

以上两类补人、补词总计 1000 首。

第八讲
词作辨伪的方法

上一讲"辑佚",是说有关别集或总集失收的词作,怎样把它们辑录出来;这一讲"辨伪",是说有关别集或总集中误收的词作,怎样辨别它们的真伪。

在中国古典文献里面,"假冒伪劣"的作品相当多,情况也相当复杂。1957 年商务印书馆出版的张心澂《伪书通考》(修订本),考证出的古代伪书多达 1104 种;明代著名的学者胡应麟,在他的名著《少室山房笔丛》中曾总结说中国古代的伪书,有 21 种情形。张三夕主编的《中国古典文献学》专门有"古典文献的辨伪"一章,可以参看。

词的伪作也相当多,主要有两种情形:一是作者之伪,本来是张三所作,却说是李四的作品,这属"假冒";二是词体之伪,本来是诗体,却说它是词,这属"伪劣"。"假冒"之作,涉及的是作品著作权的归属;"伪劣"之作,涉及的是对作品体裁的认定。

一 伪作产生的原因

词籍文献里,为什么会出现那么多伪作呢?大多数是在作品流传过程中出现的问题,也有作者假冒伪托的。归纳起来,大概有以下四点原因:

(一) 词选署名造成的错误

伪作,很多跟词选有关系,或者说很多伪作都是在词选里出现的。古人编词选,在署名问题上有这么几种情形:第一,知道作者的,就署名;不知道作者的,就不署名,作者空缺。这种情况,一般不容易造成混乱。第二,有时一个作者连续入选几首,只在第一首署名,后面几首"从前"省略,不一一署名。这种情况,最容易造成混乱。因为没有署名的作品,究竟是依前一首认作是同一作者的呢,还是另一个无名氏的作品?有时很难判断。

有的词作,在早出的词选中没有署名,后出词选往往依前一首的作者而错误地加上作者姓名,后人不知道这个原因,又根据后出的这个选本收进他的词集里,于是就以讹传讹。比如《浣溪沙》(一曲新词酒一杯),这是晏殊非常有名的一首词,现在大家都知道。可是,元代至正年间刻印的《草堂诗余》选录这首词时,是把它编在李璟词的后面,没有标明作者。到了明代,顾从敬刻《类编草堂诗余》时,错误地以为这首词跟前一首词一样都是李璟的词,就在《浣溪沙》词下署上李璟的大名,把这首词的著作权轻易地送给了李璟。到了20世纪初年,王国维在整理辑录《南唐二主词》时,见到《类编草堂诗余》收的这首词是署李璟所作,也就把它收进《南唐二主词》中。看来名人也有犯错误的时候,连王国维这样的超级大师也难免有失察之时。后世流传的秦观、李清照的伪词,也多半是这种原因。

还有的词选,因为采用的来源文献不同,所以作者署名的方式不统一。有的是署姓名,有的是署字号,比如苏轼的词,这一首署"苏轼",那一首署"苏东坡",另外一首又署"苏子瞻",后出的版本统一改为苏轼。像苏轼这样的名人,字号谁都清楚,当然不会改错。可有的词人不很著名,字号不是很清楚,就容易改错。明代陈耀文编的一部大型词选《花草粹编》,就是这样的。原刻本中,有的作者是署姓名,有的是署字号,有的甚至连作者的名字都不提,只写一个书名。到清代金绳武刻

《花草粹编》的时候，署名方式统一改为署姓名，结果有的词主给改错了。后来有的学者，不太了解《花草粹编》的版本源流，依据金绳武刻本而不是依据陈耀文原刻本来辑录，也就跟着出错。所以，从事校勘辑佚，不了解版本，是不行的，很可能闹出笑话来，出现错误。

(二) 作者手迹造成的错误

有的伪作，是作者手迹造成的。作者与友人常常相互唱和赠答，友人的原唱和自己的和作，或者是自己的原唱和友人的和作，常常抄录在一起，后人编成集子的时候，如果分辨不仔细，就会把友人的原唱或和词都当作作者本人的词作编进集子，造成混淆。比如说宋南渡时期词人张元幹与李弥逊，两人一度同住福建，经常你来我往，唱和赠答，彼此都留下了好几首唱和词。他们的后人在给他俩编词集的时候，就把对方的唱和词跟作者本人的词都编到一起，造成了两人集子中都有对方所作的"伪词"。

还有一种情况是，词人手抄别人的作品，后人根据手迹，误以为是他本人创作的词，就收进词集里。比如说张孝祥，是南宋著名的词人，也是当时有名的书法家。他曾经将朱翌的一首词题写在扇子上，后人根据这个扇子上的手迹，就把词收录到张孝祥的词集中。但当时有记载说，张孝祥这首词是抄录朱翌的词，而不是他本人写的。这种例子还有很多，比如欧阳修和冯延巳之间的那场有名的"《蝶恋花》官司"。据说欧阳修早年喜欢冯延巳的词，就手抄吟诵，后人编他词集的时候，也就把他手抄的这些冯延巳词收到他本人的集子里了。所以，欧阳修词集中有好几首是与冯延巳词互见的。其中最有名的就是那首《蝶恋花》："庭院深深深几许。杨柳堆烟，帘幕无重数。玉勒雕鞍游冶处，楼高不见章台路。　雨横风狂三月暮。门掩黄昏，无计留春住。泪眼问花花不语，乱红飞过秋千去。"不少词选都说这是欧阳修写的，其实，应该是冯延巳写的。我们在中华书局出版的《全唐五代词》里有考辨，《全宋词》也断为冯词，而没有收录作欧阳修的词。我曾浏览北京大学中文系网站的 BBS,偶然看到有个 2003 年的帖子,询问这首《蝶恋花》词到底应该是谁写的,后面有些人跟帖子,有的说是冯延巳的词,有人说应该是欧阳修的吧。如果让我来回答,我会回答得很干脆明确。因为是很早的帖子,所以我也就懒得去跟帖了。

(三) 虚拟本事造成的错误

唐宋至明清时期的小说中,常常有主人公会写词。后人不晓得这是小说,错误地把这个虚拟的故事当作真实的本事,把虚构的人物当作真实的历史人物,把小说作者假托的词当作是真实人物写的词。徐釚编《词苑丛谈》,可能是为了猎奇,从小说中搜罗了不少稀奇古怪的虚拟本事,把它当作真人真事来传。如果不考察它的原始出处,很容易以假乱真。

比如,《全明词》第 224 页根据《明词综》录有郑婉娥《念奴娇》词一首,又根据《词苑丛谈》摘录其本事说:洪武年间有人夜里在琵琶亭听到唱歌声,第二天跑去一看,果然有一位美女,自称是“汉婕妤郑婉娥”,死后葬在琵琶亭边。见有人来看她,她就唱了这首《念奴娇》。原来这位郑婉娥是汉代的女鬼。女鬼怎么会写词?当然是编故事的人或者是小说作者假托的。这个故事最早是从哪儿来的呢?是从明代小说家李祯《剪灯余话》卷二《秋夕访琵琶亭记》里来的。这明明是小说,郑婉娥也明明是个女鬼,可是徐釚却煞有介事地把它收进《词苑丛谈》里,王昶又信以为真,从《词苑丛谈》里收进《明词综》里,《全明词》又从《明词综》里录入,作者就署郑婉娥,好像明代洪武年间真有这个郑婉娥似的。一首“假冒”的词,经文献的几次转载,就被当作真实的作品,堂而皇之地收到了《全明词》里。幸好《全明词》摘录了本事,使我们能够追溯它的来源。要是不说明来源,我们就很难判断这首词的真伪。

又比如,《全明词》第 3440 页收录有马琼琼《减字木兰花·题梅雪扇》,注明出处是《历代诗余》卷八。查《历代诗余》卷八,署名是“明媛马琼琼"，《全明词》把她录作明人似乎也有依据。其实此人也是小说里虚拟的人物，前人没有仔细考察她的原始出处，辗转传录。先是《词苑丛谈》卷七收录此词和本事，此后冯金伯的《词苑萃编》又照录不改，吴衡照的《莲子居词话》和况周颐的《蕙风词话》也纷纷抄录，煞有介事，似乎真有其人。除了词籍之外，明代其他书里也记载有马琼琼其人其事。比如，明代大学者王世贞的《弇州四部稿》卷一百六十二《宛委余编》、徐应秋的《玉芝堂谈荟》卷十四，在列举"妇人双名"时，都说到"朱端朝取妓马琼琼"。明代这么多人都在书里传播、评论马琼琼的故事，难怪清代的人都信以为真、信而不疑了，以至于像况周颐这样严谨的词学家也被"忽悠"了。所以《全明词》的编者把她误收进去，倒也是情有可原。

我老师唐圭璋先生火眼金睛，不被这些假象所迷惑，他在《全宋词》里直接点出了这个故事的原始出处——明人瞿佑的传奇小说《寄梅记》。我见到的《寄梅记》，是附录在瞿佑的《剪灯新话》里的，上海古籍出版社 1981 年排印本。再一查，明人梅鼎祚的《青泥莲花记》卷八也载录有这个故事，题作《西阁寄梅记》。故事的背景是"宋南渡后"。男女主人公朱端朝和马琼琼两人都有词作，朱氏有《浣溪沙》词一首，《全宋词》录入附录《元明小说话本中依托宋人词》。所谓马琼琼和朱端朝词，其实是小说家瞿佑假托的，《全明词》如果要收，也应该收在瞿佑名下，而不应该收在马琼琼名下。因为明代根本就没有这个写词的马琼琼；而小说里的马琼琼，是"宋南渡"人，也不是明代人。

小说人物写的诗词，除非是明确引用前人的诗词，否则只能算是小说作者写的，而不能算是小说人物写的。《红楼梦》里林黛玉的诗词，只能算是曹雪芹写的，不能算是林黛玉写的，你不能编一本林黛玉的《黛玉诗词选》或薛宝钗的《宝钗诗词选》来叫卖吧？编《全清词》，自然也不能把《红楼梦》里林黛玉的词收在林黛玉的名下，把薛宝钗的词收在薛宝钗名下。

宋元话本小说里也有不少诗词，后人小说里也常常假托宋人写诗词,《全宋词》是怎么处理的呢?《全宋词》是把这些小说假托的词单独编成一类,列作附录,分别是《宋人话本小说中人物词》《宋人依托神仙鬼怪词》和《元明小说话本中依托宋人词》。这种做法是值得借鉴的。我们编《全唐五代词》,就是学习这种做法,编了一卷《宋元人依托唐五代人物鬼仙词》,列作附录。

(四)诗词混淆造成的错误

词体在形成的初期,有些词调跟近体诗的体式区别不大,基本上是齐言形式的,要么是七言四句,要么是五言四句,跟七绝、五绝差不多。比如,中唐白居易、刘禹锡写的那些《杨柳枝》《竹枝》《浪淘沙》等词,都是七言四句。后人在编选辑录唐五代词时,常常把诗体跟词体混淆,把诗体当作词体录入,特别是明清的词籍当中,这种错误最多。唐人有的诗歌是杂言体,句子长短相间,明清时代的人也常常把这些杂言诗当作长短句收录进词籍里。而我们现当代的学者,很少去详细考察文献的来源,完全依傍明清人的文献记载。明清人说这首是词,就把它当作词照录下来,而不管它原来是不是词。我们在编纂《全唐五代词》时,对明清词籍中载录的唐五代词作,做了全面的清理和严格的区分,把几百年来唐五代词传播史上的一笔糊涂账,做了一个彻底的清算和了断,分辨和剔除了许多"假冒伪劣"的词作。肯定有人不同意我们的结论,但我们追根溯源摆出的文献资料,都是有力的证据。

举两个例子。

先看明人词选《古今词统》卷一里收录的无名氏《小秦王》词:

> 十指纤纤玉笋红,雁行轻度翠弦中。
>
> 分明自说长城苦,水阔云寒一夜风。

清代的《古今词话》《历代诗余》《词苑萃编》等书,也都收作词,不过调名是作《氐州第一》。

这首作品,是典型的"假冒"之词。第一,它原本是绝句诗,而不是词;第二,它的作者有名有姓,是晚唐的张祜,而不是无名氏。查张祜最早的刻本,可以知道:宋蜀刻本张祜的《张承吉文集》卷五里就收有一首诗,题目是《题宋州田大夫家乐丘家筝》,内容与这首所谓的《小秦王》词完全一致,而且诗的题目所说乐人弹筝与诗的前两句完全吻合。再进一步查下去,明刻本张祜的《张处士诗集》卷五也收录有这首诗,清代康熙年间刻的《唐诗百名家全集》本《张祜诗集》和《全唐诗》也都收录了张祜这首诗,题作《听筝》。所以,这首作品属晚唐张祜所作,是铁板钉钉的事实。也可能是后来入乐歌唱,所以加了一个曲调名,时间一长,辗转传播,也就不知它的作者是何方人氏了。入乐歌唱的诗,只能算是"声诗",而不能当作词。——关于声诗的问题,可以参看任半塘先生的《唐声诗》,上海古籍出版社出版。宋代也有声诗,前几年有本博士论文就是《宋代声诗研究》,作者是扬州大学的杨晓霭博士,现在她是兰州理工大学的教授了。

你们会问我,是怎么查明这首作品的来龙去脉的?这也得益于对目录版本的熟悉和了解。我们编《全唐五代词》时,对明清词籍中收录的唐五代词,每一首都要找到它的原始出处,也就是要找到最早记录这首词作的唐宋时代的文献是什么。先是在《全唐诗》中发现了这首作品收录在张祜名下——当时,可没有计算机检索啊,完全靠手工查找,要查一首词,不知要费多少时间。发现了这条线索,就进一步寻找张祜诗集所有的抄刻本和有关总集,从最早的本子查起,看张祜的诗集是不是收录了这首诗,再顺藤摸瓜,一路查下来,就弄清楚了这首作品的本来面目及其作者的真实姓名。

再看一首杨贵妃的所谓《阿那曲》词:

> 罗袖动香香不已,红蕖袅袅秋烟里。
>
> 轻云岭上乍摇风,嫩柳池边初拂水。

这首作品,也是《古今词统》首次录作《阿那曲》词,后来《全唐诗》附词、《历代诗余》、万树的《词律》、沈雄的《古今词话》也都录作"杨太真"的词。杨太真,也就是被唐玄宗"三千宠爱在一身"的杨贵妃。现当代好多词集、词选也照样选录作杨贵妃词,不知真相的读者,还以为杨美人真的会写词呢!

其实,这首也是后人虚拟的假货,既不是词,也不是杨贵妃所作。那请问:它最早出自何方?原来是出自唐人裴铏的小说集《传奇》。《太平广记》卷六十九《张云容》引《传记》写道:中唐元和末年平陆县尉薛昭,因为囚犯逃逸而被贬谪到海东,来到一个古殿,遇到三位美女,年长的一位自称张云容。薛昭问是哪里人,为什么到了这儿。云容回答说她是开元中杨贵妃的侍儿。贵妃经常让她在绣岭宫"独舞"霓裳羽衣曲,还曾经赠她一首诗曰:"罗袖动香香不已……"明皇也很欣赏,歌咏再三。皇上还有唱和之作,只是云容记不得了。

《太平广记》所引录的《传记》,也就是裴铏的《传奇》——唐人文言小说叫"传奇",就是因为这部小说而得名的。这首所谓《阿那曲》,原本是裴铏小说中女鬼张云容转述的杨贵妃的赠诗,实为小说作者裴铏所依托,完全与杨贵妃本人沾不上边。女鬼张云容和所谓杨妃赠诗,本来就是子虚乌有的小说中的人和事,是根本不可信的。可是南宋洪迈,在编选《万首唐人绝句》的时候,为了炫耀他的渊博,把这首诗录作杨贵妃的诗,题作《赠张云容舞》。洪迈的《万首唐人绝句》,是一本不太可靠的书。这本书是怎么编成的呢?洪迈晚年利用业余时间收集了一些唐诗,有一次跟皇帝聊天,偶然说到他正在编一本唐人绝句诗选,皇帝很感兴趣,拿过来一看,说,很好哇,还可以编全编多一点。洪迈为了响应皇帝的号召,编成一万首,就乱收诗作来凑数,甚至把一些律诗一分为二,裁为两篇绝句。这首鬼诗,他也收了进去,还装模作样地安上一个题目,做得像真的,好让别人觉得他学问广博,居然搜罗到了一首杨贵妃的诗。就这样,这首诗被弄假成真,变成了杨贵妃写的诗。后来明人锺惺编的《名媛诗归》和清人编的《全唐诗》都收作杨贵妃诗,就是受了洪迈的蒙蔽。再查唐宋的词籍、乐籍,都没有记载什么《阿那曲》调,也没有记载这首作品曾经入乐歌唱过。明代人却让它摇身一变,变成了词,大模大样地收进词选,其实根本不可信。可是,清代以来的词学家,都被"忽悠"了。我来了个正本清源,揭穿了它的本来面目。

二 辨伪的方法

在词学研究当中,我老师唐先生是辨伪的高手。他的《宋词互见考》,就是词作辨伪的代表作。老师辨伪的方法,我揣摩之后,总结为四句话、十二个字:寻内证,查版本,明先后,考源流。——我的辨伪方法,都是从老师那儿学来的。但老师没有直接给我讲怎样做考证,怎样辨伪,我就琢磨他考证的文章,研究他的辨伪著作,从中体会、领悟老师的治学方法。所以啊,跟老师读研究生,师从老师,并不是光听老师怎么讲,还要看老师怎么做。看老师怎么做,不是站在他旁边,看他平时怎么做学问,而是看他的书,看他的论文。只有这样,才能很好地传承并弘扬老师的"家法"。知其法者,方能习之、传之也!

(一) 辨伪的基本方法

1. 寻内证

是从作品里头寻找线索,考察作品中涉及的人、事、地点是哪个时代的,跟哪个作者关系最密切,符合哪位作者的身份、经历及其交游的有关特点。

2. 查版本

是遍查涉事作者所有的版本,看这首作品被哪些词集版本所收录。如果一个词集所有的版本都收录了这首作品,特别是最早的可靠的版本收录了这首作品,那么,很可能就是这个词集的作者所作。如果双方最早的版本都收录了——这种情况比较少见——那就看其他证据。

3. 明先后

是看词别集的各种版本和相关总集的版本有哪些收录了。一般来说,越是早出的版本,记载就越可信;越是晚出的版本,越可能有问题。

4. 考源流

是要详细考证涉事双方词集的版本源流,看哪个集子编刻得最早、最可靠,哪个版本可能会有问题。同时要考察记载这首词的文献源流,看每种文献是怎样记载和转载的,哪些可信,哪些不可信。

查版本、明先后和考源流,其实都是寻找外证,根据版本的异同作出判断。所以,要特别留心考察一个词集的各种版本,而不是随便拿一两种版本来核对一下就可以了。同时要注意比较各种版本收录的异同。前面讲过,如果一首作品被一家词集所有的版本都收录了,那么这首作品很可能就是这个词集的作者所作;如果一首作品,被这个版本收录了,另一些版本没有收录,那么,这首作品就值得怀疑。总之,查全较异——查校所有版本,比较彼此异同,是关键;内外结合——作品内证和版本著录等外证相结合,是根本。

(二) 辨伪举例

1. 唐诗辨伪例证

我最早考订辨伪,不是做宋词的辨伪,而是做唐诗的辨伪,就是我好几次说到的《唐彦谦四十首赝诗证伪》。

我的注意力,一直是在宋词里面,怎样把"手"伸到唐诗里去了呢?只要掌握了一些考证的基本方法,"越界""越位"做点研究,也不是很难的事情。关键是要有问题意识,遇到问题,就决不放过,非弄出个水落石出不可。我发现这个问题,做这个题目,得益于唐先生让我读《开有益斋读书志》。记得我博士入门的时候,唐先生先后向我推荐过三本书:第一本,是《宋词三百首》,老师说,这本书选得好,是朱彊村和况周颐合作精选出来的。第二本,是夏承焘先生的《天风阁学词日记》。读了这本书,可以了解前辈学者是怎样做学问、怎样用功读书的,从中可以学习到词学大师的治学精神、治学经验、治学方法,会获得很多启示,以便"知其法,修其行"。夏先生一辈子手不释卷,连新婚之夜,也不忘看书。他日记里记载,新婚之夜,来闹洞房的人很多,他觉得浪费时间,就拿一本章学诚的《文史通义》跑到一边看书去了,让新娘子一个人在那应付。你瞧,大师就是这样炼成的! 夏先生不仅爱读书,还勤于思考,日记里记载了很多他计划做的词学研究的题目,可惜很多题目他没有做下去。有些题目,今天仍然值得做。第三本,就是朱绪曾的《开有益斋读书志》。书中提到,宋末元初戴表元的诗歌,有几首跟晚唐诗人唐彦谦的诗歌互见,他认为这几首互见诗是戴表元写的。这个唐彦谦,我不熟啊,他的诗,我也没有什么印象,一首也背诵不来;戴表元,更没听说过。但书志中说的这个问题,我蛮有兴趣。于是,随手一翻中国社会科学院文学研究所编选的《唐诗选》,想看现在的学者是怎么说的。要是说的一样,也就没什么问题了。可《唐诗选》的唐彦谦小传,意见正好相反,认为唐彦谦和戴表元互见的那些诗歌,应该是唐彦谦写的。两种相左的意见,必有一个是正确的、一个错误的。究竟谁是谁非? 我就想把这个问题弄清楚,把它当个题目来做一做。

那我该从哪里入手呢?

第一步,定问题。

首先要落实这个问题值不值得研究,别人是不是研究过了。先查唐诗研究论文索引。查过之后,知道没有人研究过唐彦谦和戴表元的互见诗。这下心里有底了:可以研究。再查戴表元有什么集子。到哪里查? 就查《中国丛书综录》。一查,知道他有《剡源戴先生文集》,文集有两种版本,一是《四库全书》本,一是《四部丛刊》本。我把《四部丛刊》本《剡源戴先生文集》拿来一查,果然有《开有益斋读书志》提到的那几首诗。再把《四库全书》本的《剡源集》一对照,里面也有。我当时就想：戴表元的两个版本都收录了，应该就是戴表元的诗吧？再把《全唐诗》中收录的唐彦谦的诗歌拿来一比较，呵呵，《全唐诗》也收录了那几首诗。再进一步比较，发现两人互见的诗篇还不止几首，而是有几十首。当时心里好激动啊！发现了一个大问题，肯定值得研究啊！问题是：究竟是谁写的呢？第二步该如何着手？

第二步，寻内证。

这些互见的诗歌里，提到很多人名和地名。那我就查明这些人是谁的朋友，是唐代人呢，还是元代人。我又把戴表元的集子从头到尾读一遍——写一篇文章，可不是一蹴而就的，读一遍就能解决问题的哟——读完了以后发现，这些互见诗里面提到的人名，在戴表元其他的诗歌甚至散文里都提到过，而在唐彦谦的其他诗歌中却没有提到。这表明，互见诗里提到的人，是戴表元的朋友，他们有交游。再进一步考证，这些人当中，有的可以考定是宋末元初人，跟戴表元同时，而唐彦谦肯定不可能活到元代来跟这些人游玩唱和。凭这一点，就可以证明这些互见诗应该是戴表元写的。

再从互见诗中提到的地名来看。戴表元是浙江宁波人，他主要是在江浙一带活动，我就查《宋元方志丛刊》中的江浙方志，发现互见诗中提到的地名，很多都是浙江宁波一带的地名，是在戴表元的活动范围之内，他的其他作品也提到了这些地名。再看唐彦谦的其他诗歌，都没有提到这些地名。因为，唐彦谦是北方人，很少到江浙一带来活动，所以他的诗歌里不会提到江浙的地名。根据这些内证，基本上可以判断这些诗歌是戴表元写的。于是，我就草写了一篇考证文章。

论文初稿写完以后，我拿去给本校（南京师范大学）的郁贤皓老师看，请他指点。郁老师是唐诗研究的著名专家，特别擅长考据。他的成名作是《李白丛考》，代表作是《唐刺史考》。我记得很清楚，我到他家去请教他的时候，他正在看电视上的新闻，他就一边翻，一边看。毕竟是大专家，看了一会儿他就提示我说：你的结论是对的，但究竟是谁作伪的呢，没有考证清楚，知其然，而没有说明所以然。一句话，就点拨了我，我立马就领悟到下面该怎么考证了。

第三步，查版本，考源流。

既然知道了《全唐诗》收录的唐彦谦这些互见诗，是伪作，那就要进一步弄清楚，《全唐诗》收的这些伪作是从哪里来的？一般来说，《全唐诗》不会作伪，《全唐诗》一定有依据——这就涉及《全唐诗》的编纂经过和唐彦谦诗集的版本源流了。

先研究《全唐诗》是怎么编纂出来的。查有关资料后知道，《全唐诗》之前，有两种大型的唐诗总集，一是明代胡震亨编纂的《唐音统签》，二是明末清初钱谦益和季振宜二人递辑的《唐诗》。《全唐诗》就是在这两本书的基础上扩充编纂而成的。《唐音统签》藏在故宫博物院，现在有《故宫珍本丛刊》的影印本和上海古籍出版社的影印本，找起来很容易了，当时查这本书，可是相当地不容易。《唐诗》，中国国家图书馆有藏本，联经出版事业有限公司出版有影印本（书名作《全唐诗稿本》），倒是不难找到。查这两本书，都没有收录唐彦谦的互见诗。这再一次证明互见诗不是唐彦谦写的，也表明《全唐诗》收录的这些互见诗另有来历。

再查唐彦谦诗集的所有版本。查有关书目，可以知道宋元时代都有唐彦谦诗集流传，宋代流传的是一卷本，元代流传的是二卷本，现在已经失传，看不到了。明代流传的版本有好几种，其中一种卷数比宋元流传的版本多。把唐彦谦诗集的所有版本都找出来一一查对——当时我在南京，南京图书馆收藏的古籍很丰富，目前国内收藏古籍最多的三个图书馆，分别是中国国家图书馆、上海图书馆和南京图书馆。我们在武汉，要研究版本，就不如在京沪宁方便。不过，对于在座的诸位研究生来说，武汉地区各图书馆收藏的古籍基本够用了。尤其是现在出版了很多新影印的大型丛书，原来不容易见到的古籍善本，在本校图书馆都可以看到了——查阅后发现，明代比较早的唐彦谦诗集刻本，没有收录这些诗，只有明代后期的一个版本收录了这些诗。查到这一步，就明白作伪者是明末的这个版本。明末刻唐彦谦诗集的书商，为了表明自己刻的这本书新颖别致，收罗作品丰富，故意以假充真，把当时不太出名的宋末元初戴表元的诗充作唐彦谦的诗来贩卖，这才造成了这四十首伪作的出现。

最后查戴表元的诗集，看他的集子有没有可能误收别人的诗。根据他诗文集的有关序跋，知道他的集子是他本人编的，他死后不久就刻印了。戴表元当时又不拿稿费，完全没有必要把晚唐人的诗歌编到自己的诗集里充门面。戴表元诗集的版本源流，非常清楚。考察了他诗集的版本源流，更可见戴表元的诗集不会误收别人的作品，这些互见诗，是戴表元所作无疑。

经过这样一番求真证伪，就彻底弄清楚了真正的作者和作伪者，问题得到了圆满解决。我的这个结论，也被学界所认同。佟培基先生的著作《全唐诗重出误收考》，就接受了我的这个结论。北京大学袁行霈先生在一篇文章中也引用了我的这个观点。

2. 词作辨伪例证

词作辨伪，我做得比较多的是唐五代词，所以还是举唐五代词的例子。我做唐五代词的辨伪，主要用的是考源流的方法，也可以叫"寻源溯流法"。对于一首有嫌疑的伪作，首先查清它最早见于什么典籍、版本，题目是什么，属什么体裁，什么时候、什么人、什么书、什么版本首次将它当作词收入，随后又有哪些沿袭者。理清它的传播过程之后，再确定它是诗体还是词作，是哪位作者所作。

比如，明代董逢元《唐词纪》卷七里记载有无名氏《长命女》词：

> 云送关西雨，风传渭北秋。孤灯然客梦，寒杵捣乡愁。

查阅唐宋以来的各种文献以后，我们发现，这首作品最早见于北宋人编的大型总集《文苑英华》，原本是岑参五言律诗《宿关西客舍寄东山严许二山人时天宝初七月三日在学见有高道举征》的前两联。再查宋刊本《岑嘉州诗》、明铜活字本《岑嘉州集》，也载有这首诗。很显然，这是后人裁诗以入乐歌唱，辗转传诵，后来就不知它的作者是什么人了。所以，南宋郭茂倩《乐府诗集》和洪迈《万首唐人绝句》收录这首作品，也署无名氏。《唐词纪》又因袭录作无名氏词。我们找出了它的原始出处后，就不难做出判断：它原本是声诗而不是词，作者是岑参而不是无名氏。

又如韩翃和柳氏的两首比较有名的《章台柳》，20 世纪很多唐五代词总集和选本都录作词体。其实它们并不是词。这两首作品的本事，原本是一个曲折动人的爱情故事，最早见于唐许尧佐的传奇小说《柳氏传》，孟棨《本事诗·情感第一》也有记载。这两本书叙述这两首作品时，都没有词调和题目，《柳氏传》只是说韩翃"题之"、柳氏"答之"；《本事诗》也是说韩翃"题诗曰"、柳氏"答诗曰"。宋代计有功《唐诗纪事》载录这两首，也是说韩翃"寄诗"、柳氏"答曰"。可见唐宋人都是说这两首是诗篇。唐宋时代的文献，又都没有这两首诗入乐歌唱的记载，也没有《章台柳》词调的记载。明代陈耀文《花草粹编》最先把这两首当作词录入，并用首句为词调名。后来，明人的《唐词纪》、清人的《词综》《词鹄初编》《历代诗余》《词谱》《词律》等词籍，都因袭录作词。考明了源流后，我们就可以做出判断：这两首原本是长短句诗，是明代陈耀文首次将它当作词收入《花草粹编》中，后来的词籍就陈陈相因，不加辨别地都当作词收录。《词律》卷一在《目次》里倒是说了实话："此本长短句诗，后人采入词谱。"不仅这首词是伪品，连作者也是假冒的。韩翃，唐代确实有其人，是大历前后著名的诗人。他的《寒食》诗非常有名："春城无处不飞花，寒食东风御柳斜。日暮汉宫传蜡烛，轻烟散入五侯家。"但他与柳氏的爱情故事和这两首《章台柳》，却是小说家许尧佐杜撰虚拟的，就像《莺莺传》里崔莺莺写的约会诗："待月西厢下，迎风户半开。拂墙花影动，疑是玉人来。"原本是小说作者元稹假托的一样。

唐人传奇《莺莺传》和后来《西厢记》里的崔莺莺，现在大家都知道她是小说戏曲中虚拟的人物，当不得真的。可古人愣是把她当作活生生的真人,五代韦縠的诗选《才调集》、明人高棅的《唐诗品汇》和清人的《全唐诗》等,都把这首约会诗选录在崔莺莺名下,生生地给唐代诗坛增加了一位"美女诗人"。唐宋以来的野史笔记、诗话词话里记载的有些女诗人、女词人,其实都是小说家想象编造出来的,她们的诗词也是小说家假托的。这些假冒伪托的美女诗词,也都收进了有关诗选和词选中,跟真实的女性的诗词混在一起,弄得真假莫辨。《全唐诗》《全宋诗》《全明词》就收录有这类假的女性诗词作品,需要仔细去考证分辨。有兴趣的同学,可以把《全唐诗》《全宋诗》《全明词》里收的女性诗词做个彻底的考察,看哪些是真的,哪些是假的。用这个做硕士、博士学位论文的选题,都可以。

我们编的《全唐五代词》里面,也收录有三首后人假托的词作,编成书的时候,虽然有怀疑,但没有找到证据,只好依据当时的文献照收。这三首词,没有考订落实,我一直耿耿于怀,郁闷了好几年,后来才收集到材料,弄清楚了它们的底细,写了一篇《唐五代无名氏词三首辨正》的文章,发表在《文史》2004 年第 4 期上。文章我就不用讲了,把它和另一篇《唐彦谦四十首赝诗证伪》附录在后面,也许在写作方法上有可资借鉴之处。

[例文]

唐五代无名氏词三首辨正

拙编《全唐五代词》(中华书局 1999 年版),据明清人载籍收录有唐五代无名氏词三首。我们当时也怀疑可能不是唐五代人所作,但一时没找到它的原始出处,只好录以存疑。近来检阅宋元人载籍,才发现这三首作品原是宋元人写的诗,而不是词。谨撰此文,予以辨正,庶免以讹传讹,也希望读者使用《全唐五代词》时,自动将这几首作品删归"存目词"——今后有机会再版,我们自然也会将之删入《全唐五代词》副编卷三之《误收误题唐五代人词存目》中。

一、无名氏《竹枝》实为元张雨作

《全唐五代词》正编卷三据清初孙致弥《词鹄初编》录无名氏《竹枝》云：

> 盘塘江口是奴家，郎若闲时来吃茶。黄土筑墙茆盖屋，门前一树紫荆花。①

按，此篇始见于元陶宗仪《南村辍耕录》卷四《奇遇》：

> 揭曼硕先生未达时，多游湖湘间。一日，泊舟江涘，夜二鼓，揽衣露坐，仰视明月如昼。忽中流一棹，渐逼舟侧，中有素妆女子，敛衽而起，容仪甚清雅。先生问曰："汝何人？"答曰："妾商妇也。良人久不归，闻君远来，故相迓耳。"因与谈论，皆世外恍惚事。且云："妾与君有夙缘，非同人间之淫奔者，幸勿见却。"先生深异之。迨晓，恋恋不忍去。临别，谓先生曰："君大富贵人也，亦宜自重。"因留诗曰："盘塘江上是奴家，郎若闲时来吃茶。黄土作墙茅盖屋，庭前一树紫荆花。"明日，舟阻风，上岸沽酒，问其地，即盘塘镇。行数步，见一水仙祠，墙垣皆黄土，中庭紫荆芬然。及登殿，所设像与夜中女子无异。余往闻先生之侄孙立礼说及此，亦一奇事也。今先生官至翰林侍讲学士，可知神女之言不诬矣。②

可见所谓《竹枝》词，原是元人依托的"神女"诗，只是将原诗的"江上"改成了"江口"，"庭前"改成了"门前"。

《南村辍耕录》中原无诗题，何以《词鹄初编》题作"竹枝"？原来又别有来历。所谓神女题诗，其实是据元人张雨的《湖州竹枝词》"改

---

① 曾昭岷、曹济平、王兆鹏、刘尊明编撰：《全唐五代词》，中华书局1999年版，第795页。"茆"义同"茅"。

② 陶宗仪《南村辍耕录》，辽宁教育出版社1998年版，第49页。此条承程毅中先生赐教，谨此志谢。

编"而成。张雨《句曲外史集》补遗卷上《湖州竹枝词》云：

> 临湖门外是侬家，郎若闲时来吃茶。黄土筑墙茅盖屋，门前一树紫荆花。①

清张豫章辑《御选宋金元明四朝诗》元诗卷十二、顾嗣立辑《元诗选》初集卷六十六，也都选录了张雨此首《湖州竹枝词》，只是第一句作"临湖门外吴侬家"。《南村辍耕录》所载神女诗，除了第一句外，其余三句都是"克隆"张雨的《湖州竹枝词》。

看来这首诗的著作权应属张雨。陶宗仪的《南村辍耕录》附会为神女之诗，只能看作小说家言，不可信据。孙致弥《词鹄初编》把它录作唐五代无名氏词，也许是凭记忆而致误。

二、无名氏《伤春曲》实为宋人作

《全唐五代词》正编卷三据清孙致弥《词鹄初编》录无名氏《伤春曲》云：

> 芳菲时节。花压枝折。蜂蝶撩乱，阑槛光发。一旦碎花魄，葬花骨，蜂兮蝶兮何不知，空使雕阑对明月。

按，此首《伤春曲》，原出自宋洪迈《夷坚志·三志己》卷一《吴女盈盈》：

> 魏人王山，能为诗，标韵清卓。因省试下第，薄游东海。值吴女盈盈者来，年才十六，善歌舞，尤工弹筝。容貌甚冶，词翰情思，翘翘出群。少年子争登其门，不惜金帛。盈遴简嘉耦，乃许一笑。府守田龙图召使侍宴，山预宾列，相得于樽俎之间，从之欢处累月。山辞归，盈垂泣悲啼，不能自止。明年，寄《伤春曲》示山。其词云："芳菲时节。花压枝折。蜂蝶撩乱，阑槛光发。一旦碎花魂，葬花骨，蜂兮蝶兮何不来，空使雕阑对寒月。"山作长歌答之

---

① 张雨：《句曲外史集》，《文渊阁四库全书》本。

日……又明年，山适淄川，遇王通判于邸舍，出盈盈简，欲偕游东山。纸尾一词云："枝上差差绿……"时方初夏，山以病不克赴其约。秋中再如山东，盈已死。王通判谓山曰："子去后，盈若平居醉寝，梦红裳美人手执一纸书告曰：'玉女命汝掌奏牍。'及觉，泣以白母云：'儿不复久居人间矣。异日当访我于东山。'遂呜咽流涕，其夕竟卒。"王命山作诗吊之。山立赋三章……后五年，山游奉符，与同志登岱岳，至绝顶玉女池，追思畴昔盈盈之梦，徘徊池侧，心忆神会，因题于石曰……山归就次，遂梦游日观峰北，见石上大字笔迹类盈书，一诗曰："绛阙琳宫锁乱霞，长生未晓弃繁华。断无方朔人间信，远阻麻姑洞里家。历劫易翻沧海水，浓春难谢碧桃花。紫台树稳瑶池阔，凤懒龙娇日又斜。"读毕忽寤。是夕昏醉惘惘，有女奴来，召至一溪洞门，碧衣短鬟出，迎入宫殿。一女子玉冠黄帔，衣绛绡，长身晬容。山趋拜，女遽起止之，揖升阶。少选，盈与一女偕至，微笑曰："为雨为云到处飞，何乃尤人如此也。"命进酒，各有赋咏。夜既深，二女曰："盈盈雅故，使可就寝。"闻鸡声起，复置酒，珍重语别。山辞诀，恍然出洞。但苍崖古木，非向所历，感怆而返。（原注：山有《笔奁录》详记所遇。）①

据此，所谓《伤春曲》，原为诗题，而非词调，且为宋妓女盈盈所作。然则盈盈是否实有其人，殊难断定。篇末谓盈盈已变成女鬼，自属传奇小说，或盈盈为小说虚构之人物。然据篇末原注，此篇是王山《笔奁录》记其亲身经历，或实有其事而神其说。《宋史》卷二百零六《艺文志》著录有"王山《笔奁录》七卷"，则王山实有其人。所谓《伤春曲》，或为王山所依托。

明清以来，有关载籍都以盈盈为实有的历史人物。明李蓘编《宋艺圃集》卷二十二，便收录有盈盈此诗，题《伤春曲寄王山》，署"吴妓盈盈"。

---

①　洪迈：《夷坚志》，中华书局 1981 年版，第 1306—1309 页。

明彭大翼《山堂肆考》卷一百一十一《金帛不惜》亦载其事：

> 唐东海妓女吴盈盈者，善歌舞，尤工弹筝。容艳甚冶，词翰情思，翘翘出群。少年子争登其门，不惜金帛。盈盈遴选嘉耦，方许一笑。①

这显然是从《夷坚三志》摘录而来，只是想当然地把盈盈说成是"唐东海"妓女。不可信。

明徐应秋《玉芝堂谈荟》卷十四曾说到"王山所接仙女吴盈盈"。看来盈盈在明代文人中，是颇为知名的小说人物。

清厉鹗《宋诗纪事》卷三十据《夷坚志》录王山诗二首，并摘引其事；同书卷九十七录盈盈《寄王山》诗一首。《全宋诗》第21册卷一千二百三十一亦据《夷坚志》收录盈盈《伤春曲寄王山》和《寄王山》诗二首。

盈盈本是宋人，孙致弥为何将《伤春曲》录作唐无名氏词？这或许与唐代另一美女盈盈有关。彭大翼《山堂肆考》卷一百四十一即说："盈盈，姓吴，唐妓女。又与天宝中贵人妾同名。"唐天宝贵人妾盈盈故事，详见宋王铚《默记》卷下：

> 《达奚盈盈传》，晏元献家有之，盖唐人所撰也。盈盈者，天宝中贵人之妾，姿艳冠绝一时。会贵人者病，同官之子为千牛备身者，父遣往视之。因是以秘计相亲盈盈，遂匿于其室甚久。千牛父失子，索之甚急。明皇闻之，诏大索京师，无所不至，而莫见其迹。因问近往处，其父言："贵人病，尝往问之。"诏且索贵人之室。盈盈谓千牛曰："今势不能自隐矣。出亦甚无害。"千牛惧得罪，盈盈因教曰："第不可言在此，恐上问何往，但云所见人物如此，所见帝幕屏帏如此，所食物如此，势不由己，则决无患矣。"既出，明皇大怒，问之，对如盈盈言，上笑而不问。后数日，虢国夫人入内，明皇

---

① 彭大翼：《山堂肆考》，《文渊阁四库全书》本。

戏谓曰:"何久藏少年不出耶?"夫人亦大笑而已。为人妾者,智术固可虑矣。又见天宝后,掖庭戚属莫不如此,国何以久安耶!此传晏元献手书,在其甥杨文仲家。其间叙妇人姿色及情好曲折甚详。然大意若此。①

明彭大翼将宋代妓女吴盈盈误记为唐人,清初孙致弥也可能闻知唐代盈盈故事而将宋代吴中妓女盈盈混记为唐人,又忘记了盈盈其名,或者是故意隐去其名,将宋代盈盈之诗当作唐无名氏词录入,以蒙后人。

三、无名氏《小秦王》实宋人董嗣杲作

《全唐五代词》副编卷一据杨慎《词品》录无名氏《小秦王》云:

> 柳条金嫩不胜鸦。青粉墙头道韫家。燕子不来春寂寞,小窗和雨梦梨花。

自从杨慎以此首作唐五代无名氏《小秦王》词后,明卓人月《古今词统》卷一、清孙致弥《词鹄初编》卷一、王奕清等《历代诗余》卷一和万树《词律》卷一等,都收作唐五代无名氏词。杨慎《词品》卷一说:

> 唐人绝句多作乐府歌,而七言绝句随名变腔。如《水调歌头》《春莺转》《胡渭州》《小秦王》《三台》《清平调》《阳关》《雨淋铃》,皆是七言绝句而异其名,其腔调不可考矣。予爱《小秦王》三首,其一云:"雁门山上雁初飞。马邑阑中马正肥。陌上朝来逢驿骑,殷勤南北送征衣。"其二云:"柳条金嫩不胜鸦。青粉墙头道韫家。燕子不来春寂寞,小窗和雨梦梨花。"其三云:"十指纤纤玉笋红。雁行轻度翠弦中。分明自说长城苦,水阔云寒一夜风。"第一首妓女盛小丛作,后二首无名氏。②

---

① 王铚:《默记》,中华书局1981年版,第41页。明陈耀文《天中记》卷十九《侍妾》、明徐应秋《玉芝堂谈荟》卷七亦载此事。

② 唐圭璋编:《词话丛编》,中华书局1986年版,第431页。

其实,这第二首"柳条金嫩不胜鸦",既不是《小秦王》调,也不是唐五代无名氏所作,而是宋人作的绝句诗,始见于南宋周密《齐东野语》卷十六《降仙》:

> 降仙之事,人多疑为持箕者狡狯以愚旁观,或宿构诗文托为仙语,其实不然,不过能致鬼之能文者耳。余外家诸舅,喜为此戏,往往所降多名士,诗亦粗可读,至于书体文势,亦各近似其人。……董无益尝记女仙三绝句云:"柳条金懒①不胜鸦。青粉墙边道韫家。燕子未来春寂寞,小窗和雨梦梨花。""松影侵坛琳观静,桃花流水石桥寒。东风吹过双蝴蝶,人倚危楼第几阑。""屈曲阑干月半规,藕花香澹水漪漪。分明一夜文姬梦,只有青团扇子知。"亦可喜也。②

此后,明田汝成《西湖游览志余》卷二十六《幽怪传疑》、明胡应麟《少室山房笔丛》正集卷二十一、清潘永因《宋稗类钞》卷二十九《神鬼》等,俱据《齐东野语》载录其事其诗。

明李蓘《宋艺圃集》卷二十二、清张豫章等《御选宋金元明四朝诗》卷七十五,亦录其诗三首,署"女仙",题作《绝句》。清厉鹗《宋诗纪事》卷九十八亦收录,署"无名女仙",题作《三绝句》。

按,据周密所言"董无益记女仙三绝句",所谓"女仙",自然是假托,这三首绝句的创作权,似应属"记"其诗的董无益。

考董无益,名嗣杲,字明德,号静传,后改名思学,字无益,号老君山人,杭州人。宋末景定间(1260—1264),曾榷茶富池。度宗咸淳(1265—1274)末年,为武康令。宋亡后入道。著有《西湖百咏》《庐山集》《英溪集》等。其生平事迹,《四库全书总目》卷一百六十五《庐山集》提要、《西湖百咏》提要有考证。《全宋词》录存其词2首。董氏与

---

① "懒"应为"嫩"字之讹。

② 周密:《齐东野语》,中华书局1983年版,第299—300页。此条亦承程毅中先生赐教,谨此致谢。

宋末元初的仇远有交游。仇远有《寄董无益》诗云:"邮铃带箭发纷纷,何日山深耳不闻。迁客无乡难避祸,饥民失业半充军。马蹄乱踏湖西雪,雁阵平拖塞北云。我亦懒谈今世事,自看吊古战场文。"①

　　杨慎学问渊博,著述繁富,但多凭记忆,故错误百出,"又好伪撰古书以证成己说"②。其《词品》所谓《小秦王》三首,不是"伪撰",就是误记。杨慎之误,不仅使后来词集以讹传讹,也使其他诗歌选本因袭其误。《四库全书总目》卷一百九十三《情采编》提要,批评明人屠本畯《情采编》"甚至以宋周密《癸辛杂识》③所载女仙之诗'柳条金嫩不胜鸦'一首,题为《小秦王》,窜入唐人诗者,更指不胜屈也"。屠氏将"女仙之诗"选作唐人《小秦王》,实承杨慎之误。

　　杨慎《词品》所说的另两首《小秦王》,也不可信。关于第一首,杨慎《升庵诗话》卷九《盛小丛突厥三台》曾说:

　　　"雁门山上雁初飞。马邑阑中马正肥。昨夜阴山逢驿使,殷勤南北寄征衣。"盛小丛,雁门妓女也。此诗甚佳,乐府歌之。④

其《丹铅余录·摘录》卷八又说:

　　　《乐府诗集》有《突厥三台》,其辞曰:"雁门山上雁初飞。马邑栏中马正肥。日旰山西逢驿使,殷勤南北送征衣。"乃唐妓盛小丛诗也。传者失其名。⑤

同一首作品,《词品》说是《小秦王》,而《升庵诗话》和《丹铅余录》又说是《突厥三台》,引用原文的字句也不一样。可见杨慎仅凭记忆著述的

---

① 顾嗣立编:《元诗选》二集卷一,中华书局 1987 年版。按,此诗又见仇远《山村遗集》、朱存理编《珊瑚木难》卷五,《文渊阁四库全书》本。

② 《四库全书总目》卷一百十九《丹铅余录》提要。

③ 按,"《癸辛杂识》"应作"《齐东野语》",四库馆臣误记。

④ 丁福保辑:《历代诗话续编》,中华书局 1983 年版,第 806 页。

⑤ 杨慎:《丹铅余录·摘录》,《文渊阁四库全书》本。杨慎《丹铅余录·总录》卷二十一和《升庵集》卷六十(均据《文渊阁四库全书》本),亦载此说。

随意性,极不严谨。

此诗的本事,最早见于唐范摅《云溪友议》卷上《饯歌序》:

> 李尚书讷,夜登越城楼,闻歌曰:"雁门山上雁初飞。"其声激切。召至,曰:"在籍之妓盛小蕤也……"①

此后,宋计有功《唐诗纪事》卷五十九《李讷》、阮阅编《诗话总龟》前集卷四十三"送别门"、孔延之编《会稽掇英总集》卷十《听盛小丛歌赠崔侍御(并序)》、皇都风月主人编《绿窗新语》卷下《盛小蕤最号善歌》、元佚名《氏族大全》卷十九、明彭大翼《山堂肆考》卷一百一十一、《全唐文》卷四百三十八李讷《纪崔侍御遗事》亦转载其事。

而此诗全篇,始载于宋郭茂倩《乐府诗集》卷七十五,题作《突厥三台》。其后洪迈《万首唐人绝句》卷五十八因之录入,俱属无名氏(原未署名)。《全唐诗》卷二十六亦作无名氏,而同书卷八百二又属盛小丛。明曹学佺《石仓历代诗选》卷一百一十三也录作盛小丛,题为《咏突厥三台》。

按,据《云溪友议》所载,盛小丛只是唱此首,而不一定是她本人所作。故其作者,应依《乐府诗集》归无名氏。因原是入乐歌唱的绝句诗,其调(题)也应依《乐府诗集》作《突厥三台》。杨慎《词品》说是《小秦王》,殊无根据,纯属"想当然"。拙编《全唐五代词》页录作无名氏,其调则依《唐词纪》作《三台词》。

至于第三首"十指纤纤玉笋红",压根不是无名氏的《小秦王》,而是晚唐张祜的绝句诗,拙文《〈古今词统〉误收误题唐五代词考辨》②已有考辨,兹不赘。

辛弃疾《西江月》词曰:"近来始觉古人书,信着全无是处。"读杨慎之书,颇有同感。难怪杨慎诸书在明代印行不久,陈耀文就写了《正

---

① 范摅:《云溪友议》,《文渊阁四库全书》本。按,"蕤"为"丛"的异体字。

② 王兆鹏:《〈古今词统〉误收误题唐五代词考辨》,《文史》2001 年第 1 辑。

杨》一书来纠正他的错误。但愿有人能写出一部《续正杨》，对杨慎的《升庵诗话》和《词品》做彻底的"清算"。

唐彦谦四十首赝诗证伪

晚唐诗人唐彦谦，《全唐诗》录存其诗二卷 180 余首。然其中有数十首与宋末元初诗人戴表元之诗重出互见。清末朱绪曾《开有益斋读书志》卷五《剡源集逸稿》云：

> 唐彦谦《鹿门集》多误收剡源之作，与三十卷诗（鹏按，指明刊三十卷本《剡源戴先生文集》）同者六十二首。开卷《逢韩喜》《夜坐示友》《梅亭》《岁除》与剡源无异。①

朱氏认为唐、戴互见诗应是戴表元作，而中国社会科学院文学研究所编《唐诗选》则谓是唐彦谦作而被误入戴表元集中：

> 《鹿门集》里有十多首诗也误编入元代戴表元的《剡源文集》里，为评选元诗的人制造了错觉（原注：例如顾嗣立《元诗选》甲集），这是应当附带指出的。②

戴、唐互见之诗究属谁作，有必要考明。否则，对正确评价唐彦谦、戴表元和重编《全唐诗》都会带来障碍。

笔者用《四部丛刊初编》影印明刊本《剡源戴先生文集》（下简称戴集）与中华书局点校本《全唐诗》、清席启寓辑刻《唐诗百名家全集》本《鹿门诗集》（下简称唐集）互勘，发现唐彦谦诗与戴表元诗互见者有四十首（朱绪曾所言"六十二首"或未确）。兹列为表 1：

---

① 朱绪曾：《开有益斋读书志》，中华书局 1993 年影印《清人书目题跋丛刊》本，第85—86 页。

② 中国社会科学院文学研究所编：《唐诗选》，人民文学出版社 1978 年版，下册，第353 页。

表1　唐彦谦、戴表元互见诗表

唐彦谦诗题	出处		戴表元诗题	出处
	唐集	全唐诗		戴集
逢韩喜			逢翁舜咨	
夜坐示友		p.7664	夜坐示友	
梅亭			晦亭	
岁除		p.7665	丁亥岁除前二日书事	
闻应德茂先离棠溪	卷上		闻应德茂先离棠溪有作	
寄同上人			寄雪窦同长老尝许画兰不至	
题证道寺			证道寺	
夜坐		p.7669	夜坐	
吊方干处士二首			方处士挽诗二首	
宿赵嵊别业			宿赵嵊丞家	
游阳明洞呈王理得诸君		p.7670	游阳明一洞天呈王理得诸君	卷二十九
拜越公墓因游定水寺有怀源老			拜袁越公墓因游定水寺有怀源老	
任潜谋隐之作			次韵任起潜谋隐之作	
晚秋游中溪（一首）	卷中	p.7671	晚秋游中溪四首戊子	
寄陈少府兼简叔高			次韵寄陈达观少府兼简叔高	
过清凉寺王导墓下			过清凉寺王参预墓下	
毗陵道中			乙亥岁毗陵道中清明	
第三溪			东湖第三溪上皆史氏故第	
越城待旦		p.7672	越城待旦	
过浩然先生墓			过应浩然先生墓	
赠孟德茂浩然子			戊子岁晚赠应德茂	
春风四首		p.7676	春风（一首）	
感物二首			感物二首	
和陶渊明贫士诗七首	卷下	p.7677	自居剡源少遇乐岁辛巳之秋山田可拟上熟吾贫庶几得少安乎乃和渊明贫士七首与邻人歌而乐之	卷二十七
舟中望紫岩			舟中望紫岩	
九日游中溪			九日与儿辈游中溪	
六月十三日上陈微博士（三首）		p.7678	六月十三日寿陈子徽太博以无官一身轻有子万事足为韵（十首）	

一

兹先考察唐彦谦、戴表元互见诗什的著作权归属。

1. 戴集《逢翁舜咨》，唐集题作《逢韩喜》，内容无异，唯第二句戴集"只似宛陵贫"，唐集改"宛"为"茂"。按，"宛陵"，指北宋诗人梅尧臣，梅尧臣一生贫困，故生当其后之戴表元用以自况。而唐彦谦为晚唐人，不得用此典，唐集编者以有龃龉，遂改"宛陵"为"茂陵"。殊不知"茂陵"乃指汉武帝刘彻，汉武帝贵为天子，何"贫"之有？又，翁舜咨，建邺人，与戴表元同时。戴集凡三次言及其人：卷十八《题坡书欧阳公鹡鸰图》云："建业翁舜咨得于姑熟士大夫家。"卷十九有《题翁舜咨所藏文丞相梅堂扁》。卷二十四《翁舜咨疏》云："窃见翁君舜咨，家乏负郭之田，躬希陋巷之节。"戴表元与翁舜咨往来甚密，他赋诗记二人相逢，绝不会去抄袭唐彦谦之诗。此诗必属戴作。

2. 戴集《晦亭》，唐集题为《梅亭》，内容全同。按，此诗首句为"东海穷诗客"，与占籍浙江奉化晚又闲居奉化剡源的戴表元之身份正合。戴集卷一《奉川驿记》云："浙江东行数百里，将穷而为海也，其州曰明州。明州之海益东而南行数十里，江之支流亦穷而山兴焉，其为县曰奉化。"卷三《寿乐行窝记》亦自谓"余穷居海涯"，正所谓"东海穷诗客"。而唐彦谦为并州(今山西太原)人，且一向在西北之州郡为官，不得自称为"东海穷诗客"。此诗亦为戴表元作无疑。

3. 戴集《丁亥岁除前二日书事》，唐集只截取"岁除"二字为题，内容无异。按，丁亥，于戴表元为元世祖至元二十四年(1287)，其时戴表元客居杭州(见戴集卷二《困学斋记》)，因贫困而欲谋教职，故诗谓"行藏都未定，笔砚底能捐"。戴集卷首之《戴剡源先生自序》曾谓兵乱后"衣食益绝，乃始专意读书，授徒卖文以活老稚"，是故"笔砚"不"能捐"。此诗亦必为戴表元作。而"丁亥"，于唐彦谦为唐懿宗咸通八年(867)，当时唐彦谦"应进士"①，正在进取之中，似不会考虑"藏"的

① 参《旧唐书》卷一百九十下《唐彦谦传》，中华书局1975年版，第5063页。

问题。

4. 戴集《闻应德茂先离棠溪有作》，唐集诗题删去"有作"二字，诗中文字无异。按，应德茂为戴表元诗友，二人多有唱和。戴集卷二十九有《次韵答应德茂雪后远寄》，《剡源佚诗》卷五亦有《别应德茂怀断江》①。唐彦谦自不可能与元初之应德茂交游唱和，此诗必属戴表元作。据天一阁藏《嘉靖浙江府志》卷十《宁波》载，棠溪，在浙江奉化县西二十五里，与戴表元所居之剡源乡甚近，戴集卷二十七《闻风舒（岳祥）先生客居棠溪袁仲素家见示竹帘诗戏作问答二首》有"剡竹吾问君，班班为谁设"云云，舒岳祥与戴表元同时，又可证棠溪乃戴表元经常往来、活动的地域。

又，戴集《过应浩然先生墓》，唐集诗题删一"应"字（诗中无异文），仿佛是唐彦谦过唐诗人孟浩然墓，实是戴表元过宋末元初人应浩然墓而作。应浩然，乃应德茂之父。朱绪曾有考订曰：

> 《剡源集·过应浩然先生墓》，此昌国应傃之后人，应氏为四明耆旧，故云"人间万卷庞眉老，眼见堂堂入草莱"。又《戊子岁晚赠应德茂》云："平生万卷应夫子，两世知名穷布衣。"则德茂为应浩然之子。袁桷《清容居士集》有《题应德茂游吴纪事二绝句》（鹏按，此诗见《四部丛刊》本卷十三，诗中有"何人会真趣，细坐与君评"云云；同卷又有《怀应德茂》诗云"江湖老尽谁知己，独听寒泉响玉琴"），其为姓应无疑。今《鹿门集》前诗题《过浩然先生墓》，去一"应"字，以为孟浩然；后诗题《赠孟德茂》，注："浩然子。"加一"孟"字。第七句仍作"平生万卷应夫子"，不知何解？唐茂业虽是唐人，集名《鹿门》，似与孟襄阳《夜归鹿门》相涉，然茂业为懿宗咸通年进士，去开元几一百五十年，何能有"眼见""入草莱"及"故交""襄鸡"之语，而与其子"船上酒香鱼肥"赠以诗乎？浩然是

---

① 戴表元:《剡源佚诗》卷五，清光绪乙未刊本。

"应"非"孟",其为是戴作非唐作,明矣。①

所考甚确。

又,戴集《戊子岁晚赠应德茂》,唐集改题为《赠孟德茂》。此诗为戴作,参上引朱绪曾所考。

5. 戴集《寄雪窦同长老尝许画兰不至》,唐集诗题改为《寄同上人》,诗中无异文。按,"雪窦",指奉化县西之雪窦山,山有资圣寺。罗濬《宝庆四明志》卷十五载:"雪窦山资圣寺,(在奉化)县西北五十里,旧名瀑布寺,唐光启中置。""皇朝咸平三年,赐今额。"王象之《舆地纪胜》卷十一《两浙东路·庆元府》载:"雪窦禅师,在奉化县资圣寺,乃云门四世孙,名重显,天圣中住此,名闻四方,至今学徒以'雪窦'目之。"元《延祐四明志》卷十七引吕夏卿《资圣寺明觉大师碑》亦谓雪窦山资圣寺僧徒自明觉大师后"皆以所居称"。同长老为雪窦山资圣寺住持僧,故冠以"雪窦"。雪窦山在戴表元故乡,故戴表元得与之往来,此诗当为戴表元作。

6. 戴集《证道寺》,唐集唯诗题多一"题"字,别无异文。按,证道寺,又称证道院。《宝庆四明志》卷十五云:"证道院,(在奉化)县西七十里。唐光启二年置,名灵桥。皇朝治平二年,赐今额。"元《延祐四明志》卷十七亦云:"证道禅院,(在奉化)州西七十里,旧名灵桥,唐光启初置,宋治平初改今额。"据此,证道寺,在光启二年(886)初建时,名灵桥寺,至宋英宗治平二年(1065)始改名证道,晚唐之唐彦谦自不可能题咏宋代始更名的证道寺。此诗必为戴作。证道寺在戴氏家乡,戴题诗其上,亦合乎情实。

7. 《夜坐》诗有云:"不眠惊戍鼓,久客厌邮铃。汹汹城喷海,疏疏屋满(唐集作'漏'——引者)星。十年穷父子,相守慰飘零。"所写为乱世情事。戴表元历经宋季战乱,饱尝兵祸之苦。戴集卷二《质野堂记》

---

① 朱绪曾:《开有益斋读书志》卷五,光绪庚辰金陵翁氏茹古阁刊本。

云:"及失势而奔逃,扶携老弱,经涉险阻。"卷十一《王丞公避地编序》亦曰:"越明年,兵声撼海上,村郊之民往往持橐束缊而立,伺尘起即遁。余与公势不得止,仓皇弃其故业,指山中可舍者为之归。盖其事不能相谋,而流离转徙,困顿百折,不自意复相出于天台南峡之麓,自是而行同途,止同旅,交同友,客同门,急则传声疾呼老稚携挈以遁。"皆可与诗所写相印证。此诗亦当为戴表元作。

8. 戴集《方处士挽诗二首》,唐集将方处士坐实为晚唐诗人方干,题为《吊方干处士二首》,此与上述把应浩然改为孟浩然的手段相似。按,戴表元所吊方处士,其人未详。戴集中言及方姓者有二:一为卷九《方端叟诗序》:"余于吴兴方端叟以诗交三十年矣。""端叟今七十余。"二为卷十三《送方中全北行序》谓方中全之"先大父""晚岁益贫落魄,觞咏自娱,以养其高"。但未知诗中所吊唁的方处士是指方端叟,还是指方中全的太父或其他方姓者,姑存疑。

9. 戴集《游阳明一洞天呈王理得诸君》,唐集诗题仅省去"一""天"二字。按,王理得,名易简,号可竹,山阴人,生当宋末元初,与戴表元同时。戴表元与之交往甚密,戴集卷十八《题陆渭南遗文抄后》云:"右陆渭南遗文一帙,用王理得本传抄","并告理得使删去云"。卷十九有《题王理得〈山中观史吟〉后》。卷二十一有《可竹轩赋》云:"山阴王理得,静人也。尝筑一轩竹间,取晋子猷语,既名之以可竹,而请问于剡源,乃为设客主人问答之词以广其意。"王理得与宋末词人周密亦有交往,并有《庆宫春·谢草窗惠词卷》词纪事,《全宋词》录存其词七首,《宋诗纪事》卷七十八录其诗四首。唐彦谦绝无可能与之交游酬唱。此诗必为戴作。又,阳明一洞天,在浙江绍兴,见戴集卷一《和靖书院记》。

10. 戴集《宿赵嵊丞家》,唐集题为《宿赵嵊别业》,诗中无异文。赵嵊,其人未详(《元史类编》卷三十六附有《赵嵊传》,未知是否即其人),戴集卷二十三《祭赵丞文》之"赵丞"当即赵嵊(县)丞。祭文云:"公昔燕居,我为乡人。晚而失仕,亦同为民。""一昨兵奔,始莫南宅。"

"公居未成,公许邻我。"可与诗题及诗中"溪山兵后县,风雪旅中人"相印证,此诗当为戴表元作。

11. 戴集《拜袁越公墓因游定水寺有怀源老》,唐集诗题仅省一"袁"字,内容相同。按,定水寺,在庆元府慈溪县(今浙江宁波市西北慈城镇)西北。《宝庆四明志》卷十七:"定水寺,(在慈溪)县西北五十里,近鸣鹤山,唐乾元二年建,名清泉,世以为虞世南故宅。皇朝改今额。"唐世定水寺名清泉寺,至宋代始改此名,唐彦谦即使曾游此寺,亦不可能称定水寺。此诗必为戴表元作,盖寺在戴氏本府,其游此寺甚便易。袁越公,指袁韶,鄞县人。卒赠越国公。事具《宋史》卷四一五本传、《延祐四明志》卷五《人物》。源老,尝为定水寺僧。又,宋慈溪县濒海,故诗有"野云依海细分天"云云。

12. 戴集《次韵寄陈达观少府兼简叔高》,唐集诗题省去"次韵""达观"四字。诗中除两处异文外,内容相同。案,陈达观,元初人,与戴表元同时,著有《浪吟集》,今存《游练水诗》一首,见顾嗣立《元诗选》癸集甲。唐彦谦绝无可能与陈达观唱和。此诗必为戴表元作。

13. 戴集《乙亥岁毗陵道中》,唐集诗题省去"乙亥岁"三字,并省去题注"清明"二字。诗首句曰"百年只有百清明",正切题注之"清明"。按,乙亥岁,为宋恭帝德祐元年(1275)。是年初元兵攻宋江上诸郡,三月,镇江、常州、平江府(今苏州)皆降元①,故诗谓"狼狈今年又避兵"。是年春,戴表元从金陵(今江苏南京)"避兵"归奉化故里,途经毗陵(今江苏常州),而作此诗。戴集卷十七《徐耕道迁葬碣》云:"岁甲戌乙亥,余客金陵。"卷首《戴剡源先生自序》则曰:"乙亥春,以故(指避兵乱——引者)归旧庐。"袁桷《戴先生墓志铭》亦云:"乙亥岁,由建康归""剡源"。②皆可佐证。此诗所言之时事,与戴表元之经历、行踪完全吻合,必戴作无疑。而乙亥,于唐彦谦之时代为宣宗大中九年

① 参毕沅《续资治通鉴》卷一百八十一,中华书局1957年版,第4946—4951页。
② 袁桷:《戴先生墓志铭》,《清容居士集》卷二十八,《四部丛刊》本。

（855），是岁江南毗陵一带无战事，显然非唐彦谦作。

14.戴集《东湖第三溪上皆史氏故第》，唐集仅截取"第三溪"三字为题，诗中唯有两处异文。按，戴集诗题之"史氏"，指与戴表元同时的史景文。戴集卷二《养心斋记》云："史文靖公之孙曰景文，其居第在东湖之上，间亦往来州城，与余相从，如一相善也。"此正与诗题所言"东湖第三溪上皆是史氏故第"相合。此诗必为戴表元作。

又按，史景文，乃宋末宰相史嵩之之子，史弥忠之孙。《养心斋记》所云"文靖公"，即史弥忠。《延祐四明志》卷五："史弥忠，字良叔，鄞县人。""从弟弥远，久在相位，数劝其归。""终于东湖之里。""谥文靖。""子嵩之。"袁桷《清容居士集》卷三十《史景贤墓志铭》亦载史景贤、景文之曾祖史浩"以三公居东湖三十年"①。此皆可与诗题所言"东湖""皆史氏故第"相参证。东湖，一名东钱湖，又名万金湖，在鄞县"东二十五里"，"周回八十里，受七十二溪之流"。东湖既有七十二溪，则"第三溪"正在其中，此又与诗题相合。史氏在南宋三世为相，尤其是史弥远贵极一时，入元后史氏中落，故诗云："几聚衣冠埋（戴集误刻为块）作土，当年歌舞醉如泥。"

15.《春风》诗，戴集原为五言古诗一首，凡四换韵，诗意相连，为一整体。唐集分作四首。诗云："昔日金张门，狼藉余废宅。""我见朱颜人，多金亦成翁。"当是宋亡入元后戴表元有感时事而作。

16.唐集《和陶渊明贫士诗七首》，显然是从戴表元诗题中截取几字为题（内容无异），戴集题作《自居剡源少遇乐岁辛巳之秋山田可拟上熟吾贫庶几得少安乎乃和渊明贫士七首与邻人歌而乐之》。诗题自叙其写作时间、地点、背景和动机甚明，所叙与戴表元行踪亦相合。

"辛巳"，为元世祖至元十八年（1281）。戴表元自至元十六年己卯（1279）宋亡后即隐居于浙江奉化之剡源乡。戴集卷五《小方门戴氏居葬记》自谓"兵毁无所归，己卯，竟归剡源张村东二里榆林"。晚年所作

---

① 袁桷：《史景贤墓志铭》，《清容居士集》卷三十，《四部丛刊》本。

《戴剡源先生自序》亦说:"会兵变,走避邻郡。及丁丑岁(1277)兵定,归鄞,至是三十四岁矣。家素贫,毁劫之余,衣食益绝,乃始专意读书,授徒卖文以活老稚。鄞居度亦不可久,遂买榆林之地而庐焉。"此与诗题"自居剡源"云云相合。至辛巳秋,戴表元居剡源已有四五年。又"家素贫"与诗题所云"吾贫"亦可印证。戴集中屡言其贫:卷四《中枝山葬记》谓"余家初绝贫",卷八《赵君理遗文序》谓"君理虽生世家,贫与余同",同卷《李时可诗序》亦谓李时可"居家穷类余",卷十三《送王子庆序》亦有类似之叹,诗题所叙"吾贫",正是戴表元自叹其处境。

诗言"中年涉事熟","我居在穷巷",亦与戴表元的年龄(时年三十八)、身经乱世、隐居故里的身份相符。而唐彦谦中晚年历任诸州刺史,并非隐居"穷巷"者。他虽一度遭贬居汉南,但非居浙江奉化之剡源乡。

唐代诗人和陶渊明诗者绝少,至北宋苏轼兄弟及苏门诸君子群体和陶后,"和陶诗"才渐成风气。宋末元初之戴表元和陶渊明诗,正承此风。此亦可为组诗应属戴作之旁证。

17. 戴集《晚秋游中溪四首》,唐集录其一,并删去诗题小注"戊子"二字,又将戴作原诗第七句"风流鬓发茎茎在"改作"故人旧业依稀在"。按,戴集此题四首诗俱在,题与诗合,自不会将他人之作剽窃一首于其中。故此组诗必为戴表元作。

又,戴集《九日与儿辈游中溪》,唐集删去"与儿辈"三字。此诗与前组诗皆是同时(晚秋)同地(中溪)纪游之作。前组诗为戴表元作,此诗亦当属戴作。

18. 唐集《六月十三日上陈微博士》仅三首,而戴集原为十首,且十首正与诗题所云以"无官一身轻,有子万事足"为韵相符,盖戴诗每首以一字为韵,十首小标题分别标明"一'无'字","二'官'字","三'一'字","四'身'字","五'轻'字","六'有'字","七'子'字","八'万'字","九'事'字","十'足'字"。而唐集显系抄录戴诗前三首而成,并将原题之"陈子徽太博"改作"陈微博士"。作伪之迹甚明。

又戴集第十首有"朝游剡山巅，暮戏剡山足"云云，此必是戴表元在宋亡后隐居剡源乡时作。

以上所考唐彦谦诗二十二题三十二首，除两三首疑莫能定外，其余都可断定为戴表元作。另八首虽无确切内证可考，但据上述三十余首诗的情形类推，亦应为戴表元作。

二

弄明作品的真伪后，再考是何人在何时将戴表元诗羼入唐彦谦诗集的。而欲澄清作伪者，又必须弄清唐彦谦诗集的版本源流。

唐彦谦诗集，原为晚唐武城郑贻所辑。郑氏《鹿门诗集序》云：

> 君卒，稿多散落，予为辑缀，仅二百余篇，黄钟玉磬，咸其章章者。因题曰《鹿门集》，析为三卷。武城郑贻序。①

《新唐书·艺文志》著录"《唐彦谦诗集》三卷"，与郑辑本卷数相合。

三卷本至宋代已失传。衢本《郡斋读书志》卷十八载"唐彦谦《鹿门诗》一卷"，并谓有"薛廷珪跋"；陈振孙《直斋书录解题》卷十九亦载"《唐彦谦集》一卷"，然书名与《郡斋读书志》所载不同，未知是否为同一版本。而《宋史·艺文志》则著录《唐彦谦诗集》二卷，是宋时唯有一卷本和二卷本流传。

一卷本，至明清已失传。二卷本，在明清二代尚有三种传本：

一为明崇祯七年（1634）钱谦益传抄宋抄《鹿门集》二卷本（下简称钱抄本）。钱谦益跋云：

> 《鹿门集》从无刊本，即宋书经籍志亦云有目无诗。此丰南禺家所藏宋钞本，恐亦是宋人俞姓将诸书中所有诗依诗目而为之，非原有《鹿门集》本子也。按，彦谦，……有集三卷，此则止有上下二

---

① 唐彦谦：《鹿门诗集》卷首，乾隆四十八年癸卯吴县张德荣手抄本，台湾公藏。又见《唐文拾遗》卷三十三。

卷,岂别有文一卷耶？崇祯甲戌十二月识于荣楼下。牧翁。①

钱抄本出后,陈鸿文又据钱抄本传录一本。陈揆《稽瑞楼书目》和瞿镛《铁琴铜剑楼藏书目录》所载《鹿门集》二卷抄本,即陈氏传录钱抄本。傅增湘《藏园群书经眼录》卷十二载:

> 《鹿门集》二卷,唐唐彦谦撰。旧写本,十二行二十字。次行题"唐阆壁二州刺史唐彦谦茂业",版心下方有"鸾啸斋藏本"五字。钤有"古吴陈鸿太丘氏书记",据目录知为陈氏传录钱氏本。末有临钱牧斋跋七行。有稽瑞楼印。(海虞瞿氏藏书。癸酉)②

此陈氏传录钱抄本(今藏中国国家图书馆),编次颇乱,录诗76首(上卷36首,下卷40首)。

二为明胡震亨《唐音统签》本(下简称胡编本)。《唐音统签》谓彦谦"有《鹿门先生集》三卷(同时礼部侍郎薛廷珪序……),今编其存者为二卷"。此本分体编次,收五律4首、五言排律6首、七律28首(以上为一卷)、五绝4首、七绝39首,凡81首(另有《惜花》残句一联)。

三为季振宜《全唐诗稿本》(下简称《稿本》)。《稿本》成书于康熙十二年癸丑(1673),内收唐彦谦诗78首,亦分体编次:计五律3首、七律27首、五言排律6首、五绝4首、七绝38首。

胡编本较《稿本》除多出3首(《咏月》《湘妃庙》《送韦向之睦州谒使君》)外,其余篇目相同,唯编次顺序有异。而胡编本与钱抄本相较,除多出5首(《秋霁丰德寺与玄真师咏月》《柳》《鸂鶒》《贺李昌时禁苑新命》《送韦向之睦州谒使君》)外,其余篇目基本相同。

以上三种二卷本,是唐彦谦诗集今存最早也是最可靠的版本,他们都未收入与戴表元互见的诗什。因而,它们可以排除在作伪者之外。

唐彦谦诗集原辑三卷本,宋代未见藏书志著录,亦无抄刻本传世。

---

① 唐彦谦:《鹿门集》卷末,明崇祯七年钱谦益抄本,藏中国国家图书馆。
② 傅增湘:《藏园群书经眼录》卷十二,中华书局1983年版,第1106页。

至明代,著录"当代见存之书"的焦竑《国史经籍志》,其卷五著录有《唐彦谦诗》三卷(明代其他公私藏书目无著录),这就给后之作伪者凑成三卷之数提供了招牌。

明胡震亨辑《唐音统签》,亦未见唐彦谦《鹿门集》三卷之全本,仅据"其存者"编作二卷,然至清初康熙间,忽传出金孝章手抄王乃昭藏《鹿门集》三卷本,金氏并辑《拾遗》一卷附于后。金氏抄毕后跋云:"甲辰秋九月抄王乃昭藏本并校补。耿庵。"①按,耿庵,即金俊明(1602—1675)。俊明字孝章,号耿庵,苏州人。甲辰,为康熙三年(1664)。王乃昭(1608—?),名慎德,江苏常熟人,性喜抄书。

金孝章抄本传出后百余年,吴翌凤于乾隆四十八年癸卯(1783)借得金抄本,遂过录一本,并据《唐音戊签》和《文苑英华》辑为《续补遗》一卷附于后。吴跋云:

> 唐彦谦诗,藏书家著录者甚罕,其编入胡氏《唐音戊签》者仅三卷。乾隆癸卯中秋,借陆恭所藏金孝章手抄《鹿门集》凡三卷,与唐《艺文志》合。暇以《戊签》校之,其诗在三卷中者只五首,余俱在孝章《拾遗》卷中。别有二十三首拾遗所无,因为《续补遗》一卷,附传本之后云。廿九日吴翌凤识。②

吴翌凤抄成后不久,张德荣又借以影写一部。张跋云:

> 癸卯九月初吉,借古欢堂新抄本影写于丛桂轩。越三日灯下毕。茂苑张德荣识。③

"古欢堂新抄本",即吴翌凤(室明古欢堂)抄本。张抄本今存台湾的图书馆。《晨风阁丛书》本《鹿门集》,即据张德荣影抄本入刻。

以上金孝章、吴翌凤、张德荣抄本,同出一源,唯吴抄本多《续补

---

① 傅增湘:《藏园群书经眼录》卷十二,第1105页。

② 同上。

③ 同上书,第1106页。

遗》一卷,故下文主要讨论金抄本。

金抄本以后,较早出的三卷本是席启寓于康熙四十一年壬午(1702)辑刻成书的《唐诗百名家全集》本《鹿门诗集》三卷。席氏自序云:

> 余之所刻者必博采所传,务求其备。荟萃名编,而折衷于益友。凡阅三十余年而百家之刻始成,可谓难矣。……康熙壬午秋九月朔吴郡席启寓序。[①]

席刻本除正集三卷外,亦有《拾遗》《续补遗》各一卷,为席氏所辑。

金抄本与席刻本的前三卷编次完全相同。傅增湘在席刻本郑贻序后跋云:

> 吴郡珮伯新得钞本《鹿门集》,乃张德荣手录古欢堂本,其源出于金孝章。余临勘一过,前三卷次第都合,得异字二十八(傅氏已将此二十八字异文随文校录于席刻本上——引者)。其拾遗与续补遗编次皆与此(席刻——引者)本异,且溢出十二首(原注:拾遗四首,续补八首),附录一篇,因手钞附此本后。……乙卯八月初五日祀孔子纠仪归。沅叔附记。[②]

金抄本与席刻本之前三卷篇目、编次相同,表明二者是同出一祖本。而金抄本抄成于康熙三年甲辰(时年席启寓十五岁),早于席刻本三十八年。席刻本或是据金抄本刻入(而另自辑《拾遗》《续补遗》)。

唐彦谦诗与戴表元诗互见之作,都在金抄本与席刻本的前三卷,即卷上、卷中、卷下,而金抄本比席刻本早出三十八年,故作伪或曰将戴氏诗羼入《鹿门集》者,不可能是席启寓,而应是金孝章,或是王乃昭,因为金抄本是据王乃昭家藏本传抄。

金抄本虽作三卷,但绝不是唐郑贻原辑的三卷本,因为郑辑本原有

---

① 席启寓辑:《唐诗百名家全集》卷首,康熙四十一年壬午刻本。
② 《唐诗百名家全集》本《鹿门诗集》卷末,康熙四十一年壬午刻本。

诗"二百余篇",而金抄本(包括席刻本)前三卷只有一百篇,即使把《拾遗》《续补遗》计算在内,亦不足二百篇之数,显然是后人所纂辑。纂辑、作伪者为凑足《鹿门集》三卷之数,遂将戴表元等人之诗改头换面,以欺世人,以至于瞒过了曾"折衷于益友"的席启寓和编纂《全唐诗》的馆臣。

《全唐诗》始编于康熙四十四年(1705),成于康熙四十五年,晚于席启寓刻《唐诗百名家全集》三四年。《全唐诗》所收唐彦谦诗,即是依据席刻本入录,盖席启寓书刻成后,即将"前镌五十八家恭呈御览"(见席氏自序),故《全唐诗》编纂者得以据席刻本《鹿门诗集》编入。

谓《全唐诗》所收唐彦谦诗是以席刻本《鹿门诗集》为底本编定,其理由有二:

一、《全唐诗》几乎完全是依据席刻本卷上、卷中、卷下、拾遗、续补遗的编次来编排,只有《夜泊东溪有怀》和《登庐山》二首为席刻本卷中所未收(而此二诗前后的编次完全相同)。另《全唐诗》唐彦谦诗末尾《八月十六日夜月》以下十三首为席刻本所未载,当是据别本补入。而《全唐诗》所收唐彦谦诗之编次与二卷本之钱抄本、胡编本、《稿本》毫不相同;其相关部分的编次与金抄本、张抄本的编次亦有异。

二、凡席刻本中唐彦谦与戴表元互见诗什的异文,《全唐诗》也几乎全部与席刻本相同(唯一处例外,即《拜越公墓因游定水寺有怀源老》首句席刻本之"越公",《全唐诗》作"乃公")。凡席刻本之明显误字,《全唐诗》亦照录未改。可以肯定地说,《全唐诗》所收唐彦谦诗,基本是依据席刻本《鹿门诗集》编定。而席刻本既非羼入戴表元的始作俑者,据之入录的《全唐诗》自然也不是作伪者。

既排除了席刻本和《全唐诗》作伪的可能性,那么,作伪者只能是早于它们的金孝章或王乃昭了,抑或是金氏、王氏所依据的抄本之辑、抄者,其时在明末清初康熙三年以前。

最后需要介绍一下戴表元文集的版本源流。

戴氏文集,原由他本人手自编定。袁桷《清容居士集》卷二十八

《戴先生墓志铭》云："先生诗文若干卷,疾革,犹手加缮定,以所居乡名曰《剡源集》。"《戴剡源先生自序》亦谓"自号曰剡源先生,因以名其集"。戴表元文集自行编定后,未即付刻,直到明洪武四年(1371)才由其孙戴资先等梓行,并请宋濂作序。宋濂《戴剡源先生文集序》云：

> 窃以谓先生著作有关于胜国宜多,乃属使者入鄞遍求之。鄞,先生乡国,庶几有得之者。曾未几何,果以《剡源文集》二十八卷来上。濂始获而览焉。……先生之乡有夏君阅者,来为国子学正,方与先生之孙资先谋刻于梓。夏君遂以题词为请。……洪武四年秋八月望日金华后学宋濂谨序。①

此二十八卷初刻本,历经二百年后又绝板,后人不得不重行辑录整理。嘉靖、隆庆间,周仪依据戴表元"全集"的目录重行辑勘,勒为三十卷。周仪《重辑戴剡源先生文集序》云：

> 乃今溯先生之没,仅二百余载耳,而先生之全文卒不可得而见。……嘉靖丙辰,余过进士家,偶得先生全集之目,阅之,辄跃然喜曰："此足以踪先生之文矣。"乃持是博访,苟有所得,无论单篇断续,即手抄之。积至十五六年,而先生之文始全矣。独诗集一部仅备诸体,而散落尚繁。……隆庆壬申,余承乏西蜀,遂携之官,退食之暇,复躬校阅,区分类聚,勒成三十卷,命吏缮写,获成全集。②

周辑本编定于隆庆壬申(1572),至万历九年辛巳(1581)戴洵据周辑本重刻付梓(参《重刻剡源文集序》),今《四部丛刊初编》本《剡源戴先生文集》即据戴洵重刻本影印。

综上所述,戴表元诗文集由他生前手自编定,在他去世三十余年后始刻印。后虽一度失传,但周仪是据原本目录辑校成书,故不大可能误收唐彦谦诗入其中。而唐彦谦诗集三卷本,历经宋元明三代无传本,至

---

① 《剡源戴先生文集》卷首,《四部丛刊》本。
② 同上。

清初才忽然出现辑本,其来源甚可怀疑,作伪的可能性甚大。

本文的结论是,唐彦谦与戴表元互见的四十首诗,应是戴表元作。自清康熙初金孝章抄本《鹿门集》羼入后,席启寓《唐诗百名家全集》本、《全唐诗》等相沿其误。至清末朱绪曾撰《开有益斋读书志》始察其伪。沈宗畸刻《晨风阁丛书》亦予置疑①。笔者受前贤启迪,又幸蒙今哲不吝赐教,遂得揭穿其伪。

实则《鹿门集》三卷本之前三卷及《全唐诗》卷六百七十一《唐彦谦一》所收诗,除上述四十首伪作外,其他诗什亦多不可靠。湘潭师范学院陶敏先生来函告知:《全唐诗》中唐彦谦《自咏》诗,又见于元许谦《许白云先生文集》卷二,题作《己酉余年四十》;唐彦谦《金陵九日》有"九重天近瞻钟阜"云云,显为明初建都金陵时人语,河南大学佟培基先生来函亦持此说。文末缀此数语,既表明唐彦谦诗中伪作尚夥,需作进一步探讨,同时借此对陶、佟二先生不吝教我表示感谢。又,本文所考唐彦谦《寄同上人》《春风四首》为伪作,系陶敏先生来函指出,谨志谢忱。

---

① 参《晨风阁丛书》本《鹿门诗集》卷末沈氏附识。

第九讲
词人生平考辨的方法

词人考辨，主要是考订辨正词人生平事迹的相关问题，原来不清楚的问题加以考订，有争议或者错误的问题予以辨正。怎么做词人的生平考证呢？可以按确定对象、搜罗史料、排比资料和行文考订四个步骤进行。

一　确定对象

做词人生平考订，先要选择、确定一个考证的对象，看这个人需不需要考订，能不能考订。需不需要考订，考虑的是这位词人是不是已经有人考订过了，如果有人考订过了，一般来说，就不用再重复做了。除非是别人的考订成果有问题，要么是有错误，要么是不准确，要么是有遗漏，原本可以考清楚的问题他没有考清楚，才有必要重新考订。能不能考订，考虑的是这位词人有没有相关的资料可以考订，如果这个词人没有任何资料可考，那就没有必要白费劲了。

怎么知道这个词人是不是已经有了生平事迹考证的成果呢？这可以从两个方面来查。

先查前人是否有这个词人的年谱之类的研究著作。查年谱著作的目录，可以查这样几种工具书：

杨殿珣编《中国历代年谱总录》（增订本），北京图书馆出版社1996

年版。

谢巍编撰《中国历代人物年谱考录》，中华书局1992年版。

黄秀文主编《中国年谱辞典》，百家出版社1997年版。

来新夏《近三百年人物年谱知见录》（增订本），中华书局2010年版。

如果是查清代以前的人物，就查前面的三本。这三本书应该同时查阅，因为彼此收录的略有不同，各有一些遗漏。同时查三本书，能互为补充。如果是查有关清代人的年谱著作，就既要查前三本，又要查第四本。要注意的是这几本书的出版时间，书中收录的年谱著作，也都是此前出版的，后来出的年谱就没有收录了。所以，还要注意查近年来最新的研究成果。

有两部大型的年谱丛书，给大家介绍一下。一部是1999年北京图书馆出版社出版的《北京图书馆藏珍本年谱丛刊》，影印了历代人物年谱1212种，是现存最大的一部年谱丛刊。另一部是四川大学出版社2003年出版的《宋人年谱丛刊》，收录了一百多位宋代著名人物的年谱。

查询年谱著作目录之外，还要注意查专题的研究书目和期刊网。词学的专题研究书目，有两位台湾学者编的20世纪词学研究书目，一是黄文吉先生编的《词学研究书目》，一是林玫仪先生编的《词学论著总目》，这两本书目，都只收到1992年。1992年以后的词学论著书目，可以查询刘扬忠、刘尊明和我主编的《词学研究年鉴》和《宋代文学研究年鉴》。2004年陕西师范大学文学研究所创办的《中国古代文学研究年鉴》，也可以查阅。

21世纪以来有关词人生平考证的论文，可以查"中国知网"和其他期刊网。在百度（Baidu）和谷歌（Google）等搜索引擎上也能搜索到相关研究成果。

如果查了这些年谱目录，又查了相关的研究论文，确定没有人考订过，那就可以着手准备材料来考证这个词人了。

二　搜罗史料

确定了要考证的对象,那就进入第二步,着手搜罗这个词人的生平史料。怎样搜罗词人的生平史料呢?

(一) 查索引

首先查人物传记资料索引。唐宋以来的历史人物,都有相关的人物传记资料索引可以查。

做唐五代人物的生平考证,可以查中华书局出版的《唐五代人物传记资料综合索引》《唐五代五十二种笔记小说人名索引》。还可以查吴汝煜先生主编的《唐五代人交往诗索引》。比如,你想知道李白跟哪些人有过交往,就可以查这个索引。别看这是一本索引的书,可非常有学术含量。唐诗中,像《送孟浩然之广陵》这样的题目,一看就知道是送谁,不用考证,可《人日寄杜二》呢,就不很明白了。唐人喜欢称人的排行,诸如李六、高三十五之类。要弄清楚这杜二、高三十五是谁,还可以查《唐人行第录》。如果是"寄张员外""送韩荆州"之类,那就更不容易弄清楚了。这本《唐五代人交往诗索引》把《全唐诗》诗题中这类称行第、称官职的人物,大部分都考清楚了,是非常了不起的。这本书还有一个功能,就是可以考察哪些人是唐代诗坛上活跃的人物,哪些诗人与别的诗人交往频繁,又有哪些诗人跟这位诗人交往比较密切。我们可以依据这本书,用定量分析的方法来统计诗人交往的频率,分析他们在诗坛活跃的程度。另外,郁贤皓先生的《唐刺史考》里面有索引,也可以检索。全国各地刺史每年是什么人在任,《唐刺史考》都有考证。假如是做韩翃研究,就可以根据上面这些索引提供的线索,把各种历史文献中有关韩翃的史料全部搜罗出来。

另外,陶敏和李一飞合著的《隋唐五代文学史料学》,做唐代文学研究的同学,应该读一读。无论是做考证,还是进行理论分析,都必须充分占有材料。材料从哪来,史料学之类的著作会告诉你。史料学,是专题性的资料目录与学术史的有机结合,属于治学入门一类的著作,要留意阅读。

做宋代人的生平事迹考证呢,首先要查《宋人传记资料索引》。这部索引20世纪70年代由鼎文书局(台北)出版,1988年中华书局有影印本。它把有关宋代人的别集、总集、史传、方志中的传记资料都做成了索引,一查即得。书里头,每个人还有简要的小传,可以当作宋代的人物辞典来用,是一本非常有用的工具书。做宋代人物的生平考证,这本书是不可不用的。四川大学李国玲编纂的《宋人传记资料索引补编》,体例完全一样,这两本书要配合着使用。李国玲还编有一本《宋僧录》,其实就是宋代僧侣的传记资料索引。宋代文人,几乎没有不跟僧人往来的。做宋人的生平事迹考证,一般都会涉及跟他们有交游的僧人,更何况宋代也有好多诗僧词僧呢。所以,《宋僧录》这本书也要注意参考利用。

研究元明清三代的人物,元明两代有《元人传记资料索引》和《明人传记资料索引》可以利用,这两种索引跟《宋人传记资料索引》的体例是完全一样的。明代还有一部大型档案式的史料书,叫《明实录》,已经有电子版可以全文检索,检索很方便。明文书局(台北)出版的两部大型丛书《明代传记丛刊》和《清代传记丛刊》,则分别收录了一百多种明清两代的传记类著作,而且每部书后面都有人名索引,使用起来也很方便。文海出版社(台北)出版的《近代中国史料丛刊》,里面也有清人的传记资料。要查阅1911年至1949年间的人物传记资料,可以查《辛亥以来人物传记资料索引》。

此外,还可以查询相关数据库,比如哈佛大学费正清中国研究中心、北京大学中国古代史研究中心和"中研院"历史语言研究所联合开发的"中国历代人物传记资料库"(China Biographical Database),简称CBDB,是非常有用的关系型数据库。截至2019年4月,数据库收录了40多万个中国历史人物的传记资料。它最大的特点是能查询每个历史人物和谁有亲属关系、社会关系。当然，人物的生卒年、籍贯、出生地、居住地、科举和仕途以及著述等方面的信息，也可以查询和统计。不过，在这个数据库中找到的信息，不能直接用来做人物的生平考证，而是要根据检索结果所指向的资料出处去寻找原始文献。

(二) 查史书

纪传类史书的资料，上面说的那些资料索引，都包含进去了。但还有许多编年史著作、政书类的史学著作中的资料，传记资料索引就没有包含进去，还得通过另外的途径再查阅。比如，《资治通鉴》《唐会要》和《五代会要》中的人物资料，《续资治通鉴长编》《宋会要辑稿》《建炎以来系年要录》和《三朝北盟会编》等宋代大型史书中的人物资料，都是考证唐宋人生平事迹不可或缺的。

这些史书，现在基本上都有了电子版，可以进行全文检索。特别是有了《四库全书》电子版以后，上面列举的这几部宋代史书，除了《宋会要辑稿》以外，都可以在《四库全书》电子版里进行全文检索。我想提醒的是，在你熟悉这些书之前，不忙用电子版检索。为什么呢？如果你对这些书的结构、内容一点都不了解，在《四库全书》电子版里检索到的结果，就很难看懂，更不会知道怎么使用。在使用电子文献检索之前，最好先熟悉阅读纸质的著作文本。

我以前讲过，做学问，要学会用索引，要善于用索引，但我也要特别提醒，做学问，不能只依赖索引。如果不通读原著，光是靠索引来查资料，是做不出大学问的。因为，检索得来的资料，都是零碎的，依靠这些零碎的资料，不可能对具体的历史语境有完整的了解。而且，检索资料，总是针对性很强地单向、单一地检索某一种资料，不会注意其他有用的资料。读原书，才能眼观六路，耳听八方，把许多有价值而一时用不上的资料一并收集起来。这方面，我有很深的体会。我读博士的第一年，在修订完硕士论文《张元幹年谱》之后，继续做宋南渡词人的年谱，为了广泛收集资料，通读了两部大史书：第一部是二百卷的《三朝北盟会编》，像读小说一样，每天晚饭后读一卷，有时觉得不过瘾，就读两卷到三卷。从头到尾读完了以后，收获多多。不仅收集了很多词人的生平资料，而且收集了很多有关词学研究、词作传播方面的资料，还全面完整地了解了南北宋之交的社会历史状况，对我后来做博士论文《宋南渡词人群体研究》，把握南渡词人的生存状态、生活环境，体会他们的心态情感，有着非常直接的帮助。完整地读书，跟零碎地查书，感觉是完全不一样的。我讲柳永词的时候，经常举一个例子，说北宋最后一位宰相何㮚，在汴京即将沦陷的危急时刻，还在都堂喝着美酒哼着柳永词。金兵派人来谈判，索要巨额钱物，他模仿柳词的腔调说："便饶你、漫天索价，待我略地酬伊。"身边听到的人，大为惊讶，以为他真要割地赔款！记录这件事的人，本意是批评他对国家危亡的极端不负责任。但我们从另外一个角度，却可以看出柳永词的巨大魅力。北宋灭亡的时候，柳永已经去世七八十年了，可他的词还在流行，连宰相也是他的"铁杆粉丝"。这个故事，就是我在《三朝北盟会编》里找到的。在我之前，从来没有人用过这则材料。类似于这样的词坛、文坛轶事，书中还有不少。第二部书，也是二百卷的《建炎以来系年要录》，我也通读了一遍，找到了大量的南渡词人的生平资料。宋代还有一部大书《宋会要辑稿》，我曾经发狠要读完它，但至今没有做到。《宋会要辑稿》有人通读过吗？有的，就是帮助校订《全宋词》的王仲闻先生。《全宋词》的词人小传，有好多是他补写的。我在撰写《宋词大辞典》的词人条目时，要查找《全宋词》词人小传的资料来源。开始，有些资料我不知道是从哪儿来的，后来根据《宋会要辑稿》人名索引，在《宋会要辑稿》里找到了。20世纪60年代王仲闻先生校订《全宋词》的时候，《宋会要辑稿》还没有人名索引可以用，所以我判断王先生是通读过这部书的。正因为如此，他在这部书中发掘出了大量的有关词人的生平史料。所以，咱们要像前辈那样，尽可能地多读一些原书、全书。

史书，除了正史、编年史之外，还有野史笔记之类的书，也要注意。

野史笔记，是我们现在用的一个概念，在传统的目录分类里，这些书，有的划分在史部，有的划分在子部。宋代的野史笔记，现在找起来比较容易，中华书局出了一套点校本的《唐宋史料笔记丛刊》，是一本一本地陆续推出的；上海古籍出版社也出版过五大册的《宋元笔记小说大观》。朱易安、傅璇琮主编的《全宋笔记》已由大象出版社出齐，共10编102册。宋人的野史笔记，已悉数汇聚于此，查阅很方便。这些笔记里，既有人物的传记资料，也有人物的逸闻趣事，一颦一笑，举手投足，都可以体现出人物的气质个性。我上课的时候常常讲一点宋人的小故事，好多都是从野史笔记里来的。比如，王安石下围棋，水平本来不高，但从来没有输过。你们猜是为什么？他下棋，见到这盘棋快要输了，他就马上把棋局一搅，说，下棋"本图适性忘虑，反苦思劳神"，不下了！这件事，也可见出王安石争强好胜的个性。正史里的人物资料，记载的事情都是一本正经的。读野史笔记，有时则能见到一个有血有肉的人、有灵性有趣味的人。

（三）查家谱

做词人生平考订，要注意查阅、利用家谱中的资料。家谱，又称族谱。从宋代以来，就有私家修谱的传统，家谱对家族人物事迹的记载非常详细，特别是对人物的生卒年、籍贯、家世等等，记载得非常清楚。比如，北宋词人晏几道的生卒年，多年来学界一直都没有考证清楚，只有一个大致的推测。前几年江西抚州发现了一个《东南晏氏家谱》，里面连晏几道出生的年月日和时辰都写得一清二楚，卒年也写得很具体，晏几道的生卒年问题就迎刃而解了。南宋词人张元幹的卒年和他的家世，我当初做他年谱的时候，也弄不清楚。后来有人在他的家乡福建永泰县发现了他的族谱，问题也得到了解决。去年我让门下研究生吕厚艳做"南宋四名臣"之一的李光年谱。李光的家世始终弄不清楚，我就让她根据李光的籍贯找李姓的家谱，经过一番努力，她终于在上海图书馆和浙江图书馆查到了同治年间修的浙江上虞李氏家谱，有关李氏的家世问题,自然是全部解决,而且还找到了朱熹写的李光墓志铭。根据这个墓志,我和她合作写了一篇《家谱所见李光墓志及李光世系考述》的论文,发表在《文献》2007 年第 2 期上。

家谱怎么查呢?图书馆里公藏的家谱,可以查《中国家谱综合目录》和《上海图书馆馆藏家谱提要》等工具书。现在有丰富的网络资源可以利用,比如中国国家图书馆网站、上海图书馆的"中国家谱知识服务平台"、华中师范大学开发的"中国家谱族谱库"、"爱如生典海平台"的"中国谱牒库"、"中华寻根网"等。"中国家谱知识服务平台"和"中华寻根网"还可以在线阅读家族原书的镜像版,十分方便。

要注意的是,家谱中的资料,有时不一定可靠。有些材料是后人追述的,不一定准确;有些是后人编造的,更是假的。特别是谱中一些著名人物的序跋,更要小心,有的是后人伪造假托的。我就看到一个家谱,上面有宋代文天祥的序。我乍一看,兴趣大增,以为发现了文天祥的一篇佚文,结果一看落款署名,就让人啼笑皆非,文天祥自署的写序日期是"大宋崇宁四年"。"崇宁",是北宋徽宗的年号,文天祥是南宋末年的人,文天祥怎么可能在崇宁四年写序呢?一看就是"水货"。做假的人,水平不高,一出手就露出了破绽。家谱中的确有很多珍贵的史料,但假的也特别多,要注意辨别判断。

怎么样判断家谱的材料是不是可信呢?先看家谱始修的年代。如果家谱修纂很早,比如是南宋时期就开始修纂,后来代代递修,每次修谱的序跋都保存得相当完整,家族世系也一代接一代写得清清楚楚,那么,这个家谱的可信度就比较高。再看其中记载的有关人物史料,能不能跟其他史书上的记载相吻合。如果比较吻合,就可以判断是真的。

(四)查方志

地方志里也有丰富的人物传记资料,特别是地方官员和地方乡贤名流的资料,更是正史里所没有的。我们做考据,要注意发掘和利用方志里的人物资料。有些生平事迹不清楚的，甚至生活年代也不太清楚的，我们查方志中的史料，可能会解决一些问题。

宋代有位词人叫卢炳，名气不是很大，但他有词集传世，名叫《哄堂词》（有的本子写作《烘堂词》）。他的生活年代不太清楚，宋代史书里面没有任何卢炳事迹的记载，《全宋词》卢炳小传里连他的籍贯也没有写明。我在编写《宋词大辞典》词人条目的时候，查《嘉靖龙溪县志》，发现他是福建龙溪人，北宋徽宗政和二年（1112）进士。这就解决了他的籍贯和生活年代问题。知道他是政和二年进士，就可以确定他大致的生活年代，进而可以确定他词作中的干支纪年是哪一年。他词集里有一首《醉蓬莱·上南安太守庚戌正月》，如果不能确定他的大致生活年代，这个"庚戌"就无法确定是哪一年，因为宋代三百年间至少有五个庚戌年，现在确定了他的生活年代的基本坐标——1112年，就可以知道离1112年最近的一个庚戌年是南宋高宗的建炎四年（1130）。确定了这首词的写作年代，就可以推断卢炳活到了南宋，他是南北宋之交的词人。《全宋词》卢炳小传说卢炳嘉定七年（1214）出守融州。根据方志记载的材料看，写《哄堂词》的卢炳不可能活到1214年，这个出守融州的卢炳应该是另一个人。有时发现了一条新材料，可以解决一系列的问题。这就是一个典型的例子。

又比如，有个叫李坦然的，《全宋词》把他放在北宋后期的词人里面，小传里没有一个字，对他的籍贯、字号和生活年代一无所知。我从南宋的《淳熙三山志》里查到他的一则资料，知道他是长乐人，字平仲，淳化三年（992）进士。这样就可以确定他是北宋前期的人，跟柳永差不多同时。他这首词是慢词，表明柳永时代业余作者也有写慢词的。一个词人生活年代的确定，可以丰富甚至改变我们对词史进程的认识。过去的文学史和词史，都认为柳永比晏殊、欧阳修们要小，所以给宋词分期的时候，是把晏欧划在第一个时期，而把柳永划在后面的第二个时期。我老师唐圭璋先生在20世纪50年代考明，柳永实际上比晏欧还要年长，他的创作早于晏欧，这样就把颠倒了的词史纠正了过来。一个词人生卒年的确定，竟然改写了我们对词史进程的认识！所以，考订词人的生平事迹，不光对研究个体词人有价值，对研究整个词史的演进历程也有重要意义。

方志中的资料，怎么去查找呢？首先，还是利用相关的检索工具书。比如宋代的人物，可以查四川大学沈治宏、王蓉贵编撰的《中国地方志宋代人物资料索引》和《中国地方志宋代人物资料索引续编》，四川辞书出版社出版的。这两大索引，包含了近几十年出版的几大方志丛刊，比如中华书局出版的《宋元方志丛刊》、上海书店影印的《天一阁藏明代方志选刊》、书目文献出版社出版的《日本藏中国罕见地方志丛刊》等。还有一个索引，是华东师范大学图书馆编的《天一阁藏明代方志选刊人物资料人名索引》。这个索引包含了《天一阁藏明代方志选刊》里几十种方志中的人物，研究宋元明三代的历史人物，要注意利用这个索引。

不过，这几大索引，只是涵盖了部分方志，还有相当多的方志没有索引，需要我们自己去查阅，像淘金一样到浩如烟海的方志里淘我们所需要的资料。具体怎么淘呢？

第一，依籍贯。研究一个词人，先要知道他是哪个地方的人，然后依据他的籍贯查找他家乡的方志。方志有府（州）志，有县志，不管是府志还是县志，只要是他家乡的方志都要查，因为这个方志如果没有他的资料，另一个方志可能会有。

举个例子。南宋有一个词人叫易祓，字彦章。他夫人也会写词。易祓在外做官，长时间不回家探亲，夫人作了《一剪梅》词责备他："染泪修书寄彦章。贪做前廊，忘却回廊。功名成遂不还乡。石做心肠，铁做心肠。　红日三竿懒画妆。虚度韶光，瘦损容光。不知何日得成双。羞对鸳鸯，懒对鸳鸯。"词中有责备，更有思念，写得很直露，也很有韵味。我想在方志里查找一些易彦章的生平资料，怎么查呢？《全宋词》易祓小传说他是潭州宁乡人，潭州就是现在的湖南长沙，那我就查宋元以来修纂的《长沙府志》和《宁乡县志》。我又怎么知道有哪几种《长沙府志》和《宁乡县志》呢？这就查《中国地方志联合目录》，中华书局1985年出版。这部方志目录，著录了8200多种方志，分省编排。我们在《中国地方志联合目录》湖南省的那部分，很容易就能找到历代纂修的《长沙府志》和《宁乡县志》。很幸运的是，我在同治年间纂修的《续修宁乡县志》里找到了易祓的墓志。当时修志的时候，正好发现易祓的墓志铭还保存在他的墓地里，于是修志的人就把它抄录进方志里，保存了下来。有了这篇墓志，易祓的生卒年和生平中的有关问题，就迎刃而解了。

第二，据仕履。如果某人做过地方官，就根据他的仕履宦迹或者寓居地来查找。比如苏轼，是四川眉山人，做过杭州太守。是哪一年任杭州太守的呢？我不清楚。那就查宋元以来的各种《临安府志》《杭州府志》。他又贬谪到过湖北黄州。他在黄州住在什么地方呢？他自己耕种的东坡又在什么地方？那我们就查宋元以来的《黄州府志》。如果宋元时期的《黄州府志》没有流传下来，我们就尽量查找与苏轼生活时代最接近的方志，比如明代的《弘治黄州府志》等。

查资料的时候，要"三心二意"，不要"一心一意"。这话怎么讲呢？不要"一心一意"，是说不要只盯着一个人的资料；要"三心二意"，是说要多留几个心眼儿，遇到其他有用的资料也一并收集。有时查一本书，没有查找到你要找的这个人的资料，却能意外地发现别人的资料。比如，我做《两宋词人年谱》的时候，查《弘治抚州府志》，主要目的是查找吕本中的资料，却意外地发现了韩驹、谢逸和谢薖三个人的资料。他们既是词人，也是江西诗派的著名诗人。我以前做过江西诗派的研究，写过一篇关于吕本中《江西诗社宗派图》写作年代考证的小文章，印象中韩驹和二谢兄弟的卒年是清楚的，但生年还没有考清楚。而《弘治抚州府志》的韩驹传里却记载有韩驹的年寿，说他活了56岁。我一见到这则材料，马上就意识到它是有价值的，就把它抄了下来。原来只知道韩驹是哪一年去世的，但不晓得他活了多少岁，所以生年没法考订。现在发现有材料说他活了多少岁，他的生年问题也就解决了。二谢的情况也是一样的,晓得他们的卒年,不晓得他们的享年和生年。《弘治抚州府志》里记载谢逸"卒年四十五",谢薖"卒年四十三",有了这个记载,他哥俩的生年问题也就一下子搞定了。一次偶然的查书,一个意外的收获,就解决了多年来没有解决的三位诗人词客的生年问题。关于韩驹和二谢生年的具体考证,可以参看我的《两宋词人丛考》。

当然,方志的记载是不是可靠,还需要有其他旁证。写文章的时候,还要考证一下方志里记载的这些材料是不是真实可靠。别的地方都没有记载他的卒年,只有这一处有记载,那怎么知道它可不可信呢?这就需要从外围查资料。比如,韩驹小传里记载的别的事实,是不是可信。如果记载的其他事实,都与其他史料能够相互印证,完全吻合,那就证明整个小传的记载都是有可靠来源的,是可信的。

还要提醒的是,抄录方志资料的时候,要注意资料的完整性和资料之间的关联性。比如,方志里记载某人某年进士及第,常常是在选举表里,表里只有这个人的名字,没有别的记载。如果你抄录的时候,只抄下这个名字,而不抄录这个名字是列在哪一年哪一榜下面,那么这个名字就没有任何史料意义,不能说明任何问题。所以,抄录资料,要注意史料之间的关联性。查《宋会要辑稿》等编年史书的时候,也会遇到类似的问题。比如说,《宋会要辑稿》或者《续资治通鉴长编》记载苏轼某日贬谪黄州,却没有直接说哪一年哪一月。这个时候,你就要把整个一卷的资料都看完,看这一条材料是排列在哪一年哪一月,然后再看苏轼是哪年哪月的某日贬黄州的。

查方志,有好多方志丛刊可以查阅,不必一本一本地到处找。影印出版的有《宋元方志丛刊》《天一阁藏明代方志选刊》《天一阁藏明代方志选刊续编》《日本藏中国罕见地方志丛刊》《稀见中国地方志汇刊》和《中国地方志集成》《中国方志丛书》和《中国省志汇编》等。此外,《故宫珍本丛刊》《北京图书馆古籍珍本丛刊》和《续修四库全书》《四库全书存目丛书》里面,也有好多过去不容易找到的方志。

地方志的数字化资源,也日益丰富。中国国家图书馆网站、"爱如生典海平台"的"中国方志库"、华中师范大学开发的"中国地方志数据库",都可以线上查询浏览。

(五) 查石刻

石刻资料,做文学史研究的人,一般不太关注。其实,石刻资料,不仅对做考据,甚至对做文学传播也很有用。石刻研究,在宋代就已成为一门专门的学问,叫"金石学"。欧阳修的《集古录》,是金石学的开山之作。李清照丈夫赵明诚的《金石录》,是金石学中的名著。

古代石刻,分两种,一种是摩崖石刻,一种是碑刻。摩崖石刻,是在天然的崖壁上刻字,比如泰山石刻、湖南浯溪的《大唐中兴颂》石刻等。碑刻,就是把石头加工打磨成石碑,再在上面刻字,比如墓碑等。石刻的内容非常丰富,也非常可靠。

石刻的著作,清代有两种集大成的经典著作,一本是王昶的《金石萃编》,一个是陆增祥的《八琼室金石补正》。这两本书,现在都有影印本,容易找。目前汇辑石刻著作的丛书有三种:一是新文丰出版公司(台北)出版的《石刻史料新编》,二是江苏古籍出版社出版的《历代碑志丛书》,三是北京图书馆出版社出版的《历代石刻史料汇编》。北京书同文数字化技术有限公司开发的"中国历代石刻史料汇编"和中华书局开发的"中华石刻数据库",都可以在线检索查阅。

纸本的石刻资料,可以利用杨殿珣的《石刻题跋索引》来查询。《石刻题跋索引》把宋代以来的137种石刻著作中的资料分为七大类:墓碑、墓志、刻经、造像、题名题字、诗词、杂刻,每一类按石刻的时间先后编排,查询比较方便。但是,这部索引收录的金石著作毕竟有限,做考证时可以利用,但不能依赖。

古人游山玩水,每到一处,常常喜欢题名题字,在崖石上刻上某年某月某日某某人偕同某某人游某某地方。现在有不少地方还保留着这些石刻。前几年我到福州鼓山游览的时候,看到有南宋词人张元幹游览的石刻题名,激动得不得了,立马用相机拍了下来。原文是:"锡山袁复一太初自富沙如温陵,道晋安东山,登白云峰,访临沧亭,尽览海山之胜。郡人张元幹仲宗、安固丘铎文时、莆阳余祉中锡、晋陵孙轩子舆同来。泰初仲子嘉猷侍。绍兴己巳十月戊辰丹阳苏文津柈中题。"这条材料表明,绍兴十九年己巳(1149)十月戊辰,张元幹曾经和朋友袁复一等人一起游鼓山,并刻石题名。题名记载了同游者的姓氏名字、籍贯和游玩的风景名胜,对于考察张元幹的行踪和交游,很有史料价值。我修订《张元幹年谱》时,就把这条资料增补了进去。

顺便说一下,题名中的干支纪年和纪日怎么查知是哪一年哪一日呢?纪年,可以查《中国历史纪年表》,这以前讲过的。干支纪日呢,可以查陈垣的《二十史朔闰表》。比如查绍兴十九年十月戊辰是哪一天,先在这个表中查出绍兴十九年十月的朔日,也就是初一是哪一个干支日,然后根据这个干支推数到戊辰,就可以知道戊辰是哪一天了。查的结果是,这年十月是己酉朔,再在《中国历史纪年表》中找任意一个己酉,从己酉推数到戊辰,就知道戊辰是二十日。类似的工具书还有方诗铭、方小芬编著的《中国史历日和中西历日对照表》,列出的是每月初一、十一和廿一日的干支。《二十史朔闰表》是从汉高祖元年(前206)开始的,《中国史历日和中西历日对照表》则远溯至西周的共和元年(前841)。另外还有郑鹤声编的《近世中西史日对照表》,序列1516年到1941年的中西历日,这部书的好处是把二十四节气也列了进去。如果你读过明清人的书札或信函,会发现他们落款的日期经常写节气,类似"清明前二日""立春后三日"等等。二十四节气的具体日期是不固定的,而查阅这部书,就可以确定具体是哪一天。

现在全国各地保存的石刻,有的被古人的石刻著作收录了,有的却没有收录。在石刻文献资料里找不到的石刻,更珍贵。大家外出旅游时遇到有关石刻,要注意留心收集。即使一时用不上,总有一天会用上的。如果积累多了,还可以汇编起来,做一些考释说明,写成文章,提供给学界参考使用。

跟石刻文献相关的,是出土文献。全国各地出土的文物,在《考古》和《文物》等杂志上有反映,可以翻阅这些杂志,留意考古出土的文献动态。要了解以前的出土文物,可以检索这些杂志过去的文章目录。安徽师范大学的宛敏灏先生,曾经利用出土的墓志,考证出张孝祥早年的一段婚姻史,解决了张孝祥生平中的几个疑难问题。有兴趣的,可以参看他的《张孝祥词笺校》附录。

(六)查文集

文集中的传记资料,诸如墓志碑铭之类的文章,在《宋人传记资料索引》系列工具书里会检索得到。我这里说的查文集中的人物资料,不仅是要注意这类传记性的文章,还要留意非传记性的文章。哪怕是诗词等抒情性的作品,只要其中提到了人名和地名,都可能是有价值的史料或线索。一个诗题,可能就是一条诗人之间交往的史料。

举个例子。北宋初词人潘阆,有一首诗题作《送孙学士两浙转运使兼简杭州知府张侍郎》。这首诗涉及潘阆跟两个人的交往——孙学士和张侍郎,如果能考证清楚这两个人是谁,考证清楚他俩的仕履,就可以考定潘阆这首诗写于哪一年,并进而推定出潘阆的相关行踪。那么,怎么考证呢?

先考孙学士是谁。诗题说"送孙学士两浙转运使",表明这位孙学士是去赴任两浙转运使。宋代的路,相当于现在的省,每一路有一个转运使,负责租税、粮食运输等事情,跟一路的行政长官安抚使的级别差不多。怎样查这个孙姓"两浙转运使"是谁,又是什么时候任这个职务的呢?先查地方志,两浙转运使是"置司"杭州,也就是在杭州办公。查宋代流传下来的几种《临安府志》,在两浙转运使里没有找到宋初有姓孙的人。再查有关编年史,看潘阆生活的北宋初年有哪些姓孙的做过两浙转运使,结果在《续资治通鉴长编》里找到这样一条记载:

> (咸平三年六月)户部判官、右司谏、直史馆孙何出为京东转运副使。何上疏曰……未几,徙两浙转运使。

由这条记载,可以知道孙何曾经在咸平三年(1000)六月之后不久从京东转运副使调任两浙转运使。也就是说,潘阆"送孙学士两浙转运使"的"孙学士",可能就是孙何;但还不能确定,还要看看潘阆跟孙何有没有别的交往,以便进一步证明这个孙学士就是孙何。查潘阆的诗集《逍遥集》,有一首《阙下留别孙丁二学士归旧山》诗。诗题的"阙下",指汴京;"孙丁二学士",就是指孙何、丁谓。孙何与丁谓齐名,并称"孙丁"。《东都事略·孙何传》里有记载:

> 孙何,字汉公,蔡州汝阳人也。幼耆①学,与丁谓齐名。王禹偁尤所题奖,以为自唐韩柳后三百年有孙、丁也,时人谓之"孙丁"。

孙何是状元,后来由右司谏出为京东、两浙转运使。潘阆的这首留别诗,可以证明潘阆与状元孙何确实有交往,"送孙学士两浙转运使"的"孙学士",应该就是孙何。《东都事略》的记载,又跟《续资治通鉴长编》的记载一样,表明孙何确实做过两浙转运使,时间就在咸平三年之后不久。也就是说,潘阆这首送行诗是在咸平三年之后不久写的,具体在哪一年,还得进一步考证。

再考"杭州知府张侍郎"是谁。这位姓张的,是以某部侍郎的身份差知杭州。要查各州府的知州、知府是哪些人,可以查方志。在《乾道临安志》的知府名录里很容易就查找到:

> 咸平二年四月戊寅,以御史中丞张咏为工部侍郎知杭州。

张咏以工部侍郎的身份知杭州,正符合潘阆诗题中所说的"杭州知府张侍郎"的身份。潘阆与张咏早有来往,曾经有《寄张咏》诗说:"莫嗟黑发从头白,终见黄河到底清。"

查明了《送孙学士两浙转运使兼简杭州知府张侍郎》中的孙学士是孙何、张侍郎是张咏,再考这首诗是哪一年写的。刚才说到,孙何是咸平三年五月之后不久出任两浙转运使的,虽然具体在哪一年不清楚,

---

① "耆"应为"嗜"字之讹。

但应该是在咸平三年五月至咸平四年之间。根据《乾道临安志》和张其凡先生的《张咏年谱》，知道张咏是咸平二年四月知杭州，咸平五年八月离开杭州，移知永兴军。根据张咏的行踪判断，潘阆送孙何任两浙转运使，最迟不晚于咸平五年八月张咏离开杭州之前，很可能是在咸平四年。为什么这么推定呢？因为潘阆《送孙学士两浙转运使兼简杭州知府张侍郎》诗有"岸花有异态，沙鸟无娇声"的句子，应该是春夏之间的景色。咸平三年五月孙何还在京城，然后出任京东转运使，不久又改任两浙转运使，直到景德元年（1004）还在任，所以诗不大可能是咸平三年春夏之间写的，而应该是咸平四年或五年春夏间写的。我们大致确定了这首诗的写作时间，也就可以知道，在咸平四五年之间，潘阆跟当时的名流孙何、张咏等人都有交往。

这首诗主要是为孙何送别而作，同时也问候张咏。诗题中的"兼简"，意思跟"兼寄""兼怀"差不多。"简"，就是书简，这里用作动词，寄送书简的意思。

有些词人的生卒年，史书上没有记载，但诗人的诗文里有可能提到。比如，南宋词人沈瀛的生年，一直不清楚。我们在做《两宋词人丛考》的时候，读到王质《雪山集》中的一首诗，诗题是《送徐圣可十首》，其中第九首写道："宝溪同社两齐年，一落江湖一上天。试问吾兄应好在，何时再拜玉阶前。"这首诗，好像跟沈瀛没有什么关系，也看不出有什么史料价值，可诗的末尾自注说："沈子寿编修与楚辅皆文溪为命，今子寿尚栖迟。子寿于某长一月，某命亦文溪也，故以兄称。"子寿，是沈瀛的字。沈瀛跟王质是好朋友。"子寿于某长一月"，意思是说子寿比我年长一个月。从这句话可以知道，沈瀛跟王质是同一年生的，比王质年长一个月。而王质生于绍兴五年——他在《与赵丞相书》中自称"某生于乙卯"，"乙卯"，就是绍兴五年，公元1135年。知道了沈瀛和王质是同年出生，就可以考定沈瀛也是生于绍兴五年。这类材料，文集中还有不少，需要我们去发掘。

诗人词人的有些生平事迹，在自己的文集中没有记载，但可能在别人的文集中有记载。所以考证一个作家，不仅要认真读他本人的文集，还要全面地查阅跟他同时的作家文集，特别是跟他有交游的友人文集。我们在前面说过，研究一个作家，要了解熟悉一群作家。做理论阐释性的研究是这样，做考据也是这样。考证一个作家，要阅读一群作家的文集。刚才举的例子，还是直接的史料。如果考证每个作家，都有这样直接的史料可以利用，那就比较简单了。事实上，做考证，最困难的是常常没有直接史料可以利用，必须发掘和利用间接的史料。间接的资料，怎么寻找？必须到同时或稍晚的作家别集或总集里去寻找。

作家的别集，就按以前讲的几种查书目的方法去查阅。诗文总集呢，宋元以前的总集基本上出齐了。唐以前的文章总集有《全上古三代秦汉三国六朝文》，诗歌总集有逯钦立辑校的《先秦汉魏晋南北朝诗》。唐五代的诗文总集有《全唐诗》《全唐诗补编》《全唐五代词》和《全唐文》《全唐文补编》。这几大总集，都有了全文检索的电子版。宋代的总集有《全宋词》《全宋文》和《全宋诗》。《全宋文》里面有非常丰富的资料，需要从不同的角度去发掘利用。它好比一座金矿，谁先投资用力开发，谁就会受益无穷。做宋代文学研究的，只要把《全宋文》读过二三十册，准保能找到学位论文的题目。《全金诗》《全元诗》和《全元文》也已问世。只有明清两代还没有这样的大型诗文总集，虽然有《全明诗》问世，但只出版了三册。不过，明清文章也有《明文海》和《皇朝经世文编》可以利用。

有几本文集的分类索引很好用，比如《全唐文篇目分类索引》《全宋文篇目分类索引》《元人文集篇目分类索引》和《清代文集篇目分类索引》等。利用这些分类索引，既可以找有关人物的传记资料，也可以找文学批评资料、词集序跋资料和文集传播的资料。你想找什么资料，都可以利用这几个索引来查。

三　排比资料

资料搜罗得差不多了，能找到的资料基本上都找到了，就要对资料进行整理，以便正式写考证文章时择用。我们收集资料的时候，是按一本书或者一篇文章收集下来的。一篇文章里的资料，可能涉及词人好多方面的问题。我们在排比整理资料的时候，就要把一本书、一篇文章里的资料分散分类排列。

要特别提醒的是，资料分散之后，每一条都要详细注明来源出处，包括书名、作者、版本、卷数、页码等等。如果不注明，材料一分散，就不知道每条材料是从哪本书里出来的，到写好文章要核对资料的时候，就不知道要到哪里去核查了。当然，在排比资料的时候，不必把每条材料的出处写得很完整，用简称或代码，自己能看明白是从哪一本书哪一卷哪一页里来的就可以了。

怎样分类排比才好呢？这要根据考证的问题来分。那么，考证一个作家，要考证哪几个方面的问题呢？

（一）考家世

考证词人的生平，首先要考家世，弄清他的家庭背景。因为家庭出身、家族背景对一个人性格的形成有很大的影响，所以家世能考清楚的要尽量考清楚。在资料比较充足的情况下，上考到父辈、祖父辈、曾祖、高祖就可以了，再往上考，意义不太大。下考到儿子辈、孙子辈、曾孙辈，最多考到玄孙一辈。也就是说，向上考四代，向下考四代，祖孙考八代。凡是有关这个词人的父祖和子孙的材料，都放在一起，当然还是要分类排列，有关父辈的材料放在一起，祖父的相关材料另列一处。

考证词人的家世，首先要查阅的是有关行状、墓志铭、神道碑中的资料。古人去世后，先由家人或者比较了解逝者的人写一个"行状"，记载他的家世、生平履历和善行功德,然后请当世名流大腕写墓志铭。名流大腕不一定了解逝者的生平,他就按请托者提供的行状来写。神道碑也是请名流大手笔来写的。所以行状、墓志铭、神道碑记载的事实,基本上是一致的,只是写法稍有不同。当然,如果写墓志和写神道碑的人,对死者比较了解,那么他们就会增补一些事情,墓志和行状就会稍有不同。墓志铭和神道碑放置的地方也是不同的。墓志铭,是刻在石碑上,埋在墓穴里;神道碑,是竖立在墓道上。古人为追求声名不朽,把生平事迹刻在神道碑上,让过往的人了解瞻仰。但神道碑放在露天野地里,日晒雨淋,难免损坏,古人就把墓志铭埋在墓穴里,这样"双保险",就可以"永垂不朽"了。

如果要研究的词人的行状、墓志、神道碑没有保留下来,那就考察他家人的墓志,找到了他父辈或子孙的墓志,也可以弄清楚研究对象的家世。

举个例子。南宋词人曾惇、曾协,是堂兄弟,又叫从兄弟。他俩的生平事迹,以前都不太清楚,也没有人考证过。他俩的墓志都没有传存下来,但我们在汪藻的《浮溪集》卷二十七里找到了曾协父亲曾缙的墓志铭,题目是《奉议郎知舒州曾君墓志铭》。墓志记载说:

> 君讳缙,字元礼,世家建昌南丰。南丰之曾,自国初闻天下,盖君之曾祖致尧事太宗、真宗,有大臣之言不克施以殁,仕至户部郎中,赠谏议大夫。君之祖易占,复以议论文章名世,卒官太常博士。有子六人:曰巩,为中书舍人,神宗时学者宗之,号南丰先生;曰布,相徽宗皇帝,谥文肃;曰肇,终翰林学士,谥文昭。同时鼎峙为名臣,于是曾氏之名益彰彻于时,士大夫以氏族名家皆出其下。君,文昭暮子也。……生子五人,曰:憻、懊、慓、憻、协。

根据这条史料,基本上可以弄清楚墓主(墓志铭的主人叫墓主)曾缙的家世,当然也就弄清楚了他儿子曾协的家世。曾缙的父亲是曾肇,官至翰林学士,死后谥文昭。两个伯父也是名流,一位是唐宋八大家之一的曾巩，一位是徽宗朝做过宰相的曾布。曾布也能写词，有词传世，卒后谥文肃。他的祖父叫易占，曾祖叫致尧，也是名流。曾缲生有五子，曾协是他的小儿子。

明代董斯张的《吴兴备志》卷六记载："曾惇字宏父，布之孙、纡之子也。"于是，我们又知道曾惇是曾纡的儿子，曾布的孙子。曾纡号空青，也是文人，能诗词。南宋王明清是他的外孙，王明清的父亲王铚是他的女婿。王铚父子也是当时的名流。南丰曾氏家族，人才济济，完全可以用一篇博士论文来研究曾氏家族。王明清在他的《挥麈录》《玉照新志》里经常称道"外祖空青先生"。《挥麈录·余话》卷一里说："曾文肃十子，最钟爱外祖空青公。"可见曾布有十个儿子，曾纡是老三——《玉照新志》卷二说："外祖曾空青，文肃之第三子也。"

再查曾致尧，欧阳修为他写有神道碑——《尚书户部郎中赠右谏议大夫曾公神道碑铭》，王安石给他写过墓志铭——《户部郎中赠谏议大夫曾公墓志铭》。曾易占，也有墓志，也是王安石写的，题作《太常博士曾公墓志铭》。王安石跟曾巩是好友，所以曾巩请王安石为他的父亲和祖父写墓志。曾易占墓志说他有"子男六人：晔、巩、牟、宰、布、肇，女九人"。曾晔、曾牟、曾宰，没有什么名气；曾巩、曾布，分别是文坛和政坛上响当当的人物。

曾肇至少有两儿子，一名缲，一名统。《宋史》卷三百一十九《曾肇传》说曾肇"谥曰文昭，子统，至左谏议大夫"。

如果进一步考证，还可以考出曾氏家族更多的成员。根据以上的材料，我们可以列出南丰曾氏的简明世系（见表9-1）：

表9-1 曾惇、曾协世系表

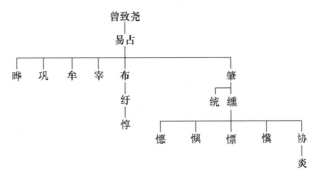

考清了家世,最好能列出世系表,看起来就更为醒目明了。世系表有几种画法,这只是一种纵向的排列法,也可以横向排列。比如张元幹的世系(见表9-2):

表9-2 张元幹世系表

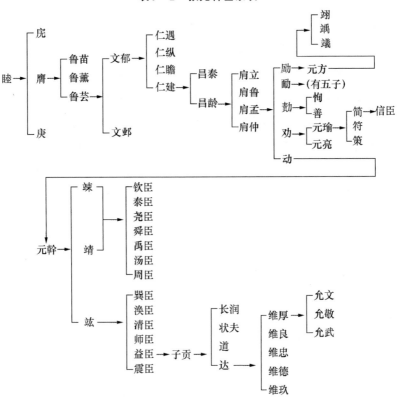

南宋四名臣之一李光的世系(见表9-3):

表9-3　李光世系表

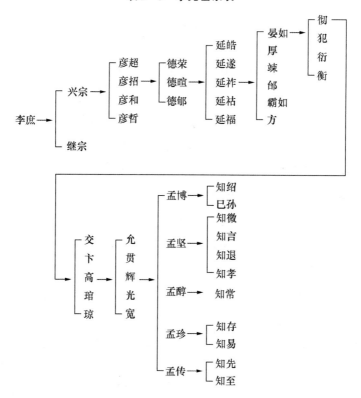

因为李光有家谱传下来,所以他的世系特别清楚。因此,就从他最早的老祖宗写起。

(二)考籍贯

古人的籍贯,时常有不同的记载,有的称祖籍,有的称出生地;有的称州府,有的称县名;有的称旧名称,有的称新名称。不管有多少种说法,先把记载他籍贯的所有资料放在一起,然后再细分。如果有分歧,有的说是这个地方的人,有的又说是那个地方的人,就把同一说法的材料放在一起,然后再考辨,看哪种说法是正确的。

比如,张元幹的籍贯,就有好几种说法:有的说他是闽人,有的说他是三山人,有的说他是长乐人,有的说他是永福人。究竟哪一种说法是正确的呢?查宋代王存的《元丰九域志》和梁克家的《淳熙三山志》,可以知道,闽是福建的简称,三山是福州的别称。这两种说法,一是说省份,一是说州郡名,不矛盾。比较麻烦的是长乐和永福两种说法。永福是县名,属福州;长乐既是县名,属福州,又是福州的别称,福州又称长乐郡。人们称张元幹是长乐人,究竟是指县名还是指郡名呢?如果是指郡名,那么张元幹就是福州长乐郡永福县人,问题就解决了。麻烦的是,怎么判断长乐是指郡名而不是指县名呢?这就得查别的资料来确定了。查张元幹的族谱《永泰张氏宗谱》,谱里记载张元幹的世系和籍贯非常翔实清楚,连张元幹的故里在哪个乡镇都记载得非常具体。因此,可以考定张元幹是永福县人。永福县,现在叫永泰县。考实了张元幹是永福人,那么,称他是长乐人的说法,也就可以得到解释了:长乐是指郡望,而不是指县名。就像黄庭坚本来是洪州分宁人,但时常自称豫章人一样。豫章,即洪州;洪州,曾经叫豫章郡。王勃《滕王阁序》里就说:"豫章故郡,洪都新府。"如果不注意这类同地异名的情况,就容易造成误解。张元幹有个伯父叫张励,曾经做过济南知府,在济南的一个石刻题名中自称"长乐张励"。于是有人根据这个石刻题名推断张元幹的籍贯是长乐,说这石刻"是张励亲题,更是其籍贯为长乐的铁证",并写了一篇短文《张元幹籍贯新证》,发表在《文献》2005 年第 2 期上。张励在石刻题名中自称"长乐张励",自然是可信无疑。然而殊不知,这"长乐",是指长乐郡,而不是指长乐县。石刻题名,并不能改变张励、张元幹的籍贯是福州永福县的结论。

考证古人的籍贯,要注意分辨同地异名的情况。有时几种说法表面上不一样,其实指的是同一个地方。另外还要注意古今地理区划的不同。比如李之仪的故乡无棣,北宋时属河北东路的沧州,所以宋人的记载中常说李之仪是沧州人,这没有问题。但到了明代,无棣被划入山东省的海丰县,并延续到今天,成为山东省滨州市辖区的无棣县,与现在河北省沧州市无关了。所以,现在我们就不能简单地说李之仪是沧州人,而要把他的籍贯写作"沧州无棣(今属山东滨州)"。

(三)考生卒年

考证词人的生平,首要的是要考清他的生卒年。生卒年是确定一个作家生活时代的基本依据。生卒年考定了,才便于进一步考清他的生平事迹。所以有关生卒年的资料,不管是直接的还是间接的资料,都要尽可能搜罗到一起,以便相互印证。

古人生年的推算,是算虚岁,不算实岁。出生的那一年,不管是年初还是年尾,都算 1 岁。第一年生,到了第二年,就算 2 岁。所以,古人生年的具体算法是:起算之年减岁数加 1,等于生年。用公式表示是:起算之年(或卒年)－岁数(或享年)＋1＝生年。举个例子。南宋词人易祓的墓志说他"庚辰,六十五岁,复原官","嘉熙四年庚子三月二十六日卒,年八十五"。也就是说,宁宗嘉定十三年庚辰(1220),易祓 65 岁;理宗嘉熙四年(1240)易祓病逝,享年 85 岁。这两个年份都可以推算他的生年。算法是:1220(起算之年)－65(岁数)＋1＝1156 年;1240(卒年)－85(享年)＋1＝1156 年。他的生年应定在 1156 年。如果算实数,或者按照现代人年龄的算法,他的生年应该是在 1155 年,而不是1156 年。但古人就是这样算的,算虚龄,而不算实足年龄。不能用今人的算法去推算古人的生卒年,这是要特别注意的啊!

(四)考著述

考著述,就是考证词人所有的著作目录和版本,不仅是词集,诗集、文集和其他著述,传存的和散佚的,都要考清楚。因此,收集和整理资料的时候,也要注意词人所有著述的目录版本资料。怎样考版本目录,前面讲过了,这里不再重复。

(五)考生平

这是考证文章的主体部分。在可能的情况下,要一年一年地考清楚词人在什么地方做什么事，与什么人交游。所以，要先将有明确纪年的资料或者一看就知道是哪一年的资料，按时间的先后顺序排列在一起，也就是系年排列。时间不清楚的，另外放在一起，但也要大致归类。比如，涉及某个地点的，就把与这个地点有关的材料放在一起；跟哪个官职有关的材料，就排列一处。要特别强调，考生平，既要编年，也要系地。前人做年谱，往往注重编年，而不重视系地。我们现在做年谱，要时地并重。

(六) 考交游

凡是跟作者有交游的人，最好能考清楚他在何时何地与词人交游，他因何事何故能在这里与词人交游。交游者的身份和事迹，也要稍作介绍。交游的生平，考到什么程度呢？一般而言，正史有传的，就略考，只考证与词人有关的事情。当然也要交代他的姓名、字号、籍贯，进士及第的时间和历任的主要官职，以便读者了解这个人的身份和主要经历。同时还要提供资料来源，以便读者进一步去查阅。假如正史里没有他的传记，他又有作品传世，那就不妨考得详细一些，能考到什么程度，就考到什么程度，以便给研究者提供更多更丰富的资料。

(七) 作品编年系地

词人所有的作品，凡是能够考清创作年代的，不管是一本著作，还是单篇作品，不论是诗文，还是词作，都要尽可能考实它的写作时间、地点和背景。能考清写作年月日的，就考到年月日；考不清具体年月，但可以大致确定是哪个时间段的，也应该考证说明是哪个时间段写的。如果创作时间不能确定，而可以考定创作地点，那也要考实。也就是说，编年系地要并重，二者都能考清楚更好，能考其中一个方面也是好的。

把资料整理好，按考证的几个问题分类排列之后，就会知道哪些资料是比较完备的,哪些资料还不够;也会发现问题,发现新的史料线索。带着问题和线索,再去读书,再去查找资料。做考证,不要指望资料能一步查到位,也不要指望一稿可以写成功。正式写作和修改时,还会不断发现新的资料线索,需要不断去寻找、发掘资料。

四　行文考订

资料分类排列好了以后,就可以动手写考订文章了。写成什么样的文章呢?

如果词人的生平事迹资料比较完备,成年以后,差不多每年的行踪事迹都可以考订清楚,那就写成"年谱"。年谱是逐年考订词人的生平事迹,并对他的创作进行编年系地,同时还要考证交游者的人物事迹。

如果资料不是很齐全,词人的生平事迹,只有某些年的情况基本可以考清楚,那就写成"行年考"。行年考,也是逐年考证词人的事迹,但不是每年都能考清楚,而是断断续续地能考清楚若干年。傅璇琮先生的名著《唐代诗人丛考》,基本上是行年考。西南大学的老教授谭优学先生的两本书《唐诗人行年考》《唐诗人行年续考》续编,更标明了是行年考,可以参看。

假如资料特别少,只能考清楚词人生平中的一个或几个问题,比如只能考清他的生卒年,或者籍贯,或者进士及第的时间,那就写成专题性的考证短文,诸如"某某籍贯考""某某生卒年考"之类。总之,有多少资料,就考多少问题。

下面就以方星移和我合写的《刘焘行年考》为例来详加说明。

文章的开头是这样写的:

　　刘焘(1071?—1131?)是北宋后期比较著名的词人、书法家,有诗、词及书法作品传世。然《宋史》无传,生平一向无考。兹据钩稽所得,对其生平行事予以考辨,以作知人论世之助。

写考证文章,开头先要简要交代一下所考人物的身份,特别是知名度不是很高、一般读者不很熟悉的作家,更需要交代这个人的身份特点。一来让读者对这个人有一个初步的了解;二来呢,也表明你考证的这个人物是有意义的。假如说是一个很普通的人,既没有什么作品流传,又没有什么影响,那就用不着咱们这些研究文学史的人浪费时间去考证他了。说刘焘是北宋后期词人、书法家,就交代了他的生活时代和身份特点,表明考证他的事迹对研究词史和书法史都有意义。考证这个人固然有意义,但有没有必要由你来考证呢?也就是说,他的生平事迹清不清楚呢?有没有人考证过了呢?所以,第二句就说:"《宋史》无传,生平一向无考。"因为《宋史》没有他的传记,生平不清楚,而且一直没有人考证过,所以需要对他进行考证。写考证文章,话语要简洁,表述要简明。如果通俗地说,可以说成"刘焘,《宋史》里没有传记记载他的生平事迹",这层意思,用"《宋史》无传"四个字就可以表达。写考证文章的一些简明的表述方法、特殊的话语方式,要学会一些。怎么学?找前辈的考证文章来学习模仿就行。同样的意思,看别人是怎么表述的。你觉得别人的表述,比你想要说的更精彩、更简练,那就借鉴过来为我所用。第三句的"兹据钩稽所得",意思是说,这是根据我们搜罗的资料来考证,用以表明是自己发掘的第一手资料,是可靠的原始文献。

下面是籍贯考:

一、籍贯考

刘焘,字无言,号静修[1]。他的籍贯有两种说法。一说是湖州长兴。宋陈振孙《直斋书录解题》卷二十称"吴兴刘焘无言"[2],宋

---

[1]　此号唯见周泳先辑《唐宋金元词钩沉·静修乐府题记》,商务印书馆1937年版,目录第12页。

[2]　陈振孙:《直斋书录解题》,上海古籍出版社1987年版,第600页。

吕荣义《上庠录》云:"刘焘,湖州人。"①宋谈钥《嘉泰吴兴志》卷十七《贤贵事实下·长兴县》有其小传,可见他是长兴县乡贤。清厉鹗《宋诗纪事》卷三十二谓:"焘字无言,长兴人,谊之子。"②

一说是温陵。明陶宗仪《书史会要》卷六谓:"刘焘,字无言,温陵人。"而《佩文斋书画谱》卷三十三则显然综合了两种说法,称"刘焘字无言,长兴(一作温陵)人"。

考宋王存《元丰九域志》卷五及《宋史·地理志》,宋代长兴县属湖州吴兴郡,称刘焘为"湖州"和"长兴"人,乃一称其州郡,一称其县而已,毋庸置疑。《书史会要》称其"温陵人",当为误记。温陵,指福建泉州,"以其地少寒,故名"③。

《吴兴掌故集》卷五《金石刻类》下有"《长兴进士题名记》刘焘"④。《嘉泰吴兴志》卷十七《进士题名》下元祐三年李常宁榜有其名。据此可知,刘焘应是长兴人,而福建方志均未载其人其事。此其一。其二,刘焘的父亲是刘谊。《嘉泰吴兴志》卷十七《贤贵事实下·长兴县》称:"刘焘,字无言,宜翁次子。"同卷有刘谊传曰:

> 刘谊,字宜翁。许安世榜中丙科。熙宁中持节南方,请罢买沉香减盐价,凡四十余事。帝诏辅臣曰:"刘谊论事有陆贽之风。"王安石锐意新法,谊上疏极谏其不便,坐是废黜。从

---

① 《上庠录》,见宛委山堂本《说郛》卷五十一,然此本未载刘焘事。刘焘事,见胡仔《苕溪渔隐丛话·后集》卷三十六引《上庠录》:"元祐间,马涓、张庭坚等四人擅名太学,时号四俊。刘焘,湖州人,年少,亦自负。初补太学生,闻而慕之,以刺谒曰:'不识可当一俊否?'涓等哂之。焘复曰:'何得是名?'涓等设诡计以困之,曰:'每试当预约一字,限于程试中用之,善者乃预。'既而私试之,焘请字,涓曰:'第一句用将字。'其时策问《神宗实录》,焘对曰:'秉史笔者,权犹将也。虽君命有所不受,而况其它乎?'后果为第一,闻者服之。因目焘曰挨尸俊。"(人民文学出版社1962年版,第292页)
② 厉鹗:《宋诗纪事》,上海古籍出版社1983年版,第678页。
③ 叶庭珪:《海录碎事》卷四上,中华书局2002年版,第119页。
④ 徐献忠:《吴兴掌故集》卷五,《四库全书存目丛书》本,齐鲁书社1996年版。

异人授出世法，遂隐三茅山，十年不出。有诗云："曾跨江西使者鞍，旧言才上便休官。三茅得梦全清瘦，头发鬅鬙布袄宽。"东坡自峤南以书问道曰："或有外丹已成，可助成黎枣者，望不惜分惠。"又曰："先生笔端有口，足以形容难言之妙。轼亦眼中无翳，必能洞晓不传之意。"有文集三十卷，奏议四十卷，今传于世。①

刘谊的籍贯是长兴县，尚有多种资料可资佐证，宋刘弇《龙云集》卷二十九《刻刘宜翁五诗碑跋》曰："吴兴刘公。"宋贺铸《庆湖遗老诗集》卷一《题汉阳招真亭》曰："吴兴刘谊宜翁。"元陶宗仪《说郛》卷五十八下曰："刘谊字宜翁，湖州人也。少登进士科，官至二千石。"明凌迪知《万姓统谱》卷五十九谓："刘谊，字宜翁，长兴人。"凡此，都证明刘谊是长兴人。乃父为长兴人，刘焘自然是长兴人。

写文章，要注意使用小标题，以使层次清楚。一篇文章，一般要分几个部分。每一部分最好用一个小标题，提示这一部分的主要内容或观点，让读者一看，就知道这一部分讨论什么问题，或者论述什么观点。每一部分，如果只是简单地用一二三四标个序号，远不如用小标题来得眉目清楚。所以，我写文章习惯于用二级小标题。用小标题，还有一个好处，就是可以自我考量文章每一部分的内容是不是很紧凑，论述的问题是不是很集中。一般来说，一部分集中讨论一个问题，如果文章写完了，有的部分拟不出一个合适的小标题，或者说很难用一个小标题来概括，那就表明这一部分的内容太散漫，论述不集中，需要删改修订。

标题，不管是文章的大标题，还是每一部分的小标题，都要准确、简练、新颖。准确，要求题目能准确概括出文章的主要内容或主要观点，让人一看题目，就知道你这篇文章是写什么的，是什么观点。有的题

① 谈钥：《嘉泰吴兴志》卷十七，《宋元方志丛刊》，中华书局 1990 年版，第 5 册，第 4826 页。

目,很花哨,但不着边际,看了题目,也不知道是研究什么问题的,研究哪一个人的。这样的题目,就没有什么信息量,没有什么情报值。简练,要求题目的字数不宜太长,尽可能用最少的字表达最丰富的内容。新颖,要求题目有新意。拟题制题,像写诗一样,也是一门艺术呢!文章的题目,好像一个产品的广告词,广告做得好,能让人对产品留下深刻的印象。如果产品很优秀,广告却很糟糕,肯定会影响产品的行销。同样的道理,一篇很优秀的文章,如果标题很平常,也不会吸引人。人们阅读报刊的文章,首先看的是标题,对标题产生了兴趣,才会进一步去看文章。如果标题不抢眼,再好的文章也会被埋没。所以呀,文章的标题,不要等闲视之,不要以为随便弄个什么题目就可以了。我有时一篇文章写好之后,题目要好多天才能敲定。

按我们前面说的,考刘焘的生平,应该先考刘焘的家世,因为资料不够,所以就不考了,直接考他的籍贯。如果籍贯没有不同的说法,那也不需要考证,交代一两句就行了。比如,黄庭坚的籍贯没有什么异说,那就说一句"洪州分宁(今江西修水)人"就行了。注意,这句话里,包含着宋代的州县名和今地名。括注今地名,也有讲究。如果古地名跟今地名一致,那就括注为"今属某某(省)"就可以了——"省"字不出现,也不重复说县市名称。比如说,苏轼是"眉山(今属四川)人",朱敦儒是"洛阳(今属河南)人"。一般不说苏轼是"眉山(今四川眉山)人",朱敦儒是"洛阳(今河南洛阳)人"。

刘焘的籍贯,有两种说法,所以先列举有关材料,表明有这两种说法,然后再考辨哪一种说法是正确的。吴兴、湖州两种说法,跟长乐、福州一样,都是指同一地方,湖州又名吴兴郡——宋代还有个吴郡,是苏州的别称,不要弄混了。长兴是湖州的属县。所以说刘焘是吴兴人、湖州人或长兴人,其实都不矛盾,不过是一个称州郡、一个称县名而已。问题在于,又有人说他是温陵人,也就是福建泉州人。刘焘到底是湖州长兴人呢,还是福建泉州人?查有关方志,可以证明刘焘是湖州长兴人。再考刘焘父亲的籍贯,也证明刘氏父子是长兴人。有时本人没有太多的材料可以证明的话，就考证他父亲或祖父等亲属的籍贯，用迂回考证的方法来考明。如果籍贯有两种说法，又不能确定哪一种说法是正确的，那就两说并存，不做是非判断。

籍贯考订了，再考生卒年：

二、生卒年考

刘焘的生年约为熙宁四年（1071），卒年在绍兴元年（1131）后。

宋施德操《北窗炙輠录》卷上云："刘无言年十七岁，在太学，时称俊杰才。"[①]而据《上庠录》，刘焘初补太学生是在"元祐间"。他于元祐三年（1088）三月进士及第，则其"十七岁在太学"，当在元祐元年和二年间（1086—1087）。若他元祐元年十七岁，则其生年为熙宁三年；若他元祐二年十七岁，则其生年为熙宁四年。

其卒年在绍兴元年之后。据王兆鹏《两宋词人年谱》所考，绍兴元年正月上元，葛胜仲知湖州，有词与刘焘等唱和。[②] 同年春，胜仲又有诗与其唱和（详后）。此后再无其行踪事迹的记载。

生卒年，能考定是最好的，不能考定在哪一年，考出一个大概的时限也可以。刘焘的生卒年，目前还难以考定，也只能考出一个大概。为了醒目，先摆出考证的结果，也就是先出结论，然后再出论据并论证。因为一般人读文章，只要了解你的主要观点就可以了，不需要详细看你的考证过程。除非是特别有心的人，或者专家，那就要看你的考证是不是有道理，有没有过硬的证据。

写文章，要注意突出亮点，突出结论性的意见。在论证之前就先摆出结论，先亮出观点，就可以突出你的观点。读者看文章，对每一部分、每一段的开头，总会留意一些的。论文中精彩的观点要突出，让人眼睛

---

① 施德操：《北窗炙輠录》卷上，《宋元笔记小说大观》本，上海古籍出版社2001年版，第3311页。

② 王兆鹏：《两宋词人年谱》，台北，文津出版社1994年版，第76页。

一扫就能看到,尽量避免观点湮没在材料之中。更不能让人家把一篇文章看完了,还不知道你的主要观点是什么,要人家帮你总结概括。这样的文章肯定是不成功的。

刘焘的生年,没有直接的史料记载,只能间接予以考证。《北窗炙輠录》说他"十七岁,在太学",如果能考定他哪一年在太学,就可以推定他的生年了。——提醒一下,读古籍时,凡是看到某某人多少岁的资料,一定要特别留意。这是考证古人生卒年最有用的材料。不管是作者说自己多少岁,还是说别人多少岁,都要留意。发现了,马上就记录下来,然后去查这个人的生卒年是不是考定了,如果没有考定,就可以根据这个材料去考证。——问题在于,"在太学",是一个时间段,不像"入太学",是一个时间点。《上庠录》说他当"太学生"是在元祐年间,这就有了一个时间区间。"元祐"这个年号,从 1086 年到 1094 年,一共9 年,这个时间区间太长了,最好能缩小区间,考得更具体一点。但又没有别的材料可以说明。那怎么办呢? 我们想到,刘焘是元祐三年春天进士及第的,他在太学,一定是在元祐元年、二年之间。这样,就把推论的时限定在元祐元年到二年之间了,也就是 1086 年到 1087 年之间。这时候,刘焘十七岁。由这两年往前推十七年,就大致可以定下他的生年了。他的卒年更无法考订,只能根据有限的资料,定一个下限,也就是绍兴元年。这一年有他活动的记载,以后就不可考了。虽然事迹不可考,并不等于他已经去世,但因为无法证明他是哪一年去世的,所以只能模糊地说他卒于绍兴元年之后。这"之后",空间可就大了,可能是"之后"几年去世,也可能是"之后"几十年去世。但目前只能这样说,等以后有了新材料的发现,我们再来弥补这个缺憾吧!

下面是行年考。前面说过,行年考,是按时间顺序一年一年地依次考证词人的生活经历,但受史料的限制,并不是每年都可以考清楚,有的年份没有史料可考,那就空下来,用专业的术语来说,叫"付诸阙如"。因为行年考的内容比较多,这里只节录几段加以说明:

三、行年考

元祐三年三月二十二日,刘焘中李常宁榜进士。是年苏轼知贡举①,对刘焘很赏识。《嘉泰吴兴志》卷十七《贤贵事实下·长兴县》云:"东坡知元祐三年举,读其文,曰:'必岩谷间苦学者。'中第三人。廷对又中甲科。"宋王明清《挥麈录·后录》卷七亦载:

> 元祐中,东坡知贡举,以《光武何如高帝》为论题,张文潜作参详官,以一卷子携呈东坡云:"此文甚佳,盖以先生《醉白堂记》为法。"东坡一览,喜曰:"诚哉是言。"擢置魁等。后拆封,乃刘焘无言也。②

元祐七年(1092),刘焘在瀛州(今河北河间),为知瀛州曾布幕客。宋杨仲良《续资治通鉴长编纪事本末》云:"相公帅高阳,辟焘为幕客。"③相公指曾布,"高阳"即瀛州④。而据《资治通鉴后编》卷九十载,元祐七年"五月甲辰以知青州曾布知瀛州"⑤,刘焘为曾布客亦应在元祐七年。刘焘为曾布幕客当缘于乃父刘谊。刘谊元丰初任广西提举常平,曾布元丰元年知桂州,二人交好,他们曾屡次同游桂州名胜⑥。

---

① 元祐三年春正月"乙丑,命翰林学士苏轼权知礼部贡举,吏部侍郎孙觉、中书舍人孔文仲同知贡举。天下进士凡四千七百三十二人,并即太学试焉"。参见焘《续资治通鉴长编》卷四百八。

② 王明清:《挥麈录》,中华书局1961年版,第165页。

③ 杨仲良:《续资治通鉴长编纪事本末》卷一百三十,北京图书馆出版社2003年影印本,第4078页。后引该书,亦据此本,不另出注。

④ 参见王存《元丰九域志》卷二;欧阳忞《舆地广记》卷十二。

⑤ 徐乾学:《资治通鉴后编》卷九十,《文渊阁四库全书》本。又据《续资治通鉴长编》卷四百七十三载,元祐七年五月二十二日"甲辰,龙图阁待制钱勰知青州,龙图阁学士知青州曾布知府州,宝文阁待制知瀛州蒋之奇知河中府",文中"府州"当为"瀛州"之误。据周明泰《曾子宣年谱稿》(《宋人年谱丛刊》本,四川大学出版社2003年版),曾布元祐间从未有"知府州"之说。

⑥ 参见张鸣凤《桂胜》,《文渊阁四库全书》本。

写考证文章，要注意材料的有机组合，不要堆砌材料。初学写考证文章的时候，最容易犯的毛病就是不会剪辑材料，常常是先说一个观点，然后把材料往上一堆，好像"不言自明"似的，就不再对材料进行说明了。买布料回来做衣服，一要剪裁，二要穿针引线，把布料缝制成一定式样的衣服。写考证文章也是一样，不仅要对材料进行剪裁，还要做穿针引线式的说明，把材料有机地串联缝合起来。材料要为我所用，用最恰当的方式布置在最恰当的地方，有的可以直接引用材料，有的可以用自己的语言来表述而间接地引用材料，有的是引用完整的句子，有的是节录其中一个或几个关键词语，这样行文就富有变化，不呆板。不能被材料牵着转，先堆几条材料，然后用一句话一概括就完了；或者先说一个观点，然后把材料一堆了事，而不加解释和论证。这都是"被材料牵着转"的表现。

刘焘进士及第，我们就没有堆太多的材料，首先是用自己的话来表述，然后引证《嘉泰吴兴志》中的史料。《嘉泰吴兴志》说刘焘是元祐三年苏轼知贡举的时候中进士的，但没有说是在哪月哪日，我们查《宋会要辑稿》和《续资治通鉴长编》，弄清楚了元祐三年进士是在三月二十二日放榜，状元是李常宁，所以文章开头就说"元祐三年（1088）三月二十二日，刘焘中李常宁榜进士"。《续资治通鉴长编》的记载，我们没有放在正文中，而是放在注释里，作为补充说明。如果放在正文里，就显得累赘枝蔓。材料放在注释里，既表明有依据，又能使行文简洁明了。

《挥麈录》记载刘焘及第的轶事，有故事性、有趣味性，而且能从另一个角度说明苏轼的文章当时是怎样被年轻人模仿效法的，可以用作苏轼文章接受史的研究资料，所以全文照录。南宋时代有"苏文熟，吃羊肉；苏文生，吃菜羹"的流行语，说的是，苏轼文章读熟了，就可以考中进士，做了官，有了俸禄，就可以天天吃羊肉；苏轼文章读得不熟，考不上进士，就只能在家喝青菜汤了。就像我们当年在农村的时候说的，"考不上大学，只能穿草鞋；考上了大学，就能穿皮鞋"。古今说法不一样,表达的意思却有相通之处:读书能改变命运。从《挥麈录》记载的轶事来看,刘焘能考中进士,确实得益于"苏文熟"。刘焘的事例,可以作为"苏文熟,吃羊肉"的一个注脚。

元祐七年,刘焘在瀛州做知州曾布的幕客一事,我们也是用自己的话来表述的,中间只剪辑了一两句史料作为证据来说明观点。有些旁证材料就放在注释里补充说明,以便读者复核。

> 绍圣年间(1094—1098),刘焘因曾布举荐,任删定官。《续资治通鉴长编纪事本末》卷一百三十云:"相公又秉机政,辟焘为删定官。"据周明泰《曾子宣年谱稿》,曾布于绍圣元年六月同知枢密院,绍圣四年知枢密院,①他举荐刘焘任敕令所删定官,当在这期间。

刘焘任删定官的具体时间,无法考清楚,只能做一个大致的推断。推断的依据,也是一条间接的材料。《续资治通鉴长编纪事本末》只说"相公又秉机政,辟焘为删定官",没说具体时间。从上下文的语境看,"相公"是指曾布。"秉机政",是指枢密使、知枢密院事一类的要职。

怎么查曾布是哪一年任枢密使的呢?这有好几本书可查,一可查《宋史》里面的《宰辅表》;二可查徐自明的《宋宰辅编年录》,这本书现在有中华书局的点校本;三可查李焘的《续资治通鉴长编》等编年史;四可查《曾布年谱》一类的研究著作。我们查阅了《曾子宣年谱稿》,就弄清楚了曾布是在绍圣年间知枢密院事,所以推断他举荐刘焘任删定官也在绍圣年间。

顺便介绍一下,假如要查宋代某人是什么时候担任路级行政长官安抚使的,可以查吴廷燮编撰的《北宋经抚年表 南宋制抚年表》,中华书局1984年出版。查宋代各州郡长官如知州、知府之类的任职时

---

① 周明泰:《曾子宣年谱》,《宋人年谱丛刊》本,四川大学出版社2003年版,第2714页。

间,可以查方志中的职官表或官守题名;也可以查李之亮的《宋代郡守通考》,这套书一共十册,分《北宋京师及东西路大郡守臣考》《宋河北河东大郡守臣易替考》《宋川陕大郡守臣易替考》《宋福建路郡守年表》《宋两广大郡守臣易替考》《宋两湖大郡守臣易替考》《宋两浙路郡守年表》《宋两江郡守易替考》《宋两淮大郡守臣易替考》及《宋代郡守通考人名索引》,巴蜀书社 2001 年出版。如果查宋代某人什么时候做翰林学士,可以查洪遵的《翰苑群书》(整理本有傅璇琮、施纯德编的《翰学三书》,辽宁教育出版社 2003 年版)、何异的《宋中兴学士院题名》。查南宋秘书省官员的任职时间,可以查宋陈骙撰的《南宋馆阁录》和无名氏的《南宋馆阁续录》,中华书局出版有点校本。要查考宋人进士及第的时间,可以查地方志;也可以查宋无名氏《绍兴十八年同年小录》《宝祐四年登科录》之类的著作;还可以查龚延明、祖慧编著的《宋代登科总录》,广西师范大学 2014 年出版。另外,"中华科举库""历代进士登科数据库"也可以线上查询检索。

> 元祐八年(1093),刘焘任定州安抚使管勾。安抚使为苏轼。据孔凡礼《苏轼年谱》,本年十月二十三日,苏轼自京到定州任,有诗与刘焘唱和。《苏轼诗集》卷三十七有《次韵刘焘抚勾蜜渍荔支》。

> 绍圣元年(1094)闰四月三日,苏轼罢定州任,责知英州①。刘焘曾驰函问候,惜原简失传。苏轼有复函,见《苏轼文集》卷五十九《答刘无言》。其时刘焘可能还在定州安抚使管勾任上。②

这几则材料,史书里都没有记载。我们先是在苏轼诗文集中发现提到了刘焘,但没有具体时间的记载。再查孔凡礼先生的《苏轼年谱》,就

---

① 参孔凡礼《苏轼年谱》,中华书局 1998 年版,第 1146 页。

② 吴廷燮《北宋经抚年表》载本年五月乙酉,刘焘为京东西路安抚使、自颍昌知郓州应天府(中华书局 1984 年版,第 87 页)。按,"刘焘"实乃"梁焘"之误,考《宋史》梁焘本传以及《续资治通鉴长编》卷四百八十四,梁焘于哲宗元祐八年六月知颍昌府,绍圣元年自颍昌移知郓州。

弄清楚了苏轼的诗文是在什么时间什么地方写的,也就顺势弄清楚了刘焘的行踪和他在何时何地与苏轼交往。做考据,要充分注意别集中的资料,再结合后人撰写的年谱著作,有时就会比较容易地弄清楚作品的写作时地和背景。

政和六年(1116),刘焘为淮南东路提点刑狱。据《宋会要辑稿》,政和八年刘焘丁忧后起复为淮南东路提点刑狱(详后),则本年正在任上。六月,刘焘撰有《壮观亭记》。《嘉靖惟扬志》卷三十三收录有全文,《隆庆仪真县志》卷十四亦节载此文,文字上有改动。

政和八年,丁忧后,刘焘起复为淮南东路提点刑狱。据《宋会要辑稿·职官七七》,政和"八年二月二十六日,诏:丁忧人前朝请大夫权提点淮南东路刑狱刘焘可特起复,差遣依旧"①。近有人据现存石刻考证本年刘焘在熙河路任职,误,石刻中的刘焘当为另一同姓名之人。②

宣和元年(1119),刘焘被降职。《宋会要辑稿·职官六九之四》云:"十月三日,诏……淮南东路提刑刘焘、张勤、提举常平顾彦成,不按提刑司检法官周元益私酤,并降两官。以臣僚上言也。"被降职之后,刘焘曾任秘书少监,旋即奉祠落职闲居。同书又载:"十二月十二日,秘书少监刘焘提举西京嵩山崇福宫,以臣僚论其昨任淮东提刑,轻肆妄作,蔑视诏条,任情废法,辄入人罪故

---

① 徐松辑:《宋会要辑稿》,中华书局 1957 年影印本,第 4136 页。

② 漆子扬《北宋威远镇圈子阖石碑文献稽考》(《西北师大学报》2003 年第 4 期)谓,政和八年,徽宗下诏在京都开封重新修建宣德楼、集英殿,并由熙河路转运司、提刑司、常平司出资,转运使张孝纯、防御使王子夕、提举木樾叶蒙正具体负责在威远(今甘肃武山西南)青竹平(今清水坪)采集木料,刘焘以诸司属官身份参与此事,于九月辛巳(初二)开工,至十二月二十一日毕工,历时 109 天。现存有威远圈子阖北山的北宋摩崖石碑为证。漆子扬的考证有误,摩崖石碑中的刘焘为另一同名同姓之人。刘焘本年起复为淮南东路提刑,次年即被降职,没有去熙河路任职的时间。

也。"此后五年,刘焘之交游、行踪多在家乡长兴,可推知他居住长兴直至宣和七年。

政和六年刘焘任淮南东路提刑,是从《宋会要辑稿》记载的政和八年二月十六日诏书"丁忧人前朝请大夫权提点淮南东路刑狱刘焘可特起复"一句推断出来的。

丁忧,是父母去世,回家守孝。古人重孝道,儿子在外做官,父亲或母亲去世了,必须辞官回家守孝三年(实际是二十七个月),叫丁忧,又叫丁艰。丁忧,又分丁内艰和丁外忧。为父亲守孝,叫丁外忧;为母亲守孝,叫丁内艰。明白了丁忧、丁艰的意思,再看到古书上说某人丁内艰,就知道是他母亲去世了;说某人丁外忧,就明白是他父亲去世了。丁内艰,也称"丁内忧";丁外忧,也称"丁外艰"。"艰""忧"两个字,表达的意思是一样的。

诏书里称刘焘是"丁忧人",说明这个时候他守孝没满期,也就是说守孝不到二十七个月。丁忧期限满了,叫"服除",或"除服"。丁忧期满,继续做官,叫"起复";丁忧期没满就出去做官,叫"特起复"。"差遣依旧",也就是官复原职,丁忧前做什么官就继续做什么官。刘焘"特起复"依旧是做提点淮南东路刑狱,表明丁忧前他也是任淮南提刑。"提点刑狱公事",简称"提刑"。

提刑,是什么官职?怎样查他的职务、职责?最简便的办法,是查龚延明编著的《宋代官制辞典》,中华书局1997年出版。还可以查《宋史》里面的《职官志》。在《宋史》卷一百六十七《职官志七》里面可以查到这样的记载:"提点刑狱公事,掌察所部之狱讼而平其曲直,所至审问囚徒,详覆案牍,凡禁系淹延而不决,盗窃逋窜而不获,皆劾以闻,及举刺官吏之事。"提刑,相当于现在省检察院的检察长,掌管一路的刑狱公事,监察疑难不决的案件,审查各地判案是不是公平合法,检查有没有延期不判决等事情。

朝请大夫又是什么官呢?是阶官,表示级别待遇的。以前讲过,宋代的官衔,分职官和阶官两大类。阶官代表级别,职官代表具体的职务、职责、职权。提刑，就是职官。宋代的朝请大夫是什么级别，是几品官呢？这就要查《宋史》卷一百六十八《职官志八》。查过之后，就知道朝请大夫是从六品。《宋史》的原文是："诸朝请、朝散、朝奉大夫，起居郎，起居舍人，侍御史，尚书省左、右司员外郎，枢密院检详诸房文字，右文殿、秘阁修撰，开封少尹，尚书诸司郎中，开封府判官、推官，少府、将作、军器少监，和安、成和、成安大夫，陵台令，飞骑尉，为从六品。"朝请大夫、朝散大夫、朝奉大夫和起居郎、侍御史等阶官、职官，都是从六品。以后，要查宋代官衔的品级，了解一个官员从这个职务换任另一个职务，是升迁呢还是降级了呢，就查《宋史》卷一百六十八里的《职官志八》；要查宋代职官的"职掌"、职务，就查《宋史》卷一百六十七里的《职官志七》。其他时代的阶官、职官，也同样查各断代史的《职官志》。

"权提点淮南东路刑狱"的"权"，是什么意思呢？是代理的意思。以低品级的身份去做高一级的官职，低职高做，就叫"权"。比如说，刘焘现在的阶官是从六品，却担任正六品或从五品的官职，就叫"权"。

如果对这个词人有错误的记载，可以顺便做一点考辨说明。考辨的文字，可以放在注释里，也可以放在正文中，根据情况酌情而定。比如，有篇文章根据一个石刻题名说政和八年刘焘在大西北熙和路任职。石刻不会有误，但石刻中的刘焘应该是另一个人，所以在注释中要加以说明。吴廷燮《北宋经抚年表》中也有一个错误，把梁焘误写成"刘焘"，我们在前面的注释中也做了说明，以免引起误解。

以上只是举了一个例子来说明词人生平考订的基本方法。考证中会遇到各式各样的问题，几节课，不可能把所有的问题和解决问题的方法讲清楚、讲到位，需要大家在实践中去摸索解决。

[例文]

潘阆行年系地谱

宋初隐士词人潘阆，名重当世。其《酒泉子》咏潮词尤负盛名，以至时人画《潘阆咏潮图》以广其传。然其生平事迹，一向模糊不清。时贤虽有考索①，但多以事件为中心。本文在时贤考订成果基础之上，着重对潘阆行事及作品进行编年与系地考订。

潘阆的字号，或说字逍遥，或谓号逍遥子。如北宋刘攽《中山诗话》、沈括《梦溪笔谈》卷二十五、彭乘《墨客挥犀》卷一、南宋晁公武《郡斋读书志》卷十九都说"字逍遥"。而北宋吴处厚《青箱杂记》卷六、阮阅《诗话总龟》前集卷十一、南宋江少虞《宋朝事实类苑》卷三十六等又说"自号逍遥子"。都是宋人之辞，莫衷一是。明人所编《诗渊》录其《游龙虎山赠天师》诗，署"宋逍遥子潘梦空"，"梦空"当是潘阆之字，"逍遥子"当为其号。《全宋诗》卷五十六据此谓潘阆"字梦空"，自号逍遥子，是。

潘阆的籍贯，也存异说。晁公武《郡斋读书志》说是"大名（今属河北）人"，而陈振孙《直斋书录解题》称"广陵潘阆"。《嘉靖惟扬志》卷十八、《明一统志》卷十二和明凌迪知《万姓统谱》卷二十五又说其为江都人。江都，宋时为扬州属县，扬州与江都，一为州，一为县，实指一地。田汝成《西湖游览志余》卷十二说"潘逍遥阆，钱唐人"。《两浙名贤录》卷五十三、《浙江通志》卷一百九十四又说潘阆，"太谷人，寓居钱塘"。太谷，属山西，疑是"大名"之形讹。

潘阆应是大名人。其晚年所作《与茂秀书》称："茂秀颇有吟性，若或忘倦，必取大名老夫之言，又非佞也。"②《四库全书总目》卷一百二十

---

① 参王兆鹏《北宋隐士词人潘阆的生平考索》，《文史哲》2006 年第 5 期；沈如泉《潘阆新考》，《文学遗产》2012 年第 1 期。

② 潘阆：《逍遥词》卷末，《四印斋所刻词》本，上海古籍出版社 1989 年版，第 708 页。

五《逍遥集提要》亦称"阆大名人"。潘阆既自称"大名老夫",当为大名人。扬州、钱塘,都是其寓居地,而非占籍地。

潘阆工诗词,有《逍遥集》《逍遥词》传世。潘阆诗名甚著。吴处厚《青箱杂记》卷六载:"阆酷嗜吟咏,自号逍遥子。尝自咏《苦吟诗》曰:'发任茎茎白,诗须字字清。'又《贫居诗》曰:'长喜诗无病,不忧家更贫。'又《峡中闻猿》云:'何须三叫绝,已恨一声多。'《哭高舍人》云:'生前是客曾投卷,死后何人与撰碑?'《寄张咏》云:'莫嗟黑发从头白,终见黄河到底清。'皆佳句也。故宋尚书白赠诗曰:'宋朝归圣主,潘阆是诗人。'王禹偶亦赠诗云:'江城买药常将鹤,古寺看碑不下驴。'其为明公赏激如此。"①

其诗集,北宋时已有多种传本,名《逍遥子》。欧阳修曾获一本,并题跋云:"熙宁三年五月九日,病告中校毕。时移太原,未受命。续得民间本,又添《无鬼》以下七篇。世传《逍遥子》多脱误,此本雠校虽未精,然比他人家本,最为佳耳。"②然未详有几卷。南宋有三种传本,一题《潘逍遥诗》三卷,一作《潘逍遥集》一卷,一作《潘逍遥诗》一卷。晁公武所见为三卷本,其《郡斋读书志》载:"《潘逍遥诗》三卷。右皇朝潘阆字逍遥,大名人。通《易》《春秋》,尤以诗知名。""集有祖无择序,钱易、张逵皆碣其墓。附于集后。"③陈振孙著录为一卷本:"《潘逍遥集》一卷,四门助教广陵潘阆逍遥撰。""又有严陵刻本同,但少卷末三首。"④按,《景定严州续志》卷四著录有"《潘逍遥诗》",未题卷数。陈振孙所言"严陵刻本",或即此本。

宋刊本至明初尚传,《文渊阁书目》卷十著录有"《潘逍遥诗》一部

---

① 吴处厚:《青箱杂记》卷六,中华书局1985年版,第60页。

② 欧阳修:《欧阳修全集》卷一百五十五,中华书局2001年版,第2574页。

③ 晁公武撰,孙猛校证:《郡斋读书志校证》卷十九,上海古籍出版社1987年版,第1036页。

④ 陈振孙:《直斋书录解题》卷二十,第587页。

一册"①。其后即佚。清四库馆臣自《永乐大典》辑出《逍遥集》一卷。今有《文渊阁四库全书》本、《知不足斋丛书》本。《全宋诗》录其诗二卷。

词集名《逍遥词》。潘阆词,传世者仅《酒泉子》十阕。潘阆先以写本录存,后以石刻本传世。徽宗崇宁五年(1106),武夷黄静据蜀中所传石刻本再刻石于杭州西湖。潘阆《与茂秀书》云:"其所要《酒泉子》曲子十一首,并写封在宅内也。"②黄静跋云:"潘阆,谪仙人也。放怀湖山,随意吟咏,词翰飘洒,非俗子所可仰望。虽寓钱塘,而篇章靡有存者。《酒泉子》十首,乃得之蜀人,其石本今在彭之使厅。予适为西湖吏,宜镌诸石,庶共其传。崇宁五年重午日武夷黄静记。"③后人据此编成《逍遥词》一卷。今传《逍遥词》版本有:绍兴市鲁迅图书馆藏明吴讷《唐宋名贤百家词》本、明《宋明九家词》抄本、明《宋名贤七家词》抄本、清知圣道斋原藏《南词》本、清鲍氏知不足斋《唐宋八家词》抄本、清何元锡家《十家词钞》抄本、清《宋金元明十六家词》抄本、《四印斋汇刻宋元三十一家词》本等,均收词十首。④

宋太祖建隆元年庚申(960)　一岁

是年,潘阆生。

潘阆的生年难以确考。王禹偁雍熙四年(987)所作《潘阆咏潮图赞并序》说潘阆"弱冠之年,世有诗名"⑤,则雍熙四年潘阆年已及冠。由此逆推二十年,他的生年应在宋太祖乾德五年(967)。王禹偁在《神

---

① 杨士奇:《文渊阁书目》卷十,《明代书目题跋丛刊》,书目文献出版社1994年版,第104页。

② 潘阆:《逍遥词》卷末,《四印斋所刻词》本,第708页。

③ 同上。

④ 参王兆鹏《词学史料学》,中华书局2004年版,第163页。

⑤ 王禹偁:《潘阆咏潮图赞并序》,曾枣庄、刘琳主编《全宋文》,卷一百五十八,上海辞书出版社、安徽教育出版社2006年版,第8册,第107页。

童刘少逸与时贤联句诗序》中称潘阆为"潘生",从语气上看,应比潘阆年长。而王禹偁生于五代后周显德元年(954),假定王禹偁比潘阆年长六岁,则潘阆约生于建隆元年(960)。宋初翰林学士宋白有赠潘阆诗说:"宋朝归圣主,潘阆是诗人。"(王禹偁引)似乎表明潘阆与宋朝开国有某种联系。其意似乎是说,建隆元年,天下出现了圣主与诗人,江山迎来新朝圣主,诗坛新生杰出诗人。将潘阆的出现与宋朝的建立相提并论,评价之高几无以复加。潘阆或生于宋朝开国之年的建隆元年。

宋太宗太平兴国四年己卯(979)　二十岁

在汴京。中秋,与柳开、寇准、宋白在汴京城内宋白宅中聚会,有诗纪事。

潘阆《中秋与柳赞善开宗赞善坦寇学士准宿宋拾遗白宅不见月》谓:"共约中秋来看月,一轮终不见清辉。众人眠后唯孤坐,翻忆无云宿翠微。"①按,太平兴国四年九月丙戌,宋白由左拾遗升任中书舍人。②诗称宋白为"拾遗",当是本年中秋或去年中秋。而柳开于太平兴国四年三月升赞善大夫③,故潘阆与柳开在宋白家相聚,时当本年中秋。祝尚书先生《柳开年谱》亦系此诗于本年。

太平兴国五年庚辰(980)　二十一岁

在成都卖药。

---

① 傅璇琮、孙钦善、倪其心、陈新、许逸民主编:《全宋诗》,北京大学出版社1991年版,第628页。本文所引潘阆诗,俱据此书,以下仅括注页码。

② 李焘《续资治通鉴长编》卷二十载:太平兴国四年九月,"初,刘继元降之明日,左拾遗大名宋白献《平晋颂》。上夜召至行宫褒慰,且曰:'俟还京,授尔书命之职。'丙戌,与右补阙郭贽并为中书舍人。"(中华书局2004年版,第461页)

③ 参祝尚书《柳开年谱》,《宋人年谱丛刊》本,四川大学出版社2003年版,第224—225页。

《东都事略》卷一百二十载潘阆曾"卖药成都"。潘阆本人有《峡中闻猿》诗云:"何须三叫绝,已恨一声多。"①表明潘阆确曾上三峡入蜀。然在何年,难以确考。姑系于此。

太平兴国六年辛巳(981)　二十二岁
或在成都。

太平兴国七年壬午(982)　二十三岁
在汴京。传说潘阆卷入秦王赵廷美案而遭缉捕。

宋太祖去世前后,宰相卢多逊图谋立秦王赵廷美(与太祖、太宗为兄弟)为帝,然最终太宗夺得皇位。太宗登基后,将秦王和卢多逊等人一网打尽。据《宋史》卷五《太宗本纪二》、卷二百四十四《秦王廷美传》、卷二百六十四《卢多逊传》和《续资治通鉴长编》卷二十三记载,太平兴国七年四月,朝臣七十余人奏卢多逊欲立秦王为帝,廷美与宰相卢多逊等有"大逆不道"之罪,于是卢多逊被流放崖州,籍没家产;其党或被流放,或被斩首(中书吏赵白、秦王府吏阎密、王继勋、樊德明、赵怀禄、阎怀忠被斩于都门外);秦王被贬房州安置,不久死于贬所。

传说潘阆也卷入这场宫廷斗争并遭拘捕,然说法不一。一说是潘阆为卢多逊党羽,卢多逊图谋立秦王赵廷美为帝,潘阆参预其谋。释文莹《湘山野录》卷下载:"潘逍遥阆有诗名,所交游者皆一时豪杰。卢相多逊欲立秦邸,潘预其谋。混迹于讲堂巷,开药肆,刘少逸、鲍少孤二人者为药童。唐巾韦带,气貌爽秀。后太宗登极,秦邸之谋不集。潘有诗曰'不信先生语,刚来帝里游。清宵唐好梦,白日有闲愁'之句。事败,已环多逊宅,斯须将捕于阆。阆觉之。止奔其邻曰:'吾谋逆事彰,吾若就诛,止一身,奈汝并邻,皆知吾谋,编审屠戮者不下数十人。今若匿

---

① 吴处厚:《青箱杂记》卷六,中华书局 1985 年版,第 60 页。

得吾一身,则脱汝辈数家之祸。然万无搜近之理,所谓弩下逃箭也。吾出门则擒之,汝辈自度宜如何?'其邻无可奈何,遂藏于壁。少顷,捕者四集,至则失之矣。朝廷下诸路画影以搜。狱既具,投多逊于崖。已而沸议渐息,阆服僧服髡须,五更持磬,出宜秋门,至秦亭,挈檐为箍桶匠,投故人。阮思道为秦理掾,阴认之,遂呼至庭,俾葺故桶。阮提钱三镪明示于阆,大掷于案,乘马遂出。阆谕其意,提金直入于室,因匿焉。既归,责阆者曰:'案上三镪及桶匠安在?'皆曰不知,遂痛杖阆者,令捕之。阆恨之,遍寻于市,数日不得其踪。阮后徐讽秦帅曹武惠彬曰:'朝廷捕潘阆甚急,闻阆亦豪迈之士,窜伏既久,欲谊死地,稍裂网他逸,则何所不至? 公大臣也,可奏朝廷少宽捕典,或聊以一小官召出,亦羁縻之一端也。'帅然之,遂削奏,太宗以四门助教招之,因遂出。"①沈括《梦溪笔谈》卷二十五亦谓潘阆"后坐卢多逊党亡命,捕迹甚急,阆乃变姓名,僧服入中条山"②。龚明之《中吴纪闻》所载相同:"阆坐卢多逊党,亡命,乃变姓名,僧服入中条山。"③

一说潘阆为秦王赵廷美记室参军,秦王事败,潘阆受牵连而遭拘捕。叶绍翁《四朝闻见录》谓潘阆"落魄不检,为秦王记室参军。王坐罪下狱,捕阆急甚,阆自髡其发,易缁衣,持磬出南薰门"④。

然南宋人认为此事不实。晁公武《郡斋读书志》认为"小说中谓阆坐卢多逊党,尝追捕,非也"⑤。按,《湘山野录》所载,确有不合史实之处。越州神童刘少逸生于太平兴国二年,直到太平兴国八年,才在越州山阴(今浙江绍兴)认识潘阆(详后)。秦王案发时,五岁的刘少逸尚未

————————

① 释文莹:《湘山野录》卷下,中华书局1984年版,第54页。

② 沈括:《元刊梦溪笔谈》卷二十五,文物出版社1975年版,第14页。

③ 龚明之:《中吴纪闻》卷一,上海古籍出版社1986年版,第2页。

④ 叶绍翁:《四朝闻见录》甲集,中华书局1989年版,第2页。《咸淳临安志》卷九十三亦引录此说。

⑤ 晁公武撰,孙猛校证:《郡斋读书志校证》卷十九,第1036页。

见过潘阆,不可能跟随潘阆在汴京讲堂巷做药童①。又,潘阆授四门助教,是在至道元年(995)赐进士之时,这已是十三年后之事。而且潘阆授四门助教的举荐人是王继恩,不是曹彬(详后)。曹彬平生没有做过"秦帅",说"秦帅"曹彬为潘阆说项,似不大可能。

不过,南宋也有人信以为真。杭州曾建先贤堂(又名仰高堂),以纪念许由、潘阆等名贤。后来因为时忌,有人说潘阆曾有从秦王之嫌,于是把潘阆从先贤堂中撤出。《武林旧事》载:"先贤堂名'仰高',祠许由以下共四十人,刻石作赞,具载事迹。中以宝庆初巴陵之事,谓潘阆有从秦王之嫌,遂去之。"②因潘阆涉嫌从秦王,就被撤出先贤堂,表明当时人对潘阆从秦王之事信以为实。

南宋目录学家陈振孙比较审慎,其《直斋书录解题》说:"或云坐卢多逊党,追捕变姓名,僧服入中条山。"③既不肯定也不否定。今人沈如泉《潘阆新考》依李焘《续资治通鉴长编》注与王禹偁二序"断定潘阆与秦王案无关"④,证据尚嫌不足。

太平兴国八年癸未(983) 二十四岁

三月,在镇江。舟中有诗寄柳开。

潘阆有《舟中自吴之越寄润州柳侍御开杨博士迈》诗(页622)。按,"润州柳侍御开",指时知润州(今江苏镇江)的柳开。据祝尚书《柳开年谱》,太平兴国五年冬,柳开自知常州移知润州。太平兴国九年,柳开始离润州任。诗有"三月天"云云,当作于太平兴国六年至九年的某年三月。其时潘阆当在运河镇江段自吴赴越的船上,故以诗寄时在

---

① 按,讲堂巷在大相国寺东门,此巷有药铺:"南北讲堂巷、孙殿丞药铺、靴店,出界身北巷,巷口宋家生药铺。"(孟元老:《东京梦华录》卷三"寺东门街巷"条,《东京梦华录(外四种)》,古典文学出版社1956年版,第20页)

② 四水潜夫(周密):《武林旧事》卷五,西湖书社1981年版,第76页。

③ 陈振孙:《直斋书录解题》卷二十,第587页。

④ 沈如泉:《潘阆新考》,《文学遗产》2012年第1期。

润州任知州的故人柳开。《柳开年谱》系此诗于太平兴国八年，姑从之。按，诗题称"柳侍御"，柳开加殿中侍御史，是在太平兴国九年出知贝州时[1]。此诗称"柳侍御"，或是后来所加。诗题中杨迈博士，不详。

登镇江金山寺，有《金山寺留题》《与人游会润州金山寺》《留别金山寺》诸诗。

在镇江期间，潘阆曾登金山寺，作《金山寺留题》诗："金山碧崔嵬，我泛扁舟来。虚阁登还下，长廊去复回。"（页619）诗中又有"葛衣惹秋云，草履黏苍苔"之句，当作于秋天。《与人游会润州金山寺》有云："江声寒若吼，山色翠如堆。"（页620）亦秋间所作。《留别金山寺》曰："山顶风摇万树鸣，扁舟欲解觉难行。"（页627）似亦同时作。

至山阴（今浙江绍兴），识神童刘少逸，教之以诗。

前引潘阆诗谓"自吴之越"，据王禹偁《神童刘少逸与时贤联句诗序》，知潘阆时至越州山阴。王序谓神童刘少逸"七岁孤藐，游于山阴，诗人潘阆见而奇之，乃引之以语，教之以诗。生性如生知，辞如老成，一联一咏，令人振惊。潘生许以并行，诲之不倦，且以其兄之子妻之"[2]。按，《续资治通鉴长编》和王辟之《渑水燕谈录》载，刘少逸于端拱二年（989）三月中进士，时年十三岁[3]，则刘少逸生于太平兴国二年。其七岁至山阴，遇潘阆，时在本年。

七月，在山阴，有《癸未岁秋七月祷禹庙》《曹娥庙》《泊禹祠》《登

---

① 参祝尚书《柳开年谱》，《宋人年谱丛刊》本，第227页。

② 曾枣庄、刘琳主编：《全宋文》，卷一百五十四，第8册，第32页。

③ 李焘《续资治通鉴长编》卷三十载："（端拱二年三月）壬寅，上御崇政殿试合格举人，得进士阆中陈尧叟、晋江曾会等一百八十六人，并赐及第；诸科博平孙奭等四百五十人，亦赐及第，七十三人，同出身。""越州进士刘少逸者，年十三中选，既覆试，又别试御题赋诗数章，皆有旨趣，授校书郎，令于三馆读书。"（页678）王辟之《渑水燕谈录》卷四亦载："刘少逸少有俊才，年十三，端拱二年中礼选。及御试，诗赋外别召升殿，赐御题，赋诗数首，皆有旨意。授校书郎，令于三馆读书。故王元之爱其少俊，而赠之诗曰：'待学韩退之，矜夸李长吉。'"（中华书局1981年版，第39页）另参沈如泉《潘阆新考》，《文学遗产》2012年第1期。

应天寺塔》《寄会稽仲休山人》诸诗。

潘阆《癸未岁秋七月祷禹庙》云："万古稽山下，森森大禹祠。幽人来暗祷，灵魄望潜知。"（页630）癸未，即本年。七月至禹庙祷告，潘阆或于夏间已抵山阴。

其《曹娥庙》诗曰："曹娥庙前秋草平，曹娥庙里秋月明。"（页629）亦写秋景，或同年所作。按，曹娥庙，亦在会稽。《嘉泰会稽志》卷六载："曹娥庙，在（会稽）县东七十二里。娥，上虞人。父盱，能弦歌，为巫祝。汉安二年五月五日，于县江溯涛波，迎神溺死，尸不得。娥年十四，缘江号泣，昼夜不绝，旬有七日，遂投江而死。元嘉元年，县长度尚改葬于江南道旁，为立碑焉。墓今在庙之左，碑有晋右将军王逸少所书小字。新安吴茂先（师中）尝刻于庙中。今为好事者持去。"①

又有《泊禹祠》云："禹庙高高万木齐，蟾蜍影里月光低。山中不惯闻寒漏，一夜猿惊与鸟啼。"（页630）或同年所作。

另有《登应天寺塔》云："闲上应天寺里塔，九层突兀入幽云。"（页630）按，应天寺，在会稽"府南二里二百二十二步"，原名报恩光孝禅寺，唐乾符元年重建，改名应天寺。② 诗中又有"秦望山头如髻簇，照湖水阔若瓯分"之句，亦写当地山水。"秦望山，在〔会稽〕县东南四十里"，"天照湖在〔山阴〕县东三里"。③

复有《寄会稽仲休山人》云："近携琴鹤游东越，曾接谈谐气味深。"（页630）亦在山阴作。以上四首当作于本年前后，并系于此。

秋，游诸暨，泛剡溪，有《自诸暨抵剡》四首及《晓泊嵊浦寄剡县刘觊员外》。

潘阆《自诸暨抵剡》其一云："莫叹尘泥汩，且图山水游。"其三曰：

---

① 施宿：《嘉泰会稽志》卷六，《中国方志丛书》，台北，成文出版社1983年版，第6244页。

② 同上书卷七，第6265页。

③ 同上书卷九、卷十，第6298、6328页。

"秋渚涵空碧,秋山刷眼青。"(页624)是秋日情景,当为本年秋间作。按,诸暨、嵊县,宋世俱属越州。而"剡溪在(嵊县)县南一百五十步"①。

宋太宗雍熙元年甲申(984)　二十五岁

潘阆在杭州、绍兴卖药为生。

雍熙四年王禹偁在苏州长洲做县令时,说潘阆"跨江而来,钱塘、会稽,卖药自给"(详后)。据此推知,太平兴国八年潘阆到绍兴后,雍熙年间一直在杭州、绍兴一带卖药为生。

雍熙二年乙酉(985)　二十六岁

或在杭州、绍兴卖药为生。

雍熙三年丙戌(986)　二十七岁

或在杭州、绍兴卖药为生。

雍熙四年丁亥(987)　二十八岁

在苏州,携刘少逸拜访长洲知县王禹偁。

王禹偁《神童刘少逸与时贤联句诗序》谓:"(刘少逸)逮十一岁,成三百篇,求之古人,曾不多让。生又长于联句,敏而能精,若虚谷之应声,洪钟之待扣也。矧余杭、会稽号为大郡,督转输领郡县者,多朝之名臣矣。至于儒素之士,缁黄之流,往往有秀民焉。或召生以升堂,或随生以求友,出句度以试之,穷寄险以难之。生意同预谋,语如夙昔,应声而答,旁若无人。疑孟东野、贾阆仙之徒变其精灵,潜于左右,更传互授,以助其言。不然,又安得敏捷清新之若是邪?某闻之,未甚信。一日,潘生与之偕行,惠然肯顾。因解榻以延之,唱诗以验之,然后知其神

---

① 施宿:《嘉泰会稽志》卷十,第6322页。

矣。"①刘少逸生于太平兴国二年,十一岁即在本年。其时王禹偁在长洲(今属江苏苏州)任知县②,潘阆携刘少逸前往拜访,并联句唱和。王禹偁先是不相信刘少逸的才华,验证后惊叹为神童。《诗话总龟》前集卷二引《续归田录》也有类似记载:"苏州童子刘少逸,年十一,文辞精敏,有老成体。其师潘阆携以见长洲宰王元之、吴县宰罗思纯,以所作贽二公。二公名重当时,疑所贽假手,未之信,因试之。与之联句,略不淹思。思纯曰:'无风烟焰直。'少逸曰:'有月竹阴寒。'又曰:'日移竹影侵棋局。'少逸曰:'风递花香入酒尊。'元之曰:'风雨江城暮。'少逸曰:'波涛海寺秋。'元之曰:'一回酒渴思吞海。'少逸曰:'几度诗狂欲上天。'凡数十联皆敏。二公惊异,至闻于朝,赐进士及第。官止尚书员外郎。"③

有《酒泉子》咏潮词,时人画成《潘阆咏潮图》以广其传。王禹偁为作《潘阆咏潮图赞并序》。

潘阆《酒泉子》咏潮词曰:"长忆观潮,满郭人争江上望。来疑沧海尽成空。万面鼓声中。弄涛儿向涛头立。手把红旗旗不湿。别来几向梦中看。梦觉尚心寒。"④好事者画成《潘阆咏潮图》,广泛流传。吴处厚《青箱杂记》卷六曰:"昔王维爱孟浩然吟哦风度,则绘为图以玩之。李洞慕贾岛诗名,则铸为像以师之。近世有好事者,以潘阆遨游浙江,咏潮著名,则亦以轻绡写其形容,谓之《潘阆咏潮图》。"⑤

---

① 曾枣庄、刘琳主编:《全宋文》,卷一百五十四,第 8 册,第 32 页。

② 参徐规《王禹偁事迹著作编年》,商务印书馆 2003 年版,第 66 页。

③ 阮阅《诗话总龟》前集卷二,人民文学出版社 1987 年版,第 25 页。此整理本将"潘阆"误作"潘周","闻于朝"误作"闻子朝",据《四部丛刊》本校改。

④ 唐圭璋编:《全宋词》,中华书局 1979 年版,第 6 页。

⑤ 吴处厚:《青箱杂记》卷六,中华书局 1985 年版,第 60 页。此则又见江少虞《宋朝事实类苑》卷三十六,上海古籍出版社 1981 年版,第 461 页。按,此段记载实源出王禹偁《潘阆咏潮图赞并序》。韩淲《涧泉日记》卷下亦载:"潘阆遨游浙江,咏潮著名。或以轻绡写其形容,谓之《潘阆咏潮图》。"(《全宋笔记》第六编,大象出版社 2013 年版,第 9 册,第 127 页)

这位画图的好事者,实为太子中舍李允。李允画成图后,请时任长洲知县的王禹偁作赞。王禹偁《潘阆咏潮图赞并序》谓:潘阆"总角之岁,天与诗性,故亲族骇其语焉;弱冠之年,世有诗名,故贤英服其才焉"。又说:"脱屣场屋,耻原夫之流;栖心云泉,有终焉之计。言念吴越,跨江而来,钱塘、会稽,卖药自给,因赋浙江观涛之什,称为冠绝。今太子中舍李公允,以春官之臣,被墨绶之贬,好奇尚异,有古人风。乃出轻绡,征彩毫,写彼诗景,悬为句图,飞翰走僮,以越茂苑。且曰:'若得吴县序之,长洲赞之,可垂于不朽矣。'会予卧病不果。疾间之日,复出图以阅之,诵诗以味之,乃知处士之句,绝唱也;李公之画,好事也;罗君之序,乐善也。援毫赞之,以卒予志。"①太子中舍李允被贬为县令(墨绶,即指县令),见潘阆咏潮词后,遂绘为《潘阆咏潮图》,请吴县县令罗处约(思纯)为作序,王禹偁为作赞。

七月,柳开知宁边军,潘阆寄诗赠行。

本年,朝廷从文臣中访求有武略知兵者,柳开得预选。五月乙丑,殿中侍御史柳开为崇仪使,七月,知宁边军(今河北博野)②。潘阆闻之,作《寄赠柳殿院开授崇仪使赴边上》:"从来长见说兵机,今日君恩志岂违。骢马不骑骑铁马,绣衣休挂挂戎衣。雄师已听心皆伏,丑虏将闻魄尽飞。应笑苦吟头白者,二南章句转衰微。"(页625)

按,柳开赴边前为殿中侍御史,故称"柳殿院"。"殿院",本官署名,殿中侍御史所居官廨,后用以指殿中侍御史及其属官。《宋史》卷一百六十四《职官志四》载:"御史台,掌纠察官邪,肃正纲纪。大事则廷辨,小事则奏弹。其属有三院:一曰台院,侍御史隶焉。二曰殿院,殿中侍御史隶焉。三曰察院,监察御史隶焉。"③叶梦得《石林燕语》卷五考证说:"唐三院御史,谓侍御史与殿中侍御史、监察御史也。侍御史

---

① 曾枣庄、刘琳主编:《全宋文》,卷一百五十八,第 8 册,第 107 页。

② 参祝尚书《柳开年谱》,《宋人年谱丛刊》本,第 231—232 页。

③ 脱脱等:《宋史》,中华书局 1977 年版,第 3869 页。

所居曰'台院',殿中曰'殿院',监察曰'察院'。此其公宇之号,非官称也。""近世'殿院''察院',乃以名其官,盖失之矣。"①

八月,王禹偁自长洲被召赴阙,潘阆以诗送行。

《续资治通鉴长编》卷二十九载,端拱元年正月八日丙寅,"以大理评事王禹偁为右拾遗,罗处约为著作佐郎,并直史馆。先是,禹偁知长洲县,处约知吴县,相与日赋五题,苏、杭间人多传诵。上闻其名,召赴中书,命试《诏臣僚和御制雪诗序》称旨,故皆擢用为直史馆,赐绯;旧止赐涂金带,特择犀带宠之。禹偁,钜野人。处约,华阳人也"②。按,王禹偁除右拾遗,在明年正月八日,而"召赴中书"则在本年秋八月。王禹偁《答郑褒书》谓:"前年八月,仆自长洲令征拜右正言、直史馆;既满岁,迁左司谏、知制诰。"③王禹偁离长洲赴京时,潘阆有《送王长洲禹偁赴阙》诗:"名重圣主征,道光史策收。一鹗秋空飞,鸟雀徒啾啾。"④据"一鹗秋空飞"句,知作于秋天,时令正与王禹偁离长洲时间相合。王禹偁也有《寄潘阆处士》诗:"烂醉狂歌出上都,秋风时节忆鲈鱼。江城卖药长将鹤,古寺看碑不下驴。一片野心云出岫,几茎吟发雪侵梳。算应冷笑文场客,岁岁求人荐子虚。"⑤"秋风时节"云云,亦作于秋日。又"江城卖药"与前引王禹偁所言潘阆"跨江而来,钱塘、会稽,卖药自给"情形亦相合。

---

① 叶梦得:《石林燕语》,中华书局 1984 年版,第 73 页。

② 李焘:《续资治通鉴长编》,卷二十九,第 646 页。

③ 曾枣庄、刘琳主编:《全宋文》,卷一百五十,第 7 册,第 393 页。另参徐规《王禹偁事迹著作编年》,第 68 页。

④ 傅璇琮、孙钦善、倪其心、陈新、许逸民主编:《全宋诗》,第 618 页。按,《全宋诗》诗末原注:"按此时王禹偁从滁州贬所复召,阆作是诗送之。"误。徐规《王禹偁事迹著作编年》(第 69 页)有辨正。

⑤ 原载《永乐大典》卷一万三千四百五十,徐规《王禹偁事迹著作编年》第 66 页首次辑出。

宋太宗端拱元年戊子(988)　二十九岁

居扬州。与出知全州、途经扬州的柳开会晤,有《维扬秋日牡丹因寄六合县尉郭承范》诗。

本年五月,柳开自宁边军诏替回京,随即出知全州(今属广西)①。途经扬州时,潘阆与其相会于传舍并装鬼戏弄之。上官融《友会谈丛》载:"柳如京开与处士潘阆为莫逆交,尚气自任,潘常嗤之。端拱中典州,途出睢阳。潘先卜居在彼,迎谒河涘。时正炎酷,柳云:'可偕往传舍,就清凉宵话也。'洎到传舍,止于厅事。中堂扃镝甚秘,柳怒,将笞驿吏。吏曰:'此非敢靳,旧传舍者,多不自安,向无人居十稔矣。'柳强曰:'吾文章可以惊鬼神,胆气可以詟夷夏,纵有凶怪,因而屏之!'于是启门扫除,处中坐。阆潜思曰:'古人尚不敢欺暗室,何绐我之甚!岂有人不畏神乎?'乃谓柳曰:'今夕且归,制少汤饵,凌晨用借手为别。此室虚寂,请公卜宵可也。'柳喏之。阆出,密谓驿吏曰:'柳公,我之故人,常轻言自衒,今作戏怖渠,无致讶也。'阆薄暮方来,以黛染身,衣豹文犊鼻,吐牙被发,执巨棰,由外垣上,正据厅脊,俯视堂前。是夜,月色晴霁,洞鉴毛发。柳尚不寐,或敛衣循墙而行。阆忽叱之,柳竦然举目,初不甚惧。再呵之,似觉皇恐。遽云:'某假道赴任,暂憩此馆。非意干忤,幸乞恕之。'阆遂疏柳平生幽隐不法之事,扬声曰:'阴府以汝积戾如此,俾吾持符追摄,便须行也。'柳乃茫然设拜,曰:'事诚有之,其如官署未达,家事未了。盛年昭代,忽便舍焉。倘垂恩庇之,诚有厚报。'言讫再拜,继之以泣。阆徐曰:'汝识吾否?'柳曰:'尘下士,不识圣者。'乃曰:'只吾便是潘阆也。'柳知其所为,不胜惭沮。再三邀阆下屋,阆曰:'公性躁暴,不奈人戏。他日必辱我以恶言矣。'于是潜遁,柳亟归舟,解缆便去。闻者为之绝倒。"②释文莹《续湘山野录》亦载:"如

---

①　参祝尚书《柳开年谱》,《宋人年谱丛刊》本,第232—234页。

②　上官融:《友会谈丛》卷中,《宛委别藏》,江苏古籍出版社1988年版,第84册,第25页。

京使柳开与处士潘阆为莫逆之交,而尚气自任,潘常嗤之。端拱中,典全州。途出维扬,潘先世卜居于彼,迎谒江浒,因偕往传舍,止于厅事。见中堂局①镝甚秘,怒而问吏。吏曰:'凡宿者多不自安,向无人居,已十稔矣。'柳曰:'吾文章可以惊鬼神,胆气可以詟夷夏,何畏哉!'即启户埽除,处中而坐。阆潜思曰:'岂有人不畏鬼神乎?'乃托事告归,请公独宿。阆出门,密谓驿吏曰:'柳公,我之故人,常轻言自衒。今作戏怖渠,无致讶也。'阆薄暮以黛染身,衣豹文犊鼻,吐兽牙,被发执巨棰,由外垣而入,据厅脊,俯视堂庑。是夕,月色倍霁,洞鉴毛发。柳曳剑循阶而行。阆忽变声呵之,柳悚然举目,再呵之,似觉惶惧。遽云:'某假道赴任,暂憩此馆,非意干忤,幸赐恕之。'阆遂疏柳生平幽隐不法之事,厉声曰:'阴府以汝积戾如此,俾吾持符追摄,便须急行。'柳忙然设拜,曰:'事诚有之,其如官序未达,家事未了。倘垂恩庇,诚有厚报。'言讫再拜,继之以泣。阆徐曰:'汝识吾否?'柳曰:'尘土下士,不识圣者。'阆曰:'只我便是潘阆也。'柳乃速呼阆下。阆素知公性躁暴,是夕潜遁。柳以惭恶,诘朝解舟。"②

《友会谈丛》和《续湘山野录》所载故事情节基本相同,当同出一源。然两书所载潘阆与柳开会晤的地点不同,《友会谈丛》说在睢阳(今河南商丘),《续湘山野录》则说是在维扬(今江苏扬州)。两个地名读音,仅一字之差,应实指一地。从汴京至广西,先沿汴河,经洪泽湖,过楚州,入运河,南下至扬州,再溯长江西上,经湖南至广西。途中既要经过睢阳,也会经过扬州。潘、柳此次相会,既可能在睢阳也可能在维扬。

依成书早晚而言,《友会谈丛》似更可信③。《友会谈丛》成书较早,书前有仁宗天圣五年(1027)作者上官融自序。《续湘山野录》成书

---

① "局"疑为"扃"字之讹。
② 释文莹:《续湘山野录》,中华书局1984年版,第74—75页。
③ 参沈如泉《潘阆新考》,《文学遗产》2012年第1期。

于神宗熙宁年间（1068—1077），比《友会谈丛》晚出约半个世纪。然《友会谈丛》讹误衍脱比较严重，如"柳如京开与处士潘阆"，"处士"，《宛委别藏》本作"处诸藩"，不词，既衍又讹；"典州"，据《续湘山野录》，应作"典全州"，脱"全"字，《说郛》本讹作"金州"；"潘先卜居在彼"，据《续湘山野录》，当作"潘先世卜居在彼"，脱"世"字；"或敛衣"，《续湘山野录》作"曳剑"，"曳"讹作"或"，"剑"讹作"敛"，"衣"字衍；"旧传舍者"，据《续湘山野录》，当作"旧传舍宿者"，脱"宿"字；"不畏神"，据《续湘山野录》，当作"不畏鬼神"，脱"鬼"字；"汤饵"，《说郛》本作"汤饼"，是。两相比较，《续湘山野录》讹误较少，"睢阳"当依《续湘山野录》作"维扬"。

潘阆流寓之地，其诗中多留下痕迹印记，唯睢阳无任何痕迹可寻。扬州，则两次提及：其《维扬秋日牡丹因寄六合县尉郭承范》曰："绕栏忽见思傍徨，造化功深莫可量。"（页625）是亲历扬州情景。又《寓泊浙江寄汉阳孙迈郎中》谓"维扬相别后，十载浙江居"（页620—621）。潘阆应在扬州居住甚久，以至陈振孙《直斋书录解题》称"广陵潘阆"，认为潘阆是扬州人。姑定此次潘、柳之会在扬州。

《友会谈丛》谓二人相见"时正炎酷"，与柳开赴广西的季节相合。而潘阆《维扬秋日牡丹因寄六合县尉郭承范》作于秋日，与"时正炎酷"之盛夏季节相连。此诗或同为本年作，姑系于此。

端拱二年己丑(989)　三十岁
或居扬州。

宋太宗淳化元年庚寅(990)　三十一岁
或居扬州。

淳化二年辛卯(991)　三十二岁
在汴京，有诗送孙何、丁谓。

潘阆在汴京,有《阙下留别孙丁二学士归旧山》云:"名利路万辙,我来意如何。红尘三尺深,中有是非波。波翻几潜没,来者犹更过。归去感知泪,永洒青松柯。"(页619)诗题之"阙下"指汴京;"孙丁二学士"指孙何、丁谓。孙何与丁谓齐名,并称"孙丁"。淳化元年秋冬至淳化二年春天,孙何、丁谓二人都在汴京,曾分别拜访过王禹偁。[①] 淳化三年春,孙、丁二人同榜进士及第(孙何为状元)。及第后,孙何通判陕州,丁谓通判饶州,双双离开京城。潘阆在京城写诗留别孙、丁,应是在淳化二年。如果是在淳化三年孙何状元及第之后,诗中会有所涉及,诗题也不会称孙何为"学士",而应称"孙状元"。从潘阆诗可知,他在汴京生活很不如意,于是离京回"旧山"家居(其地不详)。

淳化三年壬辰(992) 三十三岁

重返汴京卖药,曾寄白银赠贬居商州的王禹偁。王禹偁有诗谢之。

王禹偁淳化二年秋被贬为商州团练使,携全家至商州(今陕西商洛)居住,生活贫困。时在汴京卖药的潘阆闻讯后,寄白银襄助。王禹偁有《寄潘处士》诗说:"卖药先生白布衣,书来方信在京师。减君炉里烧丹术,助我山中买酒资(自注:处士自京寄白银相赠)。闲似野云终不仕,闲如笼鹤已多时。飘飘又去黄河北,更负中条几首诗。"[②]据首二句,知潘阆在"京师""卖药"。潘阆自京寄白银救济王禹偁,当在淳化三年,《寄潘处士》诗亦当作于是年。

按,徐规先生《王禹偁事迹著作编年》认为此诗是淳化四年四月王禹偁量移解州团练副使、"赴解州途中"所作[③],非是。徐先生可能是依诗中"飘飘又去黄河北"之句而云然,盖解州(在今山西运城西南)在黄

---

① 参徐规《王禹偁事迹著作编年》,第96、100页;〔日〕池泽滋子《丁谓年谱》,《丁谓研究》附录,巴蜀书社1998年版,第261页。

② 傅璇琮、孙钦善、倪其心、陈新、许逸民主编:《全宋诗》卷六十五,第741页。又参徐规《王禹偁事迹著作编年》,第105页。

③ 参徐规《王禹偁事迹著作编年》,第127页。

河之北。实则此句承含颔联而言,是说潘阆生性自由浪漫如"野云",在汴京却"闭如笼鹤",故又要"去黄河北",而不是说王禹偁自己"又去黄河北"的解州。

游长安,登华山,有《长安道中》《过华山》《送冯尊师德之出长安》诸诗。

潘阆到长安后,有怀乡思亲之作《长安道中》:"游子辞乡早,高堂亲已老。燕来不东飞,寄书何日到。"(页626)上引王禹偁《寄潘处士》谓潘阆"飘飘又去黄河北",似指潘阆离开汴京,北游山西、陕西一带。潘阆游长安,或在本年前后,姑系于此。

又有《过华山》诗:"高爱三峰插太虚,掉头吟望倒骑驴。旁人大笑从他笑,终拟移家向此居。"(页628)当同期所作。

按,潘阆倒骑驴诗句,一时盛传,时人画有《潘阆倒骑驴图》以传世。魏野《赠潘阆》诗说:"昔贤放志多狂怪,若比来今总未如。从此华山图籍上,又添潘阆倒骑驴(原注:潘阆昔有过华山诗云:昂头吟望倒骑驴)。"[1]吕希哲《吕氏杂记》卷下载,潘阆"他日,自华山东来,倒骑驴以行。曰:'我爱看华山。'其实不喜入京也。故当时有潘阆倒骑驴之语"[2]。郭若虚《图画见闻志》卷四载,许道宁,工画山水,"有《山水寒林》《临深履薄》《早行诗意》《潘阆倒骑驴》等图传于世"[3]。

在长安,遇道士冯德之,有诗送行。

潘阆《送冯尊师德之出长安》曰:"浩浩霜风万木寒,高吟大醉出长安。"(页628)是冬日情景。潘阆在长安,逗留时间应较长。潘阆另有《赠冯德之道士》诗(页620)。

---

①　傅璇琮、孙钦善、倪其心、陈新、许逸民主编:《全宋诗》卷七十八,第899页。

②　吕希哲:《吕氏杂记》卷下,《全宋笔记》第一编第10册,大象出版社2003年版,第298页。

③　郭若虚:《图画见闻志》卷四,《文渊阁四库全书》本。

淳化四年癸巳(993)　三十四岁

在京。八月,王禹偁还京任左正言后,造访潘阆和冯德之。潘阆有诗送冯德之。

是年八月,王禹偁被召回朝,任左正言①。回汴京后,王禹偁曾到潘阆住处造访,有《送冯尊师(原注:时再为拾遗)》诗说:"前日访潘阆,下马入穷巷。忽见双笋石,卧向青苔上。云是冯尊师,秋来留在兹。今说东南行,问我坚乞诗。又见宋阁老,亦言师甚好。欲去天台山,即别长安道。"②按,潘阆亦有《与道士冯德之话别》诗:"一宿山房话别离,殷勤劝我酒盈卮。更教弟子横琴送,弹彻悲风尽泪垂。"(页628)

淳化五年甲午(994)　三十五岁

或在汴京。

宋太宗至道元年乙未(995)　三十六岁

在汴京卖药。因内侍王继恩举荐,赐进士及第,授国子四门助教。旋即追还。

潘阆并非天生隐士,年青时一度热衷功名,曾几次参加进士考试,都失望而归。仕进无门,才做隐士。韩淲《涧泉日记》说:"潘阆累试不捷,太宗登极,以龙蛇皆变,惟己辗轲,乃兴归隐之志、高放之情。吟诗寄陈希夷先生曰:'不信先生语,刚来帝里游。清宵无好梦,白日有闲愁。世态既如此,壮心应已休。求归归未得,吟上水边楼。'既达宸聪,惧其言如讪上,乃逃于江表。数载后入灵隐山。"③做隐士后,他心有不甘,经常与上层显贵交结往来,希望寻找进身之阶。

---

① 参徐规《王禹偁事迹著作编年》,第128页。
② 傅璇琮、孙钦善、倪其心、陈新、许逸民主编:《全宋诗》卷六十,第671页。
③ 韩淲:《涧泉日记》卷中,《全宋笔记》第六编第9册,第107—108页。

在汴京,潘阆结识内侍王继恩。王继恩于太宗有拥戴之功,深得太宗宠信。王继恩向太宗举荐潘阆,太宗即赐潘阆进士及第,并授国子四门助教。然因潘阆行为不检,不久即被收回成命。《宋史》卷四百六十六《王继恩传》说:"继恩初事太祖,特承恩顾。及崩夕,太宗在南府,继恩中夜驰诣府邸,请太宗入。太宗忠之。自是宠遇莫比,喜结党,邀名誉,乘间或敢言荐外朝臣,由是士大夫之轻薄好进者从之交往。每以多宝院僧舍为期。有潘阆者,能诗咏,卖药京师。继恩荐之,召见,赐进士第。寻察其狂妄,追还诏书。"①《续资治通鉴长编》载:至道元年四月"丙申,赐布衣潘阆进士及第。未几,追还诏书,以阆所为狂妄故也"②。《宋会要辑稿》亦载:"至道元年四月十四日,诏布衣潘阆对,赐进士及第,试国子四门助教(阆卖药京师,好交结贵近,有言其能诗者,因召见而有是命),未几追还诏书。"③此处明谓潘阆"卖药京师"。

按,《续资治通鉴长编》谓潘阆为人"狂妄",信非虚言。潘阆为人确实疏狂放荡,其《寓泊浙江寄汉阳孙迈郎中》诗说:"气概贫犹在,颠狂老渐疏。"(页621)不像有仙风道骨、不食人间烟火的高人隐士。沈括《梦溪笔谈》也说:"潘阆字逍遥,咸平间有诗名。与钱易、许洞为友,狂放不羁。尝为诗曰:'散拽禅师来蹴踘,乱拖游女上秋千。'此其自序之实也。"④

至道二年丙申(996)　三十七岁

或在汴京。

① 脱脱等:《宋史》卷四百六十,第 13604 页。

② 李焘:《续资治通鉴长编》卷三十七,第 812 页。

③ 徐松辑:《宋会要辑稿》选举九之一,中华书局 1957 年版,第 4397 页。按,《隆平集》卷二、《东都事略》卷一百二十、《古今事文类聚》新集卷三十一、《郡斋读书志》卷十九、《直斋书录解题》卷二十也都有相同记载。

④ 沈括:《元刊梦溪笔谈》卷二十五,第 14 页。

至道三年丁酉(997) 三十八岁

在汴京。受王继恩牵连遭通缉,幸逃脱。

晁公武《郡斋读书志》谓"王继恩与之善。继恩下狱,捕闻甚急,久之弗得"①。田汝成《西湖游览志余》亦载:"潘逍遥闻,钱唐人。以诗名,宋太宗将官之,辞不就。与王继恩善,继恩败,捕之,遁,弗得。"②

王继恩何故被贬而累及潘阆?原来又与皇位争夺有关。太宗驾崩之前,王继恩与参知政事李昌龄、知制诰胡旦共谋立太祖之孙为帝。真宗登基后,将王继恩三人尽行诛窜。潘阆参与其谋,于是也遭缉捕,幸而逃脱及时,后免于罪。王明清《挥麈录》载:"太宗大渐,继恩乃与参知政事李昌龄、枢密赵镕、知制诰胡旦、布衣潘阆谋立太祖之孙惟吉。适泄其机,吕正惠时为上宰,锁继恩而迎真宗于南衙,即帝位。继恩等寻悉诛窜。"③《续资治通鉴长编》言之更详:至道三年五月"甲戌,户部侍郎、参知政事李昌龄责授忠武节度行军司马,宣政使桂州观察使王继恩责授右监门卫将军、均州安置,安远节度行军司马胡旦削籍流浔州。太宗之即位也,继恩有力焉。太宗以为忠,自是宠遇莫比。继恩喜结党,邀名誉,乘间或敢言事,荐外朝臣,故士大夫之轻薄好进者辄与往来。每以多宝僧舍为期。潘阆得官,亦继恩所荐也。阆者,倾险士。尝说继恩乘间劝太宗立储贰,为它日计,且言南衙自谓当立。立之,将不德我,即议所立,宜立诸王之不当立者。南衙谓上(真宗——引者)也。继恩入其说,颇惑太宗。太宗讫立上。阆寻坐狂妄,黜。太宗疾革,继恩与昌龄及旦更起邪谋,吕端觉之,谋不得逞。上既即位,加恩百官。继恩又密托旦为褒辞,旦已先坐绌,于是并逐三人者。诏以继恩潜怀凶慝,与昌龄等交通请托,漏泄宫禁语言也。籍继恩家赀,多得蜀主僭侈之物。寻诏中外臣僚,曾与继恩交结及通书疏者一切不问。后二年继

---

① 晁公武撰,孙猛校证:《郡斋读书志校证》卷十九,第1036页。

② 田汝成:《西湖游览志余》卷十二,第175页。

③ 王明清:《挥麈录》余话卷一,上海书店出版社2001年版,第208页。

恩死于贬所"①。张师正《倦游杂录》亦载："潘阆，字逍遥，疏荡有清才，最善诗。王继恩都知待之甚厚，往往直造卧内，饮笑于妇女间，未尝信宿不见也。忽去半岁，不知所诣。俄而王生辰，阆携香合来谒，王大喜，延之中堂共宴。席罢，王留之，询其所适，潘曰：'虽然游历山水，访寻亲旧，亦为太尉谋一长守之策耳。'问其策谓何。潘曰：'上顾君侯恩礼之厚，天下莫不知。君侯恃上之遇，于人亦有不足者矣。况复绾时权，席天宠，媢而嫉者，不止南北之朝臣，与诸王、戚里亦有不善者。一旦宫车晏驾，君侯之富贵，安得如旧邪？'王瞿②然曰：'吾亦忧之，先生何以教我？'潘曰：'上春秋高，诸子皆贤。何不乘间建白，乞立储嗣？异日有天下，知策自君侯出，何惧富贵之替乎？'王曰：'我欲乞立南衙大王，如何？'（时章圣以襄阳判开封府）潘曰：'南衙自谓当立，岂有德于君侯邪？立其不当者，善也。'王繇是屡以白神功，乞别择诸王嗣位，神功竟不听。其后继恩得罪，章圣嗣位，即遂③出阆。阆遂亡命，诏天下捕之。"④

匿居舒州（今安徽潜山）潜山寺。

刘攽《中山诗话》谓潘阆遭通缉后匿居舒州潜山寺："太宗晚年烧炼丹药，潘阆尝献方书。及帝升遐，惧诛，匿舒州潜山寺为行者。题诗于钟楼云：'绕寺千千万万峰（原注：忘第二句）。顽童趋暖贪春睡，忘却登楼打晓钟。'孙仅为郡官，见诗曰：'此潘逍遥也。'告寺僧，呼行者。潘已亡去。"⑤按，据《宋史》卷五《太宗本纪》载，宋太宗卒于至道三年三月二十九日癸巳。同日，皇太子枢前即位，是为真宗。刘攽所说潘阆在太宗"升遐"后，因担心被诛而匿居舒州潜山寺，当在至道三年三月之后。而王继恩之贬在至道三年五月，潘阆遭捕亦即此时。《中山诗

---

① 李焘：《续资治通鉴长编》卷四十一，第865—866页。
② "瞿"似当作"蘉"。
③ "遂"疑为"逐"字之讹。
④ 张师正：《倦游杂录》，《全宋笔记》第八编第9册，大象出版社2017年版，第252页。
⑤ 刘攽：《中山诗话》，《历代诗话》，中华书局1981年版，第286页。

话》说潘阆是献方书而惧诛，可能是为真宗讳。其实事涉宫闱，危及帝位，故遭缉捕。离开京城之后，潘阆即逃往舒州潜山寺。

宋真宗咸平元年戊戌(998)　三十九岁

入京，被收系入狱。真宗释其罪。

潘阆逃脱不久，在咸平初重回汴京。被京兆尹抓获收系入狱。然时过境迁，真宗不再追咎，赦其罪。《郡斋读书志》载潘阆"咸平初来京师，尹收系之。真宗释其罪"①。

送信州(今江西上饶)安置，为助教。

出狱后，编置信州。张师正《倦游杂录》："其后会赦方出，以信州助教召，羁置信州。"②沈括《梦溪笔谈》卷二十五亦谓："后会赦，以四门助教召之，阆乃自归。送信州安置。仍不惩艾，复为《扫市舞》词曰：'出砒霜，价钱可。赢③得拨灰兼弄火。畅杀我。'以此为士人不齿，放弃终身。"④叶绍翁《四朝闻见录》甲集也载潘阆"编置信上。至信上，勺道旁圣泉，题诗柱上"⑤。

咸平二年己亥(999)　四十岁

在信州，任助教。

咸平三年庚子(1000)　四十一岁

移太平州(今安徽当涂)，为散参军。

潘阆曾任太平州散参军。吴曾《能改斋漫录》卷十一载："信州铅

---

①　晁公武撰，孙猛校证：《郡斋读书志校证》卷十九，第1036页。

②　张师正：《倦游杂录》，《全宋笔记》第八编第9册，第252页。

③　"赢"疑为"赢"字之讹。

④　沈括：《元刊梦溪笔谈》卷二十五，第14、15页。

⑤　叶绍翁：《四朝闻见录》甲集卷一，第2页。另参沈如泉《潘阆新考》，《文学遗产》2012年第1期。

山县治之北三里间石井资福院,有泉涌于山壁之下,澄澈如鉴。本朝诗人潘阆移太平州散参军,过而留绝句云:'炎炎畏日树将焚,却恨都无一点云。强跨蹇驴来到得,皆疑渴杀老参军。'苏黄门过而跋之云:'东坡先生称眉山矮道士好为诗,诗格亦不能高,往往有奇语,如"夜过修竹寺,醉打老僧门"之句,皆可喜者也。'"①此谓潘阆移任太平州过铅山,应是从信州离任赴太平州途经铅山,其时或在本年前后。按,苏黄门,指苏辙。眉山矮道士,谓李伯祥。厉鹗《宋诗纪事》卷九十据此著录。

咸平四年辛丑(1001) 四十二岁

在汴京。春夏间,有诗送孙何、张咏。

是年,友人孙何出任两浙转运使。赴任时,潘阆有《送孙学士两浙转运使兼简杭州知府张侍郎》诗送行并寄杭州知府张咏。

按,杭州知府张侍郎,指张咏。检吴廷燮《北宋经抚年表》卷四,宋初太宗朝至真宗大中祥符年间做过杭州知府的张姓者,只有张去华和张咏二人②。而张咏是以工部侍郎知杭州,张去华是以给事中知杭州。因此,"杭州知府张侍郎",应是张咏。考钱易《宋故枢密直学士礼部尚书赠左仆射张公墓志铭》:"咸平二年春,与故礼部尚书温公同知贡举。其年夏,改工部侍郎,知杭州。五年冬,替知永兴。"③知张咏咸平二年四月知杭州,咸平五年八月离任,移知永兴军④。潘阆《送孙学士两浙转运使兼简杭州知府张侍郎》应作于咸平二年至五年张咏任杭州知府期间。潘阆与张咏有诗来往,曾有《寄张咏》诗:"莫嗟黑发从头白,终见黄河到底清。"(页625)

---

① 吴曾:《能改斋漫录》卷十一,上海古籍出版社1979年版,第308页。
② 吴廷燮:《北宋经抚年表》卷四,第254页。
③ 张咏:《张乖崖集》附录卷一,中华书局2000年版,第150页。
④ 另参张其凡《张咏年谱》,《宋人年谱丛刊》,第145—149页。

新任两浙转运使的"孙学士",即孙何。《东都事略》卷四十七《孙何传》载孙何曾"出为京东、两浙转运使"①。再考《续资治通鉴长编》卷四十七,知孙何任京东转运副使是在咸平三年六月,不久,即改任两浙转运使:"户部判官、右司谏、直史馆孙何出为京东转运副使。何上疏曰……未几,徙两浙转运使。"②据"未几,徙两浙转运使",孙何由京东转运副使改任两浙转运使,应是在咸平三年六月之后,最迟是在咸平四年。按,两浙转运使司官廨在杭州,张咏时知杭州,故潘阆送孙何,兼简故人张咏。

潘阆《送孙学士两浙转运使兼简杭州知府张侍郎》原诗曰:"吴山挂魂碧,浙江入梦清。旦暮东南望,徒使华发生。君今运邦计,不得同舟行。即听江仓丰,伫见汴廪盈。""晓帆叠叠飞,夜橹连连鸣。贪吏诚守廉,饥民苏念生。岸花有异态,沙鸟无娇声。钱塘太守贤,好共致升平。"(页619)诗中所写"岸花有异态,沙鸟无娇声",应是春夏间景致,故此诗应作于咸平四年春夏间(咸平三年六月孙何还在京城任右司谏)。即是说,潘阆送孙何赴杭州任两浙转运使,是在咸平四年春夏之间。"钱塘太守贤",指张咏。而咸平四年春夏,张咏正在杭州。

写此诗时,潘阆应在汴京。诗中所谓"伫见汴廪盈",指亲见汴京粮仓充实丰满。京东转运使官廨在应天府(今河南商丘),孙何当是从应天府回京后再赴任两浙转运使。而潘阆则是在汴河边送行,诗中所言"不得同舟行",意谓本想同舟赴杭州,然碍于地位之悬殊,不能如愿。

---

① 王偁:《东都事略》卷四十七,《文渊阁四库全书》本。按,李之亮《宋代路分长官通考》认为《宋史·孙何传》所载孙何任两浙转运使有误,"当是副使",并将孙何任两浙路转运副使的时间系于咸平六年和次年即景德元年(巴蜀书社2003年版,第805页)。其实,孙何所任是转运使,而非副使,《续资治通鉴长编》及《宋史·孙何传》所载不误,任职时间也不可能是在咸平六年。

② 李焘:《续资治通鉴长编》卷四十七,第1020—1021页。

咸平五年壬寅(1002)　四十三岁

或在杭州。

咸平六年癸卯(1003)　四十四岁

或在杭州。

宋真宗景德元年甲辰(1004)　四十五岁

居杭州。有《呈钱塘知府薛谏议》《寓泊浙江寄汉阳孙迈郎中》《望湖楼上作》诸诗。

潘阆《呈钱塘知府薛谏议》云："再到钱塘眼暂清,骑驴看月又南行。可怜一片西湖水,不得垂纶老此生。"(页626)据首句,知是"再到钱塘"时作。诗中"钱塘知府",即杭州知府;薛谏议,指薛映。检《北宋经抚年表》,与潘阆同时的杭州知府姓薛者只有薛映一人①。薛映于咸平六年以右谏议大夫知杭州②,故称"薛谏议"。薛映至景德四年离任,在杭州五年③。潘阆诗即作于这五年间。究竟哪年所作,无从考定,姑系于本年。

潘阆曾久居杭州,《寓泊浙江寄汉阳孙迈郎中》之"维扬相别后,十

---

① 吴廷燮:《北宋经抚年表》卷四,中华书局1984年版,第255页。

② 周淙《乾道临安志》卷三:"薛映,咸平六年六月丁亥以礼部郎中知制诰、权判度支薛映为谏议大夫知杭州(本传:景德初知杭州,而咸平六年十月,前守王仲华方徙虔州,岂次年映方到官邪?)字景阳,临决蜂锐,州无留事。"(《中国方志丛书》,台北,成文出版社1983年版,第103页)潜说友《咸淳临安志》卷四十六亦载,咸平六年六月丁亥薛映"以礼部郎中知制诰权判度支为谏议大夫知"杭州,景德四年九月任满。(《中国方志丛书》,台北,成文出版社1970年版,第444页)

③ 潜说友《咸淳临安志》卷四十六载,景德四年丁未九月辛巳,王济"以工部郎中知"杭州。"时薛映满,议择代。冯拯曰:'余杭比诸道易治。'上曰:'方面之寄,古诸侯也。常时无事,则为易治。吴人轻巧,苟预备非常,安可谓之易也?'因阅班簿,指孙仅、王济,谓王旦曰:'二人孰优?'曰:'济有吏干,可副是选。'上面加慰谕,仍戒以朝廷阙失,许密疏上言。"(页444)又见《续资治通鉴长编》卷六十六。

载浙江居"(页 621),谓居浙江十年之久。浙江,应是代指杭州。杭州有潘阆故宅、潘阆祠、潘阆巷。《梦粱录》载:"潘逍遥祠,在潘阆巷,以宅基建祠祀之。"①《咸淳临安志》也记载:"潘阆居钱唐,今太学前有潘阆巷。"②王象之《舆地纪胜》卷二:"潘阆,字逍遥,钱塘之潘阆巷,其所居也。"③前引潘阆《与茂秀书》所言"《酒泉子》曲子十一首,并写封在宅内"之"宅内"④,即指杭州寓所。前引崇宁五年黄静跋亦明谓潘阆"寓钱塘"⑤。景德年间,潘阆到过杭州,《呈钱塘知府薛谏议》诗可证。然是否久居于此,难以断定。诗谓"可怜一片西湖水,不得垂纶老此生",似以不得定居杭州终老为憾。

潘阆又有《望湖楼上作》诗云:"望湖楼上立,竟日懒思还。"(页620)是登楼所作。又有《钱塘秋夕旅舍感怀》(页 621)、《岁暮自桐庐归钱塘晚泊渔浦》(页 621)、《孤山寺易从房留题》(页 621)、《北高峰塔》(页 623)、《到钱塘却寄姑苏太守》(页 627)、《赠林处士逋》(页627)、《宿灵隐寺》(页 627)诸诗,均作于杭州,姑系于此。

景德二年乙巳(1005)　四十六岁

或居杭州。

景德三年丙午(1006)　四十七岁

或在滁州,任参军。有《赴滁州散参军途中书事》。

潘阆《赴滁州散参军途中书事》诗云:"微躯不杀谢天恩,容养疏慵世未闻。昔日已为闲助教,今朝又作散参军。高吟瘦马冲残雪,远看孤鸿入断云。到任也应无别事,愿将清俸买香焚。"(页 625)据"昔日已为

---

①　吴自牧:《梦粱录》卷十四,黑龙江人民出版社 2003 年版,第 131 页。
②　潜说友:《咸淳临安志》卷九十三,第 910 页。
③　王象之:《舆地纪胜》卷二,中华书局 1992 年版,第 129 页。
④　潘阆:《逍遥词》卷末,《四印斋所刻词》,第 708 页。
⑤　同上。

闲助教,今朝又作散参军"云云,知其任滁州参军,是在任信州助教之后。然究竟何年始任滁州参军,难以考实,姑系于本年。

友人魏野闻知潘阆有滁州之命,作《闻潘阆新授滁州散参因以寄贺》诗:"江乡去想胜还乡,官职寻常事不常。会得圣君无别意,只应图继贾司仓。"①按,贾司仓,为唐贾岛。散参军,以负罪者为之。《续资治通鉴长编》卷九十六谓:"左巡使、殿中侍御史王耿言:'诸州军负罪散参军安置人,多在处卜居,虽遇量移,亦不迁徙。盖缘失官之后,恣营生计,不革贪心,侵扰贫民,规求货利。又或持州郡公事,长吏稍懦,则不能制之,深为民患。请自今委本处常切觉察,如侵扰官事,抑欺百姓,即奏移别所,仍令州县长吏非时不得接见。'从之。"同书卷一百三:"旧制,司士参军以年及格及负犯者为之,谓之散参军。"②

真宗景德四年丁未(1007)　四十八岁

或在滁州。有《秋日题琅琊山寺》《九华山》诸诗。

潘阆《秋日题琅琊山寺》诗曰:"岩下多幽景,且无尘事喧。"(页623)当是本年前后在滁州游览琅琊山寺时所题。

又《九华山》曰:"好是雨余江上望,白云堆里泼浓蓝。"(页629)或亦同时作。姑系于此。

宋真宗大中祥符元年戊申(1008)　四十九岁

秋,滁州任满。离滁时作《离滁阳》诗。

潘阆《离滁阳》诗曰:"长亭黄叶正纷纷,一曲骊歌酒十分。须信滁阳人有意,满城来送散参军。"(页629)据"黄叶正纷纷"云云,时当秋日。具体在何年,难确考。姑系于此。

---

① 傅璇琮、孙钦善、倪其心、陈新、许逸民主编:《全宋诗》卷七十九,第902页。
② 李焘:《续资治通鉴长编》卷九十六、卷一百三,第2220、2376页。

大中祥符二年己酉（1009） 五十岁

在泗州,任参军。

大中祥符三年庚戌（1010） 五十一岁

在泗州,任参军。卒,归葬杭州洞霄宫。

潘阆为泗州（今江苏盱眙）参军,见王象之《舆地纪胜》卷二载钱易撰《潘阆墓志》："逍遥与道士冯德之居钱塘,约归骨于天柱山。大中祥符二年为泗州参军,卒于官舍。德之遂囊其骨以归吴中,葬于洞霄宫之右。"①元邓牧《洞霄图志》卷四也载录有钱易所撰《潘阆墓志》,然所记卒年是"大中祥符三年"云："逍遥尝与道士冯德之居钱塘（今城中有潘阆巷）,约归骨于天柱山。大中祥符三年为泗州参军,卒于官舍。德之遂囊其骨归吴中,葬于洞霄宫之右。"②潘阆墓在洞霄宫内,《洞霄图志》所引墓志似更可信,故从其说,定潘阆卒于大中祥符三年。

钱易是潘阆的平生好友,所作墓志,自当可信。而道士冯德之收拾潘阆遗骨自泗州回钱塘之事,《洞霄图志》卷五也有记载："冯德之字几道,河南人。少习儒业,书无不读,京师号冯万卷。不慕声利,弃家入道,被旨住杭州洞霄宫。时公卿皆以诗饯行,宋真宗锐意元教,尽以秘阁道书出降余杭郡,俾知郡戚纶、漕使陈尧佐选先生及冲素大师、朱益谦等修校,成藏以进,号《云笈七签》。初,诗人潘阆与先生为道义交,任泗州参军,卒。先生囊其骨,归葬天柱山。钱易铭潘墓,具载其事。"③

潘阆卒后,初葬于盱眙（今属江苏）白虎坡下。王象之《舆地纪胜》卷四十四《淮南东路·盱眙军·古迹》载："潘逍遥墓,在白虎坡下。潘

---

① 王象之:《舆地纪胜》卷二,第 129 页。又见《全宋文》卷二百一十,第 10 册第 642 页。
② 邓牧:《洞霄图志》卷四,《丛书集成初编》本,商务印书馆 1936 年版,第 31 页。
③ 同上书卷五,第 54 页。

闻字逍遥,有清才,善诗,得罪亡命,会赦方出。以信州助教召之,移泗州参军而死。"①其后友人冯德之道士囊其骨归葬杭州洞霄宫。邓牧《洞霄图志》卷四"潘逍遥墓"条:"在宫内方丈西庑后。"②而"洞霄宫,在(余杭)县西南一十八里"③,即今杭州余杭区中泰街道大涤山中峰下大涤洞前。

　　① 王象之:《舆地纪胜》卷四十四,第 1801 页。
　　② 邓牧:《洞霄图志》卷四,《丛书集成初编》本,第 31 页。
　　③ 潜说友:《咸淳临安志》卷七五,《中国方志丛书》,台北,成文出版社 1970 年版,第723—724 页。

第十讲
词作编年系地的方法

最后这一讲,讲词作编年系地的方法。词作编年系地,就是考订词作的写作时地、写作背景、写作过程。以往我们都很重视作品的编年,但很少注意系地。我之所以强调系地,是想为古代文学的研究提供一种新的空间视角,强调文学研究的时空一体化。我带领团队与搜韵网合作打造的"唐宋文学编年地图"(https://sou-yun.cn/MPoetLifeMap.aspx),就是这一学术理念的初步实现。感兴趣的同学可以去浏览试用一下。在作品考订的操作实践中,编年和系地往往是一体的,知道了某首作品的创作时间,一般也就能根据作者的生平经历确定创作地点,而反过来,我们也经常通过确定创作地点的方式去考证一首作品的创作时间。给词作编年系地,原本是词人生平考订的重要组成部分,应该在"词人生平考辨"里讲,因为一来词作编年系地非常重要,二来词作编年系地也可以专题来做,不一定是在考订词人生平时才做,所以单独把它列为一讲。

要给词作编年系地,有两个前提条件。一是要了解词人的生平事迹,对词人一生的行踪履历相当熟悉,看到词中的人名字号和有关地名,不是很陌生,大致知道这个人是谁,这个地名是在哪里,词人什么时候到过那里,至少应该知道怎么查知这个人。如果对词人的生平所知甚少,对他的行踪一点都不了解,要给他的词作编年系地,就很困难。所以,要做词作编年系地,最好是先做词人的生平事迹考订。初学考证的,也最好是先做词人的生平事迹考,然后再做词作编年系地。二是要了解时代背景,熟悉词人生活的那个时代的有关历史事件,这样,才容易在词中发现相关线索。人名、地名,凭借有关工具书还可以查,而词中题序和词作正文涉及的事件,就不太好查。如果你对相关历史事件不熟悉,即使用关键词进行电子文献全文检索,也不容易找得到。对历史背景的熟悉,对历史事件的了解,必须靠学养,靠积累,要多读历史原典文献才行。

这样说来,大家会觉得词作编年系地,好难啊!没有尝试之前,不知道怎样上手,当然有一定的难度。不过,尝试几次、实践几次以后,也就学会了。谁也不是天生就会做学问,会做考证。其实,只要有一定的文献基础,做词作编年系地也不是很难的事。

下面就具体讲讲怎样进行词作编年系地考证。

一 查题序,找线索

要给一首词编年系地,首先是看题序,从题序中发现线索。凡是人名、地名、时间名词和其他专有名词,都可能是一种线索。像苏轼《水调歌头》词序:"丙辰中秋,欢饮达旦,大醉,作此篇。兼怀子由。""丙辰中秋"就是很具体的时间,只要查清楚"丙辰"是哪一年就可以系年了,当然还要查丙辰年东坡是在什么地方。把丙辰年和这年中秋东坡在什么地方弄清楚了,就可以对这首词进行准确的编年系地了。要是所有的词都像东坡这首《水调歌头》一样,把创作的时间、背景、过程都写得清清楚楚,查一查工具书就可以解决问题,那我们做编年系地考证,就太幸福了!可惜的是,像这样幸福的好事儿不多,更多的是需要迂回曲折地予以考证。

举个例子。

张元幹的名作《贺新郎》(梦绕神州路),宋刊本《芦川词》题作《送胡邦衡待制》,《全宋词》里词题也是这样写的。胡邦衡,一看就知道是胡铨,那张元幹是什么时候送胡铨,什么时候写的这首送行词呢？题序没有交代,要考证具体的时间相当困难。

查南宋黄昇的《中兴以来绝妙词选》,卷一里入选了张元幹这首《贺新郎》词,题作《送胡邦衡谪新州》,比《芦川词》多了"谪新州"三个字。再查《宋六十名家词》本《芦川词》,也是题作《送胡邦衡待制赴新州》。"谪新州"和"赴新州"是一回事。这三个字,可是重要的线索,表明张元幹是送胡铨贬谪新州时写的。有这三个字跟没有这三个字,可就大不一样。有了这三个字,考证的方向和线索就明确得多,只要考察清楚胡铨什么时候在什么地方贬谪新州,就可以基本确定张元幹是在何时何地送胡铨,在何时何地写这首送别词了。如果没有这三个字,那我们就很难判断张元幹是在哪一次送胡铨时写下这首词的。所以,做编年系地考证,也要注意查阅各种版本,版本不同,词作文本和题序的文字就可能不一样,文字不一样,提供的信息线索就会大不相同。

还有没有其他文献资料提到这首词呢？如果有,也许会提供进一步的线索。我在前面曾经提到过南宋蔡戡的《芦川居士词序》,序里说:

> 绍兴议和,今端明胡公铨上书,请剑欲斩议者,得罪权臣,窜谪岭海,平生亲党避嫌畏祸,唯恐去之不速,公作长短句送之。

这条资料,就进一步提供了一个大致的时限:"绍兴议和。"而黄昇的《中兴以来绝妙词选》更说:

> 张仲宗,三山人,绍兴戊午之和,胡澹庵上书乞斩时相,坐谪新州,仲宗以词送行,后并得罪。

绍兴戊午,为绍兴八年,公元1138年。这年宋金议和,胡铨上书请斩主和的宰相秦桧。按照黄昇的说法,胡铨贬新州,是在绍兴八年上书之后,张元幹作《贺新郎》词送行似乎应该就在这一年。

黄昇之后,明代毛晋刻《宋六十名家词》,给每个词集都题写了个题跋,他在《芦川词跋》中也说:

绍兴辛酉①,胡澹闇②上书乞斩秦桧被谪,作《贺新郎》一阕送之,坐是与作诗王民瞻同除名。兹集以此词压卷,其旨微矣。

说法跟黄昇稍有不同,毛晋认为胡铨上书被谪、张元幹作词送行是在绍兴十一年辛酉(1141)。

《四库全书总目》卷一百九十八《芦川词提要》赞同黄昇的说法:

绍兴八年十一月,待制胡铨谪新州。元幹作《贺新郎》词以送,坐是除名。

还特地加注说:

考《宋史·胡铨传》,其上书乞斩秦桧在戊午十一月,则元幹除名自属此时。毛晋跋以为辛酉,殊为未审。

胡铨贬新州,张元幹作《贺新郎》词送行,黄昇和四库馆臣认为是在绍兴八年,毛晋认为是在绍兴十一年。究竟哪一种说法是正确的呢?怎样判断这两种说法的正误呢?

最可靠的方式是查宋代的历史文献,比如李心传的《建炎以来系年要录》、徐梦莘的《三朝北盟会编》等书,还可以查胡铨的神道碑、墓志铭和行状之类的传记。查阅《建炎以来系年要录》《三朝北盟会编》和周必大的《资政殿学士赠通奉大夫胡忠简公神道碑》这些原始文献之后,我们会发现黄昇和毛晋的说法都不准确,他们把几年之间的事情放在一起说,一锅煮,容易让人误解。

原来,胡铨上书反对议和、请斩秦桧的时间,是绍兴八年十一月二十五日丁未。胡铨贬谪赴新州,是绍兴十二年七月初二癸巳。中间隔了差不多四年呢!胡铨在绍兴八年上书之后,宋高宗赵构和宰相秦桧非常震怒,恨不得把他处死。宋高宗即位之初,曾经杀过上书言事的太学生陈东,假如真要杀胡铨,他也不会手软。只是上书反对议和、营救

---

① 《四库全书》本《芦川词》所录毛晋跋,将"辛酉"改成了"戊午"。
② "闇"为"庵"字之讹。

胡铨的人太多,赵构和秦桧迫于舆论的压力,先是将胡铨除名削籍,流放昭州,后又改监广州盐仓。绍兴九年正月,又将胡铨从轻发落,贬到福州,任签书威武军节度判官厅公事。但秦桧一直怀恨在心,总想找机会严惩胡铨。到了绍兴十二年,他的宰相宝座越来越稳固了,于是就找了个借口,又将胡铨除名勒停,贬到新州(现在的广东新兴)。

这样,张元幹送别胡铨的时间就弄清楚了,是在绍兴十二年七月。《贺新郎》词中"凉生岸柳催残暑"的"残暑",也符合送别时夏末秋初之间的景色。

张元幹又是在什么地方给胡铨送行的呢?这一要查张元幹绍兴十二年七月的行踪,二要查胡铨是从什么地方出发前往贬谪之地的。查张元幹的别集,他有诗文表明自己绍兴十二年一直是住在福州,他应该就是在福州为胡铨送行的。再查王明清的《挥麈录》,记载有张元幹在福州作词送胡铨的事。原文说:绍兴十二年"壬戌岁",胡铨被"除名勒停,送新州编管"。"张仲宗元幹寓居三山,以长短句送其行云:'梦绕神州路……'"将王明清的记载和张元幹自己的诗文互证,可以证明张元幹是在福州送胡铨并写此词的。

追寻到这一步,问题也就差不多解决了。但是,还可以进一步考证,胡铨是不是从福州出发赴新州的呢,他自己有没有诗文作品提到过这件事呢。这就要查胡铨的文集了。

查《中国丛书综录》,可以知道《四库全书》里有胡铨的《澹庵文集》六卷,找来《文渊阁四库全书》本的《澹庵文集》一查,没有发现什么有价值的资料。但我就是不放心,也不甘心:胡铨文集还没有别的版本呢?

再查其他书目,发现胡铨还有一个三十二卷本的《胡澹庵先生文集》,这本书,既有乾隆刻本,也有道光刊本。我在湖北大学图书馆里找到一个乾隆二十二年(1757)练月楼的刻本。可以想象,三十二卷本的内容,比六卷本的内容要多好几倍!这种善本书,可没有电子版本来检索,只能老老实实地通读完全书。读到第二十七卷,有一篇《胡君商隐墓志》说:"绍兴壬戌秋,某自福唐幕被旨,窜逐岭表,道故里,商隐偕其兄……祖送不忍别。"见到这条材料,我不觉眼前一亮,心中一喜。这条材料,正好能说明胡铨是从福州出发,途经故乡庐陵赴新州的。墓志中的"壬戌秋",即绍兴十二年秋;"福唐",是福州的别称。福州的别称很多,如合沙、三山、长乐、福唐、闽中、东冶、东瓯、七闽。宋代祝穆的《方舆胜览》卷十《福建路·福州》有记载。

既有材料说明张元幹是绍兴十二年七月在福州为胡铨送行,又有史料证明胡铨是从福州出发赴贬所,时间、地点都完全吻合,张元幹《贺新郎·送胡邦衡待制》的编年系地问题也就彻底解决了。

在查阅了相关资料后,我们还深入了解到这首词特殊的政治背景。胡铨是由于上书言事触怒了最高统治者皇帝和宰相而得罪遭贬的,是"政治犯"。秦桧对胡铨这些政治上的异己者,恨之入骨,必欲置之死地而后快,不仅残酷打击当事人,还大肆株连迫害稍微有点关涉的人士,所以胡铨遭贬时,士大夫都不敢跟他来往,以至于"平生亲党避嫌畏祸,唯恐去之不速",生怕受牵连。张元幹却冒着极大的政治风险,义无反顾地作词为胡铨壮行,为他伸张正义。了解了这个背景,既有助于我们认识张元幹的人格个性,也有助于我们深入理解词作的精神气韵。张元幹后来也为这首词付出了沉重的代价。秦桧在得悉张元幹这首词之后,刻意罗织罪名,将张元幹逮捕入狱,最终把他削籍除名。张元幹由一个"退休"官员变成了一介平民,家产被抄没,家藏的词稿也全部被搜去,所以他的词作丢失散佚了不少。

这件事,可以称为"贺新郎词案"或"送行词案"。南宋绍兴年间,秦桧罗织过好多起文字狱,用来镇压持不同政见者。这起"贺新郎词案"只是其中的一起。从历史的角度解读这起词案,可以看出当时政治的黑暗和残酷;从词史的角度,又可以看出词体地位的变化。北宋中期,苏轼经过"乌台诗案"后,一度不敢写诗,词却照样写,因为词体在当时还是被当作娱乐性的游戏文字,东坡不担心政敌到他的词作里去罗织什么罪名。而到了南宋初期,写词也会犯罪,犯政治忌讳,这表明词体已经开始跟政治联姻,成为政治斗争的工具了。以往非意识形态性的词,如今也意识形态化了、政治功利化了。一起历史事件,也折射着一种文学观念,包含着一种文体意识。我们要善于透过历史事件,去洞察、透视隐藏在历史背后的这种观念和意识。

还有一个问题,有必要弄清楚,就是张元幹词题里称胡邦衡为"待制"的问题。待制,是什么意思?是阶官名。查胡铨的神道碑和行状,知道胡铨曾经在乾道七年(1171)晋升为宝文阁待制。宝文阁待制的级别是从四品。胡铨在绍兴八年上书时,阶官是通直郎,正八品,职官是枢密院编修官。胡铨任宝文阁待制,是三十年后的事情,绍兴十二年胡铨贬谪赴新州时,张元幹怎么会称他为待制呢?这个"待制",肯定是后来他的子孙编词集时加上去的,而不可能是张元幹当时写的。不了解这一点,如果根据这个来系年,那可就麻烦了。所以,对于诗题词题的称谓,要注意辨别,要弄清楚是后人加的,还是当时作者写的。

诗题词题中,经常有后人补写称谓的情况。比如,刘过的名作《沁园春》(斗酒彘肩),题作"寄稼轩承旨"。这首词,据岳珂《桯史》的记载,是嘉泰三年(1203)癸亥刘过在临安寄给辛稼轩的。当时稼轩在绍兴,做绍兴知府兼浙东安抚使,没有做"承旨"之类的官。"承旨",是枢密院都承旨的简称。辛稼轩是在开禧三年(1207)临终前才被任命为枢密院都承旨的,没有赴任就病逝了。而刘过呢,在开禧二年就去世了。所以,刘过根本不可能知道稼轩任枢密院都承旨的事情,也不可能称稼轩为"承旨"。词题中"承旨"两个字,肯定也是后人加的。

我是怎么注意到这个问题的呢?有一次我注释刘过的这首词,查邓广铭先生的《辛稼轩年谱》,看辛稼轩是哪年任承旨的,以便考订这首词是哪一年写的。结果一查,就发现了上面的情况。所以,根据词题中人物称谓为线索来系年,一定要注意称谓的来源和真假。

再举个例子。

吴文英有一首《声声慢·畿漕廨建新楼上尹梅津》词。要给这首词编年系地,该怎样着手考订呢?

词题中有三个关键词，一是人名"尹梅津"，二是官制名"畿漕"，三是"新楼"。这三个关键词都是线索，查有关史料，也许就能考订这首词是什么时候写的。

先查尹梅津是何人。凭阅读经验，"梅津"，很可能是字号，而不是大名。所以，要查一般的人名索引，可能查不到。那怎么查呢？先查《宋人传记资料索引》第六册的《宋人别名字号封谥索引》，查过之后，没有查到尹梅津其人。那就寻找别的途径。吴文英有十来首词是跟尹梅津唱和的，可以判断：尹梅津，应该是一位词人，《全宋词》里有可能收录了他的词作。但因为梅津不是名，而是字号，所以查《全宋词作者词调索引》就查不到。可以用一个笨办法，就是把《全宋词》里姓尹的人全部查一遍，看哪位姓尹的人字梅津或者号梅津。《全宋词》里姓尹的人不多，总共只有五个。查到尹焕，尹焕小传里说他字惟晓，没说他字或号梅津，但是说到他有《梅津集》。古人的别集，常常是以自己的别号为名的，所以尹焕很可能是号梅津；尹梅津，很可能就是尹焕。再查我和刘尊明教授主编的《宋词大辞典》，尹焕条目里明确说到尹焕号梅津，这样就可以肯定尹梅津就是尹焕了。后来进一步查资料，在周密《齐东野语》卷十里发现有这样一个故事："梅津尹焕惟晓未第时，尝薄游苕溪，籍中适有所盼。"大意是说，尹焕没有进士及第之前，曾经在湖州（苕溪）爱上了一位妓女。十年后，重到湖州，询问意中人的下落，结果那位佳人早已是他人妇了。他托朋友请来相见，佳人已是颜色憔悴，跟从前判若两人。尹梅津为赋《唐多令》词，下片写道："重来惊鬓霜。怅绿阴、青子成双。说着前欢伴不采，扬莲子、打鸳鸯。""梅津尹焕惟晓"一句，更证明尹焕就是尹梅津了。

再查"畿漕"，是什么意思。我们查《文渊阁四库全书》电子版，从《宋史》和许月卿《官箴》的有关记载里，可以了解到畿漕是转运司或转运使的代称。吴文英词题中的"廨"，指官署、官舍。"畿漕廨建新楼"，意思是转运司官署建造了一座新楼。

现在我们要弄清楚的是，尹焕跟转运司建新楼有什么关系，尹焕在什么时候、什么地方做过转运司的官。

　　《全宋词》尹焕小传里提供了一个线索："自畿漕除右司郎官。"这条资料，其实来源于吴文英词《凤池吟·庆梅津自畿漕除右司郎官》。但不管怎么说，这条材料提供了一个线索，就是尹焕做过转运司的官，某个转运司建的新楼跟尹焕有关系，或者就是尹焕建的。问题在于，尹焕是什么时候在什么地方做过转运司的官呢？还是查各种人物传记资料索引，比如《中国地方志宋代人物资料索引》和《中国地方志宋代人物资料索引续编》等，也可以通过《文渊阁四库全书》和《宋元方志丛刊》等电子文献进行检索。最终，我们很幸运地在宋代的《咸淳临安志》第五十卷和第五十二卷里找到下列记载：

　　　　尹焕，淳祐六年运判，七年除左司。

　　　　旧在双门北，为南北两衙。今在丰豫门，南有东西二厅。东厅……（有）福星楼，淳祐间尹运判焕建，咸淳三年运副潜说友重修。（"两浙转运司"条）

由这两条记载，可以知道，尹焕是淳祐六年（1246）开始任两浙转运司判官，淳祐七年就升任左司郎官回到朝廷了。在任期间，在转运司东厅建了一座福星楼。可以肯定，吴文英《声声慢》词题所谓"畿漕廨建新楼"，就是指尹焕在两浙转运司建的这座福星楼。福星楼落成后，吴文英写了这首《声声慢》给尹焕，以示祝贺，时间就在淳祐六年与七年之间。

　　那这首词究竟是淳祐六年还是七年写的呢？这个不太好肯定，只能做一个大致的推断。吴文英词末尾两句说："凤池上，又相思、春夜梦中。"应该是春天所作。那是淳祐六年春天还是淳祐七年春天呢？依常理推测，应该是淳祐七年春天。因为，淳祐六年尹焕才到两浙转运司做判官，即使是淳祐六年正月开始做判官，建一座楼，也需要几个月的时间，因此，福星楼落成，应该是在淳祐七年春天。吴文英这首《声声慢》词，很可能是淳祐七年春天写的。当然，这仅仅是一种推测。

解决了这首词的编年系地问题，吴文英另外两首送尹焕的词，也可以比较准确地编年系地了。

吴文英另有《凤池吟·庆梅津自畿漕除右司郎官》和《塞翁吟·饯梅津除郎赴阙》，前一首是在尹焕被任命为左司郎中后写的庆贺之作，后一首是在尹焕离转运判官任回朝廷时饯行之作。尹焕是淳祐七年升任左司郎中的，这两首词肯定就是作于淳祐七年。只是史书上说尹焕是任"左司"，而梦窗词说是"右司"，参考其他史书的记载，应该是"左司"，梦窗词的"右司"可能是刻写之误。

吴文英这两首词，还能不能进一步把写作时地考得更具体一点呢？比如，是淳祐七年春天写的，还是夏秋间写的呢？我们在《宋史》卷三十四里查到了这样一条记载：

> （淳祐七年五月二十三日）乙亥，以权吏部侍郎兼中书舍人赵汝腾充殿试详定官，权工部侍郎兼直学士院尤煟、左司郎中尹焕同详定。

这条记载表明，淳祐七年五月尹焕已经在朝廷任左司郎中并充任礼部考试的试卷详定官了。也就是说，淳祐七年五月二十三日之前，尹焕已经回朝任左司郎中了。这样，我们就可以知道，吴文英贺尹焕任左司郎中并饯行，是在淳祐七年五月之前的春夏之间。

再看看吴文英词中有没有季节时令的描写。《凤池吟·庆梅津自畿漕除右司郎官》词有"帝甸阳春"之句，《塞翁吟·饯梅津除郎赴阙》也有"千桃过眼春如梦"的句子，表明这两首词应该是春天，也就是淳祐七年春天写的。这样，我们就可以将《凤池吟》和《塞翁吟》这两首词的写作时地，定在淳祐七年春天的临安城。因为两浙转运司官署的所在地在临安，饯行之地也应该在临安。

总结前面的两个例子，对词作进行编年系地考证的步骤是：先根据题序中的人名、地名、官制名和有关事件提供的线索，广泛查阅史书、方志和文集中的材料，相互印证；然后考证词人和交游者交往活动的时间、地点和事由;再结合词作所表现的季节时令,进一步考证词的写作时间和地点。

词的题序,要尽可能查阅各种版本,以发现有价值的线索。张元幹《贺新郎》词,题序如果只有"送胡邦衡待制"六个字而没有"谪新州"三个关键字,那么,我们就很难考证词人送行的时间和词的写作背景。吴文英那首《声声慢》的词题,有的版本作"畿漕新楼",如果不查其他版本,只根据这四个字就很难判断是哪里的畿漕建新楼,也就无从考证词的写作年代。有了"上尹梅津"四个字,我们就有了查询的范围和目标。所以,要特别注意,词集版本不同,可能题序不同,题序不同,提供的线索就完全不一样。有时一两个字,可能就是编年系地的关键和突破口。没有这几个字,就无从着手。

这样的例子还很多。比如,《全宋词》录有刘镇《天香》词,题作"对梅花怀王侍御"。这个"王侍御",我们就很难考证是何许人,因为南宋时代,做过侍御史的王姓人士有好多,刘镇又没有别的作品可以参照,所以很难判断这个王侍御是哪个姓王的侍御。而明代词选《天机余锦》收录这首词,却题作"对梅花怀王龟龄侍御",比《全宋词》多"龟龄"二字。这两个字,就非常有价值,它告诉我们,这个王侍御,是王龟龄,也就是著名的状元王十朋。王十朋,字龟龄。知道了王侍御是王十朋,就好办了。只要弄清楚王十朋是什么时候任侍御史的,就可以大致确定这首词的写作时限和地点。

以上是说,同一首词的题序,要注意查阅各种不同的版本,以发现有价值的异文和线索。

还要注意的是,不同词作的题序,彼此之间要相互参照,以寻找线索和依据。有时候,两首词提到同一件事,而其中一首词有时间记载,相互印证,也可以解决另一首词的写作时间问题。比如,南宋词人管鉴有两首《念奴娇》词,一首题序说:

癸巳重九,同陈汉卿、张叔信、王任道登金石台作。

另一首题序则说：

> 夷陵九日，忆去岁金石之游，用旧韵寄汉卿、叔信。盖尝归饮任道家，故有"徐娘"及"悲欢"之句。

根据这两首词的题序，可以知道前一首作于头一年的重阳节，后一首作于后一年的重阳节，两首词的用韵完全相同。前一首是"癸巳"年所作。癸巳，是指哪一年？其他史料显示，管鉴是生活在南宋孝宗时代，因此，查《中国历史纪年表》，就可以知道，癸巳，是指乾道九年，公元1173年。时间查清楚了，那么地点呢？地点在"金石台"。金石台又在什么地方？查《文渊阁四库全书》电子版，可以知道，金石台在抚州临川县西，宋代祝穆的《方舆胜览》、吴曾的《能改斋漫录》和《明一统志》等书，都有记载，是抚州一大名胜。查到这里，就弄清楚了前一首《念奴娇》是乾道九年重阳节管鉴在临川登金石台后写的。如果深入考证，还可以追问：他为什么会在临川？在临川干什么？是家居，是游览路过，还是做官？同游的陈汉卿、张叔信、王任道，都是什么人？他们的名字、籍贯、身份是什么？

知道了前一首的写作时间，也就知道了后一首是写于第二年的淳熙元年甲午，公元1174年。不过，地点不是在临川，而是在夷陵。夷陵，就是现在的湖北宜昌。需要考证的是，管鉴在夷陵做什么？词中有"官况全如秋淡薄"句，他应该是在夷陵做官。做什么官呢？如果考清楚了，还顺便可以弄清楚管鉴的经历仕履。查史书、方志，都没有见到有管鉴在夷陵做官的记载。再查与他同时人的文集和相关著作，结果在范成大的《吴船录》里找到了这样一条记载：

> 甲子，泊归州。长文自峡山陆行，暮夜至归乡沱渡江，往渡头迓之。余前入蜀时，亦以江涨不可溯，自此路来，极天下之艰险。
>
> 乃告峡州守管鉴，归州守叶默、倅熊浩及夔漕沈作砺，请略修治。

《吴船录》是日记体，这里所说的"甲子"，根据前后文推算，是淳熙四年丁酉七月二十七日。峡州，州治在夷陵。当时，范成大作为四川安抚使,乘船沿长江入川,路过峡州,请峡州守管鉴等人募集民夫修治道路。"峡州守",就是峡州的知州,又叫太守。根据这个记载,可以知道淳熙四年前后管鉴任峡州知州。进而可以推断,淳熙元年管鉴在夷陵写《念奴娇》词时任峡州太守。

二 查本事,找线索

有的词作,有本事记载,可以从本事里寻找线索,再查有关史料予以佐证,也可以考证出词的写作时地。

举两个例子。

北宋初年,陈尧佐有一首《踏莎行》咏燕词:"二社良辰,千秋庭院,翩翩又见新来燕。凤凰巢稳许为邻,潇湘烟暝来何晚。　乱入红楼,低飞绿岸,画梁时拂歌尘散。为谁归去为谁来,主人恩重朱帘卷。"这首词原有创作本事,北宋释文莹《湘山野录》卷中记载:

> 吕申公累乞致仕,仁宗眷倚之重,久之不允。他日,复叩于便坐。上度其志不可夺,因询之曰:"卿果退,当何人可代。"申公曰:"知臣莫若君,陛下当自择。"仁宗坚之,申公遂引陈文惠尧佐曰:"陛下欲用英俊经纶之臣,则臣所不知。必欲图任老成,镇静百度,周知天下之良苦,无如陈某者。"仁宗深然之,遂大拜。后文惠公极怀荐引之德,无以形其意,因撰《燕词》一阕,携觞相馆,使人歌之曰:"二社良辰……主人恩重朱帘卷。"申公听歌,醉笑曰:"自恨卷帘人已老。"文惠应曰:"莫愁调鼎事无功。"老于岩廊,酖藉不减。

"吕申公",查《历代人物谥号封爵索引》,可以知道是宰相吕夷简。这个故事大略是说,宰相吕夷简年纪老大,多次请求罢相退休,仁宗很倚重他,先是不同意,后来看他态度很坚决,就同意了,并征求他的意见,问哪一位可接他的班。吕夷简向仁宗举荐了陈尧佐。陈尧佐拜相后,非常感激陈尧佐的举荐之恩，但没有什么好办法来表达，于是就写了这首咏燕词，请吕夷简饮酒时，让人在酒席上歌唱。吕夷简听了，很是高兴。

这个故事，从哪下手找线索呢？可以找吕夷简是什么时候罢相、陈尧佐是什么时候拜相的。史书里，对宰相的任免时间往往会记载得很具体。查宋代宰相的任免时间，一可查《宋史·宰辅表》，二可查徐自明的《宋宰辅编年录校补》，三可查《续资治通鉴长编》等编年史书。

先查《宋史》卷二百一十一《宰辅表》，里面记载：

> （景祐四年）四月甲子，吕夷简自右仆射、申国公以镇安军节度使、同平章事判许州。

> 陈尧佐自户部侍郎、知郑州加同中书门下平章事、集贤殿大学士。

再查《宋宰辅编年录校补》，卷四也记载：

> （景祐四年）四月甲子，吕夷简、王曾并罢相。……同日，王随、陈尧佐并拜相。……随加门下侍郎，尧佐守本官，吕夷简尝密荐二人可用故也。

又查《续资治通鉴长编》，卷一百二十同样记载：

> （景祐四年四月甲子）吏部侍郎知枢密院事王随、户部侍郎知郑州陈尧佐并为平章事。随加门下侍郎，尧佐守本官。吕夷简尝密荐二人可用故也。

三本书的记载完全一致。吕夷简罢相、陈尧佐拜相，是在同一天，即景祐四年（1037）四月甲子。《宋宰辅编年录校补》和《续资治通鉴长编》又都说，陈尧佐拜相，是因为吕夷简密荐，这跟《湘山野录》的记载相同。可见《湘山野录》的记载也是有依据的、正确的。

知道了陈尧佐拜相是在景祐四年四月，那么，他写《踏莎行》词感谢吕夷简密荐之恩，也应该是在这一年。再进一步查史料，知道陈尧佐只做了十一个月的宰相,在拜相的第二年,也就是宝元元年(1038)三月,就被罢了相位。《宋史·宰辅表》《宋宰辅编年录校补》和《续资治通鉴长编》都是这样记载的。所以,这首感恩词的写作时间,最迟不会晚于宝元元年三月罢相之后。按情理推测,应该是拜相之后不久所作,趁热打铁,更能显示他的感激之情。因此,我们可以把这首感恩词的写作时间,定在景祐元年四月之后不久。

再看第二个例子。

北宋后期,王安中有一首《玉楼春》词:"飞鸿只解来筝柱,终寄青楼书不去。手因春梦有携时,眼到花梢无着处。 泥金小字回文句,翠袖红裙今在否。欲寻楚馆旧时云,看取高唐台畔路。"

这首词的本事,马纯的《陶朱新录》有记载:

> 王安中履道,任大名监仓日,喜营妓路莹,尝赠词,书泥金领巾上。后安中宣和间作燕山宣抚使,取途大名。路莹乃迎于道左,安中因作《玉楼春》云:"飞鸿只解来筝柱……"

这则本事说得很具体:宣和年间,王安中做燕山宣抚使,路过大名府时,写下这首词,送给营妓路莹。宣和,是宋徽宗的年号,一共七年。只要查王安中是哪一年做燕山宣抚使的,就可以确定这首词的写作年月了。

要注意,宣抚使跟安抚使不同。安抚使是路级行政长官;宣抚使,是军职,为统兵征伐的主帅。如果是安抚使,就可以查《北宋经抚年表》。这宣抚使,就得查有关编年史了。先查《宋史》,在卷二十二《徽宗纪》里可以查到:

> (宣和)五年春正月戊午,金人遣李靖来议所许六州代租钱。己未,遣赵良嗣报聘,求西京等州。辛酉,以王安中为庆远军节度使、河北河东燕山府路宣抚使、知燕山府。

根据这个记载,可以知道,王安中任燕山府路宣抚使,是在宣和五年(1123)正月辛酉。再查《三朝北盟会编》,卷十四里记载:

（宣和五年二月）十一日乙未，尚书左丞王安中除少保、靖难军节度使、河北燕山府路宣抚使，判燕山府，资政殿学士詹度为燕山府安抚使，侍卫亲军马军副都指挥使种师中充副都总管。安中等至雄州，大金议犹未决。

这跟《宋史》所说的时间有点差异，一个说是在正月，一个说是在二月。《三朝北盟会编》所说的二月十一日，可能是王安中到达燕山的时间。虽然《宋史》和《三朝北盟会编》记载的时间有一个月的差距，但都是在宣和五年的春天。词里也有"春梦""花梢"等意象，与春天的时令相符合。这样，就可以确定王安中《玉楼春》词是宣和五年春天途经大名府时所作。

有的本事，记载词作的背景或时间，不太准确，需要我们查找相关史料予以考订辨正。比如，北宋韩缜有一首《凤箫吟》词："锁离愁，连绵无际，来时陌上初熏。绣帏人念远，暗垂珠泪，泣送征轮。长亭长在眼，更重重、远水孤云。但望极楼高，尽日目断王孙。　消魂。池塘别后，曾行处、绿妒轻裙。恁时携素手，乱花飞絮里，缓步香茵。朱颜空自改，向年年、芳意长新。遍绿野，嬉游醉眠，莫负青春。"

叶梦得《石林诗话》记载它的创作本事是：

元丰初，虏人来议地界，韩丞相名缜自枢密院都承旨出分画。玉汝有爱妾刘氏，将行，剧饮通夕，且作乐府词留别。翌日，神宗已密知，忽中批步军司遣兵为搬家追送之。玉汝初莫测所因，久之，方知其自乐府发也。盖上以恩泽待下，虽闺门之私，亦恤之如此。故中外士大夫无不乐尽其力。刘贡父，玉汝姻党，即作小诗寄之以戏云："嫖姚不复顾家为，谁谓东山久不归？卷耳幸容携婉娈，皇华何啻有光辉。"玉汝之词，由此亦遂盛传于天下。

这个故事的大意是，北宋元丰初年，辽国派人来谈判"分画"边界，韩缜（字玉汝）受命出使，到边界谈判。临行的前夜，跟爱妾刘氏通宵畅饮，并写了一首词留别。不料，这首词第二天就传到禁中，被神宗皇帝知道了,御旨让步军司派兵来给韩缜搬家,让刘氏一同出使。刚开始,韩缜还不知道是怎么回事,后来才知道是因为这首词传到皇上那儿了。也因为这件事,韩缜这首词就广为流传,成了流行歌曲。

故事的主角是韩缜,核心事件是分画地界,时间是在"元丰初"。为了求证这件事的真伪和具体时间,可以先查《宋史·韩缜传》,本传记载:

> 熙宁七年,辽使萧禧来议代北地界。召缜馆客,遂报聘,令持图牒致辽主,不克见而还。知开封府,禧再至,复馆之。诏乘驿诣河东,与禧分画,以分水岭为界。复命,赐袭衣、金带,为枢密都承旨。

《宋史》本传记载韩缜与辽国分画地界是在熙宁七年(1074)。先是辽国派萧禧来谈判代北边界,宋朝让韩缜为馆伴使,让他带图牒赴辽见辽国国主,没能见到就回国了。后来萧禧再至宋廷,朝廷又让韩缜赴河东与萧禧画界。可见,《石林诗话》说韩缜赴边分画地界,确有其事。只是时间不是在"元丰初",而是在熙宁七年。《续资治通鉴长编》的记载,更翔实具体:

> (熙宁七年二月壬申)知瀛州、天章阁待制韩缜同提举在京诸司库务,仍诏缜以瀛州事付河北东路都转运使刘瑾,亟乘驿赴阙。时契丹将遣泛使萧禧来,召缜馆伴故也。
>
> (熙宁七年三月)甲子,兵部郎中、天章阁待制韩缜假龙图阁直学士、给事中为回谢辽国使。
>
> (熙宁七年四月)庚辰,天章阁待制、同提举在京诸司库务韩缜兼提举醴泉观。以上批"缜奉使分画地界,庶别给稍优,以周家用。慰其冒暑远使之勤"也。

根据《续资治通鉴长编》的记载,可以知道,熙宁七年二月初四壬申,韩缜自瀛州(今河北河间县)被召回汴京,做辽使萧禧的馆伴使;三月二十七日甲子，韩缜受命赴辽回谢，并商议分画地界；四月十三日庚辰，神宗因韩缜奉使远行，特恩赏赐，以补其家用。这跟《石林诗话》说的韩缜出行分画地界，神宗派兵"搬家"送其妾同行，有些相似。

看来，《石林诗话》所说的韩缜出使分画地界，写词与爱妾刘氏留别，应该是在熙宁七年四月十三日前后，而不可能是在"元丰初"。

因为，其一，分画地界的事儿，经过两年的谈判，到熙宁九年十一月就已经完成，熙宁十年五月朝廷命韩缜等人将分画地图及谈判过程上奏。《续资治通鉴长编》记载：

> （熙宁九年十一月二十五日丁丑）韩缜等言，与北人分画瓦窑坞地界。诏依水流南北分水岭分画。

> （熙宁十年五月二十六日乙亥）诏韩缜等："昨已与北人分画缘边界至，其山谷地名壕堠铺舍、相去远近等，并图画签贴及与北人对答语录编进入。"

所以，韩缜出使分画地界行前作词留别爱妾，只能是在熙宁七年至九年间，而不可能在此后的"元丰初"。

其二，根据上面引录的《续资治通鉴长编》记载，韩缜出使时的官衔是"天章阁待制"，熙宁十年完事分画地界后受赏时官衔也没有变化。《石林诗话》说他是以"枢密院都承旨"的身份出使，也不准确。根据《宋史·韩缜传》和《续资治通鉴长编》的记载，韩缜任枢密院都承旨，是在分画地界完成的一年以后，具体时间是在熙宁十年十二月。

《石林诗话》又说韩缜受神宗特别眷顾后，他的"姻党"刘攽曾经作诗庆贺。查《全宋诗》卷六百一十五，刘攽这首贺诗的题目是《寄韩玉汝待制》，称韩缜为"待制"，跟《续资治通鉴长编》的记载完全吻合。

根据上面的考证，可以确定，韩缜的留别词，是熙宁七年四月出使辽国时所作。《石林诗话》记载的时间"元丰初"，不准确。说韩缜当时的官职是"枢密院都承旨",也不对。这属记忆错误。至于称"韩丞相",那是以追忆的口吻说的,韩缜后来做了宰相。

根据本事给词作编年系地,一方面,是从中寻找线索;另一方面,如果本事记载有不准确或错误之处,也应该根据史料予以辨正,以免以讹传讹。

词学研究的实证方法,就讲完了,希望对大家有所帮助。最后还想强调的是:要想娴熟地掌握实证的各种方法,必须多揣摩,多实践,多总结。欧阳修曾经说:"为文有三多:看多、做多、商量多。"做考证,也要多看、多做、多商量。

[例文]

张元幹《贺新郎》编年系地考

高宗绍兴八年(1138)冬,宰相秦桧决策与金议和,十一月二十五日丁未,枢密院编修官胡铨上书请斩秦桧等以谢天下,朝野震惊。金君臣闻之,亦为之失色。① 秦桧更是恼羞成怒,不独必欲置胡铨死地而后快,且凡与胡铨有牵连者,亦重加贬谪。胡铨当即被除名、编管昭州。后秦桧因迫于公论,于次年正月四日将胡铨改签书威武军判官。胡铨初上书时,宜兴进士吴师古锓木传之,金人募其书千金,师古被流放袁州②。胡铨贬谪时,朝士陈刚中以启贺之,亦被谪知江西安远县,后死

---

① 参李心传《建炎以来系年要录》卷一百二十三、《宋史·胡铨传》、《宋史纪事本末》卷七十二、《宋名臣言行录》别集卷十三《胡铨》、叶绍翁《四朝闻见录》甲集《请斩秦桧》、罗大经《鹤林玉露》甲编卷六《斩桧书》。

② 李心传《建炎以来系年要录》卷一百二十六:绍兴九年二月乙亥,"常州宜兴县进士吴师古送袁州编管,永不得应举。师古尝得胡铨封事,锓木而传之,秦桧命守臣直秘阁王缙究实,至是抵罪"(上海古籍出版社 2018 年版,第 2139 页)。

于贬所①。绍兴十二年七月初二癸巳,秦桧指使台臣上书,又将胡铨除名勒停,送新州(今广东新兴)编管。

其时张元幹居福州,闻胡铨再遭贬谪,慨然作《贺新郎》词为胡铨壮行。王明清《挥麈录·后录》卷十载:"张仲宗元幹寓居三山(即福州——引者),以长短句送其行。"②蔡戡《芦川居士词序》亦谓芦川"喜作长短句,其忧国爱君之心,愤世嫉邪之气,间寓于歌咏。绍兴议和,今端明胡公铨上书,请剑欲斩议者,得罪权臣,窜谪岭海,平生亲党避嫌畏祸,唯恐去之不速,公作长短句送之,微而显,哀而不伤,深得三百篇讽刺之义"③。岳珂《桯史》卷十二亦载:"胡忠简(铨)既以乞斩秦桧,掇新州之祸,直声振天壤。一时士大夫畏罪钳舌,莫敢与立谈,独王卢溪(庭珪)诗而送之。……时又有朝士陈(刚中)、三山寓公张(仲宗),亦以作启与词为饯而得罪。"④此送行词即《贺新郎·送胡邦衡待制谪新州》。

按,张元幹作词送胡铨在王庭珪作诗送行之前,此由胡铨所叙可

---

① 李心传《建炎以来系年要录》卷一百二十三:绍兴八年十一月三十日壬子,"左通直郎胡铨送吏部与广南监当。铨既窜斥,秦桧、孙近又以秦铨所上封章,言及臣等。若重加窜责,于臣等分义有所不安,欲望圣慈,更加宽宥。台谏勾龙如渊、李谊、郑刚中亦共救解之,乃以铨监昭州盐仓。铨之行也,监登闻鼓院陈刚中以启送之曰:'屈膝请和,知庙堂御侮之无策,张胆论事,喜枢庭谋远之有人。身为南海之行,名若泰山之重。'又曰:'知无不言,愿请上方之剑,不遇故去,聊乘下泽之车。'秦桧大恨"(上海古籍出版社 2018 年版,第 2083—2084 页)。《宋史全文》卷二十中:"秦桧大恨之,寻贬刚中令安远,死焉。"(中华书局 2016 年版,第 1560 页)

② 王明清:《挥麈录·后录》卷十,上海书店出版社 2001 年版,第 164 页。李心传《建炎以来系年要录》卷一百四十六:绍兴十有二年秋七月癸巳,"右谏议大夫罗汝楫言:左奉议郎、签书威武军节度判官厅公事胡铨,文过饰非,益唱狂妄之说,横议纷纷,流布遐迩。若不惩艾,殆有甚焉者矣。伏望陛下重行窜逐以伸邦宪。诏铨除名新州编管"(第 2467 页)。

③ 蔡戡:《定斋集》卷十三,《文渊阁四库全书》本。

④ 岳珂:《桯史》,中华书局 1981 年版,第 134 页。

知。胡铨《胡君商隐墓志》云："绍兴壬戌秋，某自福唐①幕被旨，窜逐岭表，道故里，商隐偕其兄……祖送不忍别。"②胡铨《监簿敷文王公墓志铭》又云："绍兴戊午，某以狂瞽忤时相，壬戌秋谪岭表，士皆结舌。公（庭珪）独作诗送某行，有'痴儿不了官中事，男子要为天下奇'之句。诏江西帅沈昭远鞠治以闻，除名窜夜郎。"③据知，是年七月，胡铨在福州闻谪命，离福州时，芦川作词送其行。其后途经故乡庐陵时，王庭珪又作诗送之。《宋名臣言行录》别集下卷十三谓胡铨"往新州，其乡人王廷珪者，弃官养志几二十年，至是以诗送公（指胡铨——引者）"，"邑大夫欧阳识使人讦之，除名编隶辰州"。④ 据知是时庭珪弃官居乡，其后才为欧阳识所讦而遭贬。

芦川于举世避嫌畏祸、结舌钳口之际，毅然率先作词送胡铨，壮其行，将个人安危置之度外，芦川为人之刚直不屈、凛然正气表露无遗。又按，芦川此词，当时传之甚广。南宋杨冠卿《贺新郎》词序云："秋日乘风过垂虹，时与一羽士俱，因泛言弱水蓬莱之胜。傍有溪童，具能歌张仲宗'目尽青天'等句，音韵洪畅，听之慨然，戏用仲宗韵呈张君量府判。"⑤

---

① 此福唐，为福州的别名。祝穆《方舆胜览》卷十《福建路·福州》载福州又名"合沙、三山、长乐、福唐、闽中、东冶、东瓯、七闽"。

② 《胡澹庵先生文集》卷二十七，乾隆二十二年练月楼刻本。

③ 《胡澹庵先生文集》卷二十九，乾隆二十二年练月楼刻本。

④ 朱熹、李幼武等：《宋名臣言行录》，《四部丛刊》本。

⑤ 杨冠卿：《客亭类稿》卷十四，《文渊阁四库全书》本。

后　记

　　这本教材，是根据我平时讲课的课堂录音整理修订而成，所以还保留着讲课的语气和语调，比较口语化和通俗化。看起来，不是很简练，但读起来，似乎还有点亲切感和现场感。虽然跟传统的教材比起来，不很"正宗"，但保留着课堂讲课的原汁原味，倒也显得"本色"自然。敝帚自珍，不忍舍弃。我觉得，"讲"一本教材，比"写"一本教材更灵活、更自由，既可以随意穿插，扩大信息量；也可以插科打诨，添加点趣味性，活跃课堂气氛；还可以夹叙夹议，随时指点和提示，更能体现教材"教"的宗旨。讲考证，本来就枯燥无味，如果一味地正襟危坐，面色严肃地宣讲，那就很难防御瞌睡对听课学生的"进攻"。讲课生动一点，课堂气氛活跃一点，可以激发学生的兴趣，让学生打起精神，与主讲教师密切互动，听课的效果就会更好一些。

　　这本教材，虽然是以词学研究为中心，但并不局限于词学研究，也适合于整个古代文学研究。我只是以词学研究为例，讲解古代文学实证研究的操作程序和方法窍门，力图让学生尽快找到做考证的入门途径、学会做考证的操作方法。过去，讲方法论的论文著作并不少见，但都是"论"的多，讲"法"的少；注重学理层面的体系建构和概念诠释，而忽视实践层面操作步骤的说明与引导。读了那些方法论著作，固然能开阔视野，活跃思路，但还是不知道怎样动手，怎样解决问题。传统的文学教材，也大多只讲原理，讲知识，很少讲甚至基本不讲操作方法；只讲结论，不讲怎样得出这个结论；只讲观点，不讲怎样形成和推导出这个观点；只讲论据，不讲怎样获得和运用这个论据。有鉴于此，我就着重讲操作的过程，讲怎样去得出结论，讲怎样去推导观点，讲怎样去获取史料证据。

这本教材，着重是讲考证的方法。很多研究生，想做考证，却不知道怎样动手、怎样操作。因为不会动手，以为考证特别难，就敬而远之，宁可把时间花在做一些人云亦云的题目上，也不敢尝试做点实证性的研究，实实在在地解决一两个前人没有解决的疑难问题。所以，我常常想，怎样把考证变得具有可操作性，怎样让学生迅速地掌握做考证的步骤和方法，后来，从电脑程序和"傻瓜"相机那儿受到启发。现在的个人电脑，程序都是事先设计好了的，我们拿着鼠标，按照程序点击相关按钮，就可以用来做自己想做的事了。做考证，能不能也设计好一些程序，让学生按照程序步骤去操作就可以解决一些问题呢？于是，我从2005年起，利用给武汉大学文学院中国古代文学专业的硕士、博士研究生讲词学研究课程的机会，结合我自己做考证的经验，尝试讲考证的步骤和方法。讲完几个专题之后，就让学生结合自己的研究方向，选定相关的题目，做版本考证和作家生平考证的练习。每次练习，也分几个步骤进行指导和修改。经过几个回合的训练，效果不错，不少学生基本掌握了考证的方法。他们戏称这是"傻瓜考证法"。一学期过后，就有研究生写出了像模像样的考据文章，有的文章已经在核心期刊上公开发表了。有了成效，我也增强了信心。2006年再次讲课的时候，对课程内容做了调整和补充，使操作步骤更清楚、更有层次性和逻辑性。2007年，又按照2006年讲的步骤和方法，进行过实验，效果仍然比较理想。三年来，每年的课程结束后都有学生写出了具有较高学术水准的考据论文。这本教材，就是以2006年的课堂讲课录音为基础进行增补修订的。

作为教材，这本书留给教师发挥的空间可能不是很多。如果有教师青眼，用本书做教材，我建议，教师可以少讲，多引导督促学生练习实践，让学生学完一讲,就做一次练习,教师把主要的时间放在跟学生讨论上面,指导学生如何选题,如何搜集资料,如何整理排列资料,如何剪裁运用资料,如何不断发现线索,不断搜寻资料,解决问题。多练习,多实践,是本课程的关键。学生如果不动手去做考证,那就不会有显著的收获。

按照最初的计划,这本书还应该包括几种理论诠释性的研究方法,比如词人个体研究、群体研究、范式批评、定量分析、传播接受研究等等。我在课堂上也讲过,但是程序性不是很强,也没有收到立竿见影的效果,所以就放弃了这部分内容。待我思考比较成熟以后,再考虑是否增补进来。

我在课堂上讲过即逝的话语,能够变成纸本的教材,首先要感谢责任编辑徐丹丽博士,是她向我约稿,才促使我想到要把课堂录音变成书稿,把一种小范围实验性的讲义变成能供更多读者参考的教科书。2006年年底,申报普通高等教育"十一五"国家级规划教材,又荣幸地获准立项,更促使我加快速度整理成书。

人生往往充满缘分。徐丹丽当年考硕士研究生复试的时候,我是"主考官"。几年后,她从南京大学莫砺锋教授门下博士毕业到了北京大学出版社工作,在北京的一次学术研讨会上,我们偶然重逢。她不仅催生了这部书稿,还成为我这本书的质量"审查官"和"把关人"。我的交稿时间,因故延后了两个月,是她认真而高效的工作,使得本书能够顺利地按期出版。

还要感谢我门下的研究生郭红欣、张静、朱兴艳、许博、柯贞金、卢汉宜和李丽华等同学,他们帮我将课堂录音转换整理成文字。其中郭红欣和张静用力尤多,她俩分别帮我通读过书稿,提出过不少有价值的修改意见,减少了许多瑕疵。

期待读者的批评和指教,以便今后再版时能够修订得完善一些。

王兆鹏

2008年元宵节于咸宁温泉

再版后记

本书初版问世后，蒙学界错爱，被许为文献考据的入门指南。海内外不少高校，选作中国古代文学专业的研究生教材或参考书。常有读者反馈说，读过本书之后，可以快速掌握考据的方法、步骤和门径，经过实实在在的反复实践，就能写出有学术含量的考据论文。

初版早就售罄，责任编辑徐丹丽女史希望我早日修订再版。但我这几年主要集中精力做数字人文研究，先是主持完成了国家社会科学基金重大招标项目"唐宋文学编年系地信息平台建设"，结项成果"唐宋文学编年地图平台"2017 年上线后，广受社会各界的关注和好评。于是，再接再厉，将平台向前延伸到汉魏六朝文学，申报了国家社会科学基金重大招标项目"汉魏六朝文学编年地图平台建设"，并获准立项。所以一直无暇旁顾。今年在给研究生上课时，同学们都说买不到本书，在网上好不容易淘到一本，可价格高出原书定价的十多倍。这促使我下定决心，腾出手来修订。

这次修订，主要是增补近年新出的纸本文献和数字化文献，删除已经过时的信息，补换了几篇例文，修订了行文语句。承门下博士宋学达君的大力襄助，指瑕匡谬，校补文献，惠我良多；又蒙现任责编徐迈女史细心校订，逐一复核引文，纠偏正误，使本书增色不少。谨志谢忱！

本书原名《词学研究方法十讲》，此次再版，因收入"名师大讲堂"丛书，故依责编建议将书名改为《词学入门十讲》，以与丛书宗旨保持一致。

王兆鹏

2019 年 12 月 9 日